创意写作书系

故事技巧
叙事性非虚构写作
第二版

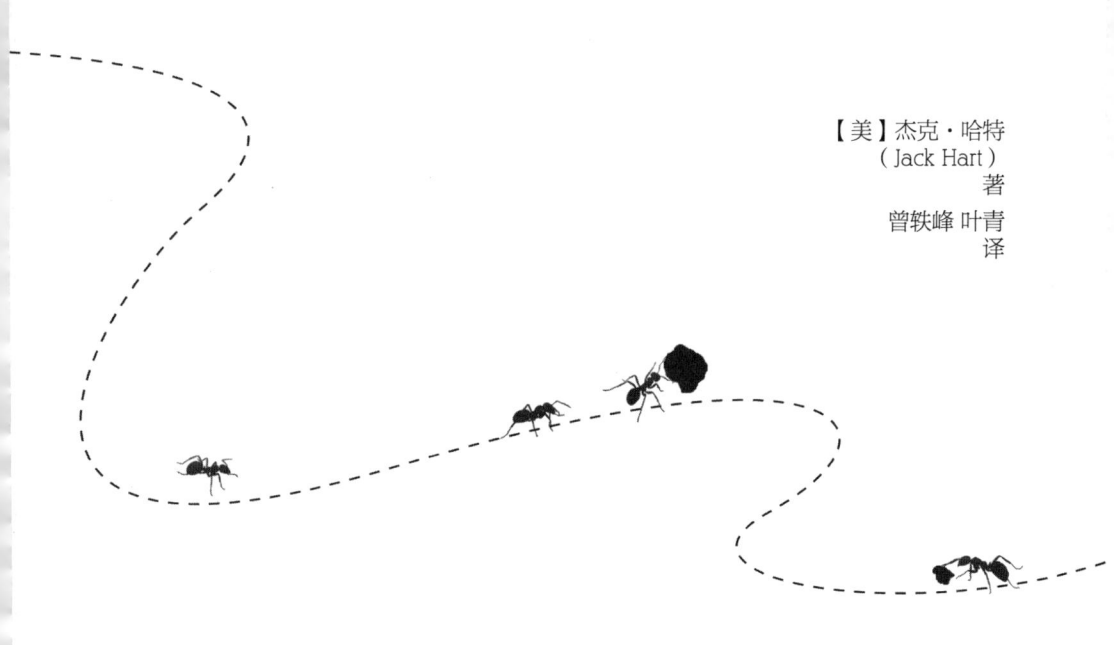

【美】杰克·哈特
（Jack Hart）
著

曾轶峰 叶青 译

中国人民大学出版社
·北京·

"创意写作书系"顾问委员会

（按姓氏笔画排名）

刁克利	中国人民大学
王安忆	复旦大学
刘震云	中国人民大学
孙 郁	中国人民大学
劳 马	中国人民大学
陈思和	复旦大学
格 非	清华大学
曹文轩	北京大学
阎连科	中国人民大学
梁 鸿	中国人民大学
葛红兵	上海大学

致所有和我一起探索叙述技巧的杰出作家们

译者序

你现在翻开的，是一本关于叙事性非虚构文学的创作方法与技巧的书。千万不要被"叙事性非虚构"（narrative nonfiction）这个专有名词吓倒。相信我，这只是翻译的问题。原书作者在整本书中不厌其烦地使用这个名词的全称，所以译本也要尊重原书作者对这个名词的敬意。其实，读者们大可不必伤脑筋，只需把注意力落在"非虚构"三个字上面就可以了。

简单来说，文学作品可以用"虚构"与"非虚构"来两分。所有的小说都在"虚构"与"非虚构"，或者在它们之间选择自己的阵营。《哈利·波特》《魔戒》《暮光之城》都是虚构作品，因为现实中没有可以不考虑就业问题的魔法学校，没有精灵，高中女生更不可能在校园里邂逅一位帅到爆的吸血鬼男生。更多的作品是处于虚构与非虚构之间，这个领域很广阔，作家最能发挥才情，作品也不胜枚举。当我们挥着想象的翅膀遨游了一圈，回到现实生活中，会遗憾地发现，我们终究是生活在"非虚构"的世界。所以，我们需要"非虚构"文学来帮助我们更清醒地面对现实，更勇敢地过好自己的人生。

"叙事性非虚构"作品就是中国读者比较熟悉的报告文学、纪实文学这类说法。我们只要稍稍回忆一篇叫作《为了六十一个阶级兄弟》的文章，就能知道究竟什么是"叙事性非虚构"作品。《为了六十一个阶级兄弟》记述的是 20 世纪 60 年代发生在中国山西省平陆县的 61 位民工集体食物中毒的事件。它后来成为中国新闻写作的范文，入选中学语文课本，影响了几代人。我个人至今对这篇文章的阅读体验印象深刻：绝对是一口气读完。文章的情节扣人心弦，中毒、找药品、调飞机，真可谓步步惊心！这篇文章是那一册语文课本里最有意思的一篇课文，每一次重读都有初读时那样的心跳。多年后，相信很多人都跟我一样，清晰地记得是"六十一"个而不是"三十一"或"四十一"个阶级兄弟吧。

非虚构故事的力量到底源于什么？本书作者杰克·哈特给出的答案是源于真实。我们知道，非虚构故事写的，都是"真实发生过的"，它发生在你我周围，它触目惊心。我们读小说，看别人的人生，过自己的人生。而读非虚构小说，我们恐怕不能仅仅是看客，我们会担心、会反思；也许某一天事情就会发生在我们身上，我们该如何应对？这个世界实在是难以预料。幸好有非虚构作家的存在，他们把这个真实世界中的真实故事记录下来并深入故事背后，挖掘出可供我们参考借鉴、启发深思的普遍真理，并假以高超的叙事技巧，写成一个个我们愿意读、敢于读的故事。了解这个世界的真相总是一件残酷的事情。我们真诚地需要"非虚构"故事。

杰克·哈特曾是美国《俄勒冈报》的主编，在新闻界摸爬滚打多年，积累了大量的实战经验，并形成理论思考。他为美国非虚构文学的发展贡献了很多，他在本书中无私地分享了毕生所学。有过考学经历的人都知道，研究真题省时省力，乃制胜之关键。哈特在这本书中举例的文章就是我们需要下大力气参透的"真题"，其中好几篇获得过美国新闻界的最高奖项——普利策奖。仔细研读这些文章，才能真正领悟到叙事性非虚构文学的精髓所在。

哈特的笔调幽默风趣，他不仅帮你分析获奖文章的写法，还详细解读了文章诞生的全过程。中国的老话说"授人以鱼不如授人以渔"，哈特就是在这里教你如何打鱼。他从故事酝酿的最开始讲起，讲到创作初稿、画设计图、搭建结构（甚至还体贴地教你怎么打草稿），讲到实际写作过程中种种故事元素（叙事技巧）的充分应用，再讲到后期进入编辑阶段，一个半成品的故事在编辑手中会经历什么样的命运——他一一说到了。

近年来，创意写作的话题很火爆，其宣传口号"写作人人可为"很迎合草根心态。这部书，既是为那些新闻从业者而写，更是为那些心中有梦想、希望成为非虚构作家的草根们而写。请大胆相信，写作确实人人可为，写作技艺的增进有路可循，每个人都可以成就一个作家的梦想！

本书第一版翻译分工如下：第一章～第十章，由叶青翻译；第十一章～第十三章，由杜俊红翻译；第十四章，由叶青、曾轶峰翻译。第二版由曾轶峰翻译修订部分。全书由曾轶峰译校并统稿。译文如有不当之处，还望读者不吝指正。

译者

前言

将近40年前，我在《西北杂志》工作，一位警务记者走进我的办公室，给我讲述了他的真实经历。他报道过一桩交通肇事案，中规中矩地写成一篇简讯：一个司机醉酒驾驶撞死了一位年轻的母亲。但是，那位年轻母亲的形象却像鬼魂一样纠缠着他。他无法停止思考：是什么命运非要让她出现在本不可能出现的时间和地点？她的突然离世留给家人怎样的哀伤与痛苦？那个肇事司机又是怎样一个人——只是一个千夫所指的醉鬼，还是在这种固定的形象背后潜藏着不为人知的复杂人性？无疑，这背后的故事绝不仅仅局限于我们报纸的B6版那插于牙齿保险广告之上的两栏版面。

当年我在《俄勒冈报》周日杂志社还是一名新编辑，汤姆·霍尔曼找到我，说要卖给我一个真实的**故事**。这篇5 000字的故事《碰撞轨迹》包括开头、中间和结尾三个部分，有力的内在结构调控着故事的节奏，并制造出一种戏剧性的张力。这个故事不再只是信息，而拥有了真正的人物，一个一个的场景代替了话题。故事的叙述力求谨言慎行，但它揭示事实真相的力度却超过任何一篇普通的新闻报道。

我和汤姆之前从来没有做过这样的新闻报道，读者们也觉得新鲜，反响热烈。他们打电话或写信告诉我们，这个故事真是太有意思了，让人为之着迷、为之感动、为之思考，他们想读到更多这样的故事。

自那以后，我对叙事性非虚构文学的创作产生了极大的热情，这种热情延续了一生。

时机很重要。我们在对真实故事的叙述方法进行创作实验时，正好赶上读者对现实题材的故事兴趣高涨。约翰·麦克菲的《走进郊外》和特雷西·基德尔的《新机器的灵魂》等长篇非虚构故事报道经常在各大畅销书排行榜上有名。托尼·卢卡斯的《共同点》对波士顿的强制性种族融合事件进行了详尽的报道，有望赢得普利策奖。

这一趋势不仅反映在书本上。在之后的几年内，美国各大报纸杂志中非虚构故事的数量大幅激增，叙事作品陆续出现在广播节目中，纪录片在电影世界重掀热潮。直到互联网改变了非虚构故事作家的工作方式，最终将这种文学形式推向了一个新的发展高潮。播客把新媒体、互联网和最古老的媒介形式之一广播结合在一起，并找到了它热情的新受众。

在《西北杂志》工作的那几年，我们赶上了非虚构文学的发展浪潮。我们运用这种文学形式探索不同的话题，从伐木业到心脏移植，甚至包括基因工程。杂志的读者人数不断增加，《西北杂志》从而一跃成为众多周日杂志中的佼佼者。后来，我被聘为《俄勒冈报》的写作指导，我利用在大学当全职教授的12年中所掌握的全部技能，将叙事技巧传授给报社的其他作家和编辑们。

《俄勒冈报》的人将理论运用到实践中，取得了可喜的成绩。《俄勒冈报》刊载的故事获得了全国故事大奖，涉及宗教、商业、音乐、犯罪、体育等任何一个你能想到的领域。我和里奇·里德共同撰写的国际商业故事荣获普利策释义性新闻奖[①]；和汤姆·霍尔曼再次合作的故事荣获普利策特写报道奖；与米歇尔·罗伯茨联手写作的新闻荣获普利策突发事件报道奖。里奇·里德和一位曾与我共事多年的作家朱莉·沙利文，加入了阿曼达·贝内特的团队，这个团队于2001年摘得普利策金奖[②]，

[①] 普利策释义性新闻奖，是普利策新闻奖的奖项之一，设立于1985年，专为在释义性报道（或解释性报道）中取得突出成就的新闻记者而设。1985—1997年，该奖项的名称为"Pulitzer Prize for Explanatory Journalism"；1998年以后改为"Pulitzer Prize for Explanatory Reporting"。——译者注

[②] 里奇·里德和朱莉·沙利文的故事是《俄勒冈报》2000年4—12月连续报道的美国移民局故事中的一个。其他刊登在《俄勒冈报》上的文章在参考书目中都已一一列出。

那可是美国新闻界的最高荣誉。

在成为总编后，我依然从事着写作指导的工作。在这方面，我确实有不少心得。我多次参加全国性的写作大会，与会人员包括报刊编辑、调查记者、新闻学教授、美食作家、旅游作家、鉴酒作家、园林作家，等等。我为《编辑与发行人》杂志开设专栏，还创办了一份在全国发行的每月教学简报。我仍然不时地教授一些大学写作课程，我的教学重心逐年转向叙事性非虚构文学。每一次的演讲、工作坊培训、授课，每一篇文章的写作，都会促使我进一步思考：到底是什么原因让读者们对真实故事中的真实人物欲罢不能？

我最宝贵的学习经历就是与多位作家一起工作，撰写了上百篇文章。为出版机构工作，头上总是悬着交稿的最后期限。正是这种高压下的工作让我受益匪浅，从中积累了丰富的写作实战经验，夯实了写作功底，这是世界一流的研究生院无法教给我的东西。如今我到了退休的年纪，是时候把我觉得最有用的东西传授给他人了。

我出版的第一本书是《作家指南》（*A Writer's Coach*），它通过考察我和最杰出的作家的合作，看我们是如何让文字变得有力、富有感染力和诗意，最重要的是如何实现写作的意图。这本书由兰登书屋出版，但随着时间的流逝，书中的内容变得过时，最终被后来出版的各色书目淹没。几年后，芝加哥大学出版社出版了我的《故事技巧》（*Storycraft*）第一版，这本书介绍了我职业生涯后期专攻的故事叙述形式。

当我得知芝加哥大学出版社有计划再版《作家指南》，我想抓住这个机会。我更新了书中的案例，目标读者群不再局限于报纸作家。借此机会，我可以实现最初的出版设想，那就是这本书和《故事技巧》可以配套出版。出版社允许我使用原来的书名《语言技巧》（*Wordcraft*），正好可以反映我的意图。现在，《语言技巧》和《故事技巧》都在芝加哥大学出版社的付印过程中，这两本书互为参照，构成我最初希望的相互指导的关系。

很多作家给我反馈，认为《作家指南》让他们受益良多。老师们也反馈说这本书深受学生喜爱。我想这本书之所以获得好评，部分原因在于我自始至终坚持强调该书的实用性。书中提供的小窍门和建议，毕竟都来自那些往往在夺命交稿期限催逼下获得巨大成就的专业人士。对他们有用的方法也适用于学习者和其他作家，毕竟大家都在从事人类发明的最复杂、最艰难的工作之一——写作。由此，在将《作家指南》修订为《语言技巧》的过程中，我尽全力保持和拓展本书的实用性。

在修订《故事技巧》第二版的过程中，实用性依然是我的主要考量。《故事技巧》第一版出版后，收获了读者热情洋溢的反馈。从他们的邮件、电话和亲笔信中，我发现《故事技巧》最有价值的地方在于帮助他们克服了种种困难和挑战，例如为一份不寻常的材料找到一种恰当的结构，解决如何组织材料的棘手问题，理清视角、时间顺序和细节的层次。

如我所期待的那样，很多跟我联系的作家也特别指出《故事技巧》的实用价值。我在与作家们合作的过程中，积累了很多鲜活的案例。至于哪些案例值得放入书中，我遴选的标准就是它的实用性——读者读完是否能马上付诸实践。他们是遇到了实实在在的问题，而不是对词句吹毛求疵。我帮助他们选取角度进行报道、选择场景、描绘人物，帮助他们在必须保留和可以删除的内容之间做出选择。

读者也想知道自己选择的余地到底有多大。我们在大学课堂上学习过的经典小说能教给我们的叙事技巧十分有限。目前市面上流行的叙事技巧书通常只侧重某一类非虚构文学形式，你找不到对叙事性非虚构文学形式的全面介绍。本书努力将已有的全部非虚构文学形式呈现在你面前，包括释义性叙事、小品文、叙事短文与播客。

在修订第二版《故事技巧》的时候，我依然重点介绍各类非虚构文学形式并容括了新变化。过去的十年发生的种种变化，让叙事性非虚构叙事这种形式变得更加重要、更广为人知。例如，播客作为爆款的传播媒介，有时也可以精彩绝伦地讲述故事。这个发展变化甚至促使普利策奖委员会（Pulitzer Prize Board）承认播客的价值，罕见地设立了新的年度奖项"音频报道奖"（audio reporting）。新版《故事技巧》收入了关于播客的全新章节，详细介绍了它与传统的纸媒和纪录片形式的同与异（或者并没有区别）。本书在其他各处也提到了播客，在必要的任何时候拓展了现有的理论，以解释音频叙事这一新形式。

自《故事技巧》第一版问世，关于讲故事的起源与人类大脑结构有关的研究成果大量出现。在第一版里，我们已然认识到人类在生物学上被设计成会讲故事的动物。但十年前，功能性磁共振成像（FMRI）技术才刚刚出现，这项新技术也促使人类学家和其他研究者开展研究，试图揭示故事叙述在世界各地文化中的中心作用。阅读了成百上千篇研究论文后，我们获得了新知，知道了该如何成为优秀的故事叙述者。

第二版中有几十个新案例，我希望通过这些新案例说明：叙事性非虚构作品是一种非常重要的、不断发展的形式，它在新闻编辑室以外的地方蓬勃发展，并在每一种大众媒体中留下了身影。

然而，有些真理是永恒不变的。要想成为一名成功的叙事作家，掌握多种多样的叙事方式是关键。另外还需要学习叙事理论，以避免错误使用不当的叙事形式。虽然我也十分推崇经典的叙事技法，但是经验告诉我，大部分的话题适合用简单的报告方式写作，这样读者才能一下子就明白你要说什么。这就是为什么体育记者在比赛报道的开头就告知我们结果。同样，如果你的邻居们亟待知道附近的学校能否在新一轮的预算削减中幸存下来，他们没有耐心听你长篇累牍地报道学校董事会如何召开会议。谷歌和苹果等网络新闻推送中的简短报道也是如此。

为了突出本书的实用性，书中所有的例子均来自已发表的作品，其中不少故事都是我参与撰写的。本书引用的每篇作品都在参考书目中标注了出来，而尚未发表的材料和需要解释的引文则按章节列入书后的注释之中。

此外，本书还引入了编辑的视角。大多数介绍叙事技巧的书都忽略了编辑们，只有在一些写作培训项目中才会提到编辑们在叙事性非虚构作品形成中的作用。但是，只有当作家和叙事作品的编辑强强联合，相互激发，故事叙述才能在报纸、书刊、播客或网络上彰显能力。哈罗德·罗斯和威廉姆·肖恩合力为《纽约客》确立了非虚构故事的写作传统；哈罗德·海斯在他为《时尚先生》工作期间，为当代非虚构文学的发展奠定了基础。理查德·普里斯顿在《炎热地带》的序言中感谢他的责任编辑——兰登书屋的莎伦·德兰诺,是她让理查德认识到故事的结构将在一篇长篇小说中发挥多么重要的作用。最近的例子是艾拉·格拉斯作为一名有远见的制作人和编辑,在公共广播电台节目《美国生活》和莎拉·柯尼格大获成功的播客节目《连续剧》中,证明了自己的关键性作用。

在长达 25 年的非虚构故事写作生涯中,我还有一个发现,那就是:成功的大众故事写作,既不需要作者才华横溢,也不需要作者笔法老练。如果你有兴趣讲述真实的生活故事,那么,就不要被缺乏经验吓倒。我经常发现一些作家,他们毫无叙事经验,却掌握了一些叙事的核心原则,找到了合理的故事框架,并创作出感动读者的精彩故事。有些作家第一次尝试写作真实故事便取得了不俗的成绩。如《俄勒冈报》的古典音乐评论家大卫·斯特布勒,曾对一位音乐神童进行过系列报道,虽然这是他第一次从事叙事报道创作,他却凭该报道成功闯入了普利策奖的最后角逐。还有里奇·里德,他的第一篇叙事报道就**斩获**了普利策奖。

在过去的 30 年里,很多作家和我一样,都是在报纸新闻编辑室里成长并成熟起来的。但是,今天的新闻报业生存艰难,要面对读者群不断细分和新闻媒介传播数字化等诸多挑战。长篇叙事作品的写作成本高昂,这种 20 年前报纸新闻编辑室钟爱的写作形式现在却因为紧巴巴的预算而不大采用了。可以想见,下一代非虚构故事作家将会走一条与我们完全不同的路。在其他媒体领域从事叙事写作的作家为了争取读者也不得不另辟新径。整个媒体市场动荡不定,年轻的故事作家将面临前所未有的挑战。最具创新精神的作家们将主动适应不断变化的创作环境,在数字化时代有效利用印刷、声音、影像这三种手段。但是,无论使用何种科技手段来传递信息,最成功者都是那些永远铭记亘古普世真理的人。

《故事技巧》就是要提醒你记住这些真理。

尽管很少有作家会在传统报纸新闻编辑室里学习非虚构故事叙述,但是我们欣喜地看到还有很多途径可以帮助人们实现这份职业理想。全美各大高校纷纷开设了创意写作课程,叙事性非虚构文学则是这门课程的重要内容。特雷西·基德尔就曾在哈佛大学和爱荷华作家工坊学习创意写作。泰德·康诺弗在阿默斯特学院专修人类学，通过民族志了解了非虚构故事的写作。威廉姆·兰格威斯特在成为美国最出色的杂志作家之前，是一名专业飞行员。艾拉·格拉斯的大部分职业生涯都是在公共电台度过的。因此，要想写出精彩的叙事性非虚构作品，唯一需要的就是掌握这门技能的决心。

考虑到叙事性非虚构文学在今天的广泛应用，本书使用的很多案例来源于报纸以外的资源。当然，我也从报纸中引用了相当多的案例，因为作为写作指导和编辑，我直接参与了这些作品的创作。我期望这本书能够写出自己的深刻体验，并与读者分享我所积累的实战经验。一则精彩的故事是作家和编辑从特定的现实抽离并组装起来的，他们不仅需要懂得故事创作的抽象原则，还要明白如何灵活运用它们。我相信，学习叙事写作的作家要想取得进步，最好的方法就是向那些同时具备理论知识和实践经验的前辈学习。我则会贡献我在新闻报业浸淫多年的经验，分享最近我和非虚构叙事作家在工作坊里讨论交流的对话，还有我指导的多部非虚构叙事作品从构思到出版的全过程。

我认为故事的来源并不重要。当我们学习案例的时候，故事发生的地点远不及故事的叙述重要。一位技能娴熟、充满激情的故事叙述者，无论通过何种媒体，都能向读者展现他卓越的写作能力。故事叙述理论所适用的领域不仅仅局限于大众媒体。泰德·康诺弗的例子说明民族志和非虚构叙事文学都将沉浸式报道作为核心写作技巧；律师在学习了叙事方法后，可以在法庭上利用叙事的魅力来说服陪审团；心理学家在心理治疗中运用故事叙述更加不是什么新鲜事了。我希望这本书的见解能够适用于所有的叙事领域。

故事叙述之所以得到如此广泛的运用，原因就在于它满足了人类的基本需求。故事通过展示行为之间的因果关系，让我们看清了这个令人困惑的世界；通过看他人如何克服困难，我们学会了如何生存；故事还向我们揭示了万事万物普遍联系的真理。

最后，所有精彩的故事都具备相同的特质，那就是对故事本身的热爱。如果你和我有着同样的热爱，那就请分享我的毕生所学吧。

目 录

第一章 故 事

讲故事的物种 / 5

故事的关键要素 / 9

故事的影响 / 18

第二章 结 构

结构的视觉化 / 25

设计图 / 27

叙事弧线 / 28

1. 阐述 / 30

2. 上升动作 / 34

3. 危机 / 38

4. 高潮 / 42

5. 下降动作/结局 / 43

第三章　视　角

视角人物　　　　　　　　　　　　　　　／ 51

第一人称　　　　　　　　　　　　　　　／ 54

第二人称　　　　　　　　　　　　　　　／ 55

第三人称　　　　　　　　　　　　　　　／ 56

立足点　　　　　　　　　　　　　　　　／ 60

距离　　　　　　　　　　　　　　　　　／ 63

第四章　声音和风格

程式化声音　　　　　　　　　　　　　　／ 75

第一人称和声音　　　　　　　　　　　　／ 76

作者形象和立足点　　　　　　　　　　　／ 77

声音和风格　　　　　　　　　　　　　　／ 81

隐喻风格　　　　　　　　　　　　　　　／ 83

形成风格　　　　　　　　　　　　　　　／ 85

第五章　人　物

现实世界人物的崛起　　　　　　　　　　／ 90

欲望　　　　　　　　　　　　　　　　　／ 93

圆形人物和扁平人物　　　　　　　　　　／ 94

直接和间接的人物塑造　　　　　　　　　／ 97

外表　　　　　　　　　　　　　　　　　／ 97

动作、表达和习性　　　　　　　　　　　／ 99

身份标识　　　　　　　　　　　　　　/ 99

　　言语　　　　　　　　　　　　　　　　/ 101

　　奇闻趣事　　　　　　　　　　　　　　/ 102

　　人物塑造的目的　　　　　　　　　　　/ 103

第六章　场　景

　　挖掘内在的场景　　　　　　　　　　　/ 108

　　选择场景　　　　　　　　　　　　　　/ 110

　　报道场景　　　　　　　　　　　　　　/ 111

　　透露真情的细节　　　　　　　　　　　/ 112

　　集体细节　　　　　　　　　　　　　　/ 113

　　空间　　　　　　　　　　　　　　　　/ 114

　　确立镜头　　　　　　　　　　　　　　/ 115

　　结构　　　　　　　　　　　　　　　　/ 115

　　氛围　　　　　　　　　　　　　　　　/ 116

　　布景　　　　　　　　　　　　　　　　/ 117

　　赋予场景生命力　　　　　　　　　　　/ 119

　　场景的构建　　　　　　　　　　　　　/ 120

第七章　动　作

　　叙事导语　　　　　　　　　　　　　　/ 129

　　持续的动作　　　　　　　　　　　　　/ 132

　　动作语言　　　　　　　　　　　　　　/ 133

　　时间标记　　　　　　　　　　　　　　/ 136

  节奏 / 137

  阐述 / 139

  第一手的动作 / 142

第八章 对 话

  内心独白 / 152

  重构对话 / 154

第九章 主 题

  主题陈述 / 161

  全身心投入 / 163

  寻找主题 / 166

第十章 报 道

  沉浸式报道 / 172

  接近对象 / 176

  观察和重构叙事 / 178

  采访 / 181

  人物、场景、动作和主题 / 185

  识别故事 / 188

第十一章 故事叙述

  短篇故事叙述技巧 / 191

  长篇故事叙述技巧 / 201

第十二章 释义性叙事

第十三章　其他叙事技巧

　　小品文 　　　　　　　　　　　　　　　　/ 244

　　书挡叙事　　　　　　　　　　　　　　　/ 247

　　个人随笔　　　　　　　　　　　　　　　/ 249

　　专栏　　　　　　　　　　　　　　　　　/ 255

　　第一人称叙事　　　　　　　　　　　　　/ 258

　　纪录片　　　　　　　　　　　　　　　　/ 261

　　播客　　　　　　　　　　　　　　　　　/ 262

第十四章　道德准则

　　挑战　　　　　　　　　　　　　　　　　/ 270

　　背弃信仰　　　　　　　　　　　　　　　/ 271

　　回忆录的道德准则　　　　　　　　　　　/ 273

　　推测　　　　　　　　　　　　　　　　　/ 277

　　亮明身份　　　　　　　　　　　　　　　/ 279

　　沉浸　　　　　　　　　　　　　　　　　/ 280

　　背叛　　　　　　　　　　　　　　　　　/ 282

　　想象的模式　　　　　　　　　　　　　　/ 284

　　故事结构与风格　　　　　　　　　　　　/ 286

　　技巧　　　　　　　　　　　　　　　　　/ 287

　　心灵的道德习惯　　　　　　　　　　　　/ 289

参考文献　　　　　　　　　　　　　　　　　/ 295

第一章　故　事

> 故事是有关永恒和普遍的形式。
>
> ——罗伯特·麦基

- ◆ 讲故事的物种
- ◆ 故事的关键要素
- ◆ 故事的影响

第一章 故事

我坐在波士顿酒店舞厅的后排，观看艾拉·格拉斯做节目。他不紧不慢地推进访谈，适时调一下音乐，引导听众们体会贯穿在他访谈中的叙事理论。我听得入了迷。虽然我是记者，格拉斯是节目主持人，但是在那一刻，我突然意识到这位精力充沛、富有创新精神的天才，他在国家电台《美国生活》节目所做的工作，和我编辑报纸非虚构叙事文章一样，遵循着完全相同的原则。[1]

我灵光一闪，之前零散的想法变得完整清晰。据我编辑报刊非虚构叙事文章的经验，我发现不少叙事原则既适用于报纸，也适用于杂志。但是艾拉·格拉斯的广播节目启发了我，让我意识到：不论作者在哪里讲故事，场景设定、人物塑造、故事情节等原则都是相通的。无论是在报纸系列报道、广播纪实节目、杂志文章、书、电影、播客中，还是在网络文章中，我们都可以看到一个人物的心理困境是如何有趣地推动人物发展的。

这样的例子很多，我不知道自己之前怎么会忽略了这一点。以马克·鲍登在《费城问询报》的经历为例。鲍登作为一名警务记者，针对美军在索马里的战争写了多篇系列报道，在全国引发强烈关注，并顺利出书。后来，雷德利·斯科特将其拍成了电影大片《黑鹰计划》，鲍登本人则成为《大西洋月刊》的国家通讯员。

一旦我意识到故事叙述的共同原则适用于各种媒体，我发现例子比比皆是。例如，效力于《巴尔的摩太阳报》的警务记者大卫·西蒙，利用他在巡逻路线上搜集的材料编纂成书，转而为其他媒体所用。西蒙的《凶杀：在杀人街的一年》被转拍为风靡一时的电视节目《凶杀：街头生涯》。这反过来又催生了一系列现实主义电视剧，从《火线》到《郊区故事》，再到《厄运》。畅销非虚构文学作品如塞巴斯蒂·乔恩格的《完美

---

[1] 艾拉·格拉斯曾在2001年尼曼叙事大会上发表演说（麻省剑桥，2001年12月1日）。

风暴》、苏珊·奥尔琳的《兰花盗》和劳拉·希伦布兰的《奔腾年代》（《海洋饼干》）都被拍成了成功的好莱坞电影，这些作家都因此开启了故事叙述的职业生涯，源源不断地写出更多的书，书又进而被翻拍成电影。

我在《俄勒冈报》编辑长篇叙事报道的几年里，也碰到过相同的例子。年轻的记者巴恩斯·埃利斯和我搭档，撰写了一篇讲述俄勒冈一对夫妻被两个亡命徒绑架的故事，取名《地狱之旅》。这个故事几乎就是现成的电影剧本，很快以《囚徒》为名搬上银幕，由乔安娜·科恩斯和巴瑞·波斯威克主演。汤姆·霍尔曼写了一则关于残疾推销员比尔·波特的励志故事，刊登在《读者文摘》上，并被美国广播公司《20/20》节目采用，后被拍成电影《永不放弃》，由威廉·梅西主演。

很显然，故事就是故事。不管你在哪里叙述故事，故事的基本原则都是不变的。正如两届普利策奖得主乔恩·弗兰克林所言："所有的故事都具备共同的特征，而这些特征都是按某个特定的原则组织起来的。"

任何一个想充分挖掘故事叙述潜力的人，都需要发现这些普遍原则。一名成功的故事叙述者应该充分了解故事的基本理论和框架。忽视它们，就是在和人性进行一场注定失败的斗争。而掌握它们，你将在任何媒体中赢得广泛而热情的听众。

故事理论最早起源于希腊。几千年来，我们所发展出来的故事结构从未曾背离过这个理论框架。正如电影剧本创作大师罗伯特·麦基所说："自2 300年前亚里士多德创作《诗学》以来，故事的'奥秘'就如同大街上显眼的图书馆，众所周知。"

话虽没错，但这并不意味着故事的奥秘已为大家所掌握或得到普遍实践。我用了大半辈子才跌跌撞撞地找到那个图书馆，并借到正确的书。多少年来，我和不少想要成为故事叙述者的人交谈过，发现他们也和我一样迷茫。他们曾浪费了无数时间，追寻着一条注定失败的叙事线，全然觉察不到悄然从他们眼前溜过的、真正具有叙事潜力的话题。

如果你想写出一则成功的故事，那么弄清你真正寻找的故事就能事半功倍。若想拥有一双发现故事的慧眼，就要懂得故事的基本要素，并知道从何处找寻。如果你想**发掘**一则伟大的故事，就得仔细辨清我在本章中其余部分所阐述的那些故事要素；如果你想**写出**一则伟大的故事，就得研究我在这本书中其余部分所介绍的那些技巧。

你很难在一个生活片段中找到故事的全部要素。但是，选择去找寻一则故事不是非此即彼、孤注一掷的任务。如果你发现一种情形具备充足的故事要素，那么你要全力以赴，写出一则完整成熟的故事，无论篇幅长短，都应该让人物经历完整的叙事弧线。如果你所掌握的情节线有限，它倒是可以描述一个有趣的过程，那么你可以写成一篇不错的释义性新闻报道，或者是一篇个人随笔、一篇小品文。也有可能你掌握的要素只够形成一则适合出现在常规新闻报道或特写里的逸闻趣事。

或者什么都不写。如果你的读者想要知道的只是纯粹的信息或者一针见血的事实真相，那也可以。这就好比面包的包装袋上一般只写有面包师的名字和配料表，而无其他的信息。

但是，我却希望面包包装袋上会出现两百字的故事，讲述 15 年的监狱生活如何将一位骗子改造为诚实的人，他现在每烤出一个面包都是在让这个世界变得更美好。

试想，还有谁不想品尝一下背后有如此动人故事的面包呢？

讲故事的物种

约瑟夫·坎贝尔的《千面英雄》（1949）为我们揭示了各种文化中的原初故事背后，都有着根深蒂固的原型。一些德高望重的研究者们，如古生物学家斯蒂芬·杰伊·古尔德和语言学家史蒂文·平科尔[①]，认为故事叙述具有一致性，这表明了故事叙述一直在进化。论据在于，故事叙述作为组织信息的特定方式可以为人类带来优势，这种感知世界的方式可以帮助人类更好地生存。

人类渴望故事、热爱故事，新的大脑分析技术证实了这个观点。科

[①] 古尔德和平科尔在不同场合都讨论过故事原型和故事同一性问题。古尔德的例子，参见他的 "Jim Bowie's Letter & Bill Buckner's Legs"。平科尔在《语言本能》（1994）和《大脑是如何运作的》（2009）这两部专著中讨论了这些问题。

普小说家斯蒂芬·霍尔接受了大脑核磁共振扫描，当他在脑海中构思故事时，他的右脑额叶上一个糖块大小的区域亮了起来。霍尔在为《纽约时报杂志》撰写的文章中，将位于额下回的一小块脑部组织命名为"故事叙述部位"。它与视觉皮质等脑中心部位相连，共同组成了霍尔所称的大脑"故事叙述系统"。

霍尔的例子算不上严格意义的科学研究，但它无疑揭示了故事的生物学性。对我来说，这是很好理解的。我们通过无数的故事来应对这个纷繁的世界，因此很难想象叙事不是我们本能的一部分。很多脑科学家也注意到了同样的问题。自20年前斯蒂芬·霍尔躺进功能性磁共振成像的仪器，神经系统科学家、语言学家和其他科学家进行了大量的研究，旨在探索故事是如何融入我们的本性，它能为人类作为一个物种带来什么，我们的生物机理是如何指导我们搭建故事结构和生产内容的。

杰里米·许最近对这番研究热潮进行了调查，并在《科学美国人》发布了调查报告。他写道："故事叙述是为数不多的几个真正可以跨越文化和所有已知历史的人类共有特征之一……身处不同社会类型的人都在编织故事，包括狩猎采集部落的口述故事，以及无数作家创作的书、电视节目和电影。当一种特别的行为同时出现在这么多不同类型的社会中，研究者需要注意：它的根源与我们的进化史有很大关系。"①

我们说人类的大脑自出厂之日就预装了"故事叙述"的硬件，这种生物学上的可能性可以解释一些研究发现，例如，比起其他类型的叙述形式，研究对象展现出对故事叙述更好的理解力；故事叙述可以向大多数读者传递一个更清晰的信息；听众更喜欢带有故事性的演示陈述。研究还表明，如果我们是通过一则故事而不是一份清单列表来接受事实，我们会对这些事实记得更牢、更准确；如果律师在庭审中以讲故事的方式来呈现论据，我们更有可能相信他的话。

---

① 关于报纸故事的叙事形式是如何表现在其他叙述中的，参见 Debra Gersh, "Inverted Pyramid Turned Upside Down"，以及西北大学媒介管理中心读者研究会在2000年出版的《影响研究》和该研究会的其他相关资料。关于研究学生们如何掌握与其他形式相联系的叙事结构，参见 Carole Feldman, "Youths' Writing Skills Fail to Impress"。

这些早期研究结果非常诱人，在过去十年间激发了大量的研究活动。（在谷歌搜索中输入"故事叙述的大脑研究"，你会得到 1 000 多条结果，大多数引用的都是最近的研究。）这个研究热潮揭示了：

◆ 故事在人类生存中占据显要位置。乔纳森·戈特沙尔写道："如果你去计算一下你徜徉在想象世界中的时间，你会得到一个惊人的数字。我们每天花 4 个小时看电视，孩子们在玩过家家，我们花了很多时间，实际上每天有 8 个小时在做白日梦。我们在故事里做梦。当你计算这些时间的总和，得出的结论让我非常惊讶，那就是，人类并不是地球公民。我们更像是生活在一个怪诞的、全方位立体式的世界，这个世界被称为梦幻岛，我们一生大部分时间都在这个想象岛国漫游。"

◆ 人类的故事叙述能力古已有之。2017 年，人们在印度尼西亚苏拉威西岛上发现一幅 4.4 万年前的洞穴壁画，描绘了人、动物、狩猎的场景。澳大利亚考古学家马克西姆·奥伯特认为："这是世界上最古老的岩石艺术，现代认知的所有关键问题都可以在这里找到。"他的结论是，苏拉威西岛的人们已经完全具备了想象人物和塑造故事的能力，这意味着这种能力"可能已经存在于离开非洲、居住在世界其他地方的早期现代人身上"。

或者如丽莎·克伦所说，"对生拇指让我们可以抓住东西；故事则告诉我们什么东西需要去抓住"。

◆ 在狩猎采集的社会中，故事叙述明显有助于生存。伦敦大学学院的进化人类学家丹尼尔·史密斯主持了一项针对菲律宾狩猎采集部落阿格塔的严肃研究。研究的结论是，故事叙述能促进群居合作、生命繁衍、社会地位和分享，所有这些行为都具有明显的进化方面的益处。

◆ 大脑在极其深刻的层面上早已预装了故事。即使是大脑受损、智商在 20~30 分之间的儿童也能理解故事。丹尼尔·史密斯认为这些孩子拥有的能力"意味着理解故事是一项非常基本的能力，即便人们遭遇了严重的神经损伤，这种能力依然可以保留"。史密斯继续论证道："人类大脑本质上是一种叙事装置。它靠故事得以运行。我们储存在大脑中的知识，我们关于'世界的认识'主要是以故事的形式存在。"

◆ 大脑中的"镜像神经元"回应由故事唤起的情感。20世纪90年代，意大利研究人员发现，猴子们在抓坚果时大脑中点亮的区域与它们看到另一只猴子抓坚果时的相同。研究人员总结说，大脑在观察产生情绪的事件时产生真实情绪的能力是"镜像神经元"的产物，它复制了在外面世界感受到的感觉。这一发现引发了"对猴子和人类镜像神经元的大量研究"。马可·阿可波尼写道，电影之所以让人感觉真实，"是因为我们大脑中的'镜像神经元'会重现我们在屏幕上看到的悲伤"。

◆ 小孩子们用符合经典叙事形式的故事叙述来组织他们的游戏。乔纳森·戈特沙尔总结了关于儿童、游戏和故事叙述的研究，他指出："故事在孩童的生活中扮演了非常重要的角色，故事可以说是定义了他们的存在。"

◆ 在故事展开的过程中，角色和情节可能会相互配合，但角色才是最重要的。与非虚构故事讲述者的普遍看法相反，大多数观众的推动力不是"接下来会发生什么？"而是"接下来发生的事情将如何影响我所关心的角色？"

◆ 故事能否引起读者兴趣比写作质量更重要。丽莎·克伦在阅读大量研究结果后总结道："写得不好没有你想象的那么糟糕，前提是，你会讲故事。"只消看一看畅销书排行榜，就会发现好多书并非出自耳聪目明、技艺精湛的作家之手，但这些作者毫无疑问都是了不起的会讲故事的人。

它还证实了两届普利策奖得主乔恩·富兰克林30多年前的观点。富兰克林认为，那些花费大量时间去润色词汇、句子和段落的作家和编辑，错过了对读者施加更大影响的机会，那就是应该在写作过程的起点就着力关注重要的故事元素。

◆ 我们通过讲述自己的故事来构建自己的身份。我们也视自己的生活为一种叙事，这就是为什么我们对他人的故事如此着迷。《纽约时报》的一篇文章报道，心理学家在研究人们是如何描绘自己的生活后发现，我们每个人都有一个内在的剧本，"我们对每个场景的想象，不仅会左右我们对自身的看法，还会影响我们的行为方式"。这就是为什么一些心理学家正在积极倡导,在治疗创伤性脑损伤的过程中运用故事叙事来重建自我身份。我们通过讲述自己的故事来建立自我认同,这个观点抓住了大众的想象力。正是基于这个观点,杰克·戈德史密斯谴责联邦调查局窃听和记录他有黑帮背景的继父的通话。戈德史密斯在《大西洋月刊》写到,窃听行为的后果是他的继父被迫面对自己的犯罪历史,打破了他本以为可以创造个人故事的幻想。戈德史密斯说,政府的非法窃听行为"侵犯与破坏了(继父的)私密空间和亲密关系,打破了他对自己、对这些空间和关系所讲述的故事,进而摧毁了定义和塑造他生活的力量"。

以上我们只是选取列举了这方面研究的一小部分成果,足以证明故事叙述根植于我们的生物性,这一点比我们期待的更为深刻。故事在我们的大脑中和行为中根深蒂固,这一点可以解释为什么成功的故事叙述包含很多共同的要素。有时候,一项发现可以直接应用于实践。(这是对故事叙述者的补偿,如让他们可以发现生活中能够解决普遍问题并给人们带去教益和经验的话题。)但更多的情况是,这些研究结果仅仅在用理论逗弄着故事叙述者,而不提供具体的指导。(当你正在敲打键盘苦思冥想时,跟你说 4.4 万年前人类在印度尼西亚洞穴的墙上讲故事有什么用?)

在近年来关于故事叙述的生物性根源研究中,也许最重要的发现是,两千年来的关于故事叙述的实验和试错为我们积累了大量惊人的故事叙述技巧,这些技巧被现代科学证明是有效的。我们可以满怀信心地依靠这些叙事技巧,因为我们知道,它们是有科学支持的。

故事的关键要素

拉约什·艾格瑞在 1942 年写了一本影响深远的剧本写作指南《戏剧创作的艺术》,此书目前仍在出版。他认为人物是故事的动力,人类的期望和需求推动故事的发展,并决定故事的发展方向。

我们生活在一个资源匮乏的世界,这些资源小到鱼子酱,大到友情。因此,为了得到某样东西,人们常常不得不进行争夺。简而言之,欲望制造了冲突。梅尔·麦基说过，"故事就是战争，紧迫而持久"①。其他人发展了这一观点，提出妨碍人类实现目标的一大堆难题，其中一些纯粹是人类自身的问题。这些难题通常不叫"冲突"，而叫"困境"。

所以，从最基本的角度来说，一则故事是从一个人物想要得到某样东西开始，但是获取这样东西的过程不可能一帆风顺，他或她会努力通过一系列的行动来克服种种障碍——这就是故事的结构。正如斯蒂文·平克所说："故事是关于一个人努力实现一个非常困难的目标，在这个过程中所发生的事情是如何影响他或她的，以及他或她如何因此而改变。"

上述内容即一种简明的"主人公—困境—解决困境"的故事模式。这种模式非常常见。一位既写小说又写长篇叙事性非虚构作品的作家菲利普·杰拉德说过，当"我们关注的人物采取行动来满足非凡欲望"之时，故事就得到了发展。美联社的前写作指导布鲁斯·德斯尔瓦认为，"每个真实的故事……有着同样的潜在结构……人物总有个问题。他因这个问题而挣扎。故事的大部分都是关于这种挣扎的。在故事的最后，你会读到人物要么战胜困难，要么被困难打倒"。

乔恩·弗兰克林的《为故事而写作》是一篇关于叙事性非虚构文学的开创性文章，我偏爱它为"故事"下的定义：

> 当人物遇到错综复杂的情况，而他又不得不面对和解决时，行动就发生了，故事正是由一连串这样的行动所构成的。

弗兰克林的定义简单明了，能够帮助我们对故事的关键要素进行细致分析。

一系列的行动

在任何一则故事中，当作家讲述主要人物的一连串的行为时，叙事就诞生了。叙事最简单的形式便是大事记。

但是，情节显然和简单的叙事是有所区别的。为了凸显故事的重大

---

① 麦基的话援引自：Janet Burroway in *Writing Fiction: A Guide to Narrative Craft*（即珍妮特·伯罗薇的《小说写作：叙事技巧指南》，已由中国人民大学出版社翻译出版）。

意义，故事叙述者需要精心选择和安排材料，此时情节便出现了。珍妮特·伯罗薇说过，情节"就是一系列有意安排的事件，以便揭示戏剧的、主题的和情感的意义"。在尤多拉·韦尔蒂看来，"情节就是'为什么'"。或者正如小说家福斯特①所言，叙事是"国王死了，王后也死了"，而情节是"国王死了，王后因悲伤过度而死"②。

根据这个观点，叙事加上情节，便等于一则故事。

情节以因果模式展开，蜿蜒曲折，途经若干情节点。根据罗伯特·麦基的定义，"情节点促使故事朝一个新的方向发展"。当我指导作家写作时，我们所做的最有价值的事情便是罗列出这些情节点。有了这些情节点，我们才能设计故事的发展轨迹。

我曾经与斯图亚特·汤姆林森合作过一篇简短的突发性新闻叙事报道，当时他还是个警务记者，在《俄勒冈报》的都市分社工作。他给我办公室打电话，兴奋不已，我便请他将故事的前因后果详细道来。③

一名警官一直坐在十字路口，看着车辆呼啸而过。到目前为止，情节点还没有出现。事件沿着平常的轨迹发展。接着，"一辆小货车以八十英里的时速呼啸而过"。现在，情节点出现了。一旦一名巡警发现一辆车以这样的速度驶过十字路口，那么他就有事可干了。而对于巡警杰森·麦克高文来说，事情才刚刚开始。

那辆小货车撞到了一辆轿车，将一名女司机困在变形的车厢中（第二个情节点）；货车司机弃车逃跑（第三个情节点）；麦克高文将其按倒，并叫两名旁观者看着他（第四个情节点）；然后，麦克高文又飞奔回轿车；轿车着火了，火势危及女司机的生命，她可能会被活活烧死（第五个情节点）；两辆巡逻车赶到现场（第六个情节点）；警察们拿出灭火器，试图控制住火势（第七个情节点）；但是，火势不减（第八个情节点）；

---

① 爱德华·摩根·福斯特（Edward Morgan Forster，通称 E. M. Forster，1879—1970），20世纪英国著名作家。福斯特擅长创作长篇小说，作品语言清新自然，虽然人物的个性很容易被把握，但命运安排往往令人不可预测却又铺叙自然。——译者注

② 关于"情节"的定义来自：Burroway, *Writing Fiction*，以及 Macauley and Lanning, *Technique in Fiction*。

③ 你可以在 www.press.uchicago.edu/books/hart 读到完整的故事。

其中一名警察冲进附近的便利店，抓起一个灭火器，重新灭火（第九个情节点）；困在轿车残骸中的女司机动了动，她还活着（第十个情节点）；消防队员赶到，带来了"生命之钳"——一种用来撬开破损车辆的工具（第十一个情节点）；救护车将受害者迅速送往医院（第十二个情节点）；之后，这位女司机见到麦克高文，感谢他的救命之恩。

情节真是环环相扣！当斯图亚特和我确认了这些情节点之后，我们已经具备构建故事叙事弧线所需要的一切。我们已经十分清楚什么应该保留、什么应该舍弃。我们知道故事可能的起点、扣人心弦的最佳部分和其他戏剧化的手段。我们明白哪里需要转变视角，并能回答在设计故事情节过程中出现的所有问题。

讨人喜欢的人物

推动故事发展的人物就是主人公。如同一位活跃的演员，主人公通过行动满足欲望、战胜对手或者解决问题。因此，当你寻找主人公的时候，务必要找到那些**真正能够推动情节发展的人**。

如果让一位墨守成规的警务记者来报道斯图亚特·汤姆林森的故事，他可能会把重点放在受害者身上，以她为中心，写出一篇"人物—事件—地点—原因"的标准新闻报道。而斯图亚特却聪明地选择了借杰森·麦克高文之口来讲述这个故事，因为麦克高文具备作为一名理想主人公的特点。首先，他容易接近。斯图亚特在此前的故事创作中就和他打过交道，与他关系融洽。斯图亚特需要进行全面采访来重新建构整个故事，而麦克高文恰巧有空接受采访。其次，麦克高文处在一个观察者的位置上，目睹了故事中所有情节的发生。而其他理想的主人公在故事主线中突然出现又很快消失，当大家集合处理问题的时候他们出现了，但不久他们又因为其他人的加入而消失。在斯图亚特的故事中，赶到现场并试图灭火的其他巡警和操作"生命之钳"的消防队员都是潜在的主人公。但是，他们没有一个人目睹了整个过程。当然，你也可以在这些人物之间不断转换视角来讲述故事。但是，我认为如果你能坚持以一个视角来讲述故事，效果会更好。

请注意，弗兰克林强调人物应该赢得读者的喜爱。新手们经常想把反派人物当作故事的主角，但是"坏人"很少能成为故事的主人公。一方面，他们不能教会我们如何生活；另一方面，读者不可能与他们产生共鸣。读者期待的是那些具有英雄气概，或者至少是可爱的主人公，这就是为什么好莱坞电影中的罪犯主人公经常是可爱的坏蛋。如果你在非虚构故事中让反社会者担任主角，读者将会赋予这个毫无人性的坏蛋其所不配的优良品质。

所有这些都印证了科学研究的成果，即我们通过故事来学习人生经验，去理解一个**我们能够共情**的人物是如何摆脱**我们某天也可能身陷**的困境。

当然，这并不意味着你不能写坏人，只是主人公要另选他人。安·鲁尔的真实犯罪小说为她带来不菲的收入。她在1987年的小说《微小代价》中着重讲述了一个病态的自恋狂丹妮·唐斯射杀自己孩子的故事。但是，鲁尔选择的主人公却是将唐斯送进监狱的检察官弗雷德·胡基。胡基不仅将这个禽兽绳之以法，还和妻子收养了杀人犯的两个幸存下来的孩子，其中一个孩子的身体已经局部瘫痪。看，**这**才是讨人喜欢的人物。

杰森·麦克高文没有那么英勇，但他肯定是个讨人喜欢的人物。作为一个帅气的男子、有妇之夫、年幼孩子的父亲，他从事着社会敬仰度很高的消防队员工作。同时，他又兼任另一个公众服务角色——后备警官，当他抓住罪犯并解救一名女子于危难之中时，他的正面形象就树立起来了。

困境

珍妮特·伯罗薇认为，"在文学中，唯有麻烦才是有趣的"。换句话说，你的主人公需要一个难题。读者凭什么去关注一个称心如意的人呢？这样的人既没有理由采取任何行动，也没有任何挑战可以迎接，我们在他身上学不到任何有关生活的经验教训。乔纳森·戈特沙尔说："没有棘手的难题，就没有故事。"

任何一个问题都能构成困境，但只有某些困境能成就一则故事。你可能不会去读一个女人丢了车钥匙的故事，除非丢钥匙这个小小的麻烦能导致重大的后果。在这种情况下，丢钥匙能够开启一则故事，但是它并不能成为推动故事发展的困境。

并不是每个困境都生死攸关。我们虽然被麦克高文之类惊险刺激的故事所吸引，但是往往平淡的故事更有意义。珍妮特·伯罗薇指出："生活和文学中最大的危险并不一定是最惊人的，我们实现欲望的最大障碍往往出现在离家最近的地方，比如我们自身、我们的个性；它还会潜藏在我们周围的人身上，包括朋友、爱人、家人。当人们看到一个陌生人拿着一把枪走过来时，多数人会惊慌；但当他们看到母亲拿着一把烫发钳走过来时，可能惊慌的人会少很多。"

我们从另一个角度来看待困境，即困境就是欲望。一旦某人意识到他想得到什么，并开始付诸行动，他就启动了一则潜在的故事。

困境越大，故事越大。乔恩·弗兰克林喜欢"那些有关人类境况的基本困境，包括爱情、憎恨、痛苦、死亡等"。拉约什·艾格瑞也从人物的角度表达了相同的观点。他认为主人公需要具备强大的意志力，一旦主人公想要得到什么，任何事情都无法阻止主人公，这样就会产生激烈的冲突，从而推动一则具有相当文学分量的故事得以发展。

但是，不要认为你需要一个惊天动地的困境才能写出一则扣人心弦的故事。一个很棒的小小困境足够写出一则很棒的小故事。肯·富森在《得梅因纪事报》工作的那些年，曾是全国最优秀的特写记者之一，他的职业声名就是靠写一些小话题逐步确立起来的，例如，写一个男孩第一次狩猎野鸡，或者一位移民妇女第一次参加选举投票。

解除困境

解除困境是每则故事的最终目标。困境的解除释放了因主人公与困难斗争而产生的戏剧张力。听者、读者或观众也可以从中汲取经验教训，获得关于现实生活的启示。

在简单的故事中，解决的办法仅仅是借助外力。（消防队员带来了

"生命之钳"，将受害者从变形的汽车里救出来。）在更加复杂和有意义的故事中，深入而持久的心理变化解除了困境。汤姆·霍尔曼的《理查德·米勒的教育》，跟踪报道了一家咖啡厅的咖啡师：因为厌倦了贫穷懒散的生活，这位咖啡师理了发，买了西装，跑到一家公司求职。作为中产阶级的一分子，咖啡师勤奋工作，并且意识到生活对他的要求远远超出他之前的想象。这个前咖啡师学会了什么是竞争、什么是野心、什么是责任、什么是言行一致。汤姆没有变化，但是他的主人公已经改头换面，开始享受崭新的生活。

简言之，你可以通过改变这个世界，或者改变自己来解除困境。

并不是每则故事最终都能解决问题。释义性记叙文运用动作线来展开话题，它并不需要通过问题的解决来达到这个目的。这种叙事沿着一条平直的轨迹发展，事件依次发生，偶尔会偏离主题，围绕新出现的有趣话题展开抽象的讨论。大卫·格恩在《纽约客》上刊登的一篇精彩报道就是这类的典型。故事写的是一个新西兰人痴迷地寻找大王乌贼的过程。故事包括有关乌贼的历史、奥秘以及已知的科学研究成果。话题发展因这辆列车搭载上寻索乌贼的猎人而进行得自然流畅，尽管最后猎人空手而归，但是结果已经不再重要。

叙事性散文通常以简短的动作线开头，却很少以解决问题结尾。这类文章的重点应该是作者对生活的反思：总结经验教训，给读者以启迪。我曾经写过一篇散文，在开头我写到自己看着孩子们在滑雪场排队等待升降梯。进入叙述部分后，我写我的儿子排到了队伍的前头，爬上了升降椅，这不是什么惊心动魄的"动作"。我并没有试图"解决"动作线，而是尝试表达一个更为重要的观点——我们死后依然能以其他形式活着，不仅活在遗传给孩子的基因里，还活在他们每次运动的欢笑中。

小品文，同样不需要解决问题。你的目标就是简简单单地捕捉生活中真情流露的一面。当美国印第安人百年之后第一次返回威拉米特瀑布捕鱼时，《俄勒冈报》的比尔·门罗和他们一起爬上摇摇欲坠的支架，守着一张巨大的捞网，彻夜不眠。他们曾经用这张网捞起过重达 30 磅的鲑鱼。《河边之夜》并没有制造或者释放戏剧张力，而是把读者带到了瀑布边,在那儿他们可以亲自体验这项事业的非凡壮丽。

相反,小说家通常会期望故事情节更加完整,并且出现决定性的结局。大多数好莱坞电影都有清晰确定的结局,尽管动作片导演可能会用假结局来戏弄观众。终结者总是死不了,当他死而复活,并再次威胁到主人公的时候,戏剧张力得到了提升。

罗伯特·麦基称这种典型的好莱坞式结局为"封闭式"结尾,因为这种结局是"绝对的、无法扭转的,它解答了全部的问题,也满足了观众的所有情感需求"。一些批评家认为好莱坞式结局掩饰了原本复杂的生活。他们更加喜欢麦基所谓的开放式结尾——在"故事高潮之后,仍然有一个或两个问题未能得到解答,或者有些情感没能得到满足"。

乔恩·弗兰克林站在好莱坞的一边,坚持认为如果真实的困境没有得到解除,对于作者来说,"可不是什么好事"。准确真实的非虚构文学通常缺少小说中纯粹的"主人公—困境—解决困境"的结构。这个难题确实存在,尤其是当非虚构作家致力于事件的实时跟踪报道,而不是在问题解决之后逆向重建故事时。观察叙事文大师泰德·康诺弗喜欢浸入某种文化之中,花上几个月的时间到处游荡,目睹动作的展开。他刚开始写作时,曾经逃票乘火车(《无处行驶》),最近又在纽约州新新监狱(Sing Sing Prison)当起了狱卒(《新看守》)。他说:"幸运的话,困境会得到解除。但是,生活往往并非如此。"①

如果你能找到弗兰克林所说的"积极的结局",那么幸运可能会再度降临。"积极的结局"是一个较为精确的说法,我们又称之为圆满结局。在希腊人那里,这种结局是为喜剧而设,不管它是否可笑;相反,悲剧则是以消极的结局结束。在舞台上,演员通过戴上悲伤或者快乐的面具来表现这两种截然不同的结局。

希腊人偏爱悲剧,莎士比亚也因悲剧而千古留名。但是,经典悲剧解决的是非常重大的消极问题,涉及根本的人性弱点,例如自大、自恋和贪婪。罪恶将人类步步引向失败的结局。故事不会出现胜利大游行的

---

① 康诺弗的话援引自:Boynton, *The New New Journalism*。

喜剧结尾，而是以希腊人所说的"灾祸"结尾。故事往往以主人公逝去和生者哀叹命运而黯然收场。

记者由于受到愤世嫉俗的心态和因报道受害者经历感同身受的影响，往往倾向于作悲剧结尾。他们觉得，明知山有虎偏向虎山行的失败者比善于迎接生活挑战的成功者更具有吸引力。我曾经很不明智地答应指导这样一则故事：故事中的主人公是一名囚犯，他企图在牢房里上吊自杀，结果事情搞砸了，他变成了植物人，余生都得在昂贵的病房里度过。他的行为给纳税人带来了惊人的费用负担，这个事件可以让记者写出一则像样的新闻故事。但是，作为一则叙事故事，它不向任何一个方向发展，无法提供任何教益。

因此，我赞成弗兰克林对成功者的偏爱。他指出，你确实可以从消极的结局中得到启发，但是通过一一排除你不应该做的事情来学习在这个世界上如何生存，效率实在太低。最好能一下子攫取到制胜经验，然后逐条学习，化为己用。

关于如何解除困境，我和弗兰克林也持相同观点。他坚持认为，困境的解决，"毫无例外，必须是人物自身努力的结果"。这些积极的人物能够解除困境、主宰命运，而我们能从中获得教益。他们的故事就是麦基所称的"原型情节"。如果动作线显示主人公是受害者，被无法控制的力量控制，最后被击垮，按照麦基的说法，这就是"反情节"。

关于解除困境，我再说一句。对积极结尾的偏爱并不意味着你不能去描绘那些乍看是失败者的主人公。盖伊·塔利斯发现，更衣室里的失败者比成功者有趣得多①，那是因为输掉比赛的运动员，正如失恋者、竞选失败者、工作竞争失败者之类，必须打起精神积极想办法来应对令人失望的局面。因此，失败者的故事实际上是可以鼓舞人心、积极向上的。我们每个人都得面对生活中的失意，也可以通过学习其他人面对困难的应对机制来帮助我们自己摆脱困境。

---

① 塔利斯在2001年尼曼叙事大会上谈到了这个观点。

故事的影响

一旦理解了故事理论，你就能够领会故事的结构。之后，你要学习的就是实用的具体细节了。你要学习描写人物、动作和场景；探索故事讲述的角度；寻找属于自己的声音，并形成风格；了解不同叙述形式之间的差别；学会如实地报道。最终，你掌握了故事的**写作技巧**。

汤姆·霍尔曼和我从《碰撞轨迹》开始经历了这个漫长的学习旅程。故事写的是一位被醉酒司机撞死的年轻母亲。我们通过研究、实验和操练掌握了故事写作的基本技巧。我们从此开始了长达20年的作家—编辑搭档生涯，合作得非常愉快。之后，我们又运用故事理论、结构和技巧方面的知识创造了一篇巅峰之作。

那时，读者时常会给汤姆提供符合其独特风格的故事素材。一位读者打来电话告诉他，一位名叫山姆·莱特纳的波特兰少年备受面部畸形的折磨。山姆马上要中学毕业，迎接高中生活。而高中生活，尤其重视外表形象、从众合群以及认可接纳。因此，山姆和他的家人决定冒着生命危险，接受整形外科手术。山姆差点死在手术台上，家人也因此放弃了继续整形的计划。最后，山姆重新振作起来，对自己的境遇有了新的理解，他接受现状，继续勇敢地生活。

得知汤姆对此事的关注，山姆的家人表示欢迎。汤姆和山姆一家人在一起待了数百个小时。他跟随他们横跨美国到达波士顿，山姆在那里接受手术。汤姆参加了家庭会议，在屋外闲逛，陪山姆到高中报到。长达四天的采访、共计1.7万字的专注报道，呈现出生动的场景和戏剧性的故事弧线。2001年，《面具后的男孩》[①] 赢得了普利策特写报道奖。

最重要的是，这个故事感动了读者。成千的信件、电子邮件、电话纷纷涌入，让我们应接不暇，与之前的读者反响形成鲜明对比。显然，《面具后的男孩》是我们写得最成功的叙事性非虚构文章。我们根据读者对这个故事的反馈，获得了宝贵的经验教训。因此，我仔细地分析了读

[①] 你可以在 www.press.uchicago.edu/books/hart 读到关于山姆的完整故事。

者发来的评论，了解他们的阅读体验和收获，从而尽可能多地总结出写作和编辑的改进意见。读者的反馈给我上了极有价值的一课，所以我希望你也能重视它们。

最常见的读者反馈是他们认为故事很吸引人。许多读者认为《面具后的男孩》制造了强烈的戏剧张力，他们被动作线深深吸引而不能自拔。（"我只想一口气把它读完"，一名读者写道。）读者的反馈证实了汤姆写作技能的高超，他描绘了一个接一个的情节场景，每一个都处于紧要关头，让读者如坐针毡，迫不及待想知道之后又发生了什么。任何一位想要抓住读者心理的作家都应该这样做。

同样，一则扣人心弦的故事必须能使读者沉浸在另一个世界中，使他们远离日常单调的生活。（一位读者这样解释道："因为我只要一看文章，就忘却了周围所发生的一切。"）作者可以通过结合强有力的动作线和巧妙的场景设计，再现现实，让读者融入故事的角色中。最近的科学研究强调，"参与度"是镜像神经元力量的一个关键变量，它能使读者与主人公产生共鸣，并对他们的行为做出情感反应。所以学习能够制造参与感的写作技巧也非常重要。

多数读者提到了他们在读山姆·莱特纳故事时的情感反应。（"我泪如雨下，哭得一团糟，刚读完第一部分，就感到正戳中痛处。"）这正体现了汤姆写作的人性关怀。当他报道这个故事的时候，他忠于自己的情感反应，注意收集事实细节，以便之后一一描述给读者。反过来，读者们在内心和头脑中都跟着汤姆一起经历事件。这个过程也反映了镜像神经元的情感力量。汤姆对自己情绪反应的自我意识使他能够在他的读者中激发出同样的情绪反应。

不少读者反映，看完故事后他们感受很深、领悟颇多，而仅有朴素的事实是不会让读者做此反应的。其他读者评论道，从山姆·莱特纳的角度看世界，他们认清了自己的人性，加强了自己与社会的联系。（"我从山姆的眼中看世界，强烈感受到了许多人类共有的情感。"）还有一些人说，这个故事让他们正确地看待自己的忧虑，让他们感觉到自己的生活已然非常幸运。（"下次当我坐在足球比赛的看台上，因为孩子没有足够的上场时间而生气，或者因为没有收到大型舞会的邀请而感到沮丧时，我会想起山姆。"）一些读者说，读到山姆尽管面临比自己大得多的困难仍然取得了成功，他们感到备受鼓舞，决定努力工作，迎接生活的挑战。（"山姆的故事鼓舞了很多人，这些人灰心丧气，需要一点勇气来继续生活。"）

最后，读者似乎对汤姆的故事所提供的教益尤为感激。（"我把故事打印出来，并保存好，打算等我八岁的女儿上高中遇到类似问题的时候，再拿出来。"）科学研究揭示，好的故事能教导人们，这项功能可以追溯到最早的故事叙述者。一群人围坐在原始的篝火旁边，老练的猎人给年轻人讲述着追捕猎物的故事，传授捕杀猎物所需要的勇气、技巧和方法。有些故事被绘制成画留在洞穴中，就像苏拉威西岛上的壁画一样流传下来。

毫无疑问，其他一些故事被用来教育下一代如何养育后代、如何使用民间医药、如何学习风俗和价值观，而正是这些风俗和价值观，在那个寒冷而危险的世界中，将脆弱的人群团结起来。娱乐、情感、思考、灵感、生活中的经验教训，将这些读者所得的收获加在一起，作为一名非虚构作家，你就有一大堆的目标去实现了。但是，如何组织语言来实现这些目标？什么样的写作形式能让读者有所收获？更重要的是，怎样才能掌握这些技巧呢？

本书的其他章节将会回答这些问题，它概括总结了我和汤姆·霍尔曼以及其他非虚构作家合作的 30 余年的经验。当我事业刚起步时，我多希望能有本这样的书啊！这本书凝聚了我多年工作的心血，其中的经验和教训来之不易。我将它们传承下去，希望能让你少走些弯路。

这些经验教训可能无法帮你赢得普利策大奖，但是它们肯定能帮你赢得读者。

第二章　结　构

艺术完全在于语言的组织。

——菲利普·杰拉德

- 结构的视觉化
- 设计图
- 叙事弧线
- 1. 阐述
- 2. 上升动作
- 3. 危机
- 4. 高潮
- 5. 下降动作/结局

小说家罗伯特·鲁阿克在《蜜獾》一书中，讲述了杂志作家亚力克·巴尔的故事。亚力克胸怀大志，"试图将'事件—地点—时间'这一新闻报道的写法应用到其他媒体中去"，结果却让他越来越困惑。知名杂志编辑马克·曼特尔看过亚力克失败的作品后，对他说："我先画一幅图，告诉你一篇杂志文章应该是什么样的，然后我再用铅笔给你变个戏法——将你的故事切割一下。如同一栋房子或其他任何具备精确构造的物体一样，杂志故事也需要有结构。"

曼特尔拿出白板和笔画了一张草图，描绘出当今标准的 5 000 字非虚构杂志文章的轮廓，并解释了其中每个部分的功能。亚力克顿时目瞪口呆，通过这扇新启之窗，他第一次领悟到了结构的魅力。再来看这篇被拒的文章，"他可以清楚地看到自己文章没有结构，故事因为没有结构的支撑而彻底塌陷"。亚力克马上拿起笔开始修改。曼特尔快速读完修改过后的文章，说：

"不错，你明白了。我敢保证这个故事肯定会反响不错，即使不被我们杂志采用，也会被其他杂志相中。不要忘记我给你画的图，它是指向成功的地图。当你写小说时，我还会再给你画一幅图……"

他俩从座位上起身。亚力克问道："我可以拿走您画好的这幅图吗？您能在上面签个名吗？"

"当然可以。你要它干什么？"

"我要把它装裱起来。"亚力克回答道。

事实上，自从亚里士多德以来，所有叙事理论方面的专家都在强调结构的重要性。故事具有一定的结构，如果你过多地偏离这个结构，那么故事就会写不下去。亚里士多德曾说："最重要的是事件的结构，事件与人物无关，而关乎行动和生命。"

故事叙述的任何基本要素都可能深深植根于我们大脑的连接方式。

乔纳森·戈特沙尔梳理了近年来对人类大脑的研究，得出结论："人们讲述故事的各种各样的表面之下——无论何时何地——都潜藏着一个共同的结构。"

他说的是"主人公—困境—解决困境"的结构，这几乎是所有小说和大部分叙事性非虚构小说的基本结构。叙事性非虚构小说作家当然也可以选择其他结构。但是，正如诺拉·艾芙隆曾经指出的："如果你选对了结构，故事的主体就变得非常清晰。"

普利策叙事性非虚构小说奖得主凯利·贝纳姆·弗兰奇告诉我们，选择何种故事的框架结构决定了一个写作项目未来的走向。弗兰奇是从做新闻报道起家的，她曾经加入《今日美国》的团队，参与制作《1619：寻找答案》，这是在美国奴隶制出现400周年之际出版的一部极具感染力的作品。在《漫漫归家路》中，团队帮助旺达·塔克寻根安哥拉，那里是第一批非洲人被卖到后来的美国当奴隶的地方。

"在我们决定去安哥拉之前，"弗兰奇说，"这则故事缺少行动。我们有人物了……但是现在手边没有太多内容可以按时间顺序记述，他们也没有太多的家庭故事可供我们重述。等我们决定带旺达去安哥拉，我们就有了清晰的叙事弧线。"

弗兰奇的经验和成就告诉她什么时候值得跨越大半个地球去寻找一种叙事结构。我遇到的新手故事作家通常会犯跟亚力克·巴尔相同的错误。就像罗伯特·鲁阿克笔下的虚构人物，他们非常努力，试图将标准报道和故事结构这两种格格不入的形式糅合在一起。当他们向我寻求帮助时，我会重新绘制出一个结构图表来组织素材。如果他们掌握了这种结构，那么，他们写的故事离发表之日也就不远了。

谈到写作，我们将大把的时间花在了遣词造句、文体风格、词句用法以及润色文字上。当然，这些事情都很重要，然而我们却忽视了那些并不显眼但更为重要乃至直指成功的要素。乔恩·弗兰克林说过："许多人认为文章是靠改出来的，殊不知润色只是抹上结构之墙的那斑斑灰泥。"

书店的橱窗里会摆满各色畅销书，其中不乏许多流行小说家的作品。

这些小说家通常对辞藻是否华丽并无感觉，有时连邀请别人共舞的优雅措辞都编不出来。但这并不影响像吉恩·奥卢、戴维·鲍尔达奇和汤姆·克兰西之类作家的作品有百万销量，原因就在于他们懂得如何去组织故事的结构，这让批评他们句法粗糙的批评家无从置喙。

普利策奖得主、非虚构作家理查德·罗兹的作品文风优雅，销路畅达。他就说过，赢得读者需要策略，"但是，最重要的策略却和语言能力无关。掌握结构需要的是布局和管理才能。遗憾的是，作家们对结构谈得太少了"①。

那好，就让我们来谈谈什么是结构吧。

结构的视觉化

结构比逻辑更容易看得见、摸得着，而逻辑是组成部分之间的必然联系。大多数有经验的作家会创造一些视觉指南来整合故事，就像建筑师一样，他们将结构设计成蓝图，并通过蓝图来理解结构。

小学老师教给我们的罗马数字提纲适用于撰写新闻报道、论文或写作指导书，却无法揭示故事的核心结构。在我看来，话题提纲是在大脑的语言区域也就是在左脑语言中枢创作出来的。斯蒂芬·霍尔通过脑部核磁共振扫描，针对故事的叙述方式做了一个小小的实验。结果表明，故事的蓝图是在右脑形成的，而负责构思故事结构的神经网络和大脑视觉皮质紧密相连。

罗伯特·鲁阿克笔下的杂志编辑马克·曼特尔向新手亚力克展现的"图形"就是"一系列的三角形、矩形和椭圆形的图案，附带着圆圈和勾叉的标记"。普利策奖获得者、现供职于《坦帕湾时报》、曾在印第安纳大学教课的非虚构作家汤姆·弗伦奇建议作家们"绘制一张图表，将故事的主线标注出来，借此寻找最简单的讲述方法和最自然的表现途径。

---

① 罗兹的话援引自：Sims, *The Literary Journalists*。

如果图画不出来，就意味着你还没有弄清楚故事结构"①。小说家达林·斯特劳斯也说："在构思阶段，将每一个故事行动以弧线的形式画出来会很有帮助。将 A 画在一端，将 B 画在另一端。如果 A 是问题，那么 B 就是答案。一般而言，问题应该和主人公的具体欲望有关。"

释义性叙事大师约翰·麦克菲对结构十分着迷。在写作的准备阶段，面对纷繁的素材，他可以通过勾勒出简单的结构蓝图来看清目标，并确定达到目标的方法。他回忆道："年轻的时候，我对如何处理信息感到无比困惑。如今有了结构设计，我感觉就像压在胸口的大石头被挪开了，顿时轻松了许多。"

麦克菲所谓的"涂鸦"有着不同的形式。伸展出线条的弧线表示不同的叙事文体。线条和它旁边的圆圈代表离题的内容。《普林斯顿每周公报》曾经刊登了珍妮弗·格林斯坦·奥尔特曼对麦克菲的采访，麦克菲和她分享了他的名作《佐治亚州的旅行》的结构设计图，它使用螺旋线来贯穿故事的主要场景。（麦克菲关于结构的更详细的论述，可以参见《第四稿》，收录了他在《纽约客》上发表的一系列探讨写作技艺的文章。）

在这部作品中，麦克菲跟随两位野生生物学家，穿行于佐治亚州的乡野。麦克菲在图 2-1 中标出了最有趣的逗留片段。

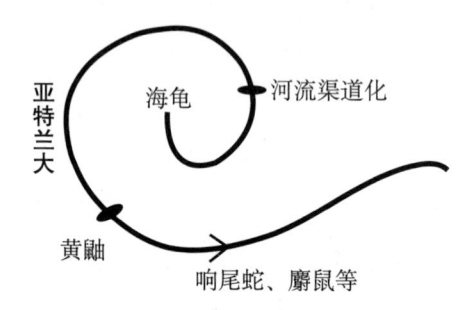

图 2-1 约翰·麦克菲的图表提纲

---

① 汤姆·弗伦奇的这个观点援引自 WriterL（一个由 Jon and Lynn Franklin 管理的叙事性非虚构文学讨论组），此引用已获得许可。

生物学家经常停下来，搜集刚刚葬身车轮之下的动物尸体，然后再将它们煮熟吃掉。麦克菲在他的简图中提到了他们食用的麝鼠。他们还撞见一台挖掘机正在破坏沼泽地，而这属于河流渠道化工程的一部分，也是螺旋式故事叙述的关键点。在情节最为紧张的故事段落中，他们停下来检查一只被车辆撞成重伤的海龟，并眼睁睁地看着警长掏出手枪结束了它的痛苦。正如螺旋图所示，故事线最终结束在这只海龟身上，可怜的它最后还被麦克菲和生物学家吃掉了。

设计图

承包商在开始盖房子时，并非每天都需要做决策，考虑这里是不是该建个房间、那里是不是该修个门道，然后订上一大堆的建筑材料，以供不时之需。他会先参考设计图，预订必需的材料，再有条不紊地根据设计图纸来施工。

那些困惑的、焦虑的、低产的非虚构作家工作起来就像没有设计图纸的承包商，而成功的作家明白在写作之前必须要设计故事的结构。泰德·康诺弗告诉罗伯特·博因顿："当我还是名新手作家时，我往往要写到中间部分才能弄清楚文章的结构。刚开始的时候，我并没有计划，脚踩西瓜皮，滑到哪儿写到哪儿，简直太随意了。但是，这种写作方法效率很低，我经常钻进死胡同，浪费了不少时间。"

当我和其他作家有了创作某个故事的想法时，我们一般会先坐下来，共同描绘写作蓝图。如果我们遇到了意想不到的事情，可以随时修改设计图，承包商也是这么做的。同时，你要避免浪费时间和金钱去搜集那些你并不需要的素材。玛丽·罗奇说过："我总是将结构牢记在心，素材必须能恰当地置入结构。这样，我就不会浪费时间和精力去搜集一堆无用的素材。"[①]

一幅好的设计图会让写作变得轻松简单。乔恩·弗兰克林曾经警告

[①] 玛丽·罗奇的这一观点发表于俄勒冈大学新闻学院举办的学术研讨会"把非虚构文学的'非'放回去"（俄勒冈州波特兰市，2007年2月9日）。

作家们不要过于强调文章的修饰与润色。他指出，初稿应该突出结构——把合适的材料放在合适的地方——而不要试图将每个句子都写得完美无缺。一旦结构梗概拟定，你可以回过头来重新修改内容。还是用建房子打比方，承包商在装修每个房间之前，肯定是先对整栋房屋的装修有个总体的设计。如果你也这样做，你就不会感到那么焦虑了，也就不会花费无谓的时间去加工那些注定被丢弃的材料。

叙事弧线

我最喜欢的电视连续剧《宋飞正传》开始了。剧中人物克雷默像往常一样，焦虑不安地冲进杰里的房间。他不说话，只来回踱步。杰里则一脸的不耐烦，忍不住问道："到底出什么事了？"克雷默回答道："我刚意识到我**没有叙事弧线**！"

这个笑话让人回味无穷。当故事要素依次展开时，叙事弧线就产生了。但是在《宋飞正传》播放期间，"叙事弧线"在纽约的文人圈子里还只是个流行语，似乎并没有实质的含义。我们可以猜想克雷默只不过是鹦鹉学舌，并不知道自己说的到底是什么。但具有讽刺意味的是，他说的一点儿没错。克雷默在为人处事方面我行我素，生活既没有条理性，又缺乏一致性，的确缺少叙事弧线。这个让人回味的段子从侧面反驳了某些评论家的观点，他们认为这部电视剧反映的生活缺乏目标，毫无价值。

电视剧幽默的调调掩盖了它的叙事能量。实际上，《宋飞正传》的每一集都包含有好几条叙事弧线。克雷默实施的计划又以失败告终；伊莱恩的爱情升温又降温；乔治得到工作后不久又丢掉了饭碗。像所有成功的故事叙述一样，《宋飞正传》也有将故事组织起来的框架结构，让观众对下一则故事充满了期待。

自亚里士多德以来，分析家们一直在与故事结构打交道。我们中的大部分人都听过亚里士多德对故事的划分——由开头、中间和结尾三个部分组成，但是它并不能直接指导实际的写作。一名有抱负的故事叙述者还需要更多的具体细节。

不用担心——具体的细节多得是。就连亚里士多德给我们的结构建议也不仅是开头、中间和结尾。如今，针对最受读者欢迎的故事结构，专家们又提出了许多更加具体的建议。他们建议作者运用视觉图表来展现"主人公—困境—解决困境"模式中关键环节之间的联系。在珍妮特·伯罗薇的虚构文学写作教材中，你可以找到许多这样的例子。多年来，我在采访作家和形成图表提纲方面已经自成体系，我勾勒出的图表提纲可以帮助他们进行故事设计和写作。

一开始，我会让他们列出故事的主要元素。然后，我尝试勾勒出一条叙事弧线，形状就像是向右偏离的正态曲线。

模型如图2-2所示。

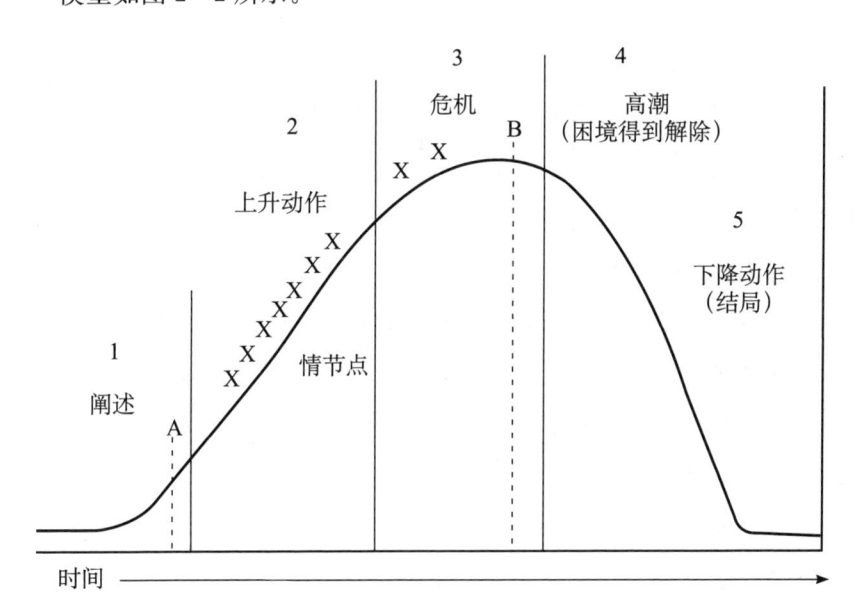

图2-2　叙事弧线

我猜想克雷默不会认可这个图表画的就是他所说的叙事弧线，很多经验丰富的非虚构文学作家也看不明白这幅图。《美国佬》杂志前任编辑吉姆·科林斯说过："在叙事性写作方面，很少有作家能够明白故事线应该是呈弧线形的，不仅仅是由开头、中间和结尾组成，还有一连串的事件引导着读者前行。我读过很多单调乏味的作品，事件依次发生，故事本身没有丝毫动感。"①

一条真正的叙事弧线会随着时间向前延伸，看起来就像一股即将撞碎的波浪，蓄势待发，下一秒就要迸溅成美丽的浪花。

1. 阐述

在任何一则完整的故事中，叙事弧线都会经历五个阶段，在图 2-2 中每个阶段的上方都用阿拉伯数字标示出来了。第一个阶段是阐述，作者会告诉读者主人公是谁，读者需要足够的信息来理解主人公即将面临的困境。

亚里士多德说过，在故事的阐述阶段，你要界定角色。拉约什·艾格瑞注意到《韦氏词典》将阐述定义为"揭露的行为"，于是她问道："那么，我们想要揭露什么呢？故事的前提？氛围？人物背景？动作？场景？还是情绪？答案是我们必须立刻告诉读者以上全部信息。"

当然，也不能告诉读者全部……阐述部分的写作技巧就在于作者只告诉读者他们必须知道的信息……仅此而已。南希·庞切斯和溺水猎狐犬的故事就是一个很好的分析案例。

2007 年，一场毁灭性的暴风雨席卷了太平洋西北大部分地区。马克·拉勒比是一位经验丰富的记者，在《俄勒冈报》的波特兰新闻编辑室工作，专门负责报道重要新闻。他开车向北行驶了 85 英里，来到暴发洪水的灾区。那儿的水坝已经溃堤，洪水切断了西岸南北州际公路。马克在报道人们为疏通高速公路而紧张忙碌的时候，听说一位养狗人在这次洪灾中失去了所有的动物，自己也差点被淹死。马克找到这个养狗人的邻居和朋友，跟他们一一交谈，最后在医院找到了这位养狗人并进行采访。马克觉得自己掌握的材料棒极了，想就此写一篇故事。当他回到波特兰后，编辑让他来找我。②

---

① 吉姆·科林斯在 2001 年尼曼叙事大会上发表了这一观点。2002 年春季号《尼曼报告》收入了科林斯及其他人的发言稿。

② 你可以在 www.press.uchicago.edu/books/hart 读到马克写的完整故事。

我指导故事写作时通常就是这样的流程：在办公室里坐下来，我先问对方掌握了哪些素材，我越问越兴奋。的确，马克发掘到的素材很不错，搜集到的细节也很棒，足以写出一则感人至深、活灵活现的故事：洪水包围了那名妇女独居的偏僻小屋。她拼命去挽救那些珍贵的美国猎狐犬，却眼睁睁地看着它们一个个葬身水底。她被困在阴冷可怕的小屋里几个小时，看着洪水无情地上涨至天花板。最后，只有一只小狗活了下来，她为它取名诺亚。

我们讨论到了关键阶段，该做的就是思考。在任何媒体中，作者要想成功地叙述故事，就必须进行思考。不论是设计新闻叙事、杂志特写、广播纪录节目、播客还是设计电影，在投身写作之前，都必须要理解故事所蕴含的要素。

马克和我先讨论了养狗人作为主人公的品质，是这些品质让她经受住了严峻的考验。我们又讨论了其他的幸存者。主人公和那些幸存者有哪些相似点？我们从她的身上又能得到什么启发？我们将故事分解成几个关键部分，将情节点插入我画的叙事弧线中，并完成了一个场景提纲。

故事的开始，马克必须进行阐述。关于主人公，读者需要知道什么？当然包括一些基本事实（例如，南希·庞切斯，74岁，独居，饲养猎狐犬）；还需要略略交代一些背景信息（南希住在奇黑利斯河旁边，该河流经华盛顿州西南）；关于南希性格的介绍（她坚强勇敢、足智多谋、独立性强）；一些行为动机也很重要（她很爱自己那些具有冠军血统的狗，一养就是30年；她还有一窝刚出生五周的小狗）。

这就是读者需要的阐述内容——它解释了南希在面临困境时的种种行为。

新手作家常常会犯这样的错误，那就是把他们从核心人物身上得到的信息一股脑儿地都放进背景介绍中，从而推迟了本该一开始就抓住读者的故事线，所以才有了"阐述是故事的敌人"这个说法。这条箴言适用于所有媒介。我曾经跟一位播客作家聊过，他就不在乎这条箴言，写作中不断地东拉西扯，偏离他的故事的核心困境。作为听众，我听得很沮丧，因为他说的很多内容让我完全摸不着头脑，**我就只是想好好听一**

则故事。

在跟播客作家讨论了这个问题后,他推出了一个全新的、改头换面的播客。凭借这一点,他在当地一家大型媒体公司找到了一份全职工作。

好的阐述只提供支撑故事的足够信息,解释主人公如何在特定的时间来到特定的地点,介绍人物心中的欲望,以便导入下一个故事环节。充分的报道会产生太多枝枝杈杈的细节,而优秀的故事叙述者往往知道如何披荆斩棘,辟出一条前进的道路。作者需要从大量的背景事实中筛选出必要的信息,正如我最喜欢的小说家科马克·麦卡锡在《平原上的城市》中所言:"当一切都知晓时,故事已然不复存在。"

如果推迟了故事线,就连必要的背景信息也会阻碍故事发展的进程。亨特·汤普森说过,成功的秘诀就在于"糅合"。你很快开始进入故事线,然后将阐述部分掺入其中,将其隐藏在修饰语、从句、同位语等语言形式中。马克回到电脑前,写出了第一段。这一段既有情节,又提供了必要的信息:

> 南希·庞切斯盯着波涛汹涌的洪水。奇黑利斯河被一轮又一轮的暴风雨所吞噬,河水盈满了整条河道,并淹没了沿岸大片已被雨水浸透的土地。但是,在这个湿透了的周日傍晚,河水至少还是远远低于屋旁的乡村公路。

在故事的阐述部分,作者可以通过预示即将发生的戏剧性事件来吸引读者,将他们带入情境之中。马克本可以简单地写道:"南希没有预料到几个小时之后,她的狗会相继死去,而她也会被困在房子里,挣扎求生。"但是,马克明智地选择了更加巧妙的描述手法:

> 南希的家位于奇黑利斯河以西13英里处,在这六年中,她还从未见过河水泛滥。沿岸长住的居民们告诉她,他们也从来没有见过河水淹没乡村公路。1996年,河水漫上了河岸,州际五号公路被迫关闭,但是这条路仍然幸免于难。再说了,这场暴风雨还赶不上1996年的。

> 打消了疑虑的南希回到家中,指望晚上能睡个安稳觉。

读者知道，当作者大费周章地告诉他们主人公没有做好最坏打算的时候，往往最糟糕的事情就要发生了。马克·辛格发表在《纽约客》上的《漂流者》，讲述了墨西哥渔民短期出海捕鱼的故事。这些渔民在海上迷失了方向，漂流了九个多月。

> 2005年10月28日的清晨，位于墨西哥太平洋沿岸的圣布拉斯镇，五个男人登上了一艘小船。那天看起来充满希望：飓风季节已经渐远，天空云朵不多，玛塔城的宽阔港口水面平静……如果一切顺利，他们可能会在海上待上两三天。

除了刻意的旁白，你也可以找到其他预告读者的方法，例如用缺少先行词的代词，或者用未了结的结尾来逗引读者。琼·狄迪恩在她一篇著名的叙事性非虚构作品中这样开头："先想象一下班昂大街，因为它就是在这里发生的。"《俄勒冈报》的特写记者斯潘塞·海因茨在故事开始处写道："当帕特·约斯特听到声音的时候，她正躺在床上。"

发生了什么？什么声音？标准的新闻报道会立刻揭晓答案。但是，一点点神秘感可以推动故事的发展。《华尔街日报》前写作指导比尔·布伦德尔说过："我的方法就是在导入部分和读者开个小玩笑。他们不会介意的。你只是试图引起他们的兴趣。"

查尔斯·狄更斯的成功准则是："让他们笑；让他们哭。但最重要的，是让他们等。"①

但是，有一件事不能让他们等，那就是读者需要通过阅读阐述部分去了解所发生的一切。在短篇新闻叙事中，你可能无法将所有的阐述内容都加入故事线中。但是，一两段未能加入的背景介绍是不会让故事讲述慢太多的。在南希爬上床，准备安然入睡之后，马克并没有继续讲述后面的情节，而是阐述了故事的关键背景。

> 这位74岁的美国养狗协会评委精力充沛，鹤发童颜。南希培育

---

① 狄更斯的这段名言被广泛引用，其中一个出处是 *Encyclopedia of World Biography* (1994)。

了珍贵的美国猎狐犬,自从20世纪70年代中期以来,她不断地改良这种具有冠军血统的犬类。她生活在宽大的活动房车里,车子停在8英亩牧场的高地处。

至于阐述的其他部分,例如南希养了一窝6只刚出生5周大的小狗,完全可以放在故事线中,这是亨特·汤普森的风格。当必要的故事背景交代完,马克就结束了故事的阐述阶段。在任何一条叙事弧线中,这个阶段都是最重要的部分之一。罗伯特·麦基称之为"诱发性事件",其他人又称之为"情节点A"或者"陷入困境"。不管你怎么称呼它,这个事件都启动了整个故事。在叙事弧线的图表中,我们用垂直虚线来表示它,上方标注着字母A。

在下文中,马克讲述了南希·庞切斯面临的困境:

> 周一早晨,她从床上一骨碌爬起来,向窗外望去。黄褐色的泥水淹没了她的院子,而且已经淹到雪佛兰房车的发动机了。由于洪水涌上路面,即便她发动车子,也已经无路可逃。

一旦进入困境部分,故事的阐述就结束了。接下来,事情就变得有趣了。

2. 上升动作

在叙事弧线中,和其他阶段相比,故事的第二个阶段——上升动作所占的分量也很重。在大多数故事里,上升动作实际所占的篇幅最大。因为上升动作能够吸引观众坐下来观看电影,所以一部120分钟的标准好莱坞电影可能会在上升动作阶段花上100分钟。上升动作创造出戏剧张力,只有当故事达到高潮、困境得到解除之时,这个张力才能获得释放。

在南希·庞切斯的故事里,上升动作就是那上涨的洪水。马克通过仔细采访,发现一系列戏剧性事件相继发生。每个事件形成一个情节点,在图表中我用X标出上扬的上升动作曲线。

看完前一章,你可能还记得情节点可以改变故事发展的方向。情节点 A 或者诱发性事件改变了主人公的现状，并开启了通往新现实的旅程，一直到达叙事弧线的另一端。小说家达林·斯特劳斯建议在故事开始之前先"将中心人物的生活想象成山顶上摇摇欲坠的巨石"。叙事开始后，小鸟飞过，触碰巨石，巨石轰然从山顶滚落下来。

巨石滚落不仅震惊了主人公，也让观众感到心惊肉跳，紧张感随之产生，并伴随情节的蜿蜒发展而不断加强。大多数情节点会给主人公制造新的麻烦。泰德·康诺弗提醒我们："当问题出现时，故事就发生了。"①

在正式开始故事写作之前，马克·拉勒比和我讨论了故事中所有的情节点。我们列出的情节点越多，故事就显得越吸引人。根据马克的采访记录，整个故事的情节迂回曲折，环环相扣。情节就应该是这样的。拉约什·艾格瑞说过："戏剧中每一瞬间都环环紧扣。"

在南希看到洪水淹没院子的那一刻，故事就开始了。她奋力将小狗、狗妈妈和其他 5 只狗救起放进屋内。随后，洪水阻断了通往养狗场的路，剩下的 10 只狗被困在里面。而在房间里，洪水渐渐淹没了地板，没过南希的膝盖。残渣碎片堵住了门，将她困在里面。南希虽然浑身湿透，全身冻僵，却依然不放弃，她有条不紊地计划了一个又一个的求生措施。两只小狗淹死了，她把幸存的狗放进一个漂浮的泡沫运送箱内。水还在上涨。屋外，养狗场里的狗已经丧命；接着，房子里的成年狗也陆续死亡。

> 南希爬上厨房柜台。洪水越涨越高，先是淹没了椅子，后是窗台，最后涨到了百叶窗。洪水漫过一个接一个的叶板。家具倒下来，没入水中。

书柜倒下了，漂了起来。南希游过去，爬到上面。一旦洪水涨到天花板，南希和她的小狗都会被淹死。命运之神真的会这样安排吗？

精心设计的上升动作每发展一步，就会提出一个问题。菲利普·杰拉德注意到，戏剧性的故事结构"由一连串按特定顺序排列的谜题组成，这些谜题可大可小，作家应充分利用它们的不同，从小到大逐步解开，

---

① 泰德·康诺弗的这一观点发表于俄勒冈大学新闻学院举办的学术研讨会"把非虚构文学的'非'放回去"。

将最大的谜题留到最后揭晓"。

一定要突出最后的谜题。在我担任普利策奖评委期间，我惊讶地发现一件参评作品完全是这项原则的反面教材。整则故事完全系于主人公的生死问题，但是，设计者为了册子装帧好看，竟忘乎所以地在故事开端放了一张照片：在照片中，吊唁者们正站在一座新坟前缅怀主人公。

这位匠心独具者真该读读亚里士多德的名言："第一幕，展现实情。第二幕，编排事件。直到第三幕，读者还是很难猜出结局。作者要做到出其不意，这样传达的信息才会超出人们的预期，并让人们有所参悟。"

乔纳森·哈尔的《民事诉讼》之所以能够成为 20 世纪畅销的非虚构叙事作品，原因之一就是哈尔聪明地设置了一个又一个谜题。这部作品以简·斯里克特曼律师的真实经历为创作蓝本。律师一门心思追查波士顿城外沃本地区污染地下水的企业。根据调查结果，他揭露了其中的格雷斯公司倾倒的有毒化学物质是导致几名儿童身患白血病而死的罪魁祸首。

在案件审理过程中，被告方将一名地下水研究专家约翰·顾斯沃推上了证人席。专家辩称，工厂的地下水是不可能渗透到沃本供水井的，所谓格雷斯公司因为排污而致人死亡的事件不可能发生。而在此时，简·斯里克特曼的同事、哈佛大学教授查尔斯·尼森却突然失踪了。

那天，尼森没有返回法庭。当天下午，他也没有出现在办公室。斯里克特曼给尼森在哈佛法学院的办公室打电话，尼森的秘书说没有看到他。斯里克特曼担心起来，马上给尼森的家中打了电话，仍然没有人接电话。斯里克特曼急得在会议室大喊："他究竟在哪里？"

次日早晨，尼森仍然不见人影。斯里克特曼盘问了一整天证人，也没能击垮他的证词。眼看着这桩案子就要在受污地下水的渗透问题上败诉了。

原来，尼森一直待在哈佛大学法学院的图书馆里，他利用水文学基本原理达西定律来证明被告专家的计算完全是错误的。那天晚上，他走进斯里克特曼的办公室。

斯里克特曼跳了起来，叫道："天啊！查理，你究竟到哪儿去了？"
尼森只是微笑着回答："我已经知道如何击败顾斯沃了。"

第二天，斯里克特曼击败了证人席上的顾斯沃，为他赢得这一具有里程碑意义的案件提供了可能性。

有力的上升动作还具备另一个特点，那就是好的叙事会随着希望的起伏而展开。蝙蝠侠赢了，希望变强；小丑赢了，希望变弱。斯里克特曼错失了一项关键的法律提案，看起来诉讼即将失败。随后，故事瞬间出现转机，他又回到工作中，并重新开始搜集证据。

艾瑞克·拉森的《白城恶魔》中也有故事的峰回路转。主人公丹尼尔·伯纳姆计划在1893年举办芝加哥世界博览会。由于时间仓促、天气恶劣，成功的可能性看来不大。伯纳姆越过了一个个麻烦的情节点，时而信心满满，时而绝望沮丧。在一个情节点上，关键角色——知名的景观设计师弗雷德里克·劳·奥姆斯特德灰心丧气，写了封信给伯纳姆。

> 他写道："看来是到了必须开掉我的时候了，芝加哥的工作看起来毫无进展。显然，照目前的情况看，我们办不成博览会。"

和其他筹办重大展览会的人一样，奥姆斯特德当然会遇到意志消沉的时刻，但他又会重新振作起来。最后，芝加哥世界博览会在美国文明史上书写了精彩的一页。

希望的新生与幻灭，谜题的设定与揭晓，悬念的形成和解开，都出现在故事的上升动作阶段。我有时将它们画成一条曲线，并使之向上缠绕在另一条曲线上，其中每个情节点都标着X（见图2-3）。

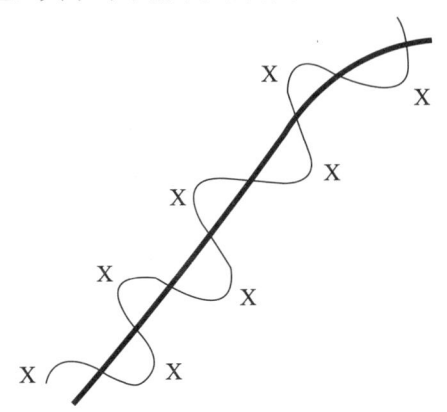

图2-3 上升动作曲线上摇摆的希望、谜题与悬念

在成功的上升动作中，最后一个重要的要素就是扣人心弦的悬念。不是说你要制造出像印第安纳·琼斯挂在悬崖的一棵小树上，身下就是深渊河流那般的真悬念，但是你需要在每段的结尾处留点小悬念，吊足你的主人公和观众的胃口。

当简·斯里克特曼结束对约翰·顾斯沃长达一天的交叉询问时，他已经无法质疑顾斯沃的证词了，他急需尼森的帮助。这个部分以悬念结束：

> 对于明天，他毫无计划。而此时尼森还是不见踪影。

艾瑞克·拉森描写丹尼尔邀请几位著名的纽约建筑师参与芝加哥博览会的建设。他们的加入意义重大。但是，拉森在这场关键会议的结果上却给读者设置了个悬念，他是这样结束这段的：

> 他相信自己已经说服了他们。临到结束，他问道："你们愿意加入吗？"没有人开口回答。

马克·拉勒比也喜欢使用悬念。故事的上升动作部分以南希·庞切斯爬上漂浮的书柜，洪水逼近天花板作为结束。一旦她漂到了天花板，肯定会淹死。马克这样写道：

> 浑浊的洪水已经淹没了窗户，光线一闪即逝。水仍在上涨。南希举起手，触到了天花板。

3. 危机

亚里士多德写过情节的"突变"，或"逆转"。第三幕情节发生转折，突然将主人公置于危险的境地。大多数的现代故事分析家更偏爱将情节的突转称为"危机"，这个更加宽泛的概念预示着故事强度的增加，以及高潮的到来。

当南希·庞切斯触摸到天花板，并意识到自己马上会被淹死的时候，危机就降临了。危机一来，一切都悬而未决，事情会朝任何可能的方向发展。

对任何一位故事叙述者来说，这都是一个关键点，因为观众此刻正与主人公同呼吸、共命运。危机也向作者提出了一个重要问题：你是在危机开始之前按时间顺序讲述故事，还是以危机开头，利用戏剧张力吸引读者的注意，将他们带进故事中？

罗马诗人贺拉斯在《诗艺》①中也提到了这一左右为难的困境。荷马是从故事中间部分开始史诗写作的，然后又倒叙回去，给听众提供必需的故事背景。用贺拉斯的话来说，荷马是从中间开始的。

对于非虚构故事来说，叙事弧线描述的是现实，事件顺序就是现实中的实际顺序。在小说中，尽管曲线描述的是想象的事件，你仍需遵循相同的原则。但是，在非虚构故事和小说中，并没有条文规则告诉你必须要按照时间先后顺序来讲述故事。你可以通过倒叙或预叙等多种方式在弧线上来回跳跃。换句话说，情节不必线性跟随叙事弧线。电影《记忆碎片》就是将整个故事倒过来讲，从最后一幕开始，然后一幕幕地回到起点。

非虚构故事通常会按时间的先后顺序展开，但是一两个倒叙会给读者提供必需的背景信息。在《迷失Z城》和《花月杀手》等畅销书中展现了高超的叙事结构的大卫·格恩，曾为《纽约客》写了一则活捉大王乌贼的故事。大部分的叙述是按照他和新西兰乌贼猎人史蒂夫·奥谢一起行动的时间顺序展开的，但他也用了1 500多字的大段闪回来告知读者他们为追寻大王乌贼付出的种种努力：

> 去年1月，在开始我和奥谢的冒险之旅前，我曾加入奥谢的同事布鲁斯·罗比森的乌贼小队。与其他猎人不同，罗比森拥有两个水下机器人，它们具备高级成像的能力，而且比潜水员和大多数潜水器游得更快。

中间开场的故事，以危机发端，再倒叙到起点。作者的叙事弧线经过阐述阶段、困境阶段，然后是上升动作。当它再次回到危机时，会继

---

① C. O. Brink 对贺拉斯作品的翻译是其中一种标准译本，已列入本书参考书目。

续向高潮挺进，进入一个崭新的阶段。

中间开场的叙事弧线如图 2-4 所示。

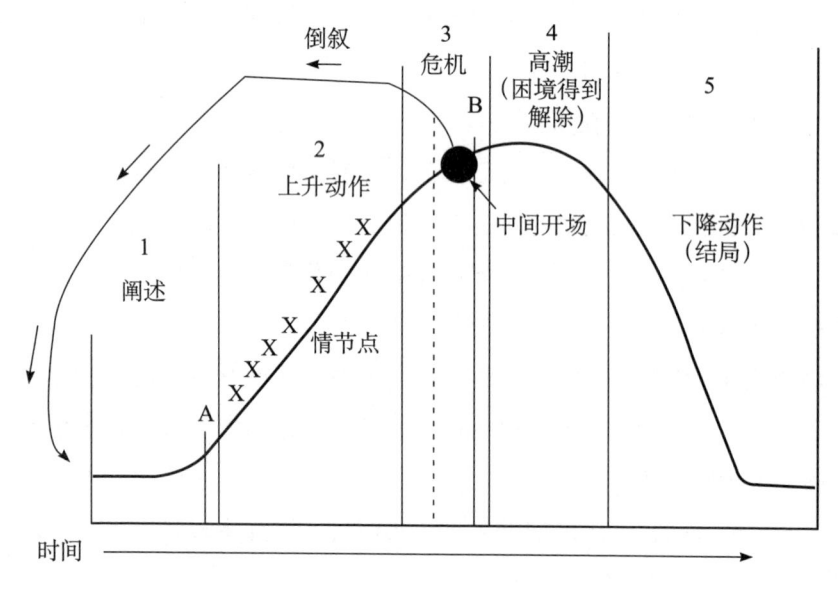

图 2-4 中间开场

马克和我讨论了南希·庞切斯这个故事中间开场的可能性。我们可以从她浮在书柜上这一刻开始，给读者提供故事背景，让他们了解她所处的险境。天花板离她只有一臂之遥，这可是一个绝好的悬念。

但是，中间开场会使写作变得更加复杂。南希的故事是马克的第一则新闻故事。此外，叙事弧线的自然开头——南希走到奇黑利斯河岸，看着上涨的河水，觉得没有什么好担心的，这一描述已经带有不祥之兆，具备足够的吸引力将读者带入故事。我提出的建议和我从军队里学来的原则一样，那就是简单，再简单！所以，我建议马克以类似这样的简单句开头："南希·庞切斯盯着汹涌的河水出神。"马克最终也是做此选择。

不论你的经验有多么丰富，当你考虑长篇的倒叙和预叙时，我建议你运用简明易懂的原则。《记忆碎片》却是一个例外。故事叙述者想让读者在故事中流连忘返，如果跳出线性时间就会打断读者的思路。预叙尤其会破坏读者随故事而动的感同身受，因为这种写作手段显然过于造作。当我们亲身体验这个世界的时候，我们可能会回忆起一些之前发生的事情,但是我们的意识不会总是突然适时地跳出来。预叙提醒读者注意自己和故事之间还有个作者,他突然闯入,说:"在这儿等一下,我一会儿告诉你们后来会发生什么。"作者的悍然入侵打断了故事线。

所以,汤姆·弗伦奇说:"当心那些长篇的倒叙、华丽的预叙,或被生拉硬拽而来的'解释',紧随情节发展就可以了。"

———————

危机是叙事弧线波浪的尖峰。波浪虽然瓦解了,但是它的力量会带来深刻的变化。在悲剧中,它会毁灭主人公(《麦克白》)。在情节丰富却简单的故事中,它会解除困境,让主人公回归现状。(救护车赶到,将困在燃烧汽车里的妇女迅速送往医院。)在一个积极结尾的故事中,它将为主人公带来持久的心理变化,令其拥有新的见解和知识,并允许他继续新的生活。(山姆·莱特纳接受了自己的外貌,走到同学中间,勇敢地拥抱成年后的生活。)

好莱坞的动作电影通常只是奇思妙想——最危险的情境也可以保证警探哈里毫发无损。① 但是,当克林特·伊斯特伍德转去拍摄严肃题材的电影时,叙事弧线必然赋予主人公新的视角去观察世界。《警探哈里》永远无法获得像电影《不可饶恕》得到的评论界好评。

罗伯特·麦基说过,如果你比较主人公在电影开头和结尾的不同境况,"你就能发现在电影的叙事弧线中,结尾处主人公的境遇已得到改观,不再是刚开始时的样子了"。

在南希·庞切斯之类的故事里,事情通常发生得太快,来不及在主人公身上引起真正的心理变化。南希在危机中坚忍不拔、足智多谋,但当危机过去,她本质上依然还是以前的那个自己。大多数短篇故事是相似的。斯图亚特·汤姆林森的故事里,那位警官把被困妇女从燃烧的汽车中救出来之后,在心理状态上并没有和之前有明显不同。在非虚构作

———————

① 《警探哈里》(*Dirty Harry*)是美国20世纪70年代"新警察电影"的代表作,故事情节紧张刺激。由伊斯特伍德扮演的主人公是一个典型的硬派新警察形象,他在处死杀手前的经典台词"你是不是觉得自己运气不错?"令人印象深刻。——译者注

品中，作者常常没有机会描述主人公在世界观上发生的变化，因此作者很少能得到"领悟点"。在图表中，我在叙事弧线上用 B 标出这个情节点。

如果你得到了"领悟点"，你真的该为之庆幸。同时具有诱发性事件（情节点 A）和领悟点（情节点 B）意味着你拥有一则完整的故事，你所掌握的素材可以写出一篇真正具有文学价值的作品。

就算是人物没有发生真正的心理变化，你也可以用领悟点来结束危机，自问"是什么事件解决了危机？"——纵然你写的只是新闻故事，这个问题也能帮助你设置通篇结构。我认为，消防队员拿着"生命之钳"赶到现场就是斯图亚特·汤姆林森所述故事的领悟点。而南希·庞切斯触碰到天花板，也是马克·拉勒比所述故事的领悟点。这两个例子证明，危机之后，故事就进入了高潮。

4. 高潮

高潮就是解决危机的事件或一系列事件。当弗拉多毁掉魔戒时，他解开了《魔戒》三部曲的困境。消防队员撬开被撞车辆救出妇女，将她送往医院，此时斯图亚特·汤姆林森的营救故事也就结束了。南希·庞切斯靠近天花板，接下来发生的事情将决定她的生死，并成为故事的高潮：

> 在剩下仅仅 10 英寸的空隙之后，持续上涨的洪水似乎放慢了脚步。
>
> 水停止上涨了。
>
> 她不知道现在几点了。终于，一丝暮色透入窗户。洪水开始回落……
>
> 夜晚，洪水退去，南希再次站了起来。她什么也看不见，但是她设法将小狗裹在自己的羊毛套衫里，用自己的体温给它们保暖。她在房内来回踱步，有时甚至产生了幻觉，感觉墙壁都是玻璃做的。一只小狗把头伸了出来，舔了一下她的脸庞，然后又缩回羊毛套衫里。

她告诉自己：坚持，别放弃。

南希因为体温过低而神志昏迷，但她熬过了寒冷的夜晚，迎来第二天。小狗探出头来，又舔了一下她的脸。南希似乎又产生幻觉了，她好像看见屋外有个小女孩。但这次的幻觉是真实的，小女孩跑去找来她的父亲，打开了南希家被堵住的大门，救出了她和小狗。南希的困境终于迎刃而解。

南希靠着坚忍刚强和足智多谋的品质活了下来，但是不得不感谢洪水的自然回落和拯救她的邻居。然而，弗拉多的高潮却是典型的好莱坞式的，即困境的解除完全来自他自身的努力。他将魔戒带到末日火山，沿途克服了从兽人到地震等重重困难。最后，他将戒指丢进了唯一可以烧毁它的烈火中。

有时候，真实故事中的高潮的确来自主人公自身的努力。山姆·莱特纳就是一个很好的例子。但是，真实生活不是好莱坞电影，事情并不总是如此。杰森·麦克高文不会操作"生命之钳"（尽管他帮助被困妇女一直坚持到消防队员赶来）。南希·庞切斯并没能阻止洪水（尽管她绞尽脑汁，坚持不懈，努力浮在水面上，直到洪水达到顶峰）。但是，这两个事实都能成为绝佳的新闻故事。非虚构叙事作品的核心特质就在于：尽管故事结构可能会缺少一两个环节，但是真实的故事更富戏剧性，更加充满力量，并且读者知道故事是真实的，仅凭这两点就足以吸引读者紧紧跟随整条叙事弧线。

5. 下降动作/结局

高潮将你带到了故事的顶峰，从这以后你就要开始下行了，所以才有了"下降动作"这个概念。故事逐渐放缓，并接近尾声。

到了故事的这个阶段，你可能会剩下一些还未解答的问题。从燃烧着的汽车里救出的妇女伤势严重吗？是生是死？小卡车司机呢？

在故事的下降动作阶段，作者会回答这些问题，所以这个阶段称为结局或者"解结"。故事发展到这里，一切都变得明朗起来。

斯图亚特·汤姆林森的营救故事是这样结尾的:

> 几分钟后,埃文·温格娜被送到俄勒冈州健康与科学大学附属医院。麦克高文和泰森·福特纳也坐上救护车来到医院。
>
> 在医院里,麦克高文见到了温格娜的家人。周二,他得知她的骨盆有三处骨折,左腿骨折,右腿和下巴受伤。她要卧床三个月,并接受多次外科手术。
>
> 案件被移交到梅尔特诺县地方检察官的办公室进行调查。
>
> 埃文·温格娜说她希望尽快见到自己的未婚夫詹姆斯·卡尔金斯,他是俄勒冈州国民警卫队的一等兵,现驻扎在得克萨斯州,明年初将会被派驻伊拉克。

在结尾时,请你记住:下降动作已经释放了故事所有的戏剧张力。读者想知道一些问题的答案,但是故事动力的引擎已经关闭,留下的动力不足以再带动观众前进了。所以别再碰运气了。尽快结束故事,离开舞台。我听到的对电影《指环王》的抱怨就是结局拖沓——冗长的道别和分离,没完没了。

一旦你回答完必答的问题,你就仅剩一项任务——用新闻界称作"意外结局"的结尾来收场。一个好的故事结尾会有总结,还有惊喜,也许是让事件完美收官,将主人公完全置入一个全新的境地。它将清楚无误地表明,故事已经结束。

斯图亚特·汤姆林森在对主人公的赞美中结束了整个营救故事:

> 在床上,温格娜告诉医院发言人。
>
> "一定要让大家知道,"她说,"如果没有那名警官,我活不到现在。"

作为一位初出茅庐的故事叙述者,马克·拉勒比的运气实在不错,故事一直延续到帮他找到了属于他的意外结局。我们在讨论故事的时候,马克眉飞色舞地告诉我有关那只舔了南希的小狗的故事。当他在医院采访南希的时候,南希的一个朋友带着这只小猎狐犬来看望她。南希决定留下它,并给它取名诺亚。马克认为这个名字起得太妙了:诺亚,洪灾的幸存者。

"诺亚!"我不禁欢呼起来。"太棒了!多么好的意外结局!我们必须设法把这个写到故事的结局里。"

马克回去写,他是这样来结尾的:

> 洪灾发生之前,这些珍贵的小狗就已经售出。毕竟,南希是靠养狗卖狗为生的。
>
> 周末,朋友将那只反复舔她脸庞的小狗偷偷带进医院,并把它放在南希的病床上。小狗嗅了嗅,抬头看了看,然后向她跳了过来,再次舔了她的脸蛋。
>
> 她说这只狗不卖了,既然它在洪水中幸存了下来,以后就叫它诺亚吧。

第三章　视　角

当作者梳理故事的素材时，他必须一再确定谁是核心人物……他会问，这究竟是谁的故事？

——克林思·布鲁克斯和罗伯特·佩恩·沃伦

- 视角人物
- 第一人称
- 第二人称
- 第三人称
- 立足点
- 距离

第三章 视角

不久前的一天,波士顿的清晨凉爽宜人。大约五点钟,长着浓密的黑褐色头发、皮肤白皙、怀有四十一周身孕的伊丽莎白·罗克伸出胳膊,将丈夫克里斯推醒。

"我感觉到宫缩了。"

"你确定吗?"

"是的。"

于是,故事开始了……波士顿的医生阿图尔·加万德,同时也是《纽约客》"医学年鉴"、畅销书《终有一死》的作者,将我们带进了这个孕育了大量戏剧元素而且必将引人入胜的故事。但是,很少有读者会考虑加万德决定如此开始故事时所选取的视角。

我们来想一想。谁在描写伊丽莎白·罗克卧室里这亲密的一幕?故事叙述者站在哪里?他能看见什么、听见什么?这究竟是关于谁的故事?

你可能会说,是作者把我们直接带进了卧室,离这一幕只有几英尺之遥。伊丽莎白和她的丈夫都在画面里,我们离他们很近,可以听到他俩之间的对话。总之,我们处在一个不错的观察位置上,静观事态的发展。

但是等等!看看下一段发生了什么。

她已经过了预产期一周了,这一次的疼痛强烈而持久,一点也不像之前感觉到的偶尔痉挛。疼痛似乎来自背部下方,环绕整个腹部。第一次痉挛将她从沉睡中惊醒。接着是第二次、第三次。

天啊!现在我们实际上是在伊丽莎白的体内,感受着她的疼痛,了解着她的历史。

接下来的两段,我们可以对这位准妈妈有更多的了解。这是她第一次怀孕。原来,她自己就是一名医生,是麻省总医院的内科医生。她已经接生过四个婴儿,其中一个是在医院的停车场里。在加万德故事的高潮部分，也就是第十段，她奇迹般地从疼痛的分娩中抽身出来，用她自己的话给我们讲故事：

> 那位父亲打电话说："我们要生了！我们马上到医院！她要生了！"我们当时在急诊室，马上跑向门口。天气寒冷刺骨。车子发出刺耳的刹车声，停在医院前。车门打开，里面坐着那位母亲。

据此我们似乎可以认定，是伊丽莎白在讲述这个故事。我们将跟随她经历分娩的过程，听她解释所发生的一切。

然而，奇怪的事情发生了。不知从哪儿冒出来一个声音，从故事里凭空蹦了出来，讲了个笑话，留下一些出人意料的背景信息。紧接着，其他事情也随之发生了变化。在此之前，故事都是以第三人称展开的。但是，"我们"这个第一人称复数突然出现了。看来，这个本属于伊丽莎白的故事，却突然之间将我们这些读者，甚至整个人类，都囊括进去了。

> 其他哺乳动物生下来就快速地发育成熟，几小时后就能够行走和觅食。而我们人类的新生儿却在几个月里都是弱小无助的。

然后，在文章的中间，人称又发生变化了。加万德自己站出来，谈论起他在分娩方面的研究，以及他在助产过程中使用助产钳时的发现。

> 我和沃森·鲍斯医生交谈过，他是北卡罗来纳州大学退休的产科教授，曾在一本教材中负责编纂了有关助产钳技术的章节。

整篇文章的8 500字都是如此。我们站在10英尺之外，目睹伊丽莎白经历分娩，如此接近故事，以至于我们也能够感同身受。然后，我们后移很远，模糊了细节，在时空中快速穿梭。很快，我们再次接近事件发生的现场。偶尔，伊丽莎白会说话，讲述自己的经历。或者，一名解说员突然出现，为故事线抖落背景信息。之后，作者又站到舞台中央，告诉我们他的相关经历。

我们接受的训练使我们认为非虚构故事描述的都是现实。但事实上，现实事件是不会按照特写、远景、实时、历史总结这些超自然的形式发生的。我们不能进入他人的思想，也不能在人物之间跳来跳去，更无法通过不同人的眼睛去看世界。叙事性非虚构文学就是一种策略，它让我们相信我们正在体验现实，但实际上，它却赋予了我们一种超越现实的能力。这种能力主要来源于那些经验丰富的作家对视角的操控。

那么，到底什么是视角呢？

人们似乎很难就这个问题达成一致。小说家达林·斯特劳斯坚持认为，"视角就是人物在讲述或者体验故事时的思维活动"。文学经纪人彼得·鲁比说，视角就是"摄像机镜头所摆放的位置"。创造性非虚构文学大师菲利普·杰拉德则认为，视角既可以是第一人称也可以是第三人称，需要依据故事叙述者对人物思想的了解程度来变换。

我们经常用"视角"来简单描述影响我们理解世界的价值观。艾恩·兰德对自由资本主义的热情支配着小说《源泉》的创作。卡尔·桑德伯格对自由资本主义的厌恶则成就了他的诗作《芝加哥》。同样，在非虚构叙事文学中，价值观如何影响故事也是一个重要的考虑因素。这个因素非常重要，我们将在不同的章节中涉及它。

在本章讨论的范围内，视角可以回答以下三个问题：是谁的眼睛在看？从哪个方向看？观看的距离有多远？

视角人物

既然故事是关于某个人的，那么任何一位叙事作家要回答的第一个问题就是："这是谁的故事？"

"这是谁的故事"和"谁来讲故事"是两个不同的问题。若故事以第三人称描写人物，则在整个叙事弧线中，这个视角人物不会直接向读者说话。但是，读者可以跟随他在时间里穿梭，闻其所闻，见其所见。有时候，读者甚至对他的所思所想一清二楚。

詹姆斯·坎贝尔的《最后的边陲人》讲述了一个猎人的传奇故事，他是最后一个生活在阿拉斯加遥远的北部内陆、靠捕猎独自养家的猎人。坎贝尔选取猎人为故事的讲述视角。一天，黑姆·科恩外出捕猎野鸭。

突然，在离木屋半英里之外，他听到了类似火车发出的轰隆隆的声音。冰层破裂，冰层下面的河水似乎试图挣脱束缚。巨大的响声吓了他一跳，他赶紧逃跑。他在快要融化的一英尺厚的积雪上，艰难地全速奔跑。站在离河大约一百英尺的地方，他看见河水漫出河岸：洪水来了。等他跑到木屋，河水已经来到门前。怎么办？他告诉自己，别慌，现在千万别慌。

这是一个扣人心弦的故事。黑姆大难临头，我们和他同在，眼睁睁地见他所见，甚至知道他在想什么。

然而，黑姆并不是讲述者。坎贝尔只是将黑姆当作搭乘读者遨游故事的火车，而他自己才是司机，并且时刻不放松对火车头的掌控。

但是，黑姆确实是这个故事的主人公。这位坚忍不拔的猎人陷入困境，经历一系列挑战，到达领悟点，最终消解了故事的戏剧张力。这个故事的视角人物恰恰就是主人公黑姆，通常情况下正是如此，但也不总是这样。最著名的例子可能是弗朗西斯·斯科特·菲茨杰拉德的小说《了不起的盖茨比》中的尼克·卡拉维。尼克住在杰伊·盖茨比豪宅旁的小屋里，占据着观察盖茨比的最佳位置，洞悉他神秘的过去，并亲眼见证他的毁灭。但是，这是盖茨比的故事，而不是尼克的故事。

作者通过多个人物来切换视角。另一本有关阿拉斯加的书——迈克尔·道尔索的《蓝鹰》讲述了育空堡高中篮球队荣登州冠军宝座的故事。第一章介绍教练；第二章关注其中一名队员；第三章特别关注了一位前篮球队队员，他代表的是村里成年人的观点。章题——"戴夫""马特"和"保罗"——表示视角人物在不断切换。

能有些视角切换挺好，但最好不要在多个视角间频繁切换，否则会让读者感到晕头转向，找不着北。在杂志文章中，明智的做法是专注于两到三个主要人物，再加上几个次要人物。一部书则可以支撑更多的人物。黑泽明的电影《罗生门》，因其对视角的巧妙操控而经久不衰，但要知道，即便是在这样的电影中也只用了四个视角来从不同的角度讲述相同的故事。

第三章 视角

现代叙事性非虚构文学的强项之一就是善用视角人物。多年以前，大卫·西蒙还是《巴尔的摩太阳报》的警务记者，那时他还没有出版《凶杀》《角落》等畅销书。但是，他已经提出要放弃日常新闻报道的典型视角——独立超脱的视角。他问道："如果记者能了解采访对象，并从他们的角度来叙述故事，那么，是否有可能获得更加宝贵的视角呢？让读者设身处地地站在被告律师、法官、警方线人、杀手的立场上——这就是戴蒙·鲁尼恩和赫伯特·贝亚德讲述故事的方式。"事实证明，大卫·西蒙深知如何选择视角人物。他创作的电视剧《火线》《郊区故事》和《堕落街传奇》之所以大获成功，秘诀就在于他熟练掌握以一种亲密的视角通过他的主要人物来讲述故事的技巧。为了获得这种亲密的视角，需要非常敏锐的采访，就像奇普·斯坎伦采访凯利·贝纳姆·弗兰奇。弗兰奇和黛博拉·巴菲尔德·贝瑞合作为《今日美国》撰写了一则很有影响力的故事《漫漫归家路》。在美国奴隶制开始400周年纪念日，弗兰奇和贝瑞陪同旺达·塔克前往非洲寻根。在《尼曼故事板》的一篇文章中，斯坎伦引用故事中的这句话：

> 她上了班车，"扑通"一声坐在座位上，左手紧张地拍打膝盖。刚开始，她还会擦去眼泪，后来就任由它们流下。呼吸变得越来越困难。

斯坎伦问道："故事里的视角人物无疑是旺达·塔克。什么样的报道能使之成为可能呢？"

弗兰奇回答："我们向她提问。最简单的做法就是问问她的感受。"

当他们无法问出旺达·塔克在某个特定时刻脑子里在想什么时，弗兰奇和贝瑞马上就换了一种采访策略。贾拉得·亨德森是这个故事的摄影师，他给塔克看她自己在某个场景中的活动视频。弗兰奇介绍说："看完之后，亨德森请塔克跟他说说她看到了什么，有什么感受和想法。亨德森真是一位出色的采访者，他这一招我以后肯定会用。他告诉我，这叫作'照片/视频启发'。这招真是太棒了。"

第一人称

非虚构作家也可以成为视角人物，带领读者经历故事。泰德·康诺弗在他的故事里是全身心投入的观察者，完全融入角色，整篇故事都以第一人称写作。在泰德之前的亨特·汤普森也是如此。汤普森与地狱的天使同骑，康诺弗则是新新监狱里尽职尽责地巡视监房的看守。

其他作家会根据自己的需要选择使用第一人称。特雷西·基德尔在《山外有山》中较多地使用第三人称，但是其中有一段他想展示主人公健康的体魄，于是他使用了第一人称。主人公保罗·法默尔是一位人道主义医生，定期徒步去海地山区看望病人。有一次，基德尔也跟着去了，他通过对比两人的生理反应来展现主人公的特点：

> 我们继续前行，越来越深入山区。法默尔带路，我们一前一后聊着天。我已大汗淋漓，他的脖子上却看不到一丝汗迹。

泰德·康诺弗和特雷西·基德尔所使用的第一人称视角完全不同于以自我为中心的视角。后者深刻地影响了新新闻主义①。而正是这种具有突破性意义的新闻报道形式，改变了20世纪六七十年代美国非虚构文学的风貌。新新闻主义记者（如亨特·汤普森和汤姆·沃尔夫）在素材中带入了极端的个人视角，以其狂野而特异的风格给作品注入活力，他们在故事中描写的好像是他们自己而不是采访对象。尽管康诺弗的《新看守》讲述的是他自己的故事，但他的视角是向外的，着眼于发生在他周围的事件。他作为第一人称在作品中并不引人注目，不似新新闻主义对作者的强烈关注。与亨特·汤普森的《拉斯维加斯的恐惧与厌恶》不同，康诺弗是在讲述自己的故事，但不会让故事专属于自己。

---

① 新新闻主义（New Journalism）是一种新闻报道形式。新新闻主义报道最显著的特点是将文学写作的手法应用于新闻报道，重视对话、场景和心理描写，不遗余力地刻画细节。新新闻主义被认为是20世纪实务新闻学最激进的一种报道理论。其发展的高峰出现在20世纪60年代，代表人物包括汤姆·沃尔夫、诺曼·梅勒、杜鲁门·卡波蒂和亨特·汤普森。这些人的作品主要发表在《纽约客》《乡村之声》《老爷》等杂志上。——译者注

大卫·西蒙说过，现代叙事新闻"绝不能与早期的'新新闻主义'作品混为一谈。在'新新闻主义'的创作理念中，作者的想法、观念、幻想、空谈与客观现实同等重要。叙事新闻恰恰相反，它当然也需要一位优秀作者在作品中带入自己的风格及运用夸张手法，但它反对作者天马行空的幻想。相反，这些幻想应该由那些生活在真实事件中的人们提供"。

当然，有的时候，作者自己就生活在真实事件之中。作者用彼得·鲁比所谓的"回忆的声音"来讲述故事，顺着动作线来告诉你他的所见、所闻、所感。这种方式似乎能够传达一种特殊的亲密感。这种亲密感当然会有助于泰德·康诺弗、玛丽·罗奇和迈克尔·波伦这类作家的作品销售。

第二人称

你（哈哈，就是在说"你"）在叙事性非虚构作品中很少能发现第二人称视角。但是，你（哈哈，还是"你"）可能会在自学读物或者食谱中找到这种直接称呼。因为在旅行指南和指导手册中，使用"你"或者为你的读者采取行动提供建议是非常恰当的，所以我会在本书中继续使用第二人称。

的确，第二人称会偶尔出现在记叙文中，这种写作技巧通常可以将读者带入情境中。在这种情境中，它是一种文学手法，而不是真正的直接称呼。吉姆·哈里森将这种技巧使用得恰到好处。你可能会觉得他的回忆录《去到另一边》大部分都是以第一人称来写的。例如，他写参观亚利桑那州的卡韦萨·普列塔野生动物保护区的经历时说："我在里面转了三天，没有见到一个人影。"然后，他向南行至墨西哥塞里海岸，并且建议读者：

> 你可以按自己的计划从德森博克慢慢行进到巴希亚奇诺……在空旷的沙滩或者沙漠中露营，然后爬上山坡，站在山顶上眺望蒂布龙岛。在去之前，你应该读读这个地区的人类植物学资料，还有约翰·斯坦贝克的《科尔特斯海》。

美国国家杂志奖得主迈克尔·帕德尼提在《111 航班的坠落》中采用了相似的手法。这篇刊登在《时尚先生》上的文章，讲述了 1998 年瑞士航空公司 111 航班在新斯科舍坠机的故事。在帕德尼提看来，第二人称可以将读者同时带进遇难者和幸存者的视角。他附上了遇难者在这次厄运降临之前刚刚拍摄的照片：一位遇难者乘船航海，站在甲板上，感受海风拂面；一个年轻的女子和男友告别；家长和他们的孩子分别。迈克尔这样写道：

> 所有的人好像都变成了金色，额头上似乎都标记着隐形的 X。当然，我们也将如此，只是地点和时间还未确定。是的，我们都在燃烧生命；时间在慢慢流逝。这 229 人，他们有房有车，有床可睡，为这次旅行专门选购了衣服和礼物，有的礼物上还带着价格标签——然而，他们全都消失了。
>
> 你是否还记得最后一次风吹在脸上的感觉？最后一次亲吻孩子额头的温柔？你还记得她手攥机票，最后分别之时和你说过的话吗？

第三人称

荷马用第三人称视角叙述了特洛伊的衰落，当代很多非虚构故事讲述者也纷纷效仿荷马。杜鲁门·卡波蒂将他的小说创作才华转向现实世界，为后来创作出大量的非虚构叙事作品打下了坚实的基础，他很自然地继续沿用第三人称的视角。卡波蒂的《冷血》即充分展现了第三人称视角叙述的诸多可能性和长处，所以第三人称成为了非虚构故事叙述者默认的视角。

第一人称会把你限制在自己的视角中。你无法窥探另一个视角人物的内心世界，除非你能利用自己的经验来分析他的言语。例如，文中视角人物可能会告诉你他在关键时刻的想法，然后你再将谈话内容报道出来。如果你想直接讲述视角人物的经历，可以暂时放弃第一人称。但是，只有第三人称才能够真正解决这个问题，因为通过第三人称，你可以站在视角人物的立场来讲述故事。

为什么？因为第三人称能极大地拓宽视野，让读者观看整个故事的发展过程。第一，借助第三人称，你可以将自己变成一部摄像机，记录栩栩如生的细节，用以勾画场景和人物的外部形象。第二，你可以违背自然规律来窥探人物的内心。第三，你还可以凌驾于场景之上，去报道远在天边的事。你甚至可以回望过去，预见未来，即刻到场，就像阿图尔·加万德一般。

菲利普·杰拉德将第三人称的第一种方法——电影摄像机方法——称作"戏剧视角"。因为它忠于外在现实，可以为毫不相关的旁观者所证实，所以它是第三人称视角中最客观和最新闻化的。采用戏剧视角的故事经常由一系列相对单纯的场景组成，作品仅在排版上做出划分，不再因为必要的背景信息而切割成诸多小片段，也没有任何离题的迹象。尽管作者在关键时刻会集中精力搭建场景，读者仍旧像旁观者一样体验故事。现实不再乏味，关键的地点和时间之间也不再需要用沉闷的日常生活故事来衔接。下面的文字选自乔恩·弗兰克林刊登在《巴尔的摩太阳报》上、获普利策奖的故事《凯利太太的怪物》：

> 现在是早晨七点十五分，在十一号手术室里，技术人员正在检查脑部手术显微镜，值班护士摆好绷带和器械。凯利太太正静静地躺在不锈钢的手术台上。

第三人称的第二种方法即受限的第三人称视角，它能赋予你更多的自由。你报道的主要是外在现实——视角人物看得见的世界。但是，你也有权进入人物的内心世界，转述他的想法。下面两段摘自汤姆·霍尔曼的《生活的失去和发现》，讲述了加里·沃尔在脑部严重受伤后努力康复的故事：

> 加里锁上房门，从自己的车旁走过。尽管他已经再次学会了开车，但他仍然选择乘火车上班。车厢里的其他乘客在看报读书，加里却在研究自己的记事本。
>
> 他担心那些餐巾，供货商应该把它们存放在蓝十字餐厅的碗橱里，但是他却在洗涤槽下面找到了它们，而他总是记不住这些餐巾

存放在哪里了。

第三人称能做到的不止这些。如果你想变成一个自大狂,赋予自己随时随地看见一切的能力,那么你可以选择最后一种方法——全知全能的第三人称视角。站在这个高度,你可以俯瞰世界,随时报道在苏城、旧金山和圣保罗发生的事情。你还可以穿越到两百年前,带回一点背景信息,或者预测十年后可能发生的事情。只要你肯花时间去调查,并准确地报道你的发现,任何能够推动故事发展的内容都可以收进来。

艾瑞克·拉森在《白城恶魔》中使用了第三人称视角来叙述故事。一开始,他就声称自己无所不知。1912年4月14日,主要的视角人物丹尼尔·伯纳姆——这位知名的建筑师登上了开往欧洲的豪华游轮"奥林匹克号"。一时冲动之下,他决定发送一份无线电报给弗兰克林·米勒,弗兰克林曾与丹尼尔一起建设白城——1893年芝加哥世界博览会会场,并与丹尼尔成为最亲密的合作伙伴:

> 伯纳姆向服务生示意。一个身穿白色笔挺制服的中年男子将他的电报拿到三层甲板上的马可尼发报室。片刻之后,他就回来了,电报依旧握在手里,他告诉伯纳姆发报员拒绝发送电报。
>
> 伯纳姆感到两脚酸痛,烦躁不安。他要求服务生再去一趟发报室,让发报员给出拒绝发报的解释。

拉森再清楚不过了——因为他无所不知——米勒乘坐的是"奥林匹克号"的姊妹船"泰坦尼克号",1912年4月14日夜晚发生的灾难是众所周知的。

在拉森眼中,"奥林匹克号"上的头等舱餐厅只是戏剧故事的起点。他立刻跳回到世界博览会。他提到那个在白城附近偷偷跟踪年轻女性的连环杀手,他为这本书提供了一条平行叙事线。然后,他又越过大西洋,在时间上退回到1889年,那一年亚历山大·古斯塔夫·埃菲尔①留名青史:

---

① 古斯塔夫·埃菲尔(Gustave Eiffel,1832—1923),法国土木工程师,因设计巴黎的埃菲尔铁塔闻名于世。他设计的埃菲尔铁塔震惊了全世界,人们称他为"用钢铁创造了奇迹的人"。——译者注

在巴黎的战神广场上，法国举办了世界博览会。博览会是如此庞大、奇异、迷人，参观者离开时都相信这个博览会将是空前绝后的。在会场中心矗立着一座铁塔，高达一千英尺，耸入云霄，是当时地球上最高的人造建筑。

之后，拉森又溜回到他的叙述主线。伯纳姆急切地想知道下一届世界博览会的举办城市到底是纽约还是芝加哥。拉森迅速潜入他的主人公伯纳姆和鲁特位于芝加哥的办公室，之后又飞到这座工业城市的上空，高度赞扬全体市民坚忍不拔的精神：

伯纳姆等待着。他的办公室和鲁特的一样，面朝南方，能够照到阳光。在芝加哥，房间里自然光照普遍不足，而那时煤气灯还是人工照明的主要来源，微弱的灯光几乎无法穿透这个城市煤烟缭绕的暮霭。

然后又是一次时空上的穿越，回到主人公人生的开端：

1846年9月4日，丹尼尔·赫德森·伯纳姆出生在纽约州的汉德森，他的家庭恪守服从、克己和服务大众的训诫。1855年，在他10岁的时候，举家迁至芝加哥。

之后，我们来到芝加哥，离伯纳姆的办公室不远：

论坛报大楼外，一片寂静。人群需要一点时间来消化这条消息。一位留着长胡须的男人第一个反应过来。他发誓，直到芝加哥赢得博览会举办资格的那天，他才会剃掉胡子。现在，他爬上旁边联合信托银行的台阶，站在台阶最上一层，仰天长啸。一位目击者将其声音比作火箭发出的尖锐刺耳的噪音。

我们再退后四年，结束了这段旋风般的旅行。在这里，我们发现了拉森的另外一位视角人物的踪迹，那个凶残的杀手展现出白城恶魔的一面：

1886年8月的早晨，就像一个孩子突发的高烧，热浪波及了每条街道。一名自称哈里·霍华德·贺姆斯的男人走进芝加哥火车站。

空气中散发出一股腐臭，没有一丝微风，到处弥漫着烂桃子、马粪和未燃尽的煤炭的味道。

值得注意的是，作者通过快速穿越时空来讲述故事的方式，非但没有让我们觉得怪异，相反，我们很好地接受了它，并且认为这个故事讲得很棒。《白城恶魔》很快跻身《纽约时报》非虚构畅销书之列，并荣登榜首。

立足点

几年前，在波特兰市中心东面的高速公路上，一辆油罐车与一辆小汽车相撞，瞬间燃起熊熊大火。我在《俄勒冈报》新闻编辑室里，看到滚滚浓烟升空，形成一道黑柱。第二天的新闻报纸描绘浓烟升入盛夏的天空，"遮住了胡德山"。

撰写撞车报道的记者想当然地认为，每个人都是从相同的方向看到了浓烟。如果你是从市中心的高档西山公寓看去，所见的确是和报道吻合的。但是，在撞车现场东边的读者看到浓烟遮住的不是胡德山，而是西山；对于这些读者而言，这篇新闻报道的立足点粗心大意，混淆视听，甚至有可能暗藏偏见。在波特兰，西山象征着城市自由派的精英们。工薪阶层的保守派占据了大部分的东城，无疑，当他们读到"遮住了胡德山"之后，一些人会讥讽西山那些势利小人只会从自己的角度看世界。

立足点就是你放置摄像机的地方和摄像机对准的方向，它向世界展示你对待主题的方式。散文家理查德·罗德里格斯就曾指出，"西部"只是美国东岸的欧洲裔美国人的说法；对于墨西哥人来说，那是北方；而对于中国人来说，那却是东方。

除了避免偏见，你选择的立足点应该总能为读者观看故事提供最好的视角。美国报纸写作的金牌教练唐·默里说过："每个故事都可以从许多视角来讲述，作者的任务就是选择能够帮助读者理解主题的视角。"

立足点往往就是视角人物的位置。还记得斯图亚特·汤姆林森讲述的警察解救被困妇女的突发事件吗？它是这样开头的：

> 一辆小货车呼啸而过,时速将近 80 英里。
>
> 波特兰市后备警官杰森·麦克高文将巡逻车停在东南区 142 号大街,他看见小货车在车流中蹿来蹿去,还差点撞到他。

由此,斯图亚特将他的立足点或者说摄像机放在麦克高文的巡逻车里,看着小货车进入麦克高文的视野。但是这个立足点对之后发生的事件就不起作用了,因此,斯图亚特在故事叙述过程中多次移动了摄像机。紧接着,车祸发生了,而观察车祸现场的最佳位置是在马路对面。于是,斯图亚特又将摄像机移到了那里:

> 普罗维登斯医疗系统客服代表卡伦·韦布正在卡乐星快餐店汽车通道的销售窗口排队。她惊恐万分地看到一辆小货车撞上一辆驶向街对面 "7-11" 便利店的道奇车。小汽车和货车飞速冲向路边,撞毁了路标和灌木。

麦克高文驾车驶过十字路口,从车中跳出,追向弃车而逃的货车司机。斯图亚特将摄像机放置在一定距离之外,这样就能抓拍到故事,所有的动作一目了然:

> 麦克高文在后面追赶,福特纳因为受伤而慢了下来,最后瘫倒在地。麦克高文来到他身边。

事情就是这样,为了跟上动作变化,立足点要不断地移动。斯图亚特将摄像机挪近,对着被撞毁汽车的车窗,展现撞击是如何将前座挤到汽车后部,将司机困在里面的。他后退一步端着摄像机扫了一圈,显示另两名警察已抵达现场。在讲述故事的高潮部分时,他又将镜头对准最后解救出受害者的消防队员。故事结束时,摄像机的机位就设在离伤者病床几英尺的地方。我们看见,她背靠着枕头坐起来,直视镜头,感谢麦克高文警官救了她一命。

选择立足点通常并不像研究火箭那么复杂。最重要的是,你要进行选择。不习惯叙事写作的作家会经常忘记立足点,他们的故事从不同方向狂轰滥炸,让读者晕头转向。为了能让读者沉浸在故事中,你希望他们在观看故事时对每一个所处的位置产生自然而然的安全感。问题在于如何才能让他们有身临其境之感。这就意味着他们需要一个连贯的镜头，为一系列连续的动作搭建一个舞台。你要避免出现影视剪辑中的"跳接"，即突然打断叙事，并将一些前后矛盾的动作连在一起。

汤姆·霍尔曼在和我修改《面具后的男孩》第一幕的时候，我们在立足点的设定上花了一些时间。故事开始时，山姆·莱特纳坐在客厅的沙发上，家里的猫卧在他的腿上，他的兄弟姐妹坐在前面的地板上打牌。摄像机直对山姆，但是放置的距离完全能将他的兄弟姐妹都收入镜头。

然后，山姆起身，走向厨房。摄像机缓慢跟进。男孩在厨房门口停了下来，站在暗处，看着母亲清洗晚餐要吃的蔬菜。他们交谈了几句，然后山姆走进厨房，从母亲身后经过，走上楼梯。汤姆肩扛摄像机继续他的描述。

汤姆亲眼见过这个场景，但是我没有。因此，我问道："当你从客厅望向厨房时，能看到什么？"汤姆描述了拱形的门，提到了厨房桌子。我询问了挂在墙上的东西、母亲的外貌，以及蔬菜的名称。场景呈现出更多的细节和连贯的轮廓。不是所有的细节都能最终加入故事，但是，一些细节的加入的确能让故事显得合乎情理。作为读者，你可以想象自己就在那儿，看到一个安静的家庭场景展开：

> 他冲到厨房，母亲正在洗涤槽前弯腰清洗蔬菜……他在厨房门口停了下来，身影融入黄昏的暮色。他看着母亲清洗莴苣。男孩清了清嗓子，说他还不饿。

在关于立足点的讨论中，汤姆和我都意识到山姆走进明亮厨房的那一刻，是描述男孩面孔的最佳时机，他的面部血管畸形，构成了故事人物的心理困境：

> 男孩从母亲身后溜过，进入光影中。
>
> 他的左脸有一个巨大的肉球突起。紫色的畸形左耳从头部一侧鼓了出来。他的下巴向前伸着。肉球的主要组织部分布满了蓝色的静脉血管，肿得像个皮球，覆盖了从鬓角到下巴的脸部。肉球将他

的左眼挤成了一条缝，使嘴巴弯曲成一个小小的倒半月形。看起来，就像有人将三磅湿黏土摔到了他的脸上，黏土挂在上面，遮住了孩子的脸庞。

想要充分体会到这一幕的震撼，你必须亲临现场，第一次面对面地看看山姆。如果你的立足点清晰，场景就会变得很真切，产生的情感震撼力足以推动之后两万字故事的展开。

距离

在选择完视角人物，决定使用第三人称，挑好立足点之后，你还需要回答另一个视角问题。那就是，你打算以何种距离去接近你的故事？

还记得吗？阿图尔·加万德在故事开始时，身处伊丽莎白·罗克的卧室，然后进入她的大脑神经系统，向我们描述分娩的疼痛。这让我们非常接近视角人物的体验。但是，当你退出动作场景时，你可以揭示更多其他语境的内容，包含更多抽象的、关乎我们所有人的现实。例如，加万德就在故事中对人类繁衍的问题做出一番抽象的概括。

不同距离的故事讲述对应两种不同的叙事方式，这两种叙事方式在本质上使用不同的语言。远距离时，你从动作场景中后撤，使用的写作方法是概括叙事；近距离时，写作方法就变成了场景叙事。

这种区别在任何媒介中都是非常重要的。如果你没意识到这一点，就没法写故事。

这里以一个生死攸关的故事为例。故事虽然刊登在报纸上，但是相同的视角写作技巧同样适用于广播、书刊或者播客叙事。这个故事完全可以拍成一部上好的电影。相同的视角人物问题会出现在任何故事中。

几年前，一场突如其来的倾盆大雨光临了伊利诺伊河上游。这是条桀骜不驯的河流，发源于俄勒冈州西南部山区。在天气条件好的情况下，伊利诺伊河是激流运动的绝佳场地，吸引了全国各地的皮艇爱好者来到这里。但是，暴风雨却可以将伊利诺伊河变成一个杀手，它将几队漂流者困在了峡谷里。在故事的创作过程中，跟我合作的记者们将重点放在

麦克杜格尔这一队上。在探险之旅刚刚启程时,他们没有遇到什么大问题:

> 航行了10英里,通过了34道激流,麦克杜格尔小队在克朗代克河靠岸,搭起营帐。

但是,麦克杜格尔和他的冒险团队仍然面临一头名叫"绿墙"的可怕怪兽。"绿墙"是一道汹涌咆哮的激流,因为在长满苔藓的悬崖间蜿蜒前行,故得其名。托德·福斯特和乔纳森·布林克曼为《俄勒冈报》报道了这个故事,并运用场景叙事来描写麦克杜格尔小队与"绿墙"的这次可怕相遇:

> 麦克杜格尔和拜厄斯离岸了。他俩成功地通过了这头长达15英尺的巨兽。但是,当他们遇到下个波浪时,船歪向了一侧。船翻了,将拜厄斯甩入水中。麦克杜格尔仍坐在位子上,实际上他已经头朝下了。当筏子随着下个波浪升上来的时候,麦克杜格尔猛地拉住一支船桨,将船体摆正,这真是一个奇迹。

虽然两段描述的都是动作,但是一个基本特征却将两者区分开来,技巧娴熟的叙事作家肯定会意识到这两者的不同。

关于第一个例子,你可以想象一下在34道激流中发生的事情。人们疯狂地挥动着船桨划船。筏子随着巨浪上下起伏。哗哗的水流、喊叫声,队员看到锯齿状的黑色岩石从漩涡泡沫中隐约出现而突然发出的警报。但是,托德和乔纳森选择概述那段时间发生的所有事情,一笔带过这10英里的探险经历。历史学家如上帝般无所不知,他们用俯瞰峡谷的视角来叙述故事,突破了时间和地点的局限,描述中也不带有任何戏剧性和感情的因素。这是因为他们采用新闻视角来报道所发生的事件,以"概括叙事"或者"历史叙事"的方式来进行讲述。

但是,当麦克杜格尔小队行至"绿墙"的时候,表演的时刻到了。作者俯冲下来,将读者带入场景,而不再待在高处观望。读者就好像盘旋在几英尺之上,观看动作如何展开。因此,我们将这种既实用又高效的视角叫作"悬挂气球视角"。采用这种视角,优秀的故事叙述者会转入

"场景叙事",一些分析家又称之为"戏剧性叙事",其中的原因不言自明。

在最基础的层面,概括叙事和场景叙事的区别就在于两者在"抽象阶梯"的相对位置不同(见图 3-1)。对于任何一位作家来说,这个阶梯都是一个极为有用的概念,阶梯从概念的具体层面上升至抽象层面。例如麦克杜格尔,在他将船桨插入"绿墙"漩涡的那一瞬间,他站在了阶梯的第一级上;到了第二级,你会发现皮艇上的 4 个队员;在更高的阶梯上,是峡谷里的 22 名漂流爱好者;在这之上是所有的皮艇爱好者;或许,再向上就是所有的户外冒险者。梯子不断上升,囊括得越来越多,囊括了所有人类,甚至所有生物。最后达到最高点——抽象阶梯的顶端,代表最大的种类——世间的一切。

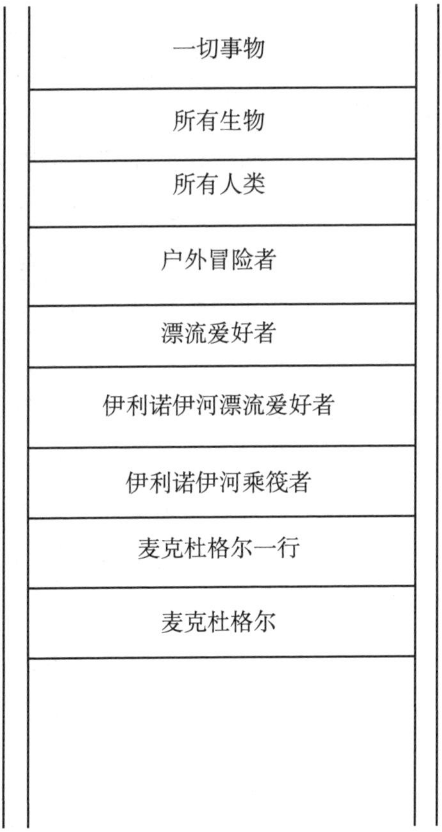

| 一切事物 |
| 所有生物 |
| 所有人类 |
| 户外冒险者 |
| 漂流爱好者 |
| 伊利诺伊河漂流爱好者 |
| 伊利诺伊河乘筏者 |
| 麦克杜格尔一行 |
| 麦克杜格尔 |

图 3-1 抽象阶梯

阶梯的最低级别将你带入场景，这就是场景叙事。你看得见、听得到，有时候，甚至可以嗅得到。因此，你可以作为直接的观察者来体验。当"绿墙"接近时，你感到害怕。当拜厄斯的尸体浮出水面时，你感到恐惧。情感产生自阶梯的较低级。

当你向上攀爬阶梯的时候，代表的事物类别就会在时间和空间上不断延伸。一两句话就能勾勒出它们的轮廓，很多细节可以一笔带过。这就是概括叙事。

在攀爬阶梯的时候，你得到的故事将更加全面，但同时你也失去了形成具体意象的能力。每爬高一级，归类需要的特征就会减少一些。在只包含麦克杜格尔的这一类别中，他的方方面面都是相关的。如果作者描述得好，你可以将他的形象勾勒出来。但是，所有漂流爱好者的共同点很少，你很难形成一个具体的意象。当你到达所有户外冒险者这一级时，你说的人可以是男是女，可高可矮，可黑可白，或胖或瘦，或长或幼，只可能是一个模糊的意象。

但是，牺牲细节还是有价值的。如果能归纳出更大的种类，你的知识就具有更广泛的适用性。例如，你可能会发现冒险行为对于漂流爱好者和其他所有的户外冒险者具备相同的吸引力。这样，你就可能借助对漂流爱好者的了解来预测登山者和跳伞者的行为。因此，阶梯的上层阶段往往具有更大、更普世的意义。

大部分新闻报道使用的都是抽象阶梯的中间阶段。例如，关于车祸的新闻报道会比较抽象地描述受损车辆和车祸后果。它不会爬到阶梯的高层，归纳出总体车祸概率或者交通安全的趋势。同理，它也不会下到阶梯的低层，对事故进行分秒不差的特写报道。换句话说，大部分的新闻报道既无特别意义，也缺乏戏剧性。

一旦你习惯于待在抽象阶梯的中间阶段来报道世界，你将很难从其他角度来观察现实。我刚开始指导叙事写作时，最为困惑的一件事，就是为什么每日赶稿的记者们和其他新闻工作者们，很难做到像故事叙述者那样思考问题。

这是为何呢？我对他们非常了解。他们在篝火旁喝啤酒的时候，聊起奇闻趣事来也是一套一套的。当孩子要听睡前故事时，他们也不会一本正经地拿起晨报，用洪亮的声音朗读："两名河畔城男人在周三的车祸中丧生，州警察目击他们的车子冲出23号公路的路堤，撞到了树上。"

"拜托，"孩子号啕大哭，"我要听故事！"

故事描写经历，报道传达信息，而且是大量的信息。报道强调的是结果。23号公路的车祸报道只专注于结果——两人身亡，而不是产生这一结果的一系列因果关系。报道这样写并没有错，因为生活在现代世界的我们需要大量信息，而且绝大多数时候我们并不愿意通篇看完一则故事才能获取关键信息。

但是，故事所提供的远远超过了原始信息，它通过再现生活来揭示生活的意义。故事强调的是过程，而不是结果。因此，如果读者不需要立即知道关键信息，那么故事就会提供更加丰富的东西，例如，主人公、困境和一系列情节点等。所以，对于读者来说，故事可能才是更好的选择。

为了描述23号公路发生的车祸场景，故事叙述者可能不会以概括性导语开头，而是会描述一连串的具体动作："一只母鹿从右边路肩的树林里跑了出来，它看见迎面射来的灯光，条件反射地蹿过公路。马克将方向盘猛地往右打，轮胎在潮湿的路面上打滑。"

故事叙述者在上述场景中建构故事。故事开始时，幕布拉开；故事结束时，幕布又放下。当人物互相交谈时，对白就出现了。与新闻报道中典型的直接引用相比，对白更加符合叙事形式。及时性和就近性等新闻价值观体现的是广泛的社会关注。故事叙述者强调的则是关乎个人的戏剧性价值，例如长大成人或者克服困难。

总之，报道和故事的区别不是一两句话就能说清的。难怪一辈子学习其中一种形式的记者们很难转变使用另外一种形式来写作。通过精心撰写报道，而不是创作故事的方式来学习写作的，不仅是记者。任何一个在机构工作的人，无论是从事商业、法律工作，还是从事政治、军事工作，他们绝大多数时候都是在和信息打交道。这就意味着，他们要阅读和撰写大量的报告。但是，报告限制了他们的视野，将他们困在抽象阶梯的中段，长此以往，必将损害他们讲好故事的能力。

大部分非虚构叙事作家在场景叙事和概括叙事这两种方式之间不断切换。随着每次变动，他们还会调整视角的距离。对于那些写作专家给出的"展示而不要讲述"的叮嘱，他们充耳不闻，因为他们知道优秀的作品要不断地在抽象阶梯中上下调整视角。因此，他们既会**展示**，也会**讲述**。

概括叙事与场景叙事的对比

概括叙事	场景叙事
抽象	具体
在空间上延伸	在一个地点展开
分解时间	实时发生
运用直接引文	运用对白
根据话题组织	根据场景组织
无所不知的视角	具体的视角
处理结果	处理过程
传达信息	再现经历

探索频道的节目《最危险的捕捉》让成千上万的观众了解了2月的白令海有多么恐怖。早在这个节目播出之前，资深记者哈尔·伯顿乘坐捕蟹船冒险北进，他的任务是挖掘俄勒冈州当地捕鱼船队"远洋舰队"的重要经济意义。这支捕鱼船队航行在太平洋上，捕捞赚钱的海鲜，例如阿拉斯加帝王蟹。故事一开始，哈尔就爬上了抽象阶梯，采用新闻记者的视角，告诉读者为什么这支船队很重要：

> 俄勒冈州的"远洋舰队"开采了北美最大的海洋宝库，这个巨大的宝库每年都能吸引大量船只北航。"远洋舰队"雇用了船长和至少300名船员。他们获得的利润比在俄勒冈州近海岸常年捕鱼的同行要多出3倍以上。

但是，这些数据并不是故事的全部。电视节目里的真实画面，告诉人们冬天的白令海挑战着人类的极限。面对冰雪、寒风、巨浪，船员生活艰苦，靠捕蟹来谋生需要不得不蛮干的勇气、辛劳的工作和对冒险的渴望。为了获得这部分的故事，哈尔将他的读者带上了一艘名叫"开拓者号"的捕蟹船，采用悬挂气球视角，运用场景叙事手法来讲述戏剧性的故事：

> 韦恩·贝克站在倾斜的驾驶舱里，凝视着楼房般高的巨浪……风速达到每小时60英里，海浪拍打着船舷，浪花四溅。他打电话给船尾瞭望台，号令船员：再捕捞一次螃蟹。

不论是在报纸、书刊还是网络上，出色的作家都仰仗同样的技巧，通过上下抽象阶梯来改变视角距离。苏珊·奥尔琳为《纽约客》报道了动物标本剥制术锦标赛，她先拍摄特写镜头，然后后退，从场景叙事转向概括叙事：

> 在皇冠假日酒店的大堂，礼宾台对面，设置了动物梳妆区。标本制作者们手持手电筒，弯腰检查动物的问题部位，例如泪腺和鼻孔……人们转来转去，和同行们打着招呼。自上次世界锦标赛后，好多人都很久没有碰面……一见面就三句不离本行。
>
> 居然有个动物标本剥制术锦标赛，这不仅让外行吃惊，甚至连标本师们都惊讶不已。很长一段时间以来，标本师们都是闭门造车。
>
> 几十年来，动物标本剥制术都处于边缘地带——三三两两的从业者，大部分是靠自学成才，经验也是口口相传。

抽象层面并不是区分概括叙事和场景叙事的唯一层面。在下面的例子中，你会发现更多的不同。这个例子是我对俄勒冈州特大洪水的新闻报道。第一段采用的是概括叙事，是主要新闻故事的开篇：

> 那些住在高地、未被水淹的人们也要付出代价：销量下降、工时减少和机遇丧失。建立波特兰第一家州际银行的经济学家比尔·科纳利说："从某种程度来说，我们都蒙受了损失。"
>
> 显而易见，财产损失如同泛滥的河流一样范围广、程度深。整个地区，成百上千的道路、住宅、农场和商业设施或者被摧毁，或

者需要大修。

  政府将为街道、公路和桥梁的修建买单。但是，至于其他修复工作，许多居民不得不自掏腰包。仅有 11 600 名俄勒冈人和 17 400 名华盛顿人购买了住宅和洪水商业保险。

  这段话内容丰富。记者好像盘旋在大西洋西北地区两万英尺的高空中，能够看见这一周来整个地区发生的所有事情。从这个全知全能的视角出发，上文总结了暴风雨对众多建筑物造成的破坏；在较高的抽象阶梯之上，还加入一条记者采访笔记中的原话。

  但是，概括性叙事缺少细节特征，而读者需要用细节特征去理解事件。为了做到这一点，一群叙事作家追查了威拉米特河洪水的历史，探寻了洪水在山区湖泊的源头，直到抵达洪水与哥伦比亚河的汇合处。[①] 在威拉米特河河口处，汤姆·霍尔曼找到了一名拖船船长，他愿意将汤姆送到洪水流入大河的地方。在这里，汤姆完成了一段经典的场景叙事：

  船长克里斯·萨塔里其命令水手发动"拉森号"，随后船桨划动起来。这艘拖船长约 70 英尺，属于谢沃运输公司。当萨塔里其检查量表的时候，驾驶舱突然颤动起来。

  感觉正常之后，他推动油门杆，拖船如同舞者一样优雅地驶出港湾。

  "我从来没见过这样的河水。"他说。

  他凝视着驾驶舱的窗口，下面的河水深达 35 英尺。

  "从来没有。"他说。

  没有数据。没有概括。整个场景中只有船长一人。读者和他待在一起，沉浸在故事中，而不是信息里。他们不知道洪水产生了多少立方的水量，或者导致了多少美元的损失。但是，他们知道这场洪水过后，生活该如何继续。

[①] Bates, Hallman, and O'Keefe, "Return of the River," Ai.

第四章　声音和风格

声音将作者带进了我们的世界。

——诺曼·西姆斯

- ◆ 程式化声音
- ◆ 第一人称和声音
- ◆ 作者形象和立足点
- ◆ 声音和风格
- ◆ 隐喻风格
- ◆ 形成风格

第四章 声音和风格

玛丽·罗奇写死尸、食人族和死亡。我对这些恐怖的话题早已有了免疫力，但依然会被她的故事吓到。我第一次接触她的作品时，有声书《僵硬》正讲到人体如何腐烂的一章。主题变得如此恐怖，我差点要按暂停键，发誓再也不听这本书。但是，后来我又说服了自己。玛丽的书实在太有趣了，我舍不得抛弃。

这位女作家形容霸王龙"笔挺的站姿使其看上去俨然是一位社会名流"，说当纳派对上的食人族"吃的是一种没有食谱的食物"。她在《幽灵》中探讨来世，回忆起"在我母亲的《圣经》里，拉撒路的复活被描述成一个酷似博瑞斯·卡洛夫①的人，裹着木乃伊的破布条，直挺挺地站了起来"。

我愿意跟随玛丽去任何地方。在网络杂志《沙龙》的《白梦》专栏中，玛丽把我带到了南极洲。她告诉我，在那里工作的人们：

> 他们的眼睛对白色非常敏感。去年的一天，美国南极项目生存教练比尔·麦科密克前往罗斯冰架。当行进到离麦克默多站两英里的地方，他发现雪地上有一小片白色泡沫塑料。你不得不承认他的视觉敏锐，就如同他在全麦粉中发现了一粒小麦。

玛丽本人和她的语言一样机智诙谐。约翰·麦克菲则是一丝不苟、有条不紊的苏格兰人，他在衣着和行为方面的小心翼翼，也表现在他的作品中。玛丽有多么热情洋溢，麦克菲就有多么传统守旧、谦逊朴素。但是，麦克菲是共进午餐的最好饭友，他才思敏捷，极其健谈，肚子里装满了故事。他出生在普林斯顿，毕业于普林斯顿大学，并留校任教。难怪他写作的风格就像你曾经最喜欢的那位说话不紧不慢、学识渊博的

---

① 博瑞斯·卡洛夫（Boris Karloff，1887—1969），是英国演员威廉·亨利·普拉特的舞台艺名，他因在恐怖片《弗兰肯斯坦》（或译《科学怪人》）系列电影中出演的怪物形象而闻名。——译者注

教授。打开他描写阿拉斯加的经典作品《走进郊外》，你随便翻到一页，就会读到类似下段的文字：

> 在阿拉斯加秋天的一个早晨，一架小型尖鼻的直升机载着三名乘客，从费尔班克斯起飞，向南飞往预定地点。他们飞越了浑浊的塔纳诺河，掠过一片低矮的黑色云杉地，上面遍布溪流。他们随着地势的上升而攀升，越过宽广的阶地和越发险峻的高山，最后抵达阿拉斯加山脉。

没有插科打诨，没有惊悚描写。一如既往，麦克菲的作品缓缓铺陈，慢慢接近主题。没有浮华的虚饰，文章犀利而清晰地揭示主题。飞机身小而头尖，塔纳诺河汹涌浑浊，黑色云杉绵密不断，并无多少特色，却让人倍感空旷。

在书中，麦克菲的声音如同他本人一样谦逊。他的每一句话都是那么平实。他总是有条不紊地讲述着故事。他的语言精确到位，表达优雅简朴，语法无可挑剔。麦克菲掌控着故事情节，虽然他将你引入了蛮荒之地，但是你仍然感到十分安全。

毫无疑问，这就是为什么我能一口气读完麦克菲的三本关于地质学的书，而过去我对地质学毫无兴趣。可以说，作者成就了主题；在我看来，麦克菲成就了地质学。

当然，呈现在书中的并不是作者本人，而是作者的声音。不论主题是什么，在吸引和留住观众方面，声音都起到了至关重要的作用。《哈珀》杂志的前任编辑刘易斯·拉帕姆对此深有感触。他曾经说过："打开一本书，我首先注意的是作者的声音，用这一条原则来看他的作品，大概有很多我都不必去一一阅读了。"[1]

声音在小说中当然重要。库尔特·冯内古特、伊恩·弗莱明、大卫·福斯特·华莱士等小说家的作品具有独特的个性，令读者着迷。海明威作品的声音辨识度极高，模仿者很愿意鹦鹉学舌。

---

[1] 拉帕姆的话援引自：Cheney, *Writing Creative Nonfiction*。

但是，声音对于非虚构作品同样重要。导游承诺带领我们进行一次美妙的旅行，当我们将自己交付与他的时候，我们需要的是一位权威、专业的导游。旅行开始之后，我们的要求也会增多。例如，我们需要一位风度翩翩的同伴，带给我们愉快的旅行体验。哈佛大学尼曼叙事计划与波士顿大学的叙事学会的前任主管马克·克雷默坚持认为，声音是长篇叙事作品取得成功的关键，通讯社例行报道的语气通常是缺乏感染力的。声音就像是一个人的签名，作用至关重要。克雷默说道："对于读者而言，作者的声音如能展现'自我'将是多么难得。它展现了作者的温情、关切、同情以及人人都有的不完美——所有这些真实的东西，一旦缺失，就会让作品不堪一击，更远离生活。"

但是，什么是"声音"呢？这个术语，包含了大量的技巧，灵活得让人头疼。"声音"的内涵是如此的不明确。当我还是一位羽翼未丰的记者时，我完全抛开这个术语，认为它不过是语言文学教授为了炫耀学识而创造的空洞抽象概念。现在，我明白了"声音"是怎么一回事，但仍然很难定义它到底是什么。如果非要给"声音"下一个全面的定义，那么它应该是作者个性在作品中的体现。

程式化声音

正如"程式化"这一定语所显示的，在这种声音类型中，个性泯灭于程式化声音中。教师通过写作分析"教学模式的实施效果"，社会心理学家发表报告谈论"社会失调和社会疏离可以预测反社会行为"，警察、医生和城市规划者都有和同事交流的方式。他们在交流时，都会不自觉地抑制自己个性化的声音。

新闻记者更是如此。我和很多新闻记者共事了数十年，遇到的最大挑战就是如何让他们放松下来，回归自我。这也难怪，他们受的教育就是如此。新闻学教授——我也不例外——在讲授报道课程的第一天，就开始向学生们灌输写作要摒弃个性的观念，取而代之的，就是那些陈旧的报道规则。结果，每个记者发出的声音如出一辙，毫无特色。

新闻规则手册上的第一条就是明令禁止使用第一人称。这条禁令立刻就取消了玛丽·罗奇和约翰·麦克菲当记者的资格。虽然这条禁令正在动摇，但是其他准则仍旧占据着主导地位，仍未受到质疑和挑战。报纸正在一步步走向死亡，报道中充斥着陈词滥调和各种套话，个性被毫不留情地抽离。个性的声音被被动语态、僵硬词汇、间接句型和弱化动词等新闻语气所淹没。例如，不是警察破门而入抓住窃贼，而是"周二早上，警察接到报警，逮捕了两名试图闯入西区公寓的嫌疑人"。

记者必须要报道新闻，而且不是每篇报道都能写成长篇叙事。但是，这并不意味着记者要在写作中扼杀最后一丝个性。大卫·西蒙在《巴尔的摩太阳报》中报道警察巡逻时使用了个性化的声音。播客节目通常采用第一人称叙事的策略，表明听众喜欢以个人视角来报道新闻。播客节目《连续剧》之所以能在播客排行榜上占据榜首地位，很大程度上是因为莎拉·柯尼格的声音，她作为叙述者和首席调查员的声音极具个人魅力，吸引听众们跟她一道开启旅行。

第一人称和声音

在大部分标榜"新新闻主义"的记者那里，故事写的是主题，也是他们自己。亨特·汤姆林森写任何东西都会戴上自己的滤镜。诺曼·梅勒创作的每一篇非虚构作品中都能找到他本人的影子。所有这些自我意识的表达当然需要使用第一人称。

但是，第一人称并不等同于声音。甚至在新新闻主义的全盛时期，盖伊·塔利斯和汤姆·沃尔夫等声音独特的作家，也都将焦点置于外部世界，努力尝试抓住现实主题，而非自己对现实主题的反应。现代叙事作家偏爱的创作方式实际上是民族志的写法。和人类学家一样，他们浸入式地考察某种文化，然后回来描述给本族人听。但是，不同于真正的人类学家，他们会避免使用学术语言，并让自己的声音贯穿作品始终。萨拉·戴维森是位多才多艺的博客博主、小说家、电影编剧和记者，她说过："在我刚开始为杂志撰写文章的时候，莉莲·罗斯是我的榜样……

她从来不用'我'这个词,但是你能明显地感到有一种强烈的意识在指引你前进。"①

是否使用"我"这个词取决于你的作品。很难想象一篇个人散文中没有第一人称。艾瑞克·拉森的《白城恶魔》不需要使用第一人称。特雷西·基德尔在《新机器的灵魂》中使用了第一人称,因为他需要借自己衬托和阐明主题。泰德·康诺弗接受的是人类学的训练,所以他在《无处行驶》中坐火车流浪,在《新看守》中巡查监狱,在《蛇头》中和非法移民一同偷偷越境。以上作品大量使用了第一人称,而且清晰地传达了泰德·康诺弗的声音。严格地说,其中没有一篇是关于他本人的故事。这是经过精心设计的。康诺弗这样解释道:

> 我写到了自己,但是我不想这本书写的仅仅是我自己的故事。我觉得外面的世界很大,外面发生的事情要比我的故事有趣得多。也就是说,我知道我的一些奇特经历可以把读者带入这些奇妙的世界。你很难将一名普通读者带进监狱,那是一个令人不快的地方。很多人对非法移民也感到不安——他们不想知道这些或者根本就不会去认识这些人。因此,我有点像导游,试图通过我的声音,打开进入那些世界的大门。②

作者形象和立足点

轮廓鲜明的作者形象给散文带来个性,增加了作品的魅力。通过塑造自我形象,作者表明了独特的立场,并通过施展个性魅力来表达主题。菲利普·罗佩特在《个人散文艺术》中评价散文作家曼肯③,认为他的个性就是身上具有一种"淘气的轻率"。或许散文作家可以把自己塑造成游手好闲无所事事的人、退休的老者甚或旁观者,因为这类人既有时间

---

① 戴维森的话援引自:Sims, *The Literary Journalists*。
② 泰德·康诺弗的话援引自:Radostitz, "On Being a Tour Guide"。
③ 美国新闻从业人员兼作家曼肯(H. L. Mencken),也是讽刺作家与编辑,作品有《美国语言》(*American Language*)。——译者注

也乐意进行观察和分析。

自我形象是声音的必要元素。如果你想将个性带入作品中，你就不得不扪心自问："我属于哪种个性呢？"

诚然，作者应该如实塑造自我形象，但是，人是具有多重人格的。当我们和老朋友喝啤酒、侃大山时，我们是一副模样；在鸡尾酒会上邂逅陌生人的时候，我们又会变成另外一个人。我们会根据不同的场合有意识地调整自己的形象。叙事作家在用第三人称写作的时候，也应该根据场合、主题和读者对象适当调整自我形象。汤姆·沃尔夫采用不同的形象以便周旋于他所描述的社交圈，下至十几岁的女孩，上至宇航员。但是，不论关于何种主题，我们在文章中还是能听到汤姆·沃尔夫的声音。

和沃尔夫一样，大多数叙事作家都会发展并形成一种读者可期待的一以贯之的声音。当作家逐渐成熟，对自己的文学形象越来越自信的时候，这种声音就会出现。特雷西·基德尔说："渐渐地，我在创作时听到一个声音，发出这个声音的人见多识广、大公无私、性格温和——这个声音不是我的，而是我梦想成为的那个人发出的。"①

在我看来，基德尔的声音体现了当前现代叙事非虚构作家的主流风格。约翰·麦克菲也给人"见多识广、大公无私、性格温和"的印象。玛丽·罗奇可能属于玩世不恭的那一类，总爱快乐地八卦，但她算是一个例外。泰德·康诺弗、乔恩·科莱考尔、理查德·普里斯顿、乔纳森·哈尔都是较为温和的非虚构作家。

现在我们来谈立足点的问题。如果你将叙事看成在舞台上逐渐展开的剧情，立足点就是作者在讲述故事的时候所处的位置。有些作家站在舞台后面，大幕拉开的时候，读者基本上看不到他们。有些作家则坐在观众旁边，不时靠过身来对剧情发表看法。还有一些作家置身舞台中央，让自己成为焦点，不时发出品评的声音。

记者大卫·芬克尔通常选择待在幕后，让事实说话，但是他也会清

---

① Kidder, "Facts and the Nonfiction Writer," 14.

楚地表达自己的看法。大卫·芬克尔刊登在《华盛顿邮报》的《天才》，讲述的是关于一名出色的高中女生的故事。在文章中，芬克尔并不直接涉及"科学界缺少女科学家"这个大主题，而是以这名出色的高中理科女生作为一个缩影，描写她与班上六位男生的交流、讨论，侧面反映出女科学家所面临的问题：

> 讨论的声音很大，大家都在争先恐后地发言，但是伊丽莎白只是认真地听着。有些言论需要更正或者解释。她是个有耐心的听众，而且她也不会不假思索就将想法说出来，她在等待时机加入讨论。现在声音小了下来，她开始发言，但是她很快就意识到自己错过了时机。机会没有了，她又一次来到这个尴尬的时刻，迟早她会越说声音越小，最后陷入沉默，她的观点无人倾听。

芬克尔在报道中抑制着个人观点。他是一位特写报道记者，而不是重大新闻报道记者，因此他可以加入一点自己的解释，为读者点明上文的情景对伊丽莎白而言再熟悉不过了。文章的焦点始终放在伊丽莎白身上，芬克尔只是站在她身后，告诉我们他看到的一切。

在《与中国作家相遇》中，安妮·迪拉德的立足点往舞台前部挪了挪，这使她能够通过总结自己的（带有性别视角的？）亲身经历来表达个人观点：

> 今天不见平时都在的奉茶女仆，于是由这位女作家来沏茶。总之就是需要女人来做这件事。这位女作家在这间屋子的所有人中也许享有第二把交椅的地位，或者她的小说在中国备受推崇。她却花了15分钟来沏茶。一个上午，她还要重复做这件事三四次。待她完成了服务工作，她便找了一个不显眼的地方坐下来，她选的座位通常是在那些正规座位背后放置的硬邦邦的椅子。

迪拉德直接走进场景，解释她在中国的所见所闻，她压抑的愤怒已经悄悄渗入她的观察之中了。"这不是个例，可恶！总是女人来做这件事！身为作家，我为这种不公感到气愤！"

一旦芬克尔和迪拉德将自己定位为叙述者，他们往往会原地不动，至少在个人叙事的部分如此。但是，芝加哥大学文学教授诺曼·麦克莱恩在其作品《大河之恋》中，证明了叙述者也可以很灵活，完全可以根据当下的目标随意进出故事情节。

麦克莱恩只写了一部长篇非虚构作品《年轻人与大火》。这是一部极具创新精神的作品，结构上的精妙独一无二。作为叙述者，麦克莱恩远远地待在背景之中，让动作自己去推动故事：

> C-47 运输机绕着大火盘旋了几圈，才将全体队员放下。观察员厄尔·库尔利平躺在机门左边的地板上，戴着耳机，以方便与飞行员随时通话；领队威格·道奇躺在右边。他们俩可以观察到整个乡村，交谈时也不会被机组成员听见。

但是，麦克莱恩时刻记得回归主题：1949 年曼恩峡谷的大火吞噬了蒙大拿州的一组空降消防员。每次重复基本叙事的时候，他就会用更多的分析和解释来做铺垫。随着故事的每一次重述，他作为叙述者的位置就会不断前移，直到完全变成第一人称。三年的调查研究终于解开了两个关键事件到底何时发生的谜题。报道完这一切，在全书的结尾处，麦克莱恩让自己现身于故事之中：

> 三年时间，两处地点，这个成果好像少了点。尽管如此，这些年我们还是追踪到很多线索，搜集到有关曼恩峡谷大火的故事——这些线索，有的来自调查死亡现场的专家，其中很多是关于厄尔·库尔利的。他和同伴是第一批跳伞来到森林火场的，他站在门边，鼓励死在峡谷的队员准备好最后一跳，在他们起跳的一刻拍他们的左腿。之后，我也追查到了 C-47 运输机的悲惨踪迹。这架曾经威武壮观的运输机在米苏拉的飞机跑道上空盘旋，并将全体队员空投到曼恩峡谷，然后这只大鸟就消失在蓝天里。我们查出这家运输机最后被卖给了一家非洲公司。一个又一个的故事——故事叙述者发现有许多故事同时发生，他希望从中找到一个最好的故事讲给读者听。

声音和风格

谁能说出声音和风格的区别呢？一些评论家经常互换这两个术语，其他人只采用其中一种说法。但是，我认为两者还是有区别的，将它们区分开来是有帮助的。

每天早晨，我们起床时和昨天晚上上床时是同一个人，但是当我们走到衣橱前面挑选衣服的时候，我们会根据当天要面对的环境场合来确定着装风格。如果是打算整理庭院，那么随便穿件牛仔裤和T恤衫就行了；如果要去办公室，我们就会穿上比较正式的服装。

写作也是一样。如果声音就是作者在作品中所呈现的个性，那么风格就是个性的外在表现。

小说家达林·施特劳斯研究了声音与风格的区别。他认为，一切作品都具有外在的"语言表层"，"包括措辞、句法和隐喻性语言"，借助这些语言特征，小说人物能够"通过交谈和思考来表现他的欲望和历史"。他以桑德拉·诺瓦克的《珍爱》为例：小说主人公是一位报纸新闻记者，他发现一栋矮小的建筑"隐藏在高耸林立的办公大楼之间，就宛如印刷错误一般被人们忽视了"。

非虚构叙事作品也有语言表层，它反映的是作者的"自我"。当一位控制力很强的故事叙述者掌控故事的时候，"自我"就浮现了，但是它仍要与舞台上的视角人物保持一致。换句话说，语言表层会变化，但"自我"不会变。在这一点上，艺术模仿生活。尽管我们的朋友经常换装来应对不同的场合，但是他们基本上都具备清晰可辨的总体风格。

风格的部分形成源于口语表达的正式程度，即达林·施特劳斯提到的"措辞"。例如，你是说"您可以试一下"还是"您可否尝试"？他们是"花钱"还是"划拨资金"？他们是在谈论坏蛋、罪犯还是行凶者、歹徒？

在叙事写作的世界里，措辞是作者风格的首要标志。乔恩·科莱考尔以令人惊讶的正式口吻描写粗俗的主题。下面是摘自《荒野生存》的一段：

如果他如实回答这些疑问，护林员可能会不高兴。麦坎德利斯努力尝试着向他们解释，自己服从的是更高等级的法令。作为亨利·大卫·梭罗的现代信徒，他将《论公民的不服从》这篇文章奉若行为准则，因此他认为违反州法律是他的道德责任。

相反，玛丽·罗奇总是在和女孩们喝完第四杯酒后写道：

> 我不记得我出生那天早晨的心情了，但是可以想象得出，我有点不高兴。我看到的一切都是陌生的。人们盯着我，发出奇怪的声音，穿着匪夷所思的东西。一切似乎都太吵了，一切都毫无道理可言。

亨特·汤普森绝不会丢弃自己完美的声音，但是，他总能设法捕捉到符合人物形象的措辞。他在德比马赛周期间来到路易斯维尔，在机场遇到了一个滑稽的人。他在著名的《斯坎伦月刊》上发表了《肯塔基州德比市是一个堕落腐败的城市》一文，其中描写了两人的相遇：

> 在开着空调的大厅里，我遇见了一名来自波士顿的男子，他自称是个大人物。
>
> "叫我小詹好了。"他继续说道，"天啊，我已经做好准备了！哎，你喝什么？"我叫了杯加冰的玛格丽特，但是他不同意："不，不……在德比赛季，怎么能喝这种酒啊！没事吧，小伙子？"他咧着嘴笑着，并冲酒保眨了眨眼："该死的，看来我们要给这个年轻人上一课了。给他来杯上好的威士忌！"
>
> 我耸了耸肩："好吧，双份老菲茨加冰块。"小詹点头表示同意。
>
> "哎，"他拍了拍我的胳膊，确保我在听他说话，"我认识这帮德比人。我每年都上这儿来。告诉你一件事，在这个镇上，千万别让人当你是同性恋，至少在公共场合要注意点。呸，他们一旦发现了，就会立马把你打晕，搜走你身上带的钱。"
>
> 我谢了他，然后将一支万宝路香烟放进烟嘴中。

小詹听起来像一个滑稽的人，而亨特·汤普森还是他自己，他将男子气十足的万宝路香烟放入最为女性化的吸烟用具中,以此回应有关同性恋的说教。

达林·施特劳斯指出,句法也影响着语言表层。如果作者在复杂的长句中使用引导性短语和从句,就会立刻表现出程式化声音,我们称之为新闻体。你只要扫一眼今天的《纽约时报》,就能发现这种典型例子:"在奥尔巴尼,议案仍然面临重重阻碍,佩特森将利用他在州参议院20多年积累的人脉关系,务必使议案获得投票并得以通过。"

另外,我们在阅读中还可以品味语言的节奏感。比尔·布伦德尔为《华尔街日报》撰写的特写报道,常常有美妙动听的词句:"向东九英里,圣海伦火山如同一道白墙高高耸立,静默的山顶雾气缭绕。"

隐喻风格

施特劳斯将隐喻作为语言表层的最后要素,而隐喻在声音风格中也是一个重要因素。这章开始时,为了描述玛丽·罗奇的独特声音,我给出的例子中包含了隐喻、明喻和用典等多种修辞手法。在风格方面,修辞语言能起到锦上添花的作用。

有时候,修辞就是隐喻,作者用一件事物来描述另一件事物。艾瑞克·拉森在《白城恶魔》中介绍芝加哥世界博览会的建筑师,他描写亨特很"暴躁,连西装也在皱眉"。

乔治·普林顿是位优雅的文体家,有时候他会将兴趣转到职业橄榄球赛之类的话题,作家写作这类话题不需要使用修辞手法,但是普林顿仍然具有敏锐的修辞直觉,例如《疯狂王牌高手》中的这一幕:

> 一些防守队员已经跪在并列争球线上了,他们转过头,戴着银灰色的头盔,头盔上的护面伸了出来,看起来如同野兽一般,不带任何感情——一群大型野生动物在水坑前躁动不安——看着我向他们走了过去。[①]

[①] 普林顿的话援引自:Cheney,*Writing Creative Nonfiction*,19。

艾瑞克·拉森不仅是位隐喻大师，还精通明喻。明喻是一种明显的比较，经常以介词"像"来引导。艾瑞克·拉森指出，著名的园林建筑师弗雷德里克·劳·奥姆斯特德"不是一位精通文学的文体家。在他的报道中，句子松散地堆砌在一起，就像早晨的光芒穿过栅栏"。他将明尼阿波利斯描述成"小而沉寂，到处都能看见像玉米秆一样迷人的瑞典和挪威农民"。

明喻并不总是带有"像"这个词，关键在于比较。麦克菲描写了一只巨大吓人的红尾鹰："它的爪子能够钓到金枪鱼。"他发现了一只火蜥蜴，"它身上的颜色是如此的简单鲜明，就像从礼品店里买回家的小玩意儿"①。

明喻和隐喻远没有穷尽修辞的可能形式。一位真正的文体学家可能还会用到典故（"他有着希区柯克的体形"）、文字游戏（"多个热狗品牌加入到了这场煎熬的竞争"），还有拟人。约翰·麦克菲在《佐治亚州的旅行》中描写一个偏远的山谷，他写道，周围的地形"拒绝参观者……北方一座五千五百英尺的高山，名叫'站立的印第安人'。这位'站立的印第安人'屹立在北卡罗来纳州，警告佐治亚州停下脚步"②。

葆拉·拉罗克曾经把这类修辞手法比作零星洒落在树林小径上的宝石，吸引着读者徜徉在作品之中——隐喻被分散开来，但是间距又不会大到让读者看不到前方。差不多每三段能有一个修辞。

刚开始写作的时候，我对隐喻的感觉就像用擀面杖吹火——一窍不通，但是我却从海明威和菲茨杰拉德的轶事中得到启发。他俩一边开着敞篷车，急速行驶在西班牙的乡村小道，一边玩着比喻游戏。一旦其中一人指出路边的某个物体，另一个人就得立刻想出一个明喻；谁想不出来，谁就得受罚，喝上一大口带劲儿的饮品。培养比喻修辞的能力显然是一件有趣的事情。

在写作初稿阶段，我不会为如何使用比喻修辞而烦恼，尽管在写作

---

① 麦克菲这两句话都出自《佐治亚州的旅行》，收入：Sims，*The Literary Journalists*，39。

② Sims，*The Literary Journalists*，40。

过程中，有些比喻会突然从笔下冒出来。在修改的过程中，我可以找到合适的修辞表达方法，因为这个时候再去考虑比喻修辞，就不会打断写作的思路。润色修改阶段，我会特别警惕陈词滥调，一旦发现，我就用新鲜的词句替换掉老套的表达方式。

形成风格

乔恩·弗兰克林曾经说过："只有当人们的声音还未改变之时，他们才会担心声音。"的确，年轻的作家对声音、风格之类的东西如此关注，是因为他们还没有找到自我。不论是本人还是在作品中，只有在积累了一定的社会经验之后，我们的性格才会成形。

也就是说，一些作家的声音洪亮，另一些作家的声音则淹没在合唱之中，这些都体现了他们的性格。但长期担任写作指导的经验告诉我，有些技巧可以教会作家们如何独唱。

对于任何一位作家，最好的写作方法就是大声朗读每一篇文章。当写完这章的最后一行，我会回到开头，用坚定而清楚的声音去读。我会听出写得不好的地方，并进行修改。一般而言，我会删除废话，简化词汇和句式，增加一些比喻，这样声音听起来会更像是我自己的。

但是，将声音与作品融为一体的最终秘诀是放松，做回自己。写作是一个充满压力的过程。当你坐在键盘前，紧张感会阵阵袭来。你牙关紧咬，肩膀肌肉紧绷，双脚不断蹬地，写出的文字变得越来越生硬，感觉如同参加了一场刻板的求职面试。

我在写作讲习班上课的时候，经常会让学生在第一稿写作中间停下来。我说"压力检查时间到"，并解释说："如果你感到脖子、后背或者肩膀发紧，那么你的写作就会受到影响。放松之后，回到工作中去，你会发现电脑键盘敲打得更欢快了。"

节奏的变化非常重要。身心放松的作家会写得更快，更具有自己的风格。如果对初稿只是苦吟，纠缠于每一个词，那么，作者真实的自我就会淹没在毫无特色的文字形式之下。当我们以一种自然的节奏和朋友交谈时，我们就是真实的自我。当然，写作不是交谈，但道理相通。写作之妙就在于，你在修改的过程中可以不断回头微调。

放松让写作变得更加流畅。在艰苦的写作过程中，作者常常被疑虑所困扰，因反复思考而备受折磨，这种精神上的痛苦不利于作者形成自己的风格。风格独特的作家常常会采用不同的减压策略，当他们谈论到写作过程的感受时，"有趣"这个词会不时地蹦出来。《弗吉尼亚向导报》极具创新力的特写作家黛安·特南说过，当处理一篇文章的时候，"我想在写作中找到乐趣"①。玛丽·罗奇也说过，叙事的过程就是"编织事实和趣事"。她建议那些想要成为叙事作家的人最好"顺其自然，玩得开心"②。

坦言之，当我写作时，也并不是常常感觉到"乐趣"。但是，当我在电脑前整理思绪的时候，我会想到未来成功的感觉。我会试着放松，找到轻松的节奏，快速而平稳地继续写作。结果可能不会是乐趣，但痛苦肯定会少很多。

---

① 黛安·特南在2006年的尼曼叙事大会上发表了这一观点（波士顿，2006年11月17—19日）。

② 玛丽·罗奇的话出自俄勒冈大学新闻学院举办的学术研讨会"把非虚构文学的'非'放回去"。

第五章　人　物

> 说到底，作家的工作就是在写一个人，讲一个关于人的故事。
>
> ——理查德·普里斯顿

- ◆ 现实世界人物的崛起
- ◆ 欲望
- ◆ 圆形人物和扁平人物
- ◆ 直接和间接的人物塑造
- ◆ 外表
- ◆ 动作、表达和习性
- ◆ 身份标识
- ◆ 言语
- ◆ 奇闻趣事
- ◆ 人物塑造的目的

叙事需要三大支柱：人物、动作和场景。排在第一位的是人物，因为人物能够推动动作和场景的发展。主人公的性格、价值观和欲望引发了动作，而视角人物需要在特定的位置创造场景。拉约什·艾格瑞说过："肯定有某种力量在统摄全局，这种力量是如此自然地生发出来，就如同我们的四肢从躯干上长出。我想这种力量，就是人物角色，它包含了无穷的可能和辩证的矛盾。"最近的脑科学研究证实了艾格瑞在将近80年前提出的观点。神经科学研究者扫描被试对象在创造故事时的大脑。此项研究的负责人斯蒂芬·布朗说："2 300年前，亚里士多德提出，对叙述来说，最重要的是情节，人物是次要的。但是，我们的大脑研究结果显示，人们之所以会为叙事所吸引，靠的是人物和心理，他们非常在意故事主人公的精神状态。"

想想小说中的伟大人物：马克·吐温①笔下勇敢的哈克·芬；托妮·莫里森②笔下的赛丝；拉里·麦克默特里③笔下强壮的格斯·麦克雷。人物塑造的力度决定着小说的成败。一部影响深远的小说可以通过人物来改变我们的世界观。

相反，有些小说中的人物如同幽灵一般，羸弱的形象微光闪烁。借

---

① 马克·吐温（Mark Twain，1835—1910），美国幽默大师、小说家、作家，著名演说家，19世纪后期美国现实主义文学的杰出代表。哈克·芬是《哈克贝利·芬历险记》的主人公，早已成为世界文学史上经典的人物。——译者注

② 托妮·莫里森（Toni Morrison，1931—2019），美国非裔女性作家，美国非洲文学、世界文学最重要的作家之一，1993年诺贝尔文学奖。《宠儿》（*Beloved*）是莫里森的第五部小说，主要根据黑奴玛格丽特·加纳的事迹改编，讲述一个为了获取自由的黑人女奴赛丝在逃亡后，为了让自己的孩子摆脱继续做奴隶的宿命，亲手割断了孩子的喉咙。孩子死后，赛丝将她取名为"宠儿"。作品围绕着杀婴这个事件，通过赛丝追求自由、求证自我的艰难历程，重构了黑人女性扭曲的心灵和悲惨的生存史。这部作品在1988年获普利策小说奖，《纽约时报》将其评为25年来最佳小说。——译者注

③ 拉里·麦克默特里（Larry Mcmurtry，1936—2021），美国西部著名作家，他的作品突破了美国传统西部小说以拓荒精神和英雄主义为主题的程式化特征，实现了这类小说多方位、多视角、多层次的变革。——译者注

用 19 世纪的说法，我们可以将这类人物形象称作幽影，因为它只具有模糊的轮廓。

随便从报纸上挑一篇新闻故事，你可能会发现故事长度在 600～1 200 个词，其中会提到一两个人物，包括大约六条引述。这就是固定模式。除了在引述中能找到的些许人性，整篇故事表述空洞，记者仅仅针对主题发布一些声明。

以本地报纸上一则短小的特写报道为例。这则 1 200 个词的报道讲述了两位溜冰者与波特兰交响乐团合作演出的故事。它引用滑冰者的话共达六次。"我在餐馆里当服务员。"一人说道。另一个人说："他们说节奏有点不同。"我们得知女士 31 岁，男士 25 岁。作者对这两个人物的描写少得可怜，我们无法知道作者是否真的见到了这两位溜冰者，还是仅仅和他们在电话中聊了聊。

想想你认识的人。如果你给他们打电话，只问了 6 个问题，只允许回答不超过 25 个词，这样下来你对他能了解多少呢？说到人物，杂志作者做得要比报纸记者好，尤其是通俗杂志。然而，杂志中的内容大部分都是信息。美食、美酒、旅游之类的专门报道涉及的人物众多，描述的世界也很丰富多彩。但是，它们呈现给读者的人物形象仍然是模糊的，这跟典型的新闻故事一样，人物总是被一带而过。同样，大多数的播客、非虚构书（例如食谱、旅游指南、历史书等）都是这样的。甚至有些时事书和最近流行的新闻速写也只能草草勾勒出人物的线条。这真是太可惜了，因为人物才是读者的兴趣所在。要知道，我们终究是通过他人来定义自己的。我们急切地想知道他人的行为、行为方式及行为动机。丽莎·克伦认为，"故事讲述了一场内心的斗争，它与外部世界无关，它要讲述的是主人公学到了什么、超越了什么，以及他的内心如何解决情节摆在他面前的问题"。

现实世界人物的崛起

现代叙事非虚构作品的独到之处就是它能够用人物、动作、场景、年表和动机来代替新闻中的人物、事件、地点、时间和原因。最成功的故事能够将人物放在主导地位上，掌控整篇叙事。

与大多数新闻中模糊的人物形象不同，格雷格·雷弗·兰普曼发表在《弗吉尼亚向导报》上的人物报道《夏洛蒂的百万奖金》，塑造了一个有血有肉的人物——49岁的注册护士夏洛蒂·琼斯。故事为我们讲述了这位中了2 140万美元彩票大奖者的生活，细节生动，人物丰满。

通过故事我们得知，夏洛蒂仍是单身，她把大部分时间都花在寻找免费赠品和便宜货上了。她和妹妹一家人住在一套两居室的房子里，屋子里摆满了各种赠送的纪念杯、帽子和篮子。她驾驶着一辆旧的大众高尔夫。她习惯于剪下赠券，然后将它们插入折叠式文件夹，并给文件夹"熟练地编上交互索引"。

她的车尾贴着"幸福就在于欢呼赢了"。她在"红人改进会"的"托尼坦克部落149号"里玩她最喜爱的游戏。她的宾戈游戏袋中装着磁性宾戈棒、宾戈笔和幸运符，其中一件吉祥物是个加菲猫的填充玩具。她记得上小学时自己第一次玩宾戈游戏就赢得了一个"一踩踏板就可以打开盖子"的那种金属废纸篓。

夏洛蒂喜欢开车到特拉华州卡车停车场买刮刮乐彩票，她总在想，如果中奖了，她就要去阿拉斯加。她在另一个卡车停车场玩弹球游戏。她和同伴经常缓缓驶过停车场，这样就能看见很多漂亮的大型拖车。在家里，大家都爱吃馅饼和热狗，她妹妹烤面包的秘诀是在上面加些奶酪和少量熏肉。

你对夏洛蒂已经非常了解了吧？

人物就是价值观、信念、行为、所有物的总和。每个人之所以不同，就在于总是在用各自不同的方式观察、说话、走路。我们只有在了解了人物的生活环境之后，才能真正认识人物。一旦我们了解平常生活中的夏洛蒂，我们就能明白为什么这突如其来的财富会使她不安，因为它破坏了她的人际关系和日常生活，而这些构成了她的整个世界。

人物不仅推动故事，有时候还成就故事。特雷西·基德尔的《山外有山》对主人公——人道主义医生保罗·法默进行了长篇的角色研究。他为什么会放弃在美国的舒适生活，而选择在海地艰苦地工作，为穷人服务呢？到底是什么驱使他做出这样的选择？基德尔问道。

基德尔的长篇角色研究，就像俄罗斯套娃。随着作者调查的深入，读者能够深刻地认识人物。普利策奖得主吉恩·温加滕在《躲猫猫悖论》中运用这个技巧，描写了儿童魔术师"大西葫芦"。这篇发表在《华盛顿邮报》上的文章，以一个比较简单的问题开头：为什么孩子们和家长会觉得这个人很有吸引力呢？

"大西葫芦"的个人经历可以回答这个问题：

> "大西葫芦"的真名叫作艾瑞克·诺斯……他机智聪明，却极不情愿作自我剖析，甚至不愿意评价自己的技能。他唯一知道的，就是他能够本能地理解学龄前儿童的想法。他之前在华盛顿地区的幼儿园和日托所工作了十多年，拥有和儿童打交道的丰富经验。

而描述他的个人特征能让读者更好地了解他：

> 艾瑞克·诺斯虽然妄自尊大，却依然惹人喜爱，让人着迷。他的微笑有种魅力，让人觉得他不怎么拿自己当回事。他的头发打着摩丝，根根竖立，就像霍布斯的朋友凯文。他说"我"的时候既温柔又神秘，往往会让孩子放松下来，似乎对成年人也能产生同样的效果。他和孩子的关系好得惊人……艾瑞克曾经在派对上认识了一位单身母亲，并和她交往过一段时间，但是现在两人不再来往。他们分手的时候，那位单身母亲的孩子伤心欲绝。

但是，艾瑞克天真无邪的形象背后也有阴暗的一面。他无法付清账单，交通罚单已在桌上堆了厚厚一沓。他不洗衣服也不打扫房间，他的屋子简直是一块奇怪的蛮荒之地。

> 成堆的交通罚单说明艾瑞克无法过上正常人的生活。他很不成熟，缺乏理性，不能有节制、有条理地融入社会。
>
> 以他的房间为例……

就这样，随着叙事的逐步推进，有关"大西葫芦"的真相一一浮出水面，作者的每一次揭秘都驱使读者进一步探寻真相。最终，我们看到最里面的那个套娃，发现伟大的儿童魔术师实际上是一个放纵的孩子，他赌博成瘾，正徘徊在自我毁灭的边缘。

欲望

故事叙述者应该知道，人物的关键是欲望，因为欲望能够推动故事的发展。夏洛蒂是宾戈的狂热爱好者，痴迷于搜寻各种廉价商品和免费赠品。"大西葫芦"总是在逃避成人的责任。保罗·法默希望世界能将他看成人类的救世主。

欲望越大，故事就越长。夏洛蒂对免费赠品的渴望恰好适合报纸系列报道，艾瑞克·诺斯的癖好适合写成杂志文章。而如果有人将自己视为人类的救世主，那就值得写一本书了。

强烈的欲望具有危险性，并能够增强故事的戏剧性。拉约什·艾格瑞说过："关键人物不仅要有所欲望，而且他的欲望必须强烈到为达目的不惜去破坏，甚至甘愿被毁灭。"

于是，我想起了亚哈船长追逐白鲸的故事。①

结果必然是：欲望越大，阻碍就越大。只有当两种力量势均力敌的时候，戏剧才会变得有趣。彼得·鲁比说过："主人公面临的反对力量成就了主人公。在理想的情况下，反对力量是如此强大，以至于在整个阅读过程中，我们都在担心谁会赢得这场战斗。"

在出色的故事里，人物能够使力量的天平一再发生倾斜。主人公为满足欲望所做出的最初尝试往往会失败，他一次又一次遭遇反面人物，一次又一次失败。最后，故事达到了高潮，用艾格瑞的话说，在这一刻，主人公将去破坏或者被毁灭。然后，他有所领悟，获得了新的启发，开始用一种新的眼光来看世界，这得以帮助他克服欲望之路上的种种障碍。故事经历高潮、下降动作、结局，最终结束。

---

① 美国作家麦尔维尔（1819—1891）的代表作《白鲸》（即《莫比·迪克》），记述了19世纪上半叶美国捕鲸业蓬勃发展的年代，从事捕鲸业40年的"裴圭特号"捕鲸船船长亚哈在同一条巨大凶猛的白鲸莫比·迪克的搏斗中船毁身亡的经历。这是一部寓意丰富、深刻，笔触雄浑的长篇小说。——译者注

故事越长，人物需要的成长空间就越大。换句话说，文章越长，在人物、动作、场景这三者之间，人物就变得越重要。小说创作有这样一条公理，即人物构成小说、事件构成短篇故事。简短的报纸新闻故事几乎没有给人物留下任何空间。一篇有 1 000 个词的文本才能让事情展开。像《夏洛蒂的百万奖金》这类系列报道，以人物为故事的中心，便收到了非常好的效果。长篇非虚构图书可以全面地描写人物，例如基德尔的《山外有山》就是个很好的例子。

当然，在非虚构故事中，你不是创造人物，而是报道人物。不同于小说家，你不能简单地置人物于危机之中，改变人物，最后结束故事。遗憾的是，在现实世界中，即使人物发生改变，这个过程也是非常缓慢的。

但是，这个规则也不是绝对的。酒鬼戒酒，恶棍寻求救赎。痛苦难忘的生活经历——几乎致命的疾病、棘手的离婚诉讼、荒野中的求生本能——这些都能够突破人物的固有特征。生活自然也随之发生变化。汤姆·霍尔曼发现"面具后的男孩"正处在儿童期和青春期的过渡阶段，这种身份正是绝佳的报道对象，于是他将其放在故事的中心。

非虚构故事叙述者无法控制主人公的性格，但是他能够选择主人公，这一点很关键。如果你找到的那个人正在挣扎，正有所领悟，就意味着你真的发现了有价值的东西。借用夏洛蒂·琼斯玩宾戈游戏时的欢呼："成功啦！"

圆形人物和扁平人物

小说理论家指出，精心塑造的人物应该是圆形的，而不是扁平的。珍妮特·伯罗薇曾这样区分两者："扁平人物只有一个突出的特征，只为展现这一特征而存在，不能与这一特征发生冲突。圆形人物则是多面的，能够变化。"

变化才是关键。山姆·莱特纳就是个圆形人物，因为他能够从一个只想看起来和同学一样的孩子，变成一位逐步走向成熟的少年，认识到他不得不直面现实世界。乔恩·弗兰克林说过："在优秀的故事里，从陷入困境到走出困境的漫长历程中，人物发生了深刻的变化。"

只有叙事才能描写出这种变化。人物的深刻变化沿着叙事弧线中的动作线得以展开。如果素材合适，叙事比直截了当的报道更能吸引读者的注意力。我们无法抗拒圆形人物的诱惑。

我们并不需要对故事中的每个人物都进行全面描写。很多人物只是为了推动情节的发展，或者和更为核心的圆形人物演对手戏。他们是扁平人物。爱德华·摩根·福斯特认为，这类人物"一眼就能认出来，因为他们具有习惯的表达方式，或者对任何事情都有着相似的反应"[1]。特别是当故事偏重情节而不是人物的时候，他们甚至可能占据舞台的中心。尼罗·沃尔夫[2]可能长得膀大腰圆，但他只是一个扁平人物。特拉维斯·麦吉[3]或者詹姆斯·邦德[4]也都是扁平人物。

扁平人物也是各具特色。雷克斯·斯托特笔下的尼罗·沃尔夫是位头脑聪明、态度超然的隐士，这个形象从未改变。约翰·麦克唐纳笔下的特拉维斯·麦吉永远是外表强硬、内心柔弱。伊恩·弗莱明笔下的詹姆斯·邦德的生活总是一成不变，他与彭妮小姐调情，只抽特别牌子的香烟，常常做出自以为是的评论，总能将时间把握得恰到好处。

在目光敏锐、观察仔细的作家笔下，配角也能大放光彩。约翰·麦克菲的人物可能是扁平的，但是他们绝不乏味。正如下面摘自《松树荒漠》的一段描写：

> 我走过泥土地面的客厅，迈入厨房，来到另一个房间。房间里放置着几把又软又厚的椅子和一张瓷制表面的桌子。弗雷德·布朗

---

[1] 福斯特的话援引自：Macauley and Lanning, *Technique in Fiction*, 87。
[2] 尼罗·沃尔夫是雷克斯·斯托特（Rex Stout, 1886—1975）所塑造的"安乐椅"侦探尼罗·沃尔夫系列作品中的人物。这个系列前后历时51年，共出版了54部作品。这些小说大部分是畅销书，在社会上产生了很大影响。——译者注
[3] 特拉维斯·麦吉，美国侦探小说作家约翰·麦克唐纳（John MacDonald, 1916—1986）创造的人物，他是"救世主"和"铁甲骑士"的结合体。——译者注
[4] 詹姆斯·邦德，英国小说家伊恩·弗莱明（Ian Fleming, 1908—1964）笔下的人物，是为中国观众所熟悉的系列小说和系列电影的主角。他是英国情报机构军情六处的特工，代号"007"，被授权可以干掉任何妨碍行动的人。他的上司是一位神秘人物"M"。他还有一位好搭档"Q"，专门为他提供各种高科技武器。——译者注

坐在那里，吃着猪排。他上穿白色无袖汗衫，下穿裤衩，鞋帮高到脚踝。他高兴地和我打了个招呼，却没有问我来这里的原因或我想要什么。他将扔在椅子上的卡其布裤子抓起来丢到另一把椅子上，并请我坐下。他为自己还在吃早饭而向我道歉，并且解释说他很少喝这么多，昨晚喝了几杯，所以起晚了。他说道："我不知道自己是怎么了，但肯定是不对劲，我都喝不了酒了。"他手里拿着一个生洋葱，一边说话，一边将洋葱切成薄片，咬几口猪排就吃几片洋葱。

关于弗雷德·布朗，我们就只需要知道这些。毕竟，在释义性叙事中，他只是一个次要人物，我们没有必要去洞悉他内心的冲突或者他在困境中的成长经历。扁平的人物形象正好能够满足约翰·麦克菲的需要。

而一篇成熟的故事叙述需要以圆形人物为中心。人性的缺点、矛盾、变化会使读者与主人公产生共鸣。只有当人物反映出复杂的人性时，他们才能得到读者的广泛认可。普利策奖得主、《其他太阳的温暖》和《种姓》的作者伊莎贝拉·威尔克森这样谈道："我们有责任让读者读到完整的人物，让他们在人物身上看见自己，促使他们关心人物的命运。"

霍尔曼的《面具后的男孩》就体现了这一思想。在表面上，山姆·莱特纳是个面部畸形的孩子，但是汤姆想让读者看到畸形外表之下那个丰满、立体的人物形象。我们选定的题目就表明了汤姆实际上是一个普通的男孩，具有普通青少年的一切特征，他的故事可以教导任何一位青少年如何处理同龄人面临的压力、如何接受自我。在描写完山姆的面部畸形之后，霍尔曼继续这样描述道：

> 但是山姆——这个面具后面的男孩——右眼凝视着前方。他的右眼形状完好，眼球呈褐色，这只眼睛清澈、锐利、深邃。
>
> 你立刻被这只眼睛所吸引，希望透过畸形的外表，进入到一个14岁少年的内心世界。它是通往山姆世界的窗口。他的世界对你并不陌生，因为透过那只眼睛，你看到了自己——那个曾经也是孩子的自己。

你不得不承认，汤姆成功了。他通过文字、选材、动作将山姆的性格描写得鲜活生动。衡量作者是否成功的标准就是读者的反馈。山姆的同学写信说，他们曾经无法理解面具后的山姆，但是现在他们改变了自己的想法；年长的读者回忆起自己青春期的苦恼和他们在成长中的经验教训，一些人明确指出汤姆笔下的丰满人物让他们明白了故事的普世意义。还记得我在第一章中提到的那段反馈吗？——"我把故事打印出来，"那位读者说，"并保存好，打算等我八岁的女儿上高中遇到类似问题的时候，再拿出来。"

汤姆"成功啦"！

直接和间接的人物塑造

珍妮特·伯罗薇的《小说写作》将人物塑造技巧分为两大类。第一类是间接塑造人物，作者对人物直接发表看法。亨利·詹姆斯与其他19世纪的作家均在作品中采用了这种间接塑造人物的方法。伯罗薇以詹姆斯在《一位女士的画像》中对塔奇特夫人的描写为例："她有一套自己做事的方法，很少给别人留下温柔的印象。"

非虚构作家也运用间接塑造的手法来描写人物的羞怯、傲慢、强悍或者消极。但是几十年前，这种风格就已经在小说中消失殆尽，对于强调事实的现代非虚构作品来说，早已不合时宜。

相反，现代出色的小说作家和非虚构作家都会让人物自己说话，伯罗薇称这种方法为"直接塑造人物"。他们可能偶尔会对人物发表看法。但是，通常他们会选择运用细节，引导读者去给人物做总结。对于非虚构作家而言，这就意味着他们必须进行详细的报道。他们的笔记本上记满了有关人物的外貌、财产、行为、语言等方面的详情，他们要选择那些最能展现人物细节的内容。

外表

当读者跟随叙事弧线深入阅读时，他们需要详尽的细节描写来建构人物的形象，并一直沉浸在故事里。报纸无法吸引读者的原因之一就是

报道中的人物毫无个性。具有讽刺意味的是,对逃犯的描述算是报纸中最棒的报道了:

> 强奸犯在 25 到 30 岁之间,身高五英尺九寸,体重大约 165 磅,褐色头发,身穿棕色皮夹克,头戴带有面罩的黑色摩托车头盔,上颚门牙齐整,但是后面的牙挤在一起,并向后歪。

好了。我可以闭上眼睛,想象强奸犯的样子。描述人物外貌的三四个细节就足够了。汤姆·沃尔夫很早就指出,我们的大脑有个庞大的人类图库。作家们要做的就是激活其中一个图像。事实上,太多的细节反而会破坏这个过程。"过于详细的描述常常会失败,"沃尔夫说道,"因为它们将人物的面孔打碎,而不是创造出人物形象。作家只为读者提供一幅人物的漫画像就可以了。"吉恩·温加滕的《一天》中的第一个故事,是关于凯伦·厄墨特被谋杀而引出的一场革命性的心脏移植手术。请看他对凯伦的描述:

> 凯伦总是活力四射,有一张宽阔聪慧的脸庞和一头蓬松轻盈的金色头发。(她的发型师曾开玩笑说,别的客人愿意花大价钱来买上天随意馈赠给凯伦的礼物——迷人的、富有层次的金发。)她就是人们眼中的美人儿,花栗鼠式的轻微龅牙更添了几分可爱。

如果读者对语境已经有所了解,而此时你又需要一个扁平人物,那么,你不妨通过激活读者大脑中已有的人类图库,来创造人物形象。让读者去想象人物吧。作者可以立刻展开情节丰富的动作部分。在这里,我再次引用阿图尔·加万德笔下的分娩故事的开头:

> 不久前的一天,波士顿的清晨凉爽宜人。大约五点钟,长着浓密的黑褐色头发、皮肤白皙、怀有四十一周身孕的伊丽莎白·罗克伸出胳膊,将丈夫克里斯推醒。
>
> "我感觉到宫缩了。"
>
> "你确定吗?"
>
> "是的。"

加万德直奔主题，这样的人物外貌描写还有一个优点，那就是描写的速度很快，不会影响到故事线的展开。长篇大论的人物描写会将读者带出正在发展的故事，因此第一个人物描写一定要简洁。之后，你可以在故事线中加入更多的细节描写。

动作、表达和习性

一篇成形的叙事报道应该展现的是行动中的人物。麦考利和兰宁指出，新手作家经常会犯这样的错误：他们描写的动作没有意义，却打乱了故事的背景或者打断了人物的对话。例如，他们写道："很多人点起香烟，揉了揉鼻子，并试着清了清嗓子。"

每一个词都应该有它的用意，每一个细节都必须推动故事线的展开和人物的发展。不能为了细节而细节。

不同于揉鼻子和清嗓子，有些言谈举止能揭露人物性格隐秘的一面。《俄勒冈报》的特写记者史蒂夫·比文——我的前同事、《我们将会站立》的作者——是这样描写一位上了年纪的家具推销员如何讨好一名年轻主顾的：

> "我只是随便看看，"她告诉路易斯，"我得和男朋友商量一下。"
> 路易斯露出一副受委屈的样子。这只是他的老招数，也是他的重要销售技巧。"你有男朋友，艾米？那我没机会了。"

路易斯露出受委屈的表情这个细节占不了多少篇幅，因此诸如此类的细节描写适用于短篇新闻特写报道。当我遇到这类细节报道的时候，我会忍不住称赞一下。例如：肥胖的电视节目主持人坦言自己在节食时常常管不住自己的那张嘴，"只见他面带微笑并眉毛上挑"；哥伦比亚河谷前任董事会主席被罢黜到普通员工岗位，虽然人生失意，但她说话的声音"依旧温柔"，如同帆板掠过水面那般轻柔；一名吸毒者在一次辅导讲座上发火，只见"她两臂交叉放在胸前：'总是我的错，我受够了！'"。

身份标识

在物质文化中，我们通过消费品来展现自己。伟大的流行小说家写过许多品牌方面的细节。例如，书中人物驾驶着丰田或者悍马汽车，穿着牛仔裤或者阿玛尼高档定制服装，通过他们拥有的房子、家具和珠宝来揭示他们的社会地位。斯蒂芬·梅图林的衣服总是皱巴巴的。阿奇·古德温喜欢偶尔喝上一杯牛奶。詹姆斯·邦德驾驶着阿斯顿·马丁牌汽车。

在所有的非虚构作家中，汤姆·沃尔夫对这方面最为讲究。他认为，人物所拥有的东西非常重要，这跟麦当娜的观点一样，坚持认为我们生活在一个物质世界里。他描写了1964年滚石演唱会上那些疯狂的青少年歌迷：

> 成千上万激动的年轻人，留着长长的刘海、蓬松的蜂窝式发型，戴着披头士的帽子，长着黄油脸，涂着睫毛膏，眼睛上贴着花，上穿肥大的毛衣、法式紧身胸衣或糟糕的皮衣，下着蓝色牛仔裤、弹力裤、弹力牛仔裤、蜜露牌短裤或艾克莱长筒袜，脚蹬埃尔夫靴子、低跟软底女便鞋或骑士浅帮便鞋。他们跳着、叫着，在音乐学院剧场里窜来窜去。

我想你必须要亲临现场，才能弄明白是怎么回事。但是，除去多余的细节，你将发现沃尔夫自有他的道理。在长期的进化过程中，作为社会动物的人类曾经生活在一个孤立的、充满威胁的等级社会里。惭愧的是，我们现在依然将周围的人分为三六九等。他们和我们是一类人吗？他们是不是比我们的地位更高？怎样通过他们的装束、座驾来了解他们的想法和行为呢？

沃尔夫，这位耶鲁大学的哲学博士，坚持认为身份标记是理解当代文化的关键。他在《新新闻学》一书的著名导论中，声称现代叙事性非虚构文学的力量，在某种程度上，依赖于"记录……整个行为模式和拥有物，人们通过它们来表示他们在世界上的位置或者是他们认为或希望成为的样子"。

他接着说："在散文中，细节描述并非只是细枝末节，它和其他文学手段一样，是现实主义文学的核心所在。"

你可以通过一两个细节就能体会到沃尔夫所说的叙事的力量。一名记者曾经非常成功地描绘一位单身汉农夫的空虚生活："他已经两年没有约会了。他的晚餐是一个肉饼汉堡、开袋即食的土豆泥和青豆。他最好的朋友是一条黑色拉布拉多，名叫科尔。"①

言语

这里所讨论的，都是关于人物的方方面面。对白，作为叙事的重要手段，需要一章来进行专门讨论。说话的方式也会揭示我们的个性，也许比我们的话语本身揭示得更加深刻。我们是坚持不懈的、爱发牢骚的、骄傲自大的、顺服温和的，还是粗鲁生硬的？我们说的是标准语言还是带有边远地区的口音？我们是否会因为带有威斯康星州浓重的鼻音或者路易斯安那州含混的口音而不小心暴露了自己的出身？言语本身就是身份的标志。我们张开嘴，就立刻被定位到某一社会阶层上。我们说话的方式可能是最能揭露隐情的细节。

对方言不成文的禁用，长期以来削弱了报纸故事中人物塑造的力度。报纸专栏里尽是单调乏味的引用，传递的信息量极少，没有声音，没有感情，没有个性。

我承认，记者们不愿意如实描述人物言语是有原因的。如果你一字不差地引用一位没有受过教育的乡下人说的话，你看起来就会像一位骄傲自大的城市人士。但是，你代替别人说话，就像只有你说的语言才能被受过英式英语教育的人们所接受，这不也是一种骄傲自大吗？丰富的地道的美式方言不是更加体现了日常生活、文化的真实性和多样性吗？想想这个囚犯在孤独的牢房里做出的决定吧：

> "我一生中不得不做出的最艰难的事情，是和家人分离。"克利夫·里克德在俄勒冈州监狱的一次采访中说道，"一旦我出去了，任何事情都不会再让我离家一步。"②

---

① Stein, "Branded by Love."
② Kaufman, "Learning Not to Go to School."

感谢上帝,我们报纸编辑部里没有人"修改"过伟大的来自底特律的布鲁斯乐曲演奏者约翰·李·胡克的精彩话语:

> 自从我十二岁起,布鲁斯就缠上了我,我这辈子都摆脱不了它了。①

奇闻趣事

顶尖的非虚构作家都是奇闻趣事的写作高手。在他们的故事中,小的叙事弧线使故事变得更加有趣,无情地牵扯着读者的心。奇闻趣事对于作者表现人物特别具有说服力。不过也不需要太刻意地去写,毕竟最终我们所做过的事情定义了我们是谁。

约翰·麦克菲在释义性叙事中添加了不少奇闻趣事,皆是为他的人物着想。在《佐治亚州的旅行》中,他不辞辛劳地描述了两位女生物学家在乡村闲逛时其中一位在大自然中的状态,就如同回到家中一般惬意:

> 人造湖中有一个空树桩,树桩已经被湖水淹掉了一半。我看见她将手伸入树桩里。她知道里面有一条水蛇。她摸索着盘绕着的蛇身,试图找到蛇头。她站在没膝的水中,穿着分体式的游泳衣。这副打扮和做实地考察旅行的老罗杰·科南特有着天壤之别。她的体态苗条匀称,身体柔软灵活;由于长期在野外生活,皮肤被晒成褐色。她的头发扎成马尾辫,从一边肩膀上垂了下来。只见她将手伸入树桩,沿着蛇的身体缓慢地、温柔地移动着。她说,这条蛇是她的朋友,她想让山姆和我见见它。"伙计,放松,我是卡罗尔。我希望能摸到你的头。好的,我们快到头了。噢,该死!我拿的是它的尾巴。"没有办法,她只好转过身来,又向另一端摸了四英尺。"老朋友,你好啊?"她将双臂从水中举出,手里一条类似电视电缆的东西扭动着,精力旺盛。她牢牢抓住蛇,将它从湖水中取出,拿到岸上。

---

① Tomlinson, "John Lee Hooker."

在《山外有山》中，基德尔将保罗·法默尔医生塑造成具有反权威精神、藐视惯例、我行我素的一个人。他用类似下文的奇闻趣事把这一点说得十分透彻，故事发生在法默尔设在海地边远地区的医疗诊所：

> 法默尔的海地同事坚持认为病人本应支付相当于 80 美分的出诊费。法默尔作为医疗主任并无异议。我后来发现，他自有办法拒不执行，这也是他一贯的行事风格。他说按规定每个病人需要支付 80 美分，但是妇女、儿童、赤贫者和任何病重的人除外。

人物塑造的目的

人是极其复杂的，明智的作家不会妄想能描写出人物所有的特点。《山外有山》写了 300 页，对人物描写之透彻不亚于任何一部现代非虚构作品。但是，特雷西·基德尔仍然不能揭开保罗·法默尔这个神秘人物的每一面。他也不想这么做。法默尔可能是波士顿红袜队的粉丝或是恐高症患者，但是，这和他的人道主义工作没有任何关系，除非这些信息能够揭示他对失败者的信任和行进在险峻山路上所需要的勇气。人物就是为了推动故事的发展而存在的。任何一个关于外貌的细节、奇闻趣事或者个人财产，不论在本质上多么有趣，如果不能推动故事的展开，都会分散读者的注意力。

最后，我还想说一点。每一位非虚构作家如果想成功地探索人性，就必须形成性格理论，并用这种理论指导写作。在报道故事的时候，汤姆和我进行了讨论，主要是探讨人物能否解释所发生的行为：

- 一个懒惰的咖啡师决定剪掉头发，买套西服，加入平凡的主流世界中。有趣。懒惰的人和西装革履的人在性格上有什么不同？这位咖啡师必须要应对这些变化吗？性格的改变会怎样影响他的行为、外貌和收入？
- 一个脑部受伤的人不得不放弃自己原来的身份，寻找一个新的身份。有意思。那么，身份又是什么呢？我们怎么提炼自我感受，并在这个世界上找到自己的位置？

● 一个容貌畸形的男孩必须结束童年生活，进入青春期，并学会正视自己。有趣。人类的性格是如何形成的？他们如何接受自我，并放弃自己遥不可及的理想？

毕竟，创作故事的目的之一就是传授生活成功的秘诀。一些价值观只会导致失败。一些习惯和观点却可以带来成功。我们需要新的方法来迎接艰难的挑战，而我们对于成功和失败的理解和定义也会发生变化。的确，有的命运不是我们所能把握的，诸如被闪电击中、被陨石砸到、被醉酒司机的车辆撞倒。但是，优秀的故事叙述者只描写我们可以控制的世界。在这个世界中，生活成功的密码在哪里呢？我想，这个密码就在人物之中。

第六章　场　景

> 提纲是叙事的结构骨架,将其变成血肉之躯的并不是章节……而是场景。
>
> ——彼得·鲁比

- 挖掘内在的场景
- 选择场景
- 报道场景
- 透露真情的细节
- 集体细节
- 空间
- 确立镜头
- 结构
- 氛围
- 布景
- 赋予场景生命力
- 场景的构建

第六章 场景

你走进剧院，找个座位坐下来。观众席逐渐安静了下来，一名男演员走上舞台，说出第一句台词。

这样的经历可以追溯到古希腊人的戏剧，也有可能起源于山洞里或者篝火旁的表演。我们天生就是通过场景来理解故事的——甚至梦境也是由人物在心理的舞台上进行演绎的。故事的讲述并不是连续不断的。我们将故事分为若干个片段。舞台上，随着一幕的开始和结束，幕布拉起又放下。

进入现代，我们在新媒体中也使用场景。小说和之前的戏剧一样，是由一系列的场景构成的；广播戏剧创造了一连串的场景；电影中几乎全是场景。当新新闻记者运用现代小说的技巧来讲述真实故事的时候，他们在构建故事时使用的也是场景。在 20 世纪 70 年代，汤姆·沃尔夫将"场景构建"列为叙事形式的显著特点之一。

现在仍是如此。艾瑞克·拉森在《白城恶魔》中运用简练而有力的场景设计，将本来枯燥的历史变成了生动的故事叙述。1891 年 2 月 24 日星期二下午 2 时，有一项重要的活动，负责选择芝加哥世界博览会设计方案的委员们走进伯纳姆和鲁特的藏书室：

> 房内光线昏暗，太阳已经西下，风拍打着窗户。在房间北墙下的壁炉中，火噼里啪啦地燃烧着，发出嘶嘶声，房间暖和起来，干燥的热风吹到冻僵的皮肤，让人感到阵阵刺痛。

三个细节——光线、风、噼里啪啦的炉火——将我们快速带回到 19 世纪，把我们带进了这个房间。我们感受着当时屋内的气氛，等待着即将发生的事情。

当你着手创作一篇非虚构故事时，不妨将自己想象为剧作家。你必须搭建舞台，因为只有在舞台上，故事才能展开；因为只有拥有了故事空间，你才能让人物去呼吸、去走动、去表演。只有将人物、动作、场景三者配合起来，故事讲述才具有稳定的三脚架。

但是记住：在故事创作中，场景不是最终目标，动作才是。人物的欲望和需求推动情节发展，场景发生转换。每个场景传达一个重要意义，最后构成故事的主题思想。在戏剧发展的过程中，作者运用场景来展现动作，吸引观众的注意力。葆拉·拉罗克一直担任《达拉斯晨报》的写作指导，她这样说过："场景就像礼品包装纸，而故事就是里面的礼物。"或者如百老汇音乐剧名演员乔治·考夫曼所说："你绝不能忽视舞台布景。"

艾瑞克·拉森搜尽了日记、报纸和法庭记录，他并不是想把我们带到过去观光，而是想给我们讲个故事。他描述了发生在丹尼尔·伯纳姆办公室的那一幕，并为芝加哥世界博览会的诞生提供了场景。场景明确后，动作自然就随之上演了。在伯纳姆和鲁特的藏书室里，委员们观看了全国著名建筑师的设计展示。这些人刚从芝加哥寒冷的街道上走进来，身上还带着"雪茄和潮湿毛料的气味"。建筑师们开始了表演：

> 他们依次走到房间前部，将图纸铺开，挂在墙上展示。建筑师们之间发生了某种变化，很明显仿佛有一股新的力量涌进了房间。伯纳姆说，他们都在"用耳语交流"。
>
> 每个建筑都比前一个更漂亮、更精致，所有的设计都很庞大——规模之大是前所未有的。

白城——那个时代的建筑奇迹——在人们的头脑中逐渐浮现了出来。事实上，剩下来的工作就是建造它。工人们用了不到两年的时间就完成了这一建筑杰作。对于艾瑞克·拉森而言，博览会场址变成了场景中的场景，在这个场景中，他讲述了一个凶残的连环杀手的故事。白城里有魔鬼，拉森设计的这条叙事弧线精彩极了，这本书也因此而高居《纽约时报》畅销书榜首位置。

挖掘内在的场景

场景能够让我们如同身临其境，亲历叙事弧线的起伏。我们凭借自身的经验来理解故事中的细节，这就是为什么优秀的故事讲述会在我们心中激起强烈的感情。我们读到的是事实，而产生的情感是属于我们自己的；当我们陷入现实困境的时候，爱情、愤怒、恐惧、狂怒等强烈的情感就会向我们袭来。斯蒂文·平克说"图像驱动情感和智力"，他认为图像"极其有力"。

汤姆·沃尔夫指出，这点与我们大脑的生理机能和记忆过程有关：

> 迄今为止，按照研究大脑的学者们的说法，人类的记忆应该是由一套套有意义的数据构成的……这些记忆组合经常将图像和情感结合起来。众所周知，故事中的一个画面或者一首歌曲就能激起复杂的情感波澜……有天赋的作家会利用读者的记忆组合，采用各种方式，在读者的脑海中创建出一个世界，并与读者产生情感共鸣。作家只不过是将事件记录下来，并发表出来，但是其中的情感却是真实的。因此，当一名读者"全神贯注"地读一本书，甚至"迷失"在其中的时候，他产生的情感将是独一无二的。

在这里，"迷失"是一个关键词。大卫·里恩执导了《阿拉伯的劳伦斯》和《日瓦戈医生》等经典电影。他曾经说过，作为导演，当他意识到自己的工作不是对现实的再创造，而是让观众沉浸在一个梦境中的时候，真正的突破才实现了。无独有偶，小说家和评论家约翰·加德纳也谈到了故事讲述者创造"虚构梦境"的能力。

将叙事看成梦境的观点，改变了我对故事讲述的整体看法，尤其是在场景设计方面。我意识到，作者的使命并不是描写出世上所有的复杂细节，而是仔细挑选出那些最能勾起读者回忆的细节，来激活读者大脑中已有的感知。在《红色收获》中，达希尔·哈米特描写了"一个装满书本的红褐色房间"。这句话足以让我想象出房间的场景，以及里面所发生的动作。换句话说，它们足以开启虚构的梦境。

同理，简明的场景设计也适用于叙事性非虚构作品。当然，细节必须要准确，但也没必要做到详尽无遗。细节只是鼓励读者利用它们自己去填充场景。我之前的同事马蒂·休利曾被派去报道马戏团游行，他描写的场景及其细节只是他嘈杂、忙碌、复杂的实际体验中的一小部分：

> 新马戏团的气味随风传播。车流停下，店主、过路人、家长们拉着孩子涌上街头。大型野兽排成一排向前走。

约翰·麦克菲利用每个人对自己所在城市扩张的亲身感受，结合隐喻来唤起读者对安克雷奇市无序扩张的想象：

> 几乎所有的美国人都能认出安克雷奇市，因为在任何城市中都有类似安克雷奇市的地区，在这里，城市向外扩张，快餐业随之跟进。

选择场景

在撰写5 000词的杂志文章时，作者搜集到的素材往往足够构成很多的场景。但是，5 000词的杂志报道只需要三到四个场景就够了。作者该如何选择呢？

这就需要根据你正在写作的叙事类型而定。在释义性叙事中，每个场景都包含着作者针对话题的抽象观点。约翰·麦克菲创作《佐治亚州的旅行》的目的，就是揭露人类发展是如何破坏野生动物栖息地的。其中一个场景描写挖土机毁坏原始沼泽，这是文章讨论的逻辑起点，旨在探讨政策的调整和发展的压力如何迫使青蛙的生存变得日益艰难。

在故事叙述过程中，场景的选择会变得更加复杂。每个场景沿着叙事弧线展开，推动动作线贯穿故事的每个阶段。你希望能以一个合适的场景来开始故事叙述，这意味着你在开头就要介绍主人公，提供读者必需的背景信息。如果第一个场景没有诱发性事件，那么它在下一个场景中也应该发生。之后，一系列的场景依据情节点一一展开，并延伸到故事的上升动作阶段。危机和高潮会在故事的核心场景展开。到了下降动作和结局阶段，一个场景可能就足够了。

文学经纪人彼得·鲁比在《讲述故事》一书中，提醒作家在选择场景时要把焦点放在主人公身上，并关注他们为了战胜困难、摆脱困境而进行的努力奋斗。他认为，好的场景将：

- 导致下一个场景的出现,创造因果关系。
- 受主要人物的需求和欲望驱使。
- 探索人物为了摆脱困境而实施的各种策略。
- 展现能够改变人物立场的行为,并与故事的结尾息息相关。

罗伯特·麦基认为最后一条对电影编剧尤为重要。他指出,每个电影场景都必须改变主人公的"价值负荷"。所谓"价值负荷",指的是在摆脱困境过程中人物起伏的程度。在生存故事中,主人公可能会掉进冰水中,这场灾祸使得他的价值负荷下降。这值得设计一个场景。当他用陷阱捕捉到一只兔子并吃掉它时,他的价值负荷上升。这值得设计另外一个场景。

不要忘了梅尔·麦基的"故事就是战争"的观点。冲突是故事叙述的核心,也是场景选择的核心所在。"场景里有冲突吗?"彼得·鲁比问道。"故事前进的动力就是战胜困难。"他补充说,如果你的场景里缺少冲突和情感,就别再为它费心了。

报道场景

有时候,新手叙事作家懂得场景设计对于故事形式的重要性,却无法理解细节描写为什么必须要有意义。下面就有一个很好的例子。一位年轻记者无意识地模仿"这是一个月黑风高的夜晚",写出的句子非常荒谬:

> 7月13日,周五的凌晨,有一丝微风,天空晴朗。透过黑暗,明月投下长长的影子。
>
> 这个清晨,一道阴影投向北波特兰一名二十六岁妇女的生活。
>
> 她被强奸了。

虽然作者没有进行解释,但是我们可以推测明月也许和强奸案有关,却很难想象微风和故事有何关联。这个故事写的是强奸,而不是放风筝。比尔·布伦德尔指出,描写主要是为了推动故事的发展,这就意味着细节必须要有意义。在如何选择有价值的细节方面,文字形式的故事叙述者和电影导演、摄影师相比,占有很大优势。图像能显现一切细节,但是也会分散人的注意力，让人困惑。当然，电影导演、摄影师也有自己的技巧。伟大的摄影师会通过合成、聚焦，努力将我们的视线引向重要的细节。大师级的电影导演运用诸多技巧来去除观众的困惑，例如将镜头停留在"重要细节"上，希区柯克曾经把这项技巧运用得炉火纯青。当摄像机镜头扫过房间，停留在一个镇纸上，你就知道这个镇纸将在故事中发挥重要的作用。

好在文字作者不需要使用这些高难度的技巧。作者只要提到镇纸，言下之意就是它将在接下来的情节中发挥作用。作家应该遵循契诃夫法则——"如果没人想开枪，就千万别把荷弹步枪放在舞台上。"①

透露真情的细节

每一则好的故事都会阐述一个大道理，每一位出色的故事作家都能不断发现生活中的"小小真相"。并不是每个细节都能帮助构建场景，但是好的细节不但能够搭建出展示情节的舞台，而且能阐述故事的主题。

丽莎·克伦利用最新的脑科学研究成果创作了《与生俱来的故事》，她认为感官细节出现在故事中主要有三个原因：

1. 它是与情节相关的因果链条的一部分。
2. 它帮助我们了解人物。
3. 它是一个隐喻。

当大卫·格恩走进史蒂夫·奥谢的私人空间，他仔细观察，发现了许多有价值的细节——他眼前的这个人对捕捉乌贼是如此痴迷。大卫的描述就符合上述三条：

> 然后，我们走进他在大学的办公室。为了这次远行，他在这里搜集了不少东西。这个房间看起来很像阁楼，里面装满了他"疯狂迷恋"的收藏品。墙上贴的、桌上堆的，都是图片，其中不少是他自己画的，有大王乌贼、巨型乌贼、大乌贼、疣乌贼、猎豹乌贼。

---

① 契诃夫最早是在 1889 年给朋友的一封信中第一次做此评论，后来他多次提到这个观点。这句话出自：Rayfield, *Anton Chekhov: A Life*。

此外，还有乌贼玩具、乌贼车钥匙、乌贼杂志、乌贼电影、与乌贼相关的剪报（"警告！巨型飞行乌贼攻击澳大利亚附近的船只"）。在地板上，放着很多玻璃罐子，里面装着乌贼标本。乌贼泡在酒精里，它们的眼睛和触角紧贴着罐壁。

特雷西·基德尔笔下的小城警察全身心地投入到他的工作中，因为他一直以来的梦想就是当一名警察。基德尔观察到的细节把这个事实表达得非常到位：

> 位于福布斯大街的家中，在卧室衣橱的内壁上，汤米用铅笔写着：
>
> *汤姆·奥康纳　1972 年 9 月 29 日*
> *我想当警察。*
> *我现在上六年级了。*

集体细节

抽象阶梯底层的人物形象鲜明突出，因此读者会相信他们读到的都是真实的。如果作者在抽象阶梯中向上爬几格，他会描写人物群体、街坊邻里甚至是整座城市，描写的方式和我们看待周围环境的方式是相似的。盖伊·塔利斯曾经将纽约描写成"被人忽视的城市"。"在这个城市里，猫躲在停着的车下睡觉，两只石头狓徐徐爬上圣帕特里克大教堂，成千上万只蚂蚁攀上帝国大厦的顶部"。

和大多数技艺娴熟的非虚构作家一样，特雷西·基德尔也会调整叙事摄像机的镜头。他运用集体细节来塑造集体形象，身份标记将人物置于特定的社会背景中。下文还是摘自《小城警察》的故事，这名警察用精明的眼光审视着他所管辖的区域：

> 汤米不时地打量着一小群身着奇装异服的年轻人，他们在普瓦斯基广场问讯台旁边闲逛着——滑板青年反戴着棒球帽；帮派成员穿着松垮的裤子，戴着金链子；还有些人穿着破烂的黑衣服，上面带有尖尖的装饰物。

空间

舞台是三维的。如果你想让读者沉浸在故事中,和角色共享舞台,你就应该让他们感觉到舞台的每个维度。马克·克雷默说过:"你必须要设定场景,这样读者才有体积、空间和维度的感觉,并且产生感官的体验。"

下面请看黛博拉·巴菲尔德·贝瑞和凯利·贝纳姆·弗兰奇描绘旺达·塔克来到安哥拉首都罗安达的情形:

> 低矮的土砖棚屋模糊了过去,房顶被混凝土块压得很低。随后映入眼帘的是高耸的大楼和生锈的空调外机。阳台的晾衣绳上挂着色彩斑斓的衣服。这个城市忙忙碌碌,但大部分人似乎并不着急。孩子们穿着白色的校服上学。人行道上,人们在祈祷、哄婴儿、烤红薯、挤在公交车站、在墙根撒尿、编辫子、搬运一串串的鱼。

你看这段文字是如何创造空间感的——远景中有高耸的大楼,中景里有阳台上晾晒的衣物,近景是土砖棚屋。很多富有视觉效果的景物都可以帮助搭建空间,例如一条在落雪的森林里的蜿蜒小路,在你眼前伸展的长楼梯、铁轨,等等。利用好这些景观,让它们成为空间里充实的细节。如果再加入一些动感,会制造出身临其境的幻觉——从故事主角的眼中望去,棚屋模糊了过去,街道上人们熙来攘往,有人在哄孩子,有人对着墙根撒尿,还有人在搬鱼。

在描述场景时,你也可以从远景移动到场景中,创造出叙事的动感。特雷西·基德尔在第一次描写保罗·法尔默位于海地的医疗诊所时,用的就是这种方法:

> 烈日之下,光秃秃的地面被炙烤成褐色。在这样的风景中,萨米·拉桑提的外貌就如同山坡上的堡垒,格外引人注目。这个巨大的混凝土综合建筑物,一半都隐藏在热带绿色植物之中,墙里面的世界郁郁葱葱、枝繁叶茂。高大的树木伫立在庭院、通道和墙边,精巧的混凝土和石头建筑矗立在树木丛生的山坡上。

上文描述的先是远景，诊所孤独地坐落在一片褐色的画面中。之后，基德尔将镜头拉近到诊所里面，树木郁郁葱葱，宛如你亲自参观萨米·拉桑提一样。

确立镜头

创造空间感非常重要。当播客的主播沿着叙事线推进节目，可以描述他们进入的每个空间。电视和电影的故事叙述者经常使用"确立镜头"，即用一种广角视角，将整个场景包括一系列的动作纳入镜头之中。基德尔对萨米·拉桑提的描写，为之后发生在诊所里面的动作确立了空间背景环境。在《小城警察》开始时，他确立的镜头更加宽广，包括了这个警察活动的整个舞台：

> 站在西马萨诸塞州的霍利约克山山顶举目远眺，你可以看到康涅狄格河谷、直达天际的广阔田野和森林风光，老城北安普敦位于天然屏障之中。东边一条宽阔的河流蜿蜒流淌在玉米田间。西北边，远处伯克郡的丘陵连绵起伏，比北安普敦的许多房屋尖顶还要高……从山顶上看去，这个城市就像旁边的玉米地一样，秩序井然，宛如一个自给自足的梦想家园。在这个地方，一个微小的文明之地，一个人可以度过一生。忘却了岁岁朝朝的杂乱无章——人类工艺的每一件作品都有适宜观看的地点。下面的城镇就在你的掌心之中，如同雪花玻璃球，摇摇它，里面就会飘起雪花。

故事就发生在这个城镇里。因为基德尔一开始就把镜头完美地架在山顶观看场景，读者可以继续体验这个风景之中的城镇。周围风景可以加强读者对小镇的感受，帮助读者理解故事的中心——小城警察。

结构

我曾在波因特学院担任讲习班教师，和来自《普罗维登斯日报》的普利策奖得主杰拉尔德·卡蓬共事。他上课时，会把我们领到外面，叫我们从结构的角度描写场景，寻找具有鲜明反差的元素。读者不喜欢千篇一律，他们希望作者带给他们更加丰富的体验。我转过身背对坦帕湾，回望学院的豪华建筑。交叉线样式的红瓦屋顶在蓝天的映衬下闪闪发光。棕榈叶随风起伏，衬托出建筑物的几何线条。我明白了卡蓬的用意。

我自己还有一个很好的例子。很久以前，我来到纽约，那还是在20世纪90年代纽约市复兴之前。那时的纽约市贫富差距悬殊，犯罪率居高不下。走在第五大道上，我在蒂芙尼首饰店门前停下脚步，透过玻璃窗，观看一件价值20万美元的钻石头饰。窗户很脏，为了看得更清楚，我不得不俯在人行道上躺着睡觉的流浪汉身上。这种反差真是太惊人了！

氛围

经验丰富的作家不仅会搭建结构细致的空间，他们还会营造出一种氛围，让读者轻松获得体验，甚至能够自由呼吸。斯蒂文·平克指出，"情绪取决于周围的环境"，并建议你"想象自己身处公共汽车终点站的候车室或湖边的小屋"。

在小说家中，托马斯·曼①善于营造氛围。在非虚构文学中，《纽约时报》记者安东尼·谢迪德的作品一样令人印象深刻。下面是他对巴格达沙尘暴的描写：

> 沙尘暴的第二天，这座拥有超过500万人口的城市就被包裹在一层灰尘之下。这些灰尘是从伊拉克的沙漠中吹过来的。下午，天空从黎明时分那令人目眩的黄色变成了血红色，暮霭般的褐色之后，便是傍晚时分怪异的橙色。偶尔，蔬菜摊上的洋葱、番茄、茄子、橙子会给城市增添几笔颜色。全天都在下雨，这令巴格达浸在一片泥浆之中。

蔬菜摊成就了场景结构。谢迪德告诉《2004年最佳报纸写作》的编辑基思·伍兹："在我的印象中，蔬菜摊是这座笼罩于沙尘之中的城市唯

---

① 德国作家托马斯·曼（Thomas Mann，1875—1955），以一部长篇小说《魔山》誉满全球。他于1930年发表的中篇佳作《马里奥与魔术师》，对法西斯在意大利制造的恐怖气氛作了生动的描述。作品《布登勃洛克一家》获诺贝尔文学奖。——译者注

一的色彩。"他自己也有点吃惊，"像蔬菜摊这样微不足道的东西，居然能帮助你描绘出那一刻城市的模样"。

认真挑选像蔬菜摊这样观察入微的细节能营造出场景的氛围。为了唤起读者对19世纪90年代芝加哥生活的感觉，艾瑞克·拉森利用文字叙述来创造氛围，比如"煤烟长期笼罩下"的城市，嘶嘶作响的煤气灯散发着昏黄的灯光。

这种细致的场景描写让读者意识到，那时的芝加哥遭受了严重的工业污染，对比之下，白城的建成就显得更加奇妙了。在故事叙述中，氛围是一个重要因素，是核心信息的重要组成部分。拉森就很明智，他不仅关注发生的事件，还强调人们对事件的感受。

布景

场景细节还有一个功能，那就是它可以给叙事增加一个维度。再现特定的时间和地点，它们可以将读者带上旅途或者带入时间机器……例如艾瑞克·拉森在《白城恶魔》中对1893年芝加哥的描写，或是约翰·麦克菲在《走进郊外》中对阿拉斯加的场景的描写。我随便翻开一页，就被吸引住了，比如下面这段描写主人公来到偏僻的鹰村时的情景：

> 库克急切地想要回到唐娜身边。因此，解冻后不到一个星期，当浮冰还很危险的时候，他就借了一条独木船，带着他的狗向河流进发了。他本可以利用鹰村的码头，但那意味着要带狗穿过小镇，库克可不想制造骚乱。鹰村里，狗都被拴在小屋旁边的桩子上，库克的狗没有拴绳，它到处乱跑，肯定会挑衅打架，惹怒村子里的狗。库克在鹰村有一个小棚屋，是建在自己土地上的，于是他领着狗穿过树林，来到镇子下方的小河边。

这段文字散发出阿拉斯加内陆的气息。"解冻"是阿拉斯加人常用的术语，形容每年大河冰面的融解。阿拉斯加人非常看重这件事情，他们每年都要下大赌注来预测解冻的日期。狗被拴在小屋外面、棚屋、独木舟——这些细节让读者感受到阿拉斯加的独特之处。它们构成了文学评论家所称的"布景"。

布景对于区域叙事尤其重要。在这类叙事中，人物主要来自故事发生的地方。在区域性强的作品中，布景贯穿始终，地点一直处于显著位置上，几乎相当于故事中的人物。

罗宾·科迪描述了我生活的地方——太平洋西北地区，而且写得相当出色，他主要通过景观、声音、气味来布景，并形成了强烈的场景感。他在《西北杂志》中描写流动伐木工如何在大森林里自行作业，他将布景编成强有力的动作线，如下文对流动工人伐木"表演"的描写：

> 一个尖锐的信号声——捆木工给塔楼发出的信号——打断了木材装车场上柴油发动机发出的嗡嗡声。架空索松弛了下来，将绳索放到峡谷的地面上。三名捆木工就像玩具士兵一样，急忙跑到另一批原木边。他们的工作十分危险，在陡峭的山坡上作业就更加危险。想象这是一个规模宏大的拾棍子游戏，棍子纵横交叉放在40度的斜坡上，他们要将缆绳系在正确的棍子上面。有毒橡树、荨麻、黄蜂，对于他们来说，只不过是小麻烦。最糟糕的噩梦是缆绳松了，或者是其中的一根原木移错了方向。
>
> 当木头捆好后，工人就爬到安全距离之外，给塔楼发出两声刺耳的信号。架空索拉直绷紧，提起重担，干枯的树枝断裂了，灰尘和树皮掉了下来。最后，缆绳将它们放到了装车场上。
>
> 运输卡车开进开出，不断有装卸车从原木堆旁颠簸到卡车边来进行装车作业。头顶上的缆绳在清晨灰色的天空下，继续着它们繁忙的工作。新鲜原木的味道和发动机的尾气味混合在一起。从峡谷下面传来了捆木工短促的信号声，另一条山脊也传来了伐木链锯的呜呜声。

罗宾的书非常畅销，他广受读者欢迎的原因就在于他的布景非常巧妙。他挑选的地理细节准确无误，作为西北人，我完全可以为他作证。我看过流动伐木的节目，因此我能证明罗宾完美地捕捉到了这个独一无二的场景。

赋予场景生命力

描写的终极目标在于创造出看起来绝对真实的场景,而生动的细节是逼真场景的重要元素。空间、结构和氛围都能起到作用,但也不过是锦上添花。当人物在场景中移动时,我们可以通过他们的眼睛来观察场景。汤姆·沃尔夫也表达了相似的观点:现代非虚构故事应该通过视角人物来讲述故事,这点不仅适用于场景设定,同样也适用于故事的其他要素。特雷西·基德尔从主人公汤姆·奥康纳警官的视角来描写滑板者、帮派成员和粗野的人们。黛博拉·巴菲尔德·贝瑞和凯利·贝纳姆·弗兰奇在描述主人公终于来到非洲的情形时,也使用了同样的技巧:

> 旺达·塔克踏出机舱,望见与飞机跑道混成一色的灰色天空。
>
> 塔克深吸一口气,调整了肩上草编把手的新背包,一步一步走下舷梯。
>
> 离开弗吉尼亚已经40个小时。她过去61年的历史扑面而来。
>
> 当飞机掠过广阔幽深的海水,低矮的铁皮屋顶向她招手致意,她似乎明白了回家的目的。
>
> 飞机轮子着陆时发出嘶嘶声。周围的乘客有着和她一样的褐色面孔,但是他们说的话却听上去含混、陌生。

记者将场景完美地编入了动作线,因此他们的描述又多了一份真实感。我们随着视角人物的移动目睹了这个世界,途经一幕幕引人入胜的场景。我们就像与人物一起徒步行走或者驾车穿越于场景之中,而不是坐在剧院椅子上观看人物的表演。特雷西·基德尔拖着蹒跚的步伐,通过视角人物的所见所闻,描写了通往保罗·法默尔医生偏僻诊所的险峻道路:

> 在山脚下平原的另一侧,道路就像干涸了的河床,卡车颠簸着开上了悬崖——从路边向下看,你能看见成堆的卡车残骸。进入这段山路,没有人说话,连坐在前排健谈的海地人也沉默不语。

场景的构建

汤姆·沃尔夫将"构建场景"列为新新闻主义的基本写作技巧,这种技巧使得叙事性非虚构文学有别于释义性非虚构文学。换句话说,它是区分故事和报道的特征之一。

我们按照话题来组织报道。若是想让报道更正式一些,我们可以遵循小学老师教授的罗马数字式写作提纲。几乎所有的新闻故事或者新闻特写都能采用这种模式。例如,《俄勒冈报》报道过一个典型的西部骗子。这个骗子谎称拥有运营大型农场的公司,诱骗无知的投资者以有限合伙的方式投资,方便避税。事实上,他只有一群奶牛,但是为了给人留下牲口众多的印象,他把奶牛赶到不同的畜栏中。我们对审讯的报道采用了以下的话题提纲:

Ⅰ. 法庭轶事
    1. 骗子的历史
    2. 判决

Ⅱ. 骗局的发展
    1. 作为诚实农场主的历史
    2. 有限责任公司

Ⅲ. 虚幻的奶牛
    1. 轮换畜栏
    2. 伪造账目

Ⅳ. 受害者
    1. 安德森家庭
    2. 麦科伊家庭

Ⅴ. 后果
    1. 协议

而故事会通过一系列精挑细选的场景来讲述这一切。我最喜欢的就是巴里·纽曼刊登在《华尔街日报》上的《渔夫》,文章介绍了一项古怪的英国运动——粗犷捕鱼。毫无疑问，参加这项运动的都是蓝领们，他们在酒馆中组织比赛，目标是在旧水渠、死水潭等能让高贵的鲑鱼一秒毙命的水域中捕捞杂鱼。

在场景开始之时，叙述者将车子停在凯文·阿舍斯特的房子前。当巴里描述一只死去的绵羊在院子里腐烂时，你就应该领悟到作者给你的暗示——粗犷捕鱼的渔夫可不是带着竹制飞钓竿、身穿花呢服的绅士们。其实，阿舍斯特正在养蛆，他喜欢用蛆作为捕鱼的鱼饵。

巴里的叙事弧线展现了典型的粗犷捕鱼的全过程。因为《渔夫》是一篇释义性叙事文章，每个场景都会给作者留下一些空间来论述主题。当提到死绵羊时，巴里解释了什么是粗犷捕鱼及其捕鱼的方式。当他把我们带到阿舍斯特的农舍喝茶时，他告诉我们这位农夫的背景。阿舍斯特身上的竞争力彰显了他作为捕鱼冠军的身份。酒馆之行向我们展示了渔夫比赛抽签的过程。在接下来的场景中，我们跟随阿舍斯特前往水渠，在那里我们学到了一些捕鱼技巧。回到酒馆后，我们得知阿舍斯特再次拔得头筹。故事结尾处，阿舍斯特回到农舍躺在床上，开始谋划如何在下次比赛中提高技艺。

巴里的简单场景提纲如下：

第一幕：养蛆农场

    a. 院子里的死绵羊

    b. 在农舍里喝茶

第二幕：酒馆

第三幕：水渠

第四幕：酒馆

第五幕：阿舍斯特的卧室

有时候，新手叙事作家会难以适应场景提纲的松散框架。但是，巴里·纽曼的每一个场景都和其他场景有着时空上的关联。一个场景刚刚结束，叙事弧线上的另一个场景就开始出现了。在出版的多数故事中，排版印刷手段——星线省略号、着重号、首字下沉等——将整体结构中的主要单元分开。读者理解这些并不困难，因为他们已经习惯于戏剧舞台上幕布的升降和电影中的场景切换。播客节目的制作者通常利用戏剧性最强的场景转换来进行分集，当然也可以由主持人口播每集不同的时间和地点。

如果你习惯于将故事想象成一个个的场景片段，那么，设计场景结构自然就成为叙事的第一步。没有什么比这更能让你在脑海中理清一个故事了。因此，没有什么比这更能简化报道和写作了。

我和报刊记者经常面临充满挑战的报道环境，承受着交稿期限的压力。当我们处理重要新闻故事的时候，我发现场景构建非常有用。例如21世纪初，一艘俄勒冈渔船"奇多号"在父亲节那天出海远航。这则故事具备一则好故事的所有要素，既可以刊登在国家杂志上，也可以用于网络互动节目或做成播客节目，甚至还可以拍成电视纪录片。而我们最终选择把它刊登在报纸上。

船主们将租船开出了加里波第位于蒂拉穆克海湾的第一个俄勒冈州海边小渔村。初春，17名渔夫远赴大西洋，进行海底捕捞作业。但是，由于潮水低、海浪高，海岸警卫队警告这些船主们：海湾口的沙洲附近海浪凶险。

一些船主取消了捕鱼计划。但是，仍有4艘渔船，包括"奇多号"在内，在沙洲集合，等待时机出海。其中3艘船成功通过了巨浪。但是，"奇多号"运气不好，它被卷进了漩涡，掉进了海沟，斜陷在海沟里；就在这时，一个高达25英尺的巨浪打了过来。

巨浪裹挟着"奇多号"剧烈地翻滚，将甲板水手、船长和一些渔夫抛入海中。其他人被困在船舱内，他们拼命从堵住的窗口和舱口盖中逃出。甲板水手和一些渔夫向岸边游去。船长已在水中溺亡，还有一人未能从船舱逃出，其他人不幸葬身大海。最终，海浪将受损船体冲上了海滩，救援人员在岸边照料幸存者，并找到了8具尸体。

《俄勒冈报》以重大新闻的方式报道了这场悲剧。故事首先刊登于6月15日，那是一个周日，之后整个星期我们都在进行后续报道。到了事后第二个周二，我们想到了在报业被称为"事件回顾"的写作手法，又对整个事件进行了叙事重构。只有叙事才能让读者产生切身感受。从租船办公室到码头，从沙洲到沙滩，读者回顾整个悲剧，并能更好地理解所发生的事件，而单凭事实罗列是做不到这一点的。在叙事重构的引导下，读者会重新评估导致这场悲剧的原因——联邦政府没能疏浚危险的沙洲；对于船只在通过障碍物时是否需要穿救生衣，管理规定中没有做强制要求；因为政策的漏洞，船长胆敢直接忽视海岸警卫队关于沙洲的警告。

周三，我将6名记者召集到会议室。其中有3位参加了现场新闻小队，报道了沉船事件，因此他们熟悉消息的来源，可能对于重构叙事有所帮助。我站在活页挂图前，当记者们提建议的时候，我就把它们写下来。我给每一位记者分配了一个消息来源。我将那几张大纸扯下来，贴在墙上，然后又回到活页挂图前，用记号笔画了一条巨大的叙事弧线。我们按照自己的理解将事件过了一遍，我把每个事件都标注在弧线上：早晨6点，船员在码头集合，等待起航，直到其他3艘船只离开港口；早晨7点，"奇多号"尝试通过沙洲，结果船翻了，船员挣扎求生；上午9点20分，悲剧在沙滩上结束了。讨论结束后，弧线图也被贴在了墙上，紧挨着消息来源目录。

我们讨论了关键场景，以便能从最佳的人物视角来讲述故事。我们提出了9个场景，在活页挂图的另一页用方框标示。此刻，我们已经具备了构建故事结构需要的所有素材。把叙事弧线和场景清单结合起来，就生成了图6-1这幅图。

故事从码头开始，这样我们才能有机会阐述必要的信息。我们介绍了船长、甲板水手和渔夫中的几个关键人物，描述了船只、海港、沙洲和所有的危险因素。在下一幕中，我们在渔船驾驶台上继续阐述。在沙洲集结等待的时候，船长做出了致命的决定。然后，我们详述船只冲向大海—倾覆—船舱进水的那一幕。在接下来的一幕中，我们描述了唯一的救生艇。在之后的一幕中，我们讲述了那些被抛进大海的人们如何挣扎求生。从沙滩的场景开始，故事开启了下降动作；在这一幕中，旁观者冲进波涛，将尸体和幸存者拖上岸。另外一幕采用海岸警卫队救援者的视角，他们乘坐直升机抵达现场，并将一些幸存者从海中救了上来。

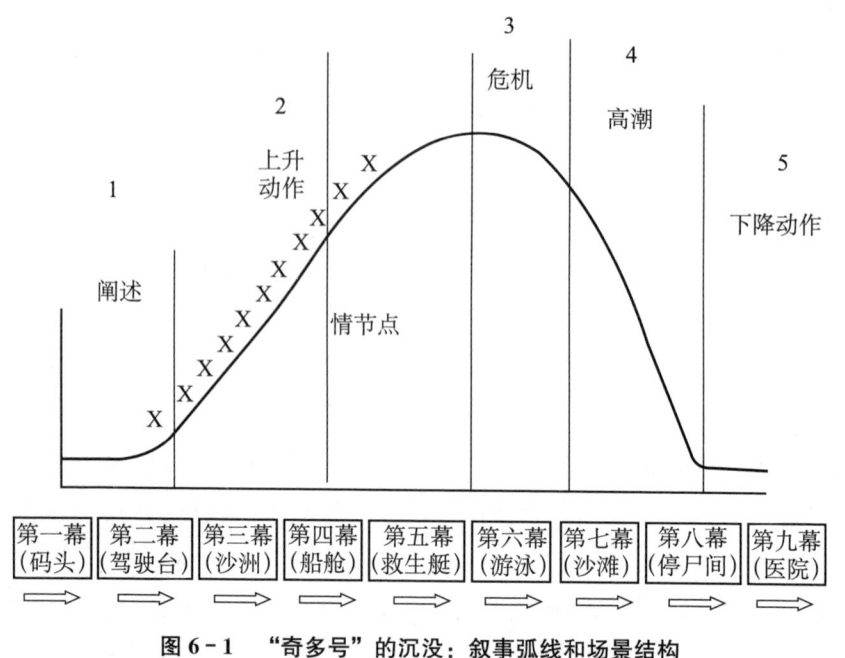

```
                    3
                   危机
          2              4
         上升            高潮
         动作
  1                              5
                                下降动作
 阐述         情节点
```

第一幕	第二幕	第三幕	第四幕	第五幕	第六幕	第七幕	第八幕	第九幕
（码头）→	（驾驶台）→	（沙洲）→	（船舱）→	（救生艇）→	（游泳）→	（沙滩）→	（停尸间）→	（医院）→

图 6-1 "奇多号"的沉没：叙事弧线和场景结构

我们以医院场景结束故事。在医院里，幸存者谈论着这次生死经历。

我在方框下面标明了场景，并写了几句话来描述动作。场景会以一个悬念结束，并预示着接下来发生的故事。甲板水手驶离码头。在冲向沙洲的时候，船长加大油门。当巨浪隐约出现在船只上方的时候，甲板水手叫了起来。

究竟水手喊了什么？没人知道。因此，我就做了一个猜测，在活页挂图上写了句"就这样了"，这一页我保存至今。我在写这段文字的时候，这幅图就放在身边。但是，在现实故事中你不能猜测。记者采访到了幸存的水手，大浪袭来的那一刻，他喊了一声："见鬼！"虽然是句粗话，但却符合场景，所以我觉得将它放入故事中并无不妥。实际上，也没有一位读者发出抱怨。

这个例子说明，设计场景并画出整个故事的场景图是很有价值的。这样报道才能聚焦问题，将记者的注意力集中于故事的关键时刻。

小组决定让米歇尔·科尔和凯蒂·马尔杜恩两名记者来执笔。我们将图表从头到尾看了一遍，给他们每人分配了一半的场景。其他记者一旦发现了新素材，会马上把它们交给执笔记者。6名记者备受鼓舞，并抄走了墙上的活页挂图。此时，他们在心中酝酿着准备实施的采访计划。他们仅有两天的时间——因为我需要足够的编辑时间，第一个周末版的最后期限是周五午夜。

在采访的过程中，他们发现了设定故事场景的极佳机会。一名加里波第的牧师和妻子在家中目睹了整个事件，他们的家位于山上，正好可以俯瞰海港。船主们在码头上看见船翻了。一名自由投稿的摄影师在沙滩上将救援行动拍了下来，他愿意把录像带卖给我们。我们接触到的每名目击者都愿意和我们交谈，其中一些还躺在医院的病床上。

新添的信息稍稍改变了叙事的结构。我们从租船船主那里搜集到了更多的素材。事情发生在那天凌晨5点的公司办公室里，因此，我们决定把它作为第一个场景，而将码头场景移到第二的位置上。牧师夫妇的讲述是如此引人入胜，因此我们决定将他们作为故事的视角人物，并为他们设计了一个场景。事情就是这样。但从整体看来，原先的结构仍然发挥着很好的作用。我们赶上了第一版的最后期限，故事从第一页开始，后转到A版，外加解释事件的照片和彩图。6名记者、摄影师、照片编辑、平面艺术家和故事编辑通力协作，在两天之内创作出一则7 000个词的精美故事。

成功靠的不仅仅是好运气。我们仔细构建了场景结构，好运总是会垂青做好准备的人。

第七章　动作

> 叙事并不是静止不动的,它是一部电影。
>
> ——泰德·切尼

- ◆ 叙事导语
- ◆ 持续的动作
- ◆ 动作语言
- ◆ 时间标记
- ◆ 节奏
- ◆ 阐述
- ◆ 第一手的动作

想象一下：你坐在电影院里，正在观看一部动作片。电影到了故事理论家所说的"危机"时刻。我们的英雄驾驶着一辆红色跑车，呼啸着爬上斜坡，快速通过顶端的十字路口，腾空飞了起来。跟踪的坏人驾驶一辆黑色越野车，紧跟着到达了斜坡顶端。轮胎发出犀利的摩擦声，喇叭的声音格外刺耳。坏人撞上了一辆垃圾车，车窗粉碎，车身发出尖厉的声音。第二个坏人飞车经过正在燃烧的汽车残骸，冲过浓烟，瞥见他的猎物正转过远处的街角。他将油门一踩到底。

好了。这场飞车追逐战就留在你的脑海里了。看完电影回到家，打印出你今天写好的 5 页稿子。稿纸拿在手上，轻飘飘，软绵绵，不是吗？把它们摊在桌上，它们就躺在那儿，没有颜色，也没有声音。

在所有媒体中，印刷物是最缺乏感官刺激的。我们的耳朵里充斥着广播中的声音和音乐；影视将我们带进生动的场景之中；网络图像传播迅速，数量众多，既可放大也可缩小，色彩鲜活。播客节目通过形象化地模拟故事中人物的声音而将故事娓娓道出。但是，印刷物却沉寂无声，毫无生气。如果你想让这潦草几笔变得能够和大荧幕上的追车场景相媲美，你就必须对作品进行裁剪。人类的生活丰富多彩，可感可知，对其的再创造，是对作家技能的终极挑战。

然而，你必须面对挑战。毕竟，动作就是故事。

幸运的是，几百年来，一代代的故事作家不断总结改进写作技巧，赋予这个弱势媒体形式以强大的力量。学会了他们的技巧，你就有可能在这些松软的纸张上创造出有力的生命。

叙事导语

动作的重要性促使你直奔主题。在故事的第一行就应该有动作发生。泰德·切尼是最早认真对待叙事性非虚构文学的作家之一，他指出："出色的、戏剧化的非虚构文章的开头……应该是有生命的，可以移动，并到达某处。"

但是，移动到哪儿去呢？漫无目标的动作是没有结果的，读者期待在故事一开始就能进入到一个有趣的事件中。

根据故事理论，我们知道，当主人公陷入困境时，叙事弧线就开始上扬。因此，在不可逆转的改变发生之前，故事刚开始的几行就应该改变关键人物的一贯生活轨迹。这就是为什么丽莎·克伦会敦促作家在完成主人公的出场介绍后，要尽快把他从稳定的轨道上"甩出座位，投入乱局。一个故事应该是一个不断升级的挑战，你的写作目标就是确保主人公完成这场挑战"。

剧本创作大师拉约什·艾格瑞说过："从第一句台词起，戏剧就开始了。"他补充道，一个理想的"攻击点"就是命悬一线的危急关头，它可能具备以下特征：

> 在这一点上，冲突将导致危机的产生。
> 至少有一个人物到了他生活的转折点。
> 人物的决定将激化冲突。

一旦剧院大门关上，幕布拉开，观众就会被困在剧院里，至少在第一次幕间休息前是这样。因此，剧作家有一点时间来引起观众的兴趣。然而，报纸、书本或者杂志叙事作品的读者就会自由得多：一旦感到厌烦，他们就会离开。因此，大众出版媒体必须在开头就立刻抓住读者的注意力，吸引住他们的眼球。换句话说，导语应该发挥"叙事钓鱼钩"的功能。

还记得斯图亚特·汤姆林森写的那篇报道吗？他讲述了一名警察将一名妇女从燃烧的汽车中救出的故事。开头是这样的：

> 一辆小货车呼啸而过，时速将近80英里。
>
> 波特兰市后备警官杰森·麦克高文将巡逻车停在东南区142号大街，他看见小货车在车流中蹿来蹿去，还差点撞到他。

货车司机此前多次吸毒后驾车。车子突然转入迎面而来的车流，撞到一辆小轿车。轿车燃烧起来，将一名年轻的妇女困在车内。麦克高文逮住了卡车司机，奋力灭火，鼓励那位妇女坚持住，直到消防队员赶到，才将她从变形的车中救出。整则故事十分完美，既有一名英雄主人公，又有一个美好的结局。读者写信说，他们非常感激能有这样一篇不同以往的新闻报道对一名认真工作、无私奉献的公务员进行表扬。

想要超越"一辆小货车呼啸而过，时速将近80英里"的表达力度，你会感到压力很大。但是，在大多数情况下，完全没有这种必要。你可以自由使用许多技巧，来抓住读者的注意力。就像以前许多成功的作家一样，你可以跟读者开玩笑，吊起他们急于想知道接下来发生什么的胃口。当地一名医生乘坐滑翔伞，挂在了俄勒冈州海边悬崖附近一棵高大的雪松上，摇摇欲坠，非常危险，乱动一下就会坠崖身亡。救援者到了，但是营救设备却够不着他。这时，救援者想到了一个人，他曾经是一位非常有名的伐木工，现在仍从事植被修剪工作，他擅长攀爬高大的树木。于是，人们立刻拨通了他的电话。拉里·宾厄姆是这样导入故事的：

贝基·萨里听着丈夫接电话，对电话的内容越来越感兴趣：
"什么卡在树上了？"
"谁？"
"干什么？"

不错，看到这些问题，读者就想再多读几行找到答案。接下来，读者就会读到伐木工人抵达事故现场，轻松地爬上树，用绳子将惊恐万分的医生营救下来。读者会感到，这故事真是有惊无险，但非常吸引人。

斯图亚特和拉里的叙事导语写得非常出色。这两名记者都是在时间很紧的情况下创作的，因此他们的成就也就显得更加非比寻常。但是，回到过去，我认为，我应该对从主要角色的视角开启故事提出编辑建议。从主人公或者关键角色的视角来讲述故事，可以让读者如同身临其境，同人物一道面对即将到来的挑战。

请牢记动作和视角的重要性。一般叙事的开头可以先出现主人公的名字，扣人心弦的动作紧随其后。斯图亚特可以这样写："杰森·麦克高文看见一辆小货车呼啸而过，时速将近 80 英里。"拉里也可以在开头处描写伐木工人已抵达现场，注视着树上摇摇欲坠的医生。

当然，故事开头的方式成百上千，"主人公—动作"模式并不一定总是最好的。但在多数情况下，它还是非常适用的。《俄勒冈报》记者乔·罗斯在他写得最好的警察巡逻故事中，一开始就用了令人瞩目的动作和关键人物的视角。故事发生在一家时尚的 24 小时甜甜圈店。大学生和市区时尚人士经常光顾这个地方。动作开始的时候，一个小偷偷走了"神圣甜甜圈"——一个挂在店墙上的巨大泡沫模型。店里的人们发现后，立刻四散抓小偷，在深夜的市中心穿越好几条街道，最终找回了"神圣甜甜圈"，并将小偷绳之以法。乔的故事是这样开始的："弗赖尔·杰伊听见'伏都甜甜圈店'的厨房里动静很大，便离开这群周日晚上必会潮水般涌来的大学生，走向厨房。"

并非每篇叙事开头都需要喧闹的场面。平缓的故事就需要一个安静的开头，但是必须有事发生。当《费城问询报》伟大的医学与科普作家唐·德雷克重现科学界首次认定的令人类惊恐万分的新疾病——艾滋病——这一历史事件时，他这样平静地描述了重要学者抵达会场时的情节："免疫学家走进黑暗的旅馆酒吧，要了一杯马蒂尼，这家小旅馆就在疾病控制中心对面。"戴夫·霍根报道过一个感人的故事，讲述一个小男孩目睹父亲死于海洛因吸食过量的情景。他以一个旁观者的视角讲述故事："周一晚上，人们陆续从'使命剧院 & 酒馆'走出来。波特兰市西北区的人行道上，一个 8 岁的男孩独自站在那里，泪流满面。"汤姆·霍尔曼的连载报道为他赢得了 2001 年普利策最佳特写报道奖，他的主人公出场时就在一个安静的场景中："男孩坐在客厅的沙发上，陷入沉思，用那双纤细的手抚摸着猫咪。"

持续的动作

动作是故事跳动的心脏。叙事通过时间将事件串联起来。但有的时候，在解释事件的过程中，你不得不暂停一下。你需要偶尔思考一下事件蕴含的哲学意味。老到的新闻记者会笑话这种停顿是"纸上谈兵",因为读者是没有耐心听你纸上谈兵的。因此,一旦叙事开始,就意味着动作要不断地持续下去。

当然,并不是每篇叙事都要模仿动作电影。无休止的追车戏只能吸引荷尔蒙分泌旺盛的青少年。严肃题材的电影依赖的就不是那些咄咄逼人的动作。女人们喜欢的浪漫电影,最让男人受不了的就是"什么都没发生",但这类影片是用一种悄无声息的方式持续地积蓄动作,它关注的是人与人之间关系的变化,而不用腾空飞起的皮卡车来夺人眼球。有些电影、概念书、长篇叙事性文章是在探讨鳕鱼、盐或红色这类冷门话题,它们若要取得成功,也必须保持动作。

成功的概念书作家玛丽·罗奇对死亡这个主题非常感兴趣。她的作品《僵硬》通过第一人称的视角来探讨尸体的问题,并荣登畅销书榜;另一部作品《幽灵》也以相似的方式探讨了来生。这两个主题都不适合采用热闹的动作。即便这是关于死亡的故事,玛丽也不能让它自生自灭、无所作为,而要通过动作使故事的每一个片段迸发生命。《幽灵》中有一段,说的是她和一名印度医生一起去拜访一位村民,据说这名医生是当地一个男人的灵魂转世。玛丽发现医生独断专行的个性很有喜剧效果,当二人钻进开往村庄的汽车时,她就揭示了这一点。注意她是如何让叙事向前发展的:

> 这辆车中,他最喜欢的就是司机了。"他很顺从,"当我们驶离路缘的时候,拉瓦特医生告诉我,"通常,我喜欢顺从的人。"

驶离路缘并不是什么爆炸性的动作,但是,故事却得以向前发展,因为它预告了后面会发生的事情。

动作语言

吉米·布雷斯林曾经说过:"新闻就是一个动词。"这位经验丰富的纽约专栏作家认为新闻和故事一样,关键在于动作。如果小猫昨天就被卡在树上,今天还在,那么,新闻从何而来呢?如果消防队员及时赶来,把小猫营救下来,那么,你就拥有了故事素材。

布雷斯林的观点也涉及语言层面。动词表明动作。因此,如果要让故事发展下去,你需要许多动词。这条法则听起来很简单,但是,很多想要成为叙事作家的人,却因无力的动词和薄弱的句法而削弱了故事的影响力。一位不了解动词的作家可能会将最富有戏剧性的事件变成最乏味无聊的故事。有位长期记录一位士兵的记者曾这样描写这位士兵的遇袭经历:

> 然后有一道闪光,一声巨响,接下来是蘑菇云和碎片。一颗路边炸弹炸毁了带头的悍马军车。

作者具备所有的要素,但是用了一个无力的动词、一个虚词,加上多余的完成时态。如果他遵循重建动作的基本准则,他可以这样写:

> 路边炸弹火光一闪,炸毁了带头的悍马军车,顿时间灰飞烟灭,一片狼藉。

好几年前,我每年都为艺术干草堆计划的叙事讲习班上几周课,那里是俄勒冈海岸一个风光迷人的小镇。其中一年夏天,讲习班的成年学生们描述了几十年前海啸袭击小镇的故事。另一年夏天,不同组的学生报道了一起戏剧性的渔船沉没事件,以及海岸警卫队在哥伦比亚河危险的沙洲上实施的极其惨烈的救援事件。为了加工这些真实的故事,他们不仅需要学习故事理论、视角、人物塑造和场景构建,还要学习写出一篇有力的叙事文所需的关键技巧,这些内容我在本书的姊妹篇《语言技巧》中有详细介绍。其中一个技巧就是如何选择恰当的动词。

我的学生简·沃尔兹完成艺术干草堆计划课程后就职于俄勒冈州中部的一家小报。她的工作经历证明,一旦掌握了这些基本工具,就连新手也能创作出扣人心弦的作品。简的故事,如果写成标准的新闻报道,很有可能是这样开头:"昨天下午,一辆载有4名雷德蒙德居民的轿车刹车时打滑,掉入克若特河中,其中一名12岁的女孩伤势严重。"

但是,简讲述了这个故事,一个月后写出的叙事是这样开头的:

威诺娜·德姆特克·格雷厄姆齐肩的长发轻盈地**拍打**着她的脸庞。此时,她的栗色福特车**发出嗡嗡声**,平稳地行驶在通往波林纳的路上。

"喂,有人在放《震颤》。"塔希娜·希克曼在后座上嚷道。

威诺娜笑了笑。她12岁的女儿非常喜欢尼尔·麦科伊演唱的新专辑。但是,当她**瞥了一眼**仪表盘上的时钟,她的笑容消失了。

太棒了!简抓住了我们的注意力,用"拍打""发出嗡嗡声""瞥了一眼"等动词,把我们带入一个生动活泼的场景。但是,按照通常情况,此刻简需要放慢一会儿,来解释为什么人物会出现在公路上,从雷德蒙德开车前往波林纳。因此,她这样写道:

现在**是**中午12:20,她14岁的儿子T.J.和18岁的朋友泰森·里德计划在波林纳一年一度的竞技表演中骑公牛。

而她们要迟到了。

很好。阐述通常只需要一些最弱的动词形式——系动词。在这种情况下,简用了"是"这个最常见的系动词。但是,简离开动作的叙述内容最多不会超过两段。

她一解释完威诺娜和车上的乘客是谁、她们上路的原因,以及周围的乡村景色,就将我们带回动作片段:威诺娜转过弯,突然发现公路中间停着一辆小货车,于是猛踩刹车。她还使用了一系列生动的动词来讲述接下来发生的故事:

车向左边**猛转**,空气中**充斥**着咒骂和尖叫声。撞到路边松散的沙砾之后,车子重重地**倒**向右侧。石子和灰尘**飞**进了敞开的车窗。

像"猛转""充斥""倒"和"飞"之类的动词是生动有力的动作语言,适合突发事件。和系动词不同,它们能够描述动作。在它们的帮助下,我们从阐述又回到了故事。

车掉进了河里。威诺娜和两个男孩逃了出来,游到岸边。塔希娜失去知觉,被困在水下。当10分钟后救护人员将塔希娜拖上岸时,她一动不动，嘴唇发紫，皮肤被水泡得透明起来，似乎已经死了。简运用有力的动词描写了一位赶到现场的麋鹿猎人（他"猛踩"刹车，"丢下"车子，"固定住"塔希娜的脖子）。女孩可能已经出现了脑损伤，但是在接受心肺复苏后似乎还有些许呼吸，护理人员急忙将她送往医院。可能因为冰冷的河水减缓了新陈代谢，她渐渐摆脱了死亡的威胁。人们及时实施心肺复苏，并迅速展开营救，这些行为充分证明了热心公益的公民的价值。简的叙述结束在事故发生后一个月。塔希娜康复出院后，她和威诺娜回到事故现场，回想起差点死去的那一天，心情依然难以平复。

时间标记

叙事是一连串的动作，读者必须清楚发生的事件和时间。因为在故事写作中，我们运用了倒叙、预叙和多条叙事线并存等写作手法，打乱了事件发生的时间顺序，所以读者很容易晕头转向。读者的反馈告诉我们一个道理，即必须确保故事的时间顺序清晰明了。

时间标记十分微妙。新场景展开时，你可以通过描述树林秋色，将时间从夏天跳到秋天。或者当人物走出楼房的时候，你可以插入对太阳高度的描写。

有些叙事需要更明晰的时间标记。要再现伊利诺伊河漂流事故，《俄勒冈报》的记者们需要的不仅仅是具体的时间标记，还需要其他手段来展开故事情节。他们的叙事在不同的漂流队伍之间展开，所有的小队都顺峡谷而下。当以每秒立方英尺为单位计算的河水流速逐渐失控时，情况变得越来越糟糕。我们讨论了这个问题，决定在每个新场景的开始处标明基本信息——时间、地点和流速。这些场景标题如下：

> 迈阿密沙洲，3月21日周六上午9点，河水流速每秒2 002立方英尺。

> 克朗代克河，3月22日周日上午6点，河水流速每秒6 020立方英尺。

> 绿墙，3月22日周日中午，河水流速每秒10 177立方英尺。

死亡沙洲，位于迈阿密沙洲下游12.5英里处，3月23日周一中午12时45分，河水流速每秒15 684立方英尺。

节奏

　　想象一下，你正在听荷马讲述特洛伊战争的故事。他平静地描述着希腊人离开自己的城邦，上岸挺进特洛伊城，却跳过了他们穿越爱琴海的旅途细节。他想把你带到战场，马上展开真正的动作。

　　一则故事就是一段旅程，而旅程既可以枯燥无聊也可以令人着迷。以每小时70英里的速度行驶在一片毫无特色的平原上，一天下来你肯定会感到筋疲力尽。然而，驾车行驶在崎岖不平的乡村公路上，不时停下来考察沿途古朴的小镇，我相信，这个周日你肯定过得非常惬意。作家应该经常创造出一些精彩场景，带领读者穿梭其中。叙事文学作家彼得·鲁比说过："每个场景均应有个高潮，节奏的定义就是叙事从一个高潮发展到另一个高潮的速度。"一如内森·布兰斯福德所说："节奏就是冲突与冲突之间的间隔时长。"

　　埃尔莫尔·伦纳德的成功秘诀之一便是："对于人们打算略去不读的部分，我都尝试干脆省去。"一旦达到没有人会跳过的高潮点，就要放慢速度。因此，当荷马将希腊人带到特洛伊时，他会给你充足的时间去欣赏这场大戏，阿喀琉斯即将受到致命一击，你正处于故事的关键时刻。荷马的讲述变慢了，他用他那强有力的声音告诉你每个细节。乔恩·弗兰克林说过："强度衡量的是讲述者的叙事摄像机离故事中的人物和场景有多近。"

　　从某种意义上看，这位盲人诗人只是从概括叙事转为场景叙事。但是，他通过操控故事的节奏，来引起读者浓厚的兴趣。对节奏的控制是讲述者最有力的叙事技巧。

　　成功的叙事者颠倒了生活节奏。枯燥的日子总是过得极其缓慢，快乐的时光则如白驹过隙。效力于《圣彼得堡时代报》的普利策奖获得者汤姆·弗伦奇说他做的正好相反。"这个悖论就是当内容枯燥乏味的时候，你需要加快节奏；而精彩有趣的时候，故事发展得较快，你却要放慢速度。你减速是为了让读者能够感受、处理并且融入场景中。"

汤姆对电影很有研究，他经常将电影术语应用到叙事写作技巧中。因此，当他将进入场景叙事以及随之放慢的节奏称作"拉近镜头"时，我们一点也不会感到奇怪。

"如何放慢节奏呢？"汤姆问。他的建议是："你可以增加空间容量和句子数量。实际上，句子可以短一些，段落可以多一些，再充分利用好空间。在场景中寻找自然停顿，你往往会忽略这些停顿。"①

场景叙事的力量就在于，当重要事件迫近时，作者可以稍事停顿，制造汤姆所称的"被迫等待的美妙感受"。这类叙事技巧常常和新闻记者的直觉相违背。在职业直觉的支配下，记者们常常会直奔主题。

汤姆的作品很好地诠释了这项技巧。2007年的尼曼叙事大会上，他用《林赛·罗斯的礼服》来举例说明。当护士洛伊斯·伯恩斯坦给一个夭折的婴儿做葬礼准备的时候，故事达到了情感的高潮点：

> 周二下午，当洛伊斯将斯皮特尔的宝宝带到育婴室后面的房间时，她知道自己该怎么做。
>
> 首先，她将屏风移到窗前，这样其他的妈妈们就看不见了。然后，她给婴儿称了体重、量了身高。女婴重四磅四盎司，十七英寸长。洛伊斯抄起女婴的小脚，按在印泥上，做了两份足印，一份医院留作记录，另一份交给家长。洛伊斯将一个粉红色的水盆注满温水。然后，她出去问另一名护士是否能见证洗礼。
>
> 这位护士年龄稍长，子女已经成年。她看着洛伊斯把孩子放入温水里，只露出那张小脸。
>
> "我以圣父、圣子和圣灵的名义为你洗礼。"洛伊斯一边说着，一边轻抚着孩子的前额。
>
> 另一名护士像着了迷似的，一遍又一遍地强调孩子是多么的完

---

① 出自汤姆·弗伦奇在2002年尼曼叙事大会上就"节奏"发表的演说（麻省剑桥，2002年11月8—10日）。他的演说收录在2002年春季号《尼曼报告》中。

美。她说:"她真是太漂亮了。"

汤姆继续讲述故事,紧接着又描写了许多情景细节。洛伊斯小心翼翼地给孩子洗澡,她想到了自己的孩子,而眼前这个不幸的孩子却再也无法体验成长的快乐。她开始祈祷。然后:

> 洛伊斯用强生宝宝洗发水给孩子洗了头发和身体。之后,她用毛巾将她擦干,在她的小脚和后背擦上强生润肤油。她想,当家人过来抱她的时候,能永远记得这个孩子和这两种香味。
>
> 她抱着孩子走向架子,取出一件粉色镶边的礼服,给孩子轻轻穿上。

阐述

读者理解故事需要背景信息,而要介绍背景就需要阐述。但是,阐述会破坏叙事,使故事动作变慢,将读者从场景中生拽出来。当读者沉浸在故事中时,阐述会破坏那种梦幻般的氛围。

但是,阐述又是必要的。因为故事是围绕人物动机展开的,所以读者必须要知道故事人物的动机所在。这就需要介绍背景信息,而不只是叙述动作。《华尔街日报》的记者比尔·布伦德尔前往养牛场报道牛仔的工作时,不得不解释牛仔们为什么会为了那份少得可怜的工资,去忍受如此严酷和令人沮丧的工作,因为他的读者大部分是城市里的商人,他们对乡村牛仔的生活知之甚少。所以,他这样写道:

> 这个牛仔知道自己不过是广阔平原上的一个小点,微不足道,面对这片土地自己毫无控制能力;大自然才是所有牧场的真正主宰。因此,他学会了在自然的危险和挫折面前保持谦恭的心态,对自然的馈赠心怀感恩。
>
> 一头高大的雄羚羊从围栏挣脱,在平原上飞奔起来,绝尘而去。"景色不错嘛。"牛仔低声说。

也许你需要解释某件事是如何做到的,这样方能让读者对事件的难度真正有所体会。下文是玛丽·罗奇在一篇有关飞刀的故事中插入的背景信息：

> 我举起了第一把刀。"等等，"亚当·默威奇说，"我们忘记了一件最重要的东西。"原来是一把卷尺。如果飞刀旋转180度扔出去，你距离目标要有8英尺。如果飞刀转一圈扔出去，距离就要拉长到12英尺。如果你的位置偏离几英寸，刀子在旋转中就会击中错误的地方，打在靶子侧面，掉到地上。由于精确的几何原理，在奔跑之中或者冲动之下，抛出飞刀绝非易事。只有在电影中，你才能看见演员振臂一挥，刀子飞出，击中目标……
>
> 亚当·默威奇让我跟着他学。他依次掷出5把飞刀，全部命中靶心。然后，他把刀子递给我，结果我一把也没中。

可见，适当的阐述是必要的。但是，怎样才能降低它对故事的破坏程度呢？

只给出必要的信息。布伦德尔说过："你要尽量减少阐述。如果有人问你时间，你肯定没必要告诉他手表的制作工艺。解释事件内因非常枯燥。虽然有时候不得不这样做，但最好赶快结束阐述，回到动作中去。归根结底，关键是要推动故事的发展。"

在阐述时，你可以先退一步，理清头绪，自问"读者真的需要这些信息，才能理解故事吗？"如果答案是否定的，那就终止阐述。必不可少的阐述能产生戏剧化的效果，它向读者解释为什么主人公需要战胜困难；或者通过解释挑战的艰巨性，增强戏剧性。

如果非要离开动作线，也不要偏离太久。比尔·布伦德尔说，他的经验法则就是偏离主干叙事绝不超过两段。

我在《西北杂志》做编辑的时候，史派克·沃克尔告诉我一则故事，正是这则故事引发了全国上下对白令海冒险捕蟹的痴迷。史派克后来将文章扩写成一本书，因为这本书，探索频道拍摄了轰动一时的真人秀《最危险的捕获》。

史派克最开始想讲述年轻的渔夫华莱士·托马斯是如何在阿拉斯加

海湾弃船求生的。作品素材包括高耸的巨浪、四处觅食的北极熊，以及勇敢的直升机救生员。连贯的动作推动故事不断向前发展。但是几天下来，史派克发现这种写法不能让读者了解捕蟹船在地球上最危险的海域是如何开展工作的。所以，史派克需要时不时地离开主要动作线，给动作以必要的解释。下文中，他解释了救生衣的重要性：

> 一些船员躲进船尾瞭望台，看了一眼船体破损的地方，并迅速爬了出来。医生脸色苍白，对华莱士说："我们得穿救生衣。这场暴风雨已经失控了。"
>
> 华莱士感到毛骨悚然，因为他没有救生衣。这就意味着如果坠入海中，他根本没有生还的希望。虽然他在海上作业时间不长，还没有穿过救生衣，但他明白救生衣能使人浮在海面，救人一命。曾经在佛罗里达州做过野外生存教练的他，深知在冰冷的海水中，被迫弃船的船员很可能死于体温过低，而不是溺水身亡。救生衣就像潜水服，不同之处在于救生衣很宽松，水手可以穿着靴子和衣服钻进去。衣服的前面有拉链，罩帽可以紧紧裹到脸颊，寒冷刺骨的海水就不会渗进来了。若有人穿一件漏水的救生衣，最终也会因为体温过低而死。
>
> 华莱士想起了救生筏。如果船沉了，救生筏就是他唯一的机会。他抓起手电筒，跑到后甲板。

有时候，你根本不需要离开动作线，而是通过从句、修饰语、同位语等附带成分，将阐述糅进故事的动作语言中，把主句只留给动作。

以伊拉克受伤士兵的故事为例，记者为了插入阐述成分，放弃了主要动作线，使用了"这就是为什么"和"在"之类的弱化的动词结构。

> 这就是为什么 2005 年 11 月 28 日，桑多瓦尔下士会顶着正午阳光的炙烤，操控着悍马军车上一挺 50 口径的机枪，出现在伊拉克北方荒芜的丘陵地区。

但是，这个场景并不是静止不动的。想象一下，下士操控机枪，扫视山丘，悍马军车向前开进。下面是修改后的版本：

2005年11月28日，一辆悍马军车驶进伊拉克北部荒凉的丘陵地带，桑多瓦尔下士在车上操控着一挺50口径的机枪。

高超的作家能巧妙地把故事背景插入主句之中，甚至不会让读者察觉。伟大的南方记者里塔·格里姆斯利·约翰在《孟菲斯商业诉求报》的故事中，将背景融入一句话中：

这些妇女脸上挤出一丝微笑，穿着精美的化纤服装，挎着漆皮手包的胳膊已经被密西西比的烈日晒得斑斑点点。

看看这一句话包含多少信息。"挤出一丝微笑"说明这些妇女感到不自在，斑驳的胳膊显示她们年龄不小了，精美的服饰透露出她们正在出席一个正式场合，化纤和漆皮则告诉我们她们来自工人阶层，密西西比的烈日指出了她们生活的地方。

不论你在插入阐述信息方面有着多么高超的技艺，有时候你都不得不像比尔·布伦德尔所说的那样，中断故事叙述，增加两段解释。你要安慰读者，告诉他们动作只是暂时被打断。让我们回到玛丽·罗奇的例子中，看看她是如何将阐述植入生动的场景中的。她举起刀子，准备投掷。在这个关键时刻，她的教练出面阻拦，制造了一点悬念。然后，玛丽在简短的旁白中，直接向读者说话，揭示了成功投掷飞刀的秘诀。教练重新开始动作部分，抓起飞刀，命中目标。比尔·布伦德尔称这种写作技巧为三明治技术：动作是面包，阐述则是夹心，它们共同构成了一则引人入胜的故事。

只要用上这项技术，在你离题的时候，读者仍会继续倾听你的讲述。他们很快就明白，你离题之后会迅速回到故事动作之中。为了强化这种体验，比尔在每次阐述之后，都放入一个极其难忘的动作，作为小小的奖励，吸引读者继续看下去。还记得一头高大的雄羚羊从围栏挣脱，在平原上飞奔起来，绝尘而去吗？

第一手的动作

制约报刊记者的一条规则就是，他们绝不能凭一己之见做报道。巡警将一名偷车贼带进警局,将其记录在案。此时,一名警务记者正好在场,她会尽职尽责地报道"警方声称,周二,一名22岁的男子被捕,并被指控偷车。"如果第二天早晨看见被龙卷风席卷过的城镇,她绝不会只相信自己的眼睛,而必定要找到一名目击者。在她的报道中,居住在柏树街西南2376号的伊莱恩·鲍泽将会说道:"龙卷风旋转着、翻滚着。我看见它过来了,就跑到地下室去了。"

记者不愿意报道亲身体验,尽管这样的报道听起来会更加客观一些。通过置身事外,记者将自己隐藏于科学客观的外表之下:我是一名公正无私的观察者,我的想法与此事无关,这里是其他人的评论。

这种缄默导致一些记者经常使用被动语态,并将其当作最后的庇护来逃避个人责任。当理查德·尼克松妄图撇清和水门事件的关系时,他说了一句"错误已经犯下了"。记者们也以类似的方式将自己从报道中隐去。他们不承认自己目睹了任何事情,但很情愿让别人看到一些事情。

> 在相机的闪光灯的注视下,注册麻醉护士坐在斯蒂弗森的头旁,仔细监控着他的生命体征和呼吸。

二手动作适用于市议会报道或者类似的其他报道。但在非虚构叙事作品中,最忌讳的,就是用第三者的视点来过滤所有内容和随之产生的超然态度。对于大多数的叙事而言,作为故事讲述者,你的目标就是将读者带入场景,让他们体验动作,就仿佛他们在场见证了一切的发生。

艾瑞克·拉森在《白城恶魔》中的关键点是芝加哥市民得知他们赢得世界博览会承办权的那一刻。《芝加哥论坛报》办公室收到的电报对芝加哥这个城市意义重大,因为它肯定了芝加哥作为世界一流城市的地位。拉森通过描写集中等待消息的市民来表达这一观点。他在当时的报纸上发现了这个场景。他本可以引用原来的新闻故事,但却选择直接描述往昔场景,来让读者如同身临其境:

> 论坛报大楼外,一片寂静。人群需要一点时间来消化这条消息。一位留着长胡须的男人第一个反应过来。他发誓,直到芝加哥赢得博览会举办资格的那天,他才会剃掉胡子。现在,他爬上旁边联合

信托银行的台阶，站在台阶最上一层，仰天长啸。一位目击者将其声音比作火箭发出的尖锐刺耳的噪音。人群里的其他人也开始尖叫起来。很快，两千名男人、女人和孩子（其中大多数是电报投递员和通讯员）狂欢着从砖石玻璃建筑中涌出。在整个城市里，电报投递员从邮政电报公司和西部联合电报公司的办公室冲出，跳上低座自行车。

第八章　对　话

请记住，对白不是谈话，而是动作，是人们之间的交互行为。

——唐·默里

- 内心独白
- 重构对话

20世纪60年代，新新闻主义浪潮席卷美国，叙事性非虚构文学经历了飞跃式发展。作家（如琼·狄迪恩、盖伊·塔利斯、杜鲁门·卡波蒂、诺曼·梅勒等）将小说复杂的修辞技巧带入叙事性非虚构文学，其中就有对话。对话一直是小说情节和人物发展必不可少的手法。小说作家在虚构场景中创作出虚拟人物之间的对话，新新闻记者们则报道人们在平凡生活中的真实对话。汤姆·沃尔夫在《新新闻学》的导论"专题游戏"中，将对话列为新兴的非虚构文学的基本要素之一。他认为："和其他的写作技巧相比，对话能使读者更加彻底地沉浸在故事中。"

当然，几个世纪以来，记者们一直用的是真人真话，他们大多依赖于直接引用采访中的个人评论，再将其放入释义性新闻报道中。记者在报道日军突袭珍珠港事件时，引用查尔斯·林德伯格的原话"几个月来，我们逐步接近战争。如今战争爆发，我们美国人必须团结起来迎接挑战"，这就是直接引用。盖伊·塔利斯在报道百老汇导演乔舒亚·洛根和喜怒无常的女演员克劳迪娅·麦克尼尔之间的争吵时，使用的就是真实对白：

> "克劳迪娅！"洛根喊道，"别在戏里报复我。"
> "好的，洛根先生。"她说道，话语中略带讥讽。
> "克劳迪娅，我今天受够了。"
> "好的，洛根先生。"
> "别再说'好的，洛根先生'。"
> "好的，洛根先生。"
> "你这个女人真是粗鲁至极。"
> "好的，洛根先生。"

对习惯于释义性新闻报道的作家和记者来说，从直接引用转变为对话创作很有挑战性。报纸记者尤其热衷于直接引用，报纸上的特写故事经常仅由直接引语组成，中间穿插着过渡内容。传统记者从搜集素材到组织报道，使用直接引用已经成为一种根深蒂固的习惯。比赛结束后，体育新闻记者来到更衣室，获得引语素材。特写作家总是希望寻得一条"精彩的引语"，使之既是一条简练有力的评论，又是恰到好处的结尾。

以《晨报》（城市版）为例，头版共有六则报道，每一则在5段以内就会出现一条直接引用。一位酒吧老板因为被指控经营混乱而打算申辩。（"我们将直面每一项指控，并为自己辩护。"）一个组织宣布要清理海滩。（"362英里的海岸线，每一英寸海滩都要清理干净。"）一名降落伞检修工声称他可以辨认树林里发现的降落伞是否属于某个臭名昭著的劫机犯。（"是我整理和安装的，所以我可以认出来。"）

以上的每一条引语都有其使用价值，我们不能否认直接引用的价值。好的引语赋予报道权威性，告诉我们他人的想法，使声音变得丰富多彩。确实是这样的，我的这本书不也充满了直接引语？其中不少来自出版物，或者是写作专家在技巧运用过程中做出的评论。

一般来说，书刊作家更愿意采用强烈的个人声音和权威的叙事风格，而不是直接引用。但是，这并不意味着他们就会使用对话。不少书刊的内容纯粹是释义的、概括的叙事，告诉你如何找到钓鱼点或修剪梨树；除了作者的声音，不包含其他人的声音。如果我的梨树长满树瘤，而一名高级园艺师想要告诉我如何修剪，我只会注意他的声音。但是，如果你想讲述一个真实的故事，读者应该听到人物之间的交谈。

现代播客节目成功的秘诀之一，就是听众可以真的听到人物与人物在对话，至少那些聪明的播客记者会在报道人物时捕捉真实对话，并呈现在音频节目中。而对纸媒记者来说，在纸上呈现真实对话有点难，但是优秀的记者还是可以做到的。

下面的例子摘自麦克菲《佐治亚州的旅行》一文中有关河流渠道化工程的部分，我在本书"结构"一章里的螺旋结构图上标注了这一站。两名野生生物学家正在和一辆巨型挖土机司机谈话。虽然这个男人正在破坏原始野生动物栖息地，但是为了从他口中获得信息，生物学家们不得不对他施展魅力，讨他喜欢。

"你好。"卡罗说。

"你在拍照。"他说。

"是啊。我对河流中青蛙的生活区域和活动范围很感兴趣,我敢打赌,你肯定见过不少有趣的东西。"

"我看见过很多青蛙。"那个男人回答。

"你肯定知道怎么操作这台机器。"卡罗说。那男人挪了挪身子。"这是个大家伙。"卡罗继续说,"不知道它有多重啊?"

"82吨。"

"82吨?"

"82吨。"

"哇!你一天能挖多远啊?"

"500英尺。"

"10天1英里啊!"山姆说道,惊叹着摇了摇头。

"有时候挖得更远呢。"

"你就住在附近?"

"不是。我家靠近巴克斯利。工头把我派到哪里,我就到哪里干活。"

"哦,不好意思,我们不是有意打断你工作的。"

"没关系。尽管拍照吧。"

"谢谢。你刚刚说你叫什么名字?"

"卡普·考西。"他说。

注意麦克菲是如何将动作——"那男人挪了挪身子"——和对话结合起来的。这就增强了读者身临其境的感觉,好像自己就在那里,亲耳听到他们的谈话。接着,作者离开这场对话,介绍了河流渠道化工程、工程对生态环境的破坏,以及越来越多的反对意见。随后,他很快又回到动作的描述上:

在挖了六铲泥浆后,考西向后移了几英尺。

对话不是目的,它需要为叙事的推进做些什么。当人物遇到障碍并努力克服的时候，如反面人物阻碍主要人物解决问题，对话能够推动情节发展；当人物评论环境中的物品（如别人的穿着）时，对话也会有助于场景的塑造。

尽管对话具有上述优点，它却不适用于阐述。经验丰富的小说家早就知道，绝对不能让人物谈论他们已知的内容。例如这个片段：

>"嗨，齐克，你是不是准备在老内莉生病之前，将这些马关进你去年冬天修好的畜栏里？"
>
>"嗯，汉克，我打算在去看维基小姐的路上，把母马从车上卸下来。你还记得维基小姐吗？那个金发高个女郎。上周在你老家威奇托外面的一家酒吧里，我们还见过她。"

当然，在现实世界中，你不大可能遇到人为痕迹如此明显的对话，人们很少解释对话双方已知的内容。有的时候，他们会插入一些有用的背景信息，但是别去管它，最好以叙述者的身份提供背景信息，把对话留到合适的地方。

改述的对话又是另外一回事了。作为叙述者，你可以描述对话双方的谈话内容，同时悄悄地插入些背景信息，作为说给观众听的旁白私语。理查德·普雷斯顿在《炎热地带》中反复使用了这一技巧：

>紧接着，乔·麦考密克起身发言。他到底说了什么，到现在还存在争议。除了军队的版本，还有其他版本。军队的版本是，麦考密克转向彼得·加说："彼得，非常感谢。谢谢你警告了我们。现在，小伙子们都来了。趁着你还没伤到自己，把它交给我们吧。我们在亚特兰大有很好的防护设施。我们要拿走所有的材料和病毒标本，从现在起这件事由我们接管。"
>
>换句话说，军人们认为，麦考密克试图将自己包装成真正了解埃博拉病毒的唯一专家，并接管疾控工作，获得军队的病毒标本。
>
>麦考密克的话把彼得气得七窍生烟。他越听越愤怒。

说话的方式能够很好地揭示人物性格，所以，对话最擅长塑造人物。特雷西·基德尔通过主人公与朋友、熟人之间的对话，很好地塑造了一个小镇警察的形象，也让读者了解了警察在社区里日常工作的状态：

> 每次晚班的大部分时间里，他都在和各路人马打招呼，向路过车辆中的老朋友和他们的父母鸣笛致意，向在当地报社工作的老同学挥手问好……市长从市政大厅走出来，他向市长喊道："市长阁下，晚上好。"看见一位自己喜欢的律师，他就会用巡逻车上的喇叭朝他喊话，扩音器中的声音在楼间回荡："查理！你今天的衣服真不错啊！"当他拐入一条小街时，他向一位摇摇晃晃的醉汉喊道："喂！坎贝尔！你告诉过我你再也不会做蠢事了。快回家睡觉！"

对话的力量不仅仅来自内容。别忘了，对话发生在场景之中。所以，场景中的其他动作也是有意义的。当你观察一幕正在展开的场景时，你要记录下来的，不光只有对话。还记得麦克菲写到铲土车司机坐在车座上挪动了一下身子的动作吗？基德尔在《山外有山》中用突然的脸红来揭示主人公保罗·法尔默医生性格的重要一面。热情亲切、富有同情心的法尔默在和海地的朋友聊天时，被赞许弄得很不好意思：

> "他们不得不把村子里的狗拴起来，因为很晚了你还要出诊看病人。"泰·奥法说，"我想给你一只鸡或者一头猪。"
>
> 通常情况下，法尔默的皮肤很白，上面隐约有些雀斑。现在，他的脸突然之间从脖子根红到了前额。"你已经给了我很多东西了。不用了！"
>
> 泰·奥法微笑道："我想晚上睡得踏实些。"
>
> "那好吧，老兄。"法尔默说。

如果你选择以第一人称撰写非虚构叙事文章，你也会成为故事中的角色，因此，你和他人的对话就变得很重要。这种对话不是传统采访中的直接引用，更像现实生活中的随意交谈，它们有助于故事的发展。不同于采访，这种报道中的对话应该包括你的话语和行为。在这种环境下，其他人物的回答也就变得更有意义。吉恩·温加腾在《躲猫猫悖论》中运用了这个技巧，这则故事讲述了一位儿童魔术师不为人知的嗜赌恶习。其中的对话不仅让人窥探到魔术师的性格，还揭示了温加腾和魔术师之间的关系是如何发展的：

> 在前往亚特兰大城的高速公路上，我从警车旁边开过时，时速已经达到80英里。不一会儿，警笛鸣响，警灯闪烁，警车跟了上来，要求我把车停靠在下一个休息区。
>
> 我们等着警察来问话，这时艾瑞克轻声说："你知道，如果是我开车，那麻烦可就大了。"
>
> 我微笑，松了口气。"我知道，你的开庭日是11月21日。"我说。
>
> "你怎么知道的？"
>
> "我查过你的警方记录。"
>
> 有那么一会儿，我们两人都沉默不语。然后，他开口说："所以，你并不相信我真的喜欢和出租车司机聊天吧？"
>
> 警察把车停在了我们后面20英尺的地方，我猜他肯定会奇怪，这两个因为超速要吃罚单的男人为什么会这般开怀大笑。

内心独白

电影能够用逼真的细节来表现喧哗的动作，但是在某些方面，印刷作品占有更大优势。电影摄像机只能展现事物的外部，这些东西人们都能看见；可印刷作品能够探索人类心灵，那是一个看不见的未知领域。

请记住一连串事件和故事之间的区别。约瑟夫·康拉德、珍妮特·伯罗薇等作家纷纷指出，叙事本身并不能构成故事。只有当叙事和动机结合起来的时候，情节才会浮出水面。所以，人物的内心活动能够推动情节的发展，可以为解释动作提供必要的背景。

和特雷西·基德尔一起旅行，他不但让你和巡逻的小镇警察同行，还会把你带入警察的回忆之中：

> 他驾车经过一个名叫湾州的旧工业社区，路过一个废弃的钻井工厂。在他的记忆里，那个夏天的傍晚竟下起了雪。他记得从工厂的前门出发，沿着磨坊河跟踪雪地上的脚印。那时，他还是名新警

察。天色越来越暗,这时他看见了前方的窃贼。

尽管这项技巧非常管用,但是报纸记者们却对其不屑一顾。他们以鄙视的口吻称之为"读心术"。记者们终其一生都在学习如何规避假设,讲究实事求是,难怪他们觉得内心独白很麻烦。对此,盖伊·塔利斯有话要说。在《罪恶世家》这本记述布亚诺集团犯罪家族的书出版之后,盖伊开始举办脱口秀巡回书展。书中有着大量内心独白,其中有一个家族族长乔·布亚诺驾车驶过布鲁克林大桥去参加法庭诉讼的情节,里面有那天早晨他的所思所想。当主持人问他如何知道布亚诺那一时刻的想法时,塔利斯平静地回答道:"我问过他。"

叮(Zing)!

《华盛顿邮报》的前记者沃尔特·哈林顿是这一行业最严格的道义维护者,他说自己的原则就是不会告诉你其他人的想法,"除非他们自己告诉你"①。

我们中的大部分人很难记得十分钟前自己的想法,更不用说几年前了。我们通常会选择留下令自己感觉不错的回忆。心理学家已经证明,人们有选择性记忆。因此,内心独白本质上是不可信的。

你仍然可以做一些事情来增加可信度。首先,事件一结束,在记忆退去之前,你就开始采访。汤姆·霍尔曼在针对新生儿护士的系列报道中,运用了很多内心独白。在三级新生儿病房中,很多弱小的婴儿不幸夭折,这里的护士心理负担很重。所以,霍尔曼一般都会选择在事件发生之后立即去现场采访她们。一对年轻夫妇抱着自己奄奄一息的婴儿悲痛欲绝,护士就在外面,汤姆也在。那时,他问护士的想法,回答一般都是真实的。

你也能评估消息提供者回忆的内部一致性和逻辑性,科学家称其为"表面效度"。你可以通过采访多名事件目击者或者多名谈话参与者来反复验证报道。你可以多渠道求证,如诉诸文献资料。(如果你的消息提供者说她那天因为下雨感到沮丧,你可以核查天气预报,看看那天是不是

---

① Harvey,"Tom Wolfe's Revenge."

真的下了雨。）如果你对他们的话不能完全确定，还可以改述，而不是用引号假装句句确凿。你只重述最具戏剧性、最精彩的对话，因为它们在生活中并不常见。因为有强烈的体验，所以记忆会特别深刻。

在应该使用多少内心独白这个问题上，理智的作家们可能存在分歧。但是，大多数人赞成在文中标明内心独白源于何处，这样可以告诉读者你是如何得知的。在关于新生儿护士的故事中，汤姆·霍尔曼将所有的内心独白归结为护士的记忆。如果你想依靠更加遥远的记忆来报道思想或者对话，可以用"他回忆……""他记得……"或者"他之后想起来……"等短语来特别标明。

重构对话

重构的对话尤其值得怀疑，一位道德责任感强的非虚构作家会谨慎对待那些讲述久远记忆的引号内的对话。

尽管如此，重构对话能较为准确地反映人物在关键时刻的所思所想。还记得《地狱之行》吗？这是一则关于一对经营汽车旅馆的夫妇被两个歹徒绑架的故事，后来被改编成电视剧《囚徒》。作者巴恩斯·埃利斯在整则故事中使用了大段的重构对话和一些内心独白。我觉得这样做合情合理。被劫的经历已经深深印在那对夫妇的脑海里，所以跟你我上周去超市的记忆相比，他们更有可能记起关键时刻的所说所想。我相信，当两名逃犯出现在汽车旅馆时，这对夫妇——保罗·普朗克和凯西·普朗克非常警觉。歹徒掏出手枪要钱。普朗克夫妇从办公室抽屉中拿出不到100美元，歹徒狂怒不已。凯西·普朗克记得之后发生的事情：

"楼上可能还有一些。"她说，想到了夫妻二人房间里的盒子。
她觉得，如果她能给他们足够的钱，他们或许会离开。

这一小段话非常简单，凯西·普朗克应该会记得十分清楚，因此使用引号是合理的。她关于自己所想的内容的记忆也说得通。

同样，普朗克太太能够准确记得第一次遭受其中一名罪犯强奸时的想法，这名罪犯多次强奸了她：

"这里有什么能激起他的性欲呢?"她试图通过有意识的客观思考来避免恐慌。她看见的是一个充满愤怒的狂暴男人。

她谋划着如何逃出魔掌,这看起来合情合理——那位名叫弗罗斯特的歹徒似乎比较脆弱和贫穷,更有可能与他们产生情感纽带,来阻止同伙施暴:

> 她想:"如果我能更接近弗罗斯特一点儿,和他有某种情感上的或者任何方面的联系,说不定他能帮我们逃生。"

严格的新闻构建主义者可能会质疑激烈时刻的简短对白或者内心独白,但我很少这样。还记得当巨浪袭来之时,"奇多号"危在旦夕,甲板上的水手喊的那句"见鬼"吗?我相信,这是他的原话。换作是我,也会在惊慌之中大声喊出这句"见鬼"的。

第九章　主　题

> 叙事是通向我们心灵深处的隐蔽之门。
>
> ——艾拉·格拉斯

- ◆ 主题陈述
- ◆ 全身心投入
- ◆ 寻找主题

车祸发生之前，加里·沃尔是一名保险理赔分析师，服务于医疗保险巨头蓝十字公司。在海军服役期间，他周游世界，跟漂亮女人约会，玩过漂流。后来，他遭遇一场车祸，大脑受到严重损伤，昏迷了一个星期。苏醒之后，他两个月不能说话，不记得该如何吞咽或者控制膀胱，经常从椅子上摔下来，连日常用品（如叉子、牙刷、鞋子等）都不认识了。

汤姆·霍尔曼断断续续花了18个月来报道此事，讲述加里·沃尔为了重建生活而付出的努力。加里丢掉工作、联系脑部损伤康复计划的时候，汤姆都在场。在他的监督下，加里逐步戒掉了对便利贴的依赖，在塔吉特公司求得一份仓库管理员的工作，重新开始和人约会，重新认识新朋友。在这一年半的时间里，我和汤姆经常谈到叙事性非虚构作品中最基本的问题：这一切的意义是什么？

这些年来，我和许多叙事作家都讨论过相同的问题。我感到很有趣，还有什么比从他人奋斗中悟出生活真谛更有意义呢？泰德·切尼在《创造性非虚构作品写作》一书中提出，叙事"不仅仅报道事实真相，还能帮助人们更加深刻地理解话题"。

加里·沃尔的奋斗历程揭示了什么？汤姆在报道一开始就提出了电脑的隐喻，后来汤姆和我不断地使用这个说法。他说，加里·沃尔的脑部损伤将他的硬盘格式化了，之前的加里不见了。如果他想余生过得有意义，就必须要重新开始生活。但是，他该怎么做呢？新的身份又是什么？实际上，这些问题对于所有的读者都寓意深刻。

追寻这些问题的答案可以帮助我和汤姆找到我们通常所说的"普遍真理"，即对所有读者都有用的人生教益。

有天赋的故事叙述者心里清楚，如果不想自己的作品只是一篇寻常的报道，就必须找到故事中蕴含的普遍真理。黛博拉·巴菲尔德·贝瑞和凯利·贝纳姆·弗兰奇就是这么做的。她们为《漫漫归家路》寻找到普遍真理，并在她们称之为"疯狂的章节"里予以诠释，同时致敬《华尔街日报》的"疯狂伯爵"。奇普·斯坎伦在采访中询问这个章节的意义何在。弗兰奇回答说,它在于把她和贝瑞讲述的旺达·塔克的非洲之旅的具体故事与一个普遍真理联系起来。弗兰奇解释说:"我们需要说清楚旺达与安哥拉的关系,并说明她的故事为什么重要。我们要让大家清楚地知道,这个故事不只是旺达自己的故事,而且是一个宏大的美国故事的一部分。在这个章节,我们必须攀爬到抽象阶梯的最顶端敲响钟声。"

那么,我和汤姆来到抽象阶梯最顶端时该敲响什么样的钟声呢?汤姆关于电脑硬盘的隐喻,可以帮助我们发现加里·沃尔的人生故事所蕴含并能够触动所有读者的普遍真理。

除了基因,我们在生命开始时都如同空白的电脑硬盘。在生活中,我们塑造了一个独一无二的自我,包括身份、住所、工作等。我们怎样做才能满足需求并获得愉悦感和成就感呢?

在和汤姆的讨论过程中,我想起我在读研究生的时候,研究过哲学家乔治·赫伯特·米德的《镜中自我》。他在书中指出,每个人通过观察别人对自己的反应,产生自我认同。如果周围的人都同情你,那么,你就会认为自己可怜。在某种程度上,加里似乎明白这一点。在加里申请仓库管理员的工作时,治疗师提出要陪他去面试。他说:"不用啦,我自己能去。"他不想因为残疾、因为别人的同情而被聘用。

我和汤姆深入探索加里的内心。我们推断,加里似乎在有意界定一个新的自我。他一次次地战胜恐惧和焦虑,千方百计地想在这个世界上重新赢得一席之地。当他痊愈后第一次邀请一位女士喝咖啡的时候,他很害怕,但还是迈出了第一步。他把空闲时间都花在研究塔吉特公司的产品目录上,这样他就可以很好地与顾客交流。虽然感到害怕,但他终于再次接触到了现实社会,他交了新朋友。一天一天过去,加里从他置放在自己内心的镜子中,看到一个全新的自我。

我和汤姆讨论得出的框架使加里的故事得到了升华,写出的报道不再仅仅是一连串简单的事实。很多新闻报道缺少主题这一要素,堆砌的事实显得报道苍白空洞,没有意义,没有情感,没有启迪。而正是意义、情感和启迪,构成了主题。斯蒂文·平克说,主题"就是你在故事中揭示的人性"。

主题陈述

在完整充实的故事中，动作线的延伸——在小说中，我们称它"情节"——是为主题服务的。主题会让读者感觉到，花时间来阅读很值得。（如果没有意义，为什么还要读呢？）故事研究者认为，我们之所以会对故事那么感兴趣，其中一个原因是故事提供的生活经验具有生存意义上的价值，这也正是为什么大脑会在进化过程中内置我们对故事的需求。

此外，主题还是报道和写作的焦点。因此，当我和汤姆开始讨论加里·沃尔的故事时，我们立刻着手寻找主题。最后，我们选择以"行为建构身份"作为这次报道的主题。

主题陈述为汤姆的报道提供了指导。他将重点放在加里康复之后如何一点一点重建自信，以及如何将自己重新推向外部世界上。加里为了战胜孤独感，强迫自己去参加教堂的单身舞会，汤姆知道这就是主题的核心，他特意跟随加里到场，我也特地安排了一名摄影师随行拍摄。

故事成形后，主题在文章中得到了充分的体现。导语强调了加里·沃尔在车祸之后单调沉闷的生活：

> 一张床，一个柜，一盏吊灯。这间卧室就像30美元一天的汽车旅馆，空空荡荡。

它表明房间的主人已经失去了以前的生活：

> 唯一具有个人风格的东西是加里在克拉姆斯河漂流时拍下的一张照片。照片中，他面带微笑，手握船桨，站在三个男人和两个女人之间。他留下了这张照片，因为这是他与过去生活仅存的一丝联系。

汤姆在文章的关键地方——转版之前的最后一个词——强化了加里丢失身份这个主题。他描写加里苏醒后躺在床上，努力回想昨晚自己是否做梦了。但是很遗憾，梦不曾来找过他。

自从他死去的那一天起，6年了，他没有再做过一个梦。

哟！开篇以"死"结束。在内版版面，故事继续。加里起床，做完60张便利贴，贴上罗列的家务事后，准备搭乘公共汽车去蓝十字公司上班。凯瑟琳·斯科特·奥斯勒拍摄的开篇照片中，加里盯着浴镜中的自己，镜面上贴着一张便利贴。加里吃早餐的桌子周围，到处都有提醒自己干这干那的便利贴。丢失身份的主题还在继续：

让他感到害怕的是，他丢掉了自我。他的幽默感已不复存在，对话和手势中的细微暗示对他已经不起作用。他意识到自己正在失去加里·沃尔这个身份。渐渐地，朋友们不再来看望他，因为他们认识的那个男人已经消失。

就在这时，加里的新生活开始了，汤姆将核心主题说得很透彻，即身份是由一个又一个的行为来界定的。加里的治疗师告诉他：

你的脑部虽然受了伤，但你仍然可以生活，尽管这种生活和大多数人不一样。选择什么样的生活将由你自己决定。

加里和他的母亲共进晚餐，母亲细细回忆自己的过去：29岁时和粗暴的丈夫离婚，一个人抚养4个年幼的孩子长大成人。她刚开始的工作只是一名医院职员。

11年后，她升为副主管，手下有40名员工。她告诉自己的儿子："我了解从头再来意味着什么。你不要被它压垮了。加里，你要努力。你可能会失败，但还是要尝试。你会成功的。你是我的儿子，我相信你。"

加里认识了另一名同样脑部受伤的患者，主动和他交朋友，结伴同行。在体育俱乐部，一位女士和他聊天，他邀请她喝咖啡。（"这位名叫黛安·福斯特的女士唤醒了加里·沃尔内心本已死亡的情感。"）他接受了求职培训，参加了塔吉特公司的面试，并且得到了工作。（"他开始了新生活。"）他参加单身舞会，遇到了一位名叫苏珊的女士。她喜欢加里，因为他没有过去的负担。（"她说，加里没有过去。他承认自己正在重新开始生活。")加里的新工作渐入佳境，还获得了加薪。40岁时，加里再次得到加薪。母亲为他举办了生日派对，苏珊和几位新朋友都来了。然而，这个时候却发生了一件令人失望的事情：苏珊结识了一位新男友，离开了加里。此时，加里对生活有了新的领悟：

> 他一个人坐在房间里，想知道自己做错了什么，要是他能改正就好了。他意识到自己并没有犯错。他寻觅并找到了自己的新生活，并且发现生活本身充满了希望和失望，梦想和现实，快乐和痛苦。
>
> 或许，这就是生活，他必须要面对的生活。

在故事结尾，加里精心打扮后再次参加单身舞会。他喷了一点古龙水——你永远不知道在舞会上会遇到什么人。他出门的时候关了灯，所有的便利贴都不见了，除了门上的一张，上面写着：

> 相信，不要怀疑。

全身心投入

文学主题必然来自作者的价值观，来自作者对人生因果关系的理解。剧本创作大师拉约什·艾格瑞将戏剧的主题称为戏剧的"前提"，认为它是整个戏剧的基础。他认为，作家应该从自身寻找前提，而不是在外部世界寻觅。"四处寻找前提的做法是愚蠢的，"他写道，"因为……它应该来自你自己的信念。"

正如诺拉·以弗仑的观点，"所有的故事叙述都像罗夏克墨迹测验一样"[1][2]。

---

[1] 罗夏克墨迹测验，简称"RIT"，由瑞士精神病学家罗夏克于1921年创立。墨迹测验的方法是：把墨水洒在白纸上，然后对折起来，使纸上的图沿一条对折线形成对称的墨迹图。这些图是无意义和无法解释的。他把这些图形呈现给被测评者，让他们根据图形自由想象，然后口头报告。罗夏克墨迹测验关心的是受测者对图形知觉过程的途径、理由及内容。如果受测者的知觉途径和墨迹图的建构过程相符合，则说明受测者的心理机制完好正常，他的现实定向是完善的；反之，受测者的心理机制就是残缺不全的，或者说机能不足，有不切实际的幻想或异常的行为，现实定向不良。——译者注

[2] 诺拉·以弗仑在2001年尼曼叙事大会上发表了这一观点。

这些年，我和汤姆在讨论加里·沃尔的故事及其他作品主题的时候，我们探索的其实是自己对这个世界的信念。我俩之所以合作成功，就在于我们对现实的理解基本一致。我们相信意志自由，相信命运由自己掌握。我们主张成绩应归功于那些努力拼搏的人，而人类需要正视自己，摒弃贪欲和嫉妒，向他人敞开心扉，并且敢于冒险。我们认为，只有敢于尝试，才有可能获得成功，虽然人们对成功的标准会有所改变。

这些理解看起来毫无新奇之处，但实际上属于千古箴言。在人类几千年的文明史上，生活的基本原则并不是很多，因此显得有些平淡无奇。薇拉·凯瑟，这位真正的简化论者说过一句名言："人类只有两三个故事，翻来覆去地讲着，就像它们从没发生过一样。"①

学术界的专家们深以为然。康涅狄格大学英语和比较文学专业教授帕特里克·科尔姆·霍根认为，在所有的故事中，有三分之二的故事都在讲述三个基本话题：争夺权力、爱和食物。其他学者列出了更多的话题，但他们也把话题限定在小范围内。乔纳森·戈特沙尔在《讲故事的动物》中写道："正如许多世界文学研究者所指出的，故事围绕着几个母题展开。"他列举了性、爱、对死亡的恐惧、人生挑战和权力。

其他人提出了更多。《达拉斯时代先驱报》的前写作指导葆拉·拉罗克一口气罗列了 22 个："一些显著的主题或典型的情节，包括探索、寻找、旅行、追求、捕获、逃脱、爱情、被禁锢的爱情、单相思、冒险、谜题、神秘、牺牲、发现、诱惑、失去或者得到身份、蜕变、转变、屠龙、来到冥界、重生和救赎。"

"失去或者得到身份"？嗯？我想加里·沃尔的故事并非独创，就像我一直说的，在主题上创新价值不大。乔恩·弗兰克林指出，句子层面的陈词滥调会让作者感到尴尬，但或许它们才是故事主题的核心所在。弗兰克林写道："在观念层面，陈词滥调经历蜕变，变成了永恒真理。"

和读者沟通就意味着寻找一种背景，能将主人公的生活和他们的生活联系起来。

---

① *O Pioneers*！(New York：Vintage Classics，1992) 初版于 1913 年。

我的同事道格·宾德讲述了一名男子在丧妻之后寻找新爱人的故事，许多读者写信感谢他，不少人重复这样一句话："故事让我如此感动，或许是因为它让我联想到自己的生活，我想只有优秀的作家才能做到这一点——在他和他的读者身上找到共性。"

如果主人公的生活对你的读者而言极为陌生，你就得非常努力地去建立两者之间的联系。《夏洛特观察家报》的汤米·汤姆林森曾经报道过一名数学家如何解决数学难题的故事。这个难题和普通人的生活离得很远，但汤米仍然找到了这个故事之于常人的意义："现在，他知道解决庞大的数字领域的谜题和解决日常生活问题差别并不大。你可以将问题分解成小步骤，暂时不去理会它们，再去处理的时候可能就会找到窍门。你要相信自己的直觉。"

当你思考时，每个主题多少都会有所教益。这是能够引起读者共鸣的关键所在。教益越重要，附加值就越大。伟大的文学作品对读者的影响可以说经久不衰。

葆拉·拉罗克提到了这些主题的教育性质："典型故事，从神话故事、伊索寓言到《包法利夫人》《成功的滋味》，本质上都是道德寓言或者警世寓言。在当代艺术中，它们是对普遍模式的复杂而微妙的推断，它们寻找因果、理智和秩序。"

接着，她又补充道："人类也是如此。"

如果将人性作为研究对象，那么，所有人，不只是名人，都会成为故事讲述的对象。叙事性非虚构作品与常规新闻报道的主要区别在于，叙事作品写的不是权势之人或者广为称颂的英雄，而是面临日常生活挑战的普通人。史蒂夫·温伯格研究过报纸叙事报道的崛起，他在《哥伦比亚新闻评论》中这样写道：这一新闻趋势的基础是强调非知名人士，他们被称为"普通人"。选择他们的记者相信，从普通人身上发掘不寻常的东西是记者的使命所在。

历史学家威尔·杜兰特的观点，常常被史蒂夫·温伯格等叙事性非虚构作家引用：

> 文明就是一条河流。历史学家通常会记下这条河流中流淌着人们互相残杀的鲜血，充斥着偷盗、呐喊。然而，他们并未注意到，在河岸之上，人们建设家园，寻觅爱情，养育儿女，吟诗唱歌，甚至雕刻塑像。文明的故事就发生在河边。历史学家是悲观主义者，因为他们忽视了岸上发生的一切。

寻找主题

我相信连小说家都会发现作品的主题来源于写作素材。从有趣的人物着手，用精彩的困境扰乱他们平静的生活，再让情节继续发展。这些人物解开困境的方式来自作家对这个世界的信念。

非虚构作家必须在写作素材中发现主题。世界提供事实，而作家需要理解这些事实的意义。乔恩·弗兰克林在 2001 年尼曼叙事大会上说："所谓意义，指的是故事的形式和形式所表达的内容。你不能将意义先行带入故事，只能从故事中寻找并提取意义。"

写作诀窍可以帮助你找到主题。汤姆·弗伦奇在推敲题目的时候，经常将注意力集中在主题上。他说："我总是在寻找文章题目以及每一章节的标题。这样，我的思维就会紧紧集中在故事的精髓、结构和动力上。"

在《俄勒冈报》，我通常同作家和编辑部合作，提出篇名和小标题，这些标题能够帮助我们直奔主题。我们围绕"行为构建身份"这一主题组织加里·沃尔的故事。故事中，加里虽然失去了过去的生活，却勇往直前，创造了新的生活，这就很好地阐释了主题。我们想出的篇名是"失去生活……获得新生"，小标题是"想要塑造一个新自我，就要首先建立一个新世界"。

汤姆·弗伦奇可能会独自一人直接寻找篇名，但是我喜欢自己和霍尔曼的合作过程。首先，我们提出主题陈述；然后，我们再确定篇名和故事形式。

我们不是孤军奋战。其他几名叙事大师——乔恩·弗兰克林、拉约什·艾格瑞、比尔·布伦德尔、罗伯特·麦基——都赞同使用主题陈述。关于主题陈述的形式，他们的想法惊人地一致。麦基说："真正的主题不是一个词，而是一句话，一个清晰、连贯的句子，能够清楚地表达故事的原意。"

当然，这句话必须包含一个动词，这是主题陈述给力的关键所在。弗兰克林寻找主动动词，而我更加挑剔。我想找到能够连接宾语的及物动词，它们能回答针对主语或者宾语的问题，因为含有及物动词的句子可以展现因果关系。因果关系是主题的精髓，它会告诉读者世界是怎样运作的，以及人们是怎样影响世界的。因此，我和汤姆才会提炼出"行为构建（什么？）身份"这一主题来。

你或许还记得拉约什·艾格瑞将主题称为"前提"。他关于前提构成方式的论述表明，好的主题陈述能够帮助作者发现叙事的结构。他认为，"优秀的前提由三部分组成，每一部分对于戏剧来说都至关重要。以'勤俭导致浪费'为例，这个前提的第一部分表明了人物——一个勤俭的人物；第二部分'导致'表明了冲突；第三部分'浪费'则是戏剧的结尾"。

因此，主题陈述可以表明结构，指导报道，并帮助作者找到标题。如果你要进行删减，它将告诉你孰去孰留。它影响着写作和报道过程的每一个阶段。

鉴于主题陈述的重要性，我在任何作品中写下的第一个词都是一样的。我打开电脑屏幕，敲下"主题"二字，加上冒号，再坐一会儿，苦思冥想陈述主题需要的"名词—动词—名词"结构。我在写这本书时，电脑上的第一行字是"主题：故事提炼生活意义"。

明确主题后，根据素材，我列出一个简单的话题或者场景提纲来指导主题的展开。然后开始创作，这时我已胸有成竹。当我写完后，再删去主题陈述和提纲。

主题陈述就像一剂灵药，甚至能够帮助作家与编辑更好地合作。作家和编辑在一起推敲主题，统一立场，在故事创作中建立相同的决策标准。在指导故事写作时，我经常建议作者在创作初期就做好主题陈述。

然后，我们再合作进行修改，最终在主题陈述中确立共同的价值观。

我和霍尔曼就是这样创作了加里·沃尔的故事。当然，大部分的工作是由汤姆完成的，但我认为这种"作家—编辑"合作的模式影响了故事的最终效果。事实证明，这是正确的。《失去生活……获得新生》囊括了本州特写报道类和地区性写作大奖，是角逐1998年普利策奖决赛的三部作品之一。帕齐·西姆斯将它选入《文学非虚构作品》，这部选集收录了美国顶尖报刊和书本的叙事作品，涉及的作家包括特雷西·基德尔、约翰·麦克菲、汤姆·沃尔夫。

第十章 报　道

> 无论是在小说、电影或是非虚构作品的故事叙述中，报道都发挥着至关重要的作用。与其说人们忽视了报道，倒不如说他们根本不理解报道的重要性。
>
> ——汤姆·沃尔夫

- ◆ 沉浸式报道
- ◆ 接近对象
- ◆ 观察和重构叙事
- ◆ 采访
- ◆ 人物、场景、动作和主题
- ◆ 识别故事

第十章 报道

十多年前，我曾在一家中型日报社担任警务记者。每天早晨，我会顺便去一趟新闻编辑室，和本地新闻编辑打个招呼，然后溜达到几个街区之外的司法长官办公室。我会问当值警官："有什么新闻吗？"他指向一个装着新闻稿的盒子对我说："就这些了。"我会仔细查看这些新闻稿，浏览昨夜的活动日志，匆匆记下几笔；然后，再从那儿去县监狱，重复上述流程；之后还会走访三四个警局和消防队；最后，我回到新闻编辑室，果断地开始写作。有时候，我能根据一个信息源写出 5 篇报道，都是那个时代典型的报纸新闻，简短又肤浅。

10 年之后，汤姆·弗伦奇在《圣彼得时报》上发表了第一篇叙事力作《天堂之南》，自此改变了新闻报道的惯例。为了写好一篇关于现代公共教育面临何种挑战的文章，汤姆追踪报道了 6 名高中生，他们极具代表性，既包括优等生，也有面临辍学之忧的学生。他花了一年的时间进行采访、写作。

如果年轻的新闻记者接受的是我当年经历的那种培训，即采用形式上的独家报道，掌握官方的信息来源，他们肯定会对叙事报道心存疑虑。当《天堂之南》发表后，汤姆·弗伦奇的编辑非常清楚文章会引发质疑，于是专门安排汤姆在报社内部进行类似巡回书展的活动。汤姆走访了报社的多个部门和分社，解释他为什么会在一则故事上花这么长的时间。我在自己的报社里也听到了类似的质疑。当叙事文章出现在《俄勒冈报》时，经验丰富的现场采访记者们窃窃私语，他们会问："这是什么玩意儿啊？报道怎么不见了？"

实际上，他们看到的就是报道，只不过不再是传统新闻中肤浅的事实。对于创作叙事故事而言，阅读新闻稿、核查统计数据、咨询专家、参加会议只不过是材料搜集的初级阶段，毕竟叙事故事探索的是现实世界中的真实生活。

当然，叙事新闻报道与标准的警方报道肯定大相径庭。叙事新闻报道需要作者花费大量的时间闲逛、观察和思考。它通常不太重视传统的信息搜集方法，例如坐下来访谈。它报道的内容并不局限于公开的言论，而是深入探讨人物行为背后的心理因素。它探索的是社会环境、文化价值和个人身份。当我们在《俄勒冈报》开始尝试叙事新闻报道的时候，采访记录的方式与传统的截然不同，一些老记者甚至都无法认出这种报道方式。

可它就是报道，实事求是的报道。

《纽约时报》记者史蒂文·霍姆斯在完成普利策获奖作品《美国种族》后说："不论你谈论的是何种新闻，报道都是新闻写作的关键。"[1]

沉浸式报道

作者要身临其境地去观察，去倾听，去嗅闻，去触摸。这就是叙事新闻报道的标志性方式——沉浸式报道。虽然不是所有的叙事性非虚构作品都会用到沉浸式报道，但这种报道方法却是叙事性非虚构作品的标志性特点。诺尔曼·史密斯发现，为了写《佐治亚州的旅行》，约翰·麦克菲和野生生物学家在公路上行驶了1 100英里。麦克菲曾说："哪怕只写一点点，你都需要先掌握足够多的东西。"

泰德·康诺弗或许是叙事沉浸式报道的终极实践者，他还撰写了一部指导书《沉浸》来介绍他是如何实践沉浸式报道。他创作了《新看守》《雪盲》《蛇头》《无处行驶》《人类的路线》等作品。他悄悄潜入他所描写的那个世界，沉浸其中，甚至不惜采用一个新的身份。在《新看守》中，他花了近一年的时间，从事新新监狱的看守工作，巡查牢房，和其他看守闲混，领取固定工资。在囚犯和同事看来，康诺弗就是一名监狱看守。而作为监狱文化的一分子，他所接触到的世界是快速特写报道记者根本无法进入的。康诺弗说过："这种方法主要取决于记者的耐心，关键在于他们能否在未知的情况下生活。"

这种写作方法很像民族志。作为人类学的分科，民族志侧重描述世

---

[1] 霍姆斯的话援引自《尼曼报告》，2002年春季号，20页。

界上不同的文化。不用惊讶，泰德·康诺弗就曾在阿默斯特学院学习民族志，他的本科毕业论文写的就是搭乘火车流浪的生活，这段经历后来被他写进了《无处行驶》。叙事记者并不是要专门描写密克罗尼西亚人或者毛利人，他们深入报道的对象其实是我们社会中的亚文化群，而我们因为缺少时间或者报道技巧，不可能独自发现这些并存的文化群。

民族志学者和沉浸式报道的记者之间也有显著区别。诺曼·西姆斯在《文学记者》中指出："与人类学家和社会学家一样，文学记者①也将理解文化作为最终的目的。和这些学者不同的是，文学记者会让戏剧化的动作自己说话。"当汤姆·霍尔曼讲述加里·沃尔的故事时，他从未直截了当地阐明"行动创造身份"这一主题。故事自然而然地展开，作者一直在描述而不是说教。主题随着生命潮流的奔腾逐渐浮现出来，它比台上的演讲更为有力。

辛西娅·戈尼是一位经验丰富的叙事记者，早年任职《华盛顿邮报》，在一系列令人印象深刻的全国性杂志发表作品，现在就职于加州大学伯克利分校新闻学院，对沉浸式报道驾轻就熟。她说自己在报道时会提出问题，例如研究对象是什么样的；或者去寻找研究对象的世界中最有趣或最令人惊奇的一面。她会通过以下途径找到问题的答案：

1. "呼吸他们呼吸的空气。"
2. "在周围闲逛，静静地观察。"
3. "了解他们特有的工作节奏。"
4. "学习他们的词汇。"
5. "阅读他们的文献。"——课本、指导手册、专业刊物
6. "找出他们领域的专家。"

戈尼的近作《鸡汤民族》刊登在《纽约客》上，研究了《心灵鸡汤》成功出版的前前后后。《心灵鸡汤》从出版最初到如今，包括超过 250 种版本及衍生品，总销量惊人，总计 1.1 亿册。戈尼不仅采访了出版公司

---

① 诺曼·西姆斯所提的"文学记者"，也就是本章主要在谈论的"叙事记者"，即那些带有更多文学色彩的新闻记者。——译者注

的主管人员，还待在出版商桑塔·芭芭拉的办公室里，看着接待员阅读关于新的"鸡汤"书的意见与看法。戈尼将这种报道方式比作年轻记者在第一次报道特写新闻时与警察一同巡逻，并极力主张"在很多不同领域都应采用类似的报道方式"[①]。遗憾的是，警察巡逻的故事总是大同小异，记者在巡逻车上度过一个晚上采访就算结束了。

融入亚文化群所花费的时间总能带来丰厚的回报，因为这种融入能帮助作者越过障碍，进入通常"闲杂人等不得入内"的圈子。我们通常也会对陌生人保持警惕，但熟悉之后，就会产生信任，至少变得不那么在乎了。同理，我们可以观察对象却不被发觉。一旦事物变得熟悉起来，它们就会融于背景之中。从理论上来说，只有这个时候，沉浸式报道的对象才会放松下来，本色出演。

当然，如果有摄影团队紧随其后，麦克风就在嘴边晃悠，墙上的苍蝇很难被忽视。纪录片和播客无法做到像纸媒报道那样悄无声息：记者可以把笔记本塞在裤子口袋里，随时拿出来记上几笔。然而，如果你报道的时间足够长，一台笨重的摄像机也会化为无形。1971 年，PBS 电视台播出了《一个美国家庭》，就是以沉浸式报道手法记录了劳德家庭的破裂。无时不在的摄制组拍摄了 300 小时的素材，最后制作成 12 集、每集 1 小时的节目。在节目拍摄过程中，摄制组渐渐成为家庭成员生活中的一部分，他们甚至忘记了摄像机的存在。有一刻，帕特·劳德对着镜头，要求与丈夫比尔分居。

一些批评人士认为，摄像机的存在促使劳德一家在镜头前表演——做一些他们本来不会做的事情。纸媒记者当然也受到过类似批评。看来只有报道者的诚实才能最大限度地减少他们在场的影响。最终，《一个美国家庭》登上了《电视指南》"史上最伟大的 50 个电视节目"榜单，尽管褒贬不一，但作为第一个电视真人秀节目，它依然赢得了广泛的赞誉。

尽管时有争议，但毫无疑问，沉浸式报道能揭露隐情，这是传统记

---

① 辛西娅·戈尼 2006 年在《俄勒冈报》工作室工作时发表了这一观点，并提供了一份关于沉浸式报道技巧的清单。

者无法做到的。有时候,这是了解报道对象的唯一方法。当《纽约客》请泰德·康诺弗报道监狱看守的时候,他也曾试过标准方法,但是官方拒绝提供帮助。在监狱待了一年后,康诺弗就可以作为一名圈内人士来阐述监狱的生活和问题了,他写的《新看守》是标准报道永远无法媲美的。同样,汤姆·弗兰奇在高中待了一年,写出了他对现代教育问题的理解。如果他只是按惯例报道学校董事会议,参加家庭教师协会讲座,采访老师、管理者、学生,那他永远无法获得如此深刻的见解。

有时候,采访根本行不通。1965 年,盖伊·塔利斯前往加州,为《时尚先生》采访法兰克·辛纳屈。这位歌手感冒鼻塞,拒绝接受采访。于是,塔利斯四处闲逛,和辛纳屈的熟人以及随从交谈,搜集小道新闻,等待时机。他甚至每分每秒都跟随辛纳屈,近距离观察这位喜怒无常的流行偶像及其身边的音乐家、音乐商业大亨、狂热崇拜者以及各种各样的溜须拍马者。故事开头的一幕就很引人入胜:

> 法兰克·辛纳屈,一手端着一杯波旁威士忌,一手夹着雪茄,站在酒吧黑暗的角落里,两边各坐着一位迷人却姿色渐衰的金发女郎,她们等着他开口说话。可是他惜字如金,大部分时间都沉默不语。身处比弗利山庄的私人会所,他似乎变得更加冷漠。他的视线穿过缭绕的烟雾和昏暗的房间进入酒吧外的一个大房间,许多年轻的夫妇围坐在小桌旁或者在舞池里翩翩起舞,环绕立体音响播放着喧闹的摇滚乐曲。两位女士和站在附近的四位男性朋友知道,当他闷闷不乐的时候,最好不要强行和他交谈。在 11 月的第一周出现这种坏心情是常有的事,下个月就是他 50 岁的生日。

《法兰克·辛纳屈感冒了》是新新闻主义的早期杰作,《时尚先生》仍将这部力作奉为"最著名的杂志故事之一"。辛纳屈是美国流行文化中最冷漠和最谨慎的名人,塔利斯揭开了他的面纱,让《时尚先生》的读者近距离观察他;辛纳屈却毫不设防,举止自然,如同一头狮子在塞伦盖蒂平原上自由奔跑。而这些都多亏了这位伟大的歌手拒绝接受采访。

接近对象

你不可能敲开门,径直走进一个陌生人的房间,然后开始观察。不管怎样,你得先说服别人让你进来。采访对象可能不愿提供消息。为了克服采访对象的抵触情绪,成功的叙事记者会运用各种技巧,有时他们所具备的人格魅力就能打破这种僵局。

叙事报道有时会难倒那些生性好斗、咄咄逼人的记者。而我知道的一流叙事作家全都性格温和,谦恭有礼,不具有任何危险性。汤姆·霍尔曼孩子气十足,一双大眼睛,总是兴趣盎然的样子;里奇·里德总是无比真诚;安妮·萨克尔热情洋溢,极富感染力。

此外,这些记者对采访对象所提供的信息真的感兴趣。他们关注普通人,真诚地给予夸奖或赞美,让普通人感到自己很特别。当你说话的时候,他们会看着你的眼睛,身体前倾,认真听你说的每一个词,适时点头,回应你的情绪。

当这些明星叙事记者谈到他们接触采访对象的方式时,观点惊人地一致:

杜鲁门·卡波蒂:"最重要的是,记者必须要注意有些人的性格是他们所想象不到的,他们的心性与他完全不同。如果不是在新闻环境下遇到他们,他可能永远都不会写到这类人。"[①]

莱恩·德格雷戈里:"当我们睁开双眼、竖起耳朵时,我们不再自命不凡,认识到自己孤陋寡闻,带着坦诚的好奇去看另一个世界,故事就会出现。"

利昂·达什:"如果你在采访中带着评判的眼神,或者提问的语气透露出一丝审判的意味,人们就会停止交流。"

泰德·康诺弗:"我认真倾听,对谈话内容表现出浓厚兴趣,却很少挑起争论……我经常把采访对象当成老师,把自己当成学生,

---

① From Plimpton, "The Story behind a Nonfiction Novel."

虚心请教。"

理查德·本·克雷默："重要的是，人们的确想诉说自己的故事，但是只有当你对他们感兴趣的时候，他们才会这么做。而我总是兴致勃勃……他们的妻子和女友早已听烦了，而这时来了一个糊涂的男人，他真的想知道一切。他们拥有很多得意的故事和经历，但是从来没有机会真正讲给别人听，机会终于来了。他们感觉飘飘欲仙。"①

玛丽·罗奇："当你为一个话题着迷时，神奇的事情就会发生。"②

优秀的叙事记者不会轻易上当受骗或者被人说服。闯入他人的生活需要信心和决心。如果你失败了，记得要不断地尝试。汤姆·弗伦奇说："倔强的性格很有帮助，你要非常、非常地倔强。"③

使用劝说策略也是如此。在《俄勒冈报》，我们做过许多事件回顾报道，对重大新闻事件进行叙事重构。通常，事件都是悲剧、事故、灾难，总会有人丧生。幸存者感到震惊和害怕，还时不时地被电视新闻摄制组和通讯社记者打扰。这个时候，我会建议记者向幸存者提出"这是你纠正历史的唯一机会"。所有卷入重大新闻的人都知道，事件的初步报道通常是肤浅的、误导性的。因此，幸存者经常希望有机会来澄清事实。当一名叙事记者开始重构整个事件的时候，他会非常坦诚地告诉幸存者们，他们的故事将会得到应有的关注。公众将最终明白事件是如何发生的，而幸存者为何会这样做。他会努力保证故事的绝对准确性。一切都会放入事件背景之中。最终，他们能将一个完整的记录传给子孙后代。

这一招几乎总能奏效，尤其是当记者具有叙事作家谦逊真诚的态度时。虽然汤姆·沃尔夫生活优越，但在报道时，他却常常摆出谦卑的样子：

---

① 达什、康诺弗和克雷默的话援引自：Robert Boynton, *The New New Journalists*。
② 玛丽·罗奇的话出自俄勒冈大学新闻学院举办的学术研讨会"把非虚构文学的'非'放回去"。
③ 汤姆·弗伦奇在 2001 年尼曼叙事大会上发表了这一观点。

一开始，记者擅自打探别人的隐私，问一些他们无权知道答案的问题。一旦自降身份，他就俨然成为一个手拿杯子的乞讨者，等待消息的出现或者事件的发生，希望别人能够容许他得到需要的素材，他会根据情况调整性格，变得讨人喜欢、热情体贴、可爱迷人，他忍受着讥讽、辱骂甚至殴打，一心渴望得到"故事"——这种行为近似奴仆甚或乞丐。

是的，我也深谙此道。你戴上记者的帽子，悄悄地变成另外一个人，这个新身份允许你去尝试或询问一些你不曾想过的事情。这绝不是表演，很多人自然地扮演起旁观者的角色。我们大多来自中产阶级和下层中产阶级，接受过良好的教育，能够运用分析技巧和文化背景从平凡的事物中寻找意义。在成长的过程中，我们会越过文化的障碍，学习如何与码头搬运工人、钢铁工人、政府官员、大学校长交谈。

诺拉·罗奇是最具反思精神的叙事技巧实践者之一。她在杂文集《狂欢中的局外人》的序言中，捕捉到记者的品性。她说，记者这类人似乎最喜欢置身事外，畏缩不前，为人冷漠，冷眼旁观他人游戏人间。她写道："我发现，每当我参与一项有趣的活动，别人都乐在其中，吃喝玩乐，尽享身体的欢愉，而此时我却站在一旁记录着发生的一切。"

观察和重构叙事

没有什么能比得上第一手的观察材料。如果能告诉读者你的亲眼所见，报道就如同法庭证词一般可信。观察叙事来自作者的亲身经历，因此，报道具有权威性。由于不受归因和推测的影响，作者听起来更加自信。你似乎在说："朋友，听我说，我在场，事情就是这样的。"

但是，沉浸式报道也有很大的风险。你可能花了一年或更多的时间出书，但销量却很小；或者花了一个月的时间去写杂志文章，而稿酬却少得可怜。报纸编辑让一名记者追踪报道一个重要故事，他几个星期内的日常工作就少了一个得力的助手，还不敢保证故事一定会受读者欢迎。正如诺曼·西姆斯所说的，"文学记者赌的是时间"。

这是项高风险工作，因为叙事需要具备所有的故事要素——讨人喜欢的主人公，普遍存在的困境，酝酿中的行动，高潮，结局。而现实世界并不一定就是一则完美的故事。你可能跟踪报道一名运动员，但在锦标赛开赛之际她却选择退赛。或者一则以"爱能战胜一切"为主题的故事却以拒绝和失望结尾。就像汽车保险杠上所贴的那句话——"不如意之事十有八九"。

即便如此，我们还是有解决办法。有时候，我会安慰那些失望、沮丧的记者：他们坐在我的办公室里，情绪低落，花费了几个星期心血的故事草草终结。但每个故事创作都会揭示一些生活的道理。就算不符合原来的主题陈述，你还是能够创作出一则故事来，尽管可能和你预想的不一样。我和汤姆·霍尔曼在创作普利策奖获奖作品——有关山姆·莱特纳的故事之初，我们准备重点讲述的是：人们希望看起来和别人一样。而实际情况是，山姆在整容手术中差点没命，外貌却没能得到大的改观。因此，我和汤姆在这则故事中找到了其他的教益。山姆正视逆境的方式要比我们之前提出的主题有力得多。

观察报道的风险反衬出重构叙事的优势——通过采访目击者、搜集文件、追溯动作线来重新建构过去的事件。你是从一个已知的结局进行反推，因此你能保证结果令人满意。你只需要在一开始就选对故事。

当我们决定报道"绿墙"的时候，事件已经落幕。我在本书的第三章"视角"中提过这则重构叙事。现场报道几天之后，我们得知被困伊利诺伊河的漂流者中有一些幸存者。我们有机会采访他们。深入采访后，我们便知道这个故事拥有我们所需的所有戏剧性元素。

一位坚持不懈的叙事技巧研究者能够将几十年前的事件叙述得精彩纷呈。韦恩·米勒的《心脏之王》惊人地重述了半个世纪前沃尔特·利乐海开创心脏直视手术的故事，栩栩如生，细节生动：

> 格雷戈里睡着了，他被人脱去外衣，赤裸地躺在明亮的无影灯下。他看起来是那么弱小——比枕头还小，甚至比实验室的狗小。

他的心脏小得可怜，血管细如麻线。

"都准备好了吗？"利乐海问。

随同医护人员一切准备就绪。

利乐海用外科手术肥皂清洗格雷戈里的胸部，然后用手术刀在乳头下方从左向右划。

为了看得更清楚，第二手术室阳台上的观看者纷纷探身向前。手术室里，一群实习医生和住院医生爬上凳子，站在上面观看。

利乐海分开连接肋骨的胸骨，用牵引器在格雷戈里的胸口打开一个窗口。

在格雷戈里的双肺之间，他那紫红色的小心脏呈现在眼前。心脏的杂音很大，利乐海的手感觉到了异常的震颤。

如果韦恩·米勒没有坚持追求这些细节，叙述就无法做到如此逼真。长达41页的出处注释和参考文献体现了他的渊博知识和坚持不懈的研究工作。例如，为了描述格雷戈里·格利登的病例，他追寻到曾经照顾小男孩的两名护士，发现她们保留了孩子住院期间的详细日记。

米勒的优势在于他的目击者尚存人世。但是，艾瑞克·拉森处理的主题已经被世人遗忘。尽管如此，他还是利用信件、报纸报道、回忆录和一些私人文件，精心创作了《白城恶魔》。这部作品是如此生动，以至于让人觉得他真的回到了1893年的芝加哥世界博览会。他说过："每个文件都不能放过。"

在《艾萨克的暴风雨》中，拉森为了叙述加尔维斯顿1900年那场毁灭性的暴风雨，找出了城市的保险地图，上面画着每个房子的简图——建筑材料、火炉的位置等。他发现目前有可供检索的数据库，建立在目击者对几个城市中特别场所的描述的基础上，例如有一个描述了1890—1900年间的伦敦。我也遇到过一个相似的数据库，由多所大学和谷歌公司联合制作，他们试图重建公元320年6月21日这一天君士坦丁大帝统治下的罗马。

令人欣喜的是，现代技术可以为报道提供有力支持，使我们有可能创作出如同在场的、身临其境的叙事作品。手机和监控摄像机捕捉到很多画面，它们要不了多少年就会被人遗忘。由于高清摄像机的普遍使用，旁观者经常能够提供戏剧化事件的详细影像记录。当渔船"奇多号"在蒂拉穆克港口沙洲沉没的时候，我的报道团队能够从一名自由电视摄像师那里得到录像——他拍摄了营救和恢复工作。我让叙事学习班的同学报道在哥伦比亚河沙洲沉没的渔船"海王号"，我们发现了宝贵的同时代的文件。海岸警卫队报告中有一份记录，记录了渔船、海岸警卫队以及在场的救援船之间的无线电通信资料。国家交通安全委员会的调查也包括一些目击者的描述。但是，还有比这些描述更珍贵的东西。"海王号"遇到麻烦的那天，海岸警卫队正在沙洲上测试新的机动救生艇。碰巧有一名船员正在拍摄船只乘风破浪的景象。当海岸警卫队的救生艇拖住"海王号"的时候，这名船员记录下了整个场面。救生艇试图从狂暴的大海中救出正在沉没的"海王号"。直升机将海岸警卫队营救队员空投到渔船的甲板上。"海王号"被大浪倾覆，迅速沉入水中，一名渔船船员和一位勇敢的年轻海岸警卫队队员不幸遇难。

采访

即使你采用沉浸式报道来创作故事，观察动作发展的每一个步骤，你仍然不得不做些采访。汤姆·霍尔曼的《面具后的男孩》已经接近沉浸式报道的完美典范，但是他依然采访了山姆的朋友、父母、老师、护士和医生。当医生在做文书工作，或者巡查病房时，你观察她的一举一动毫无意义。当她治疗患者的时候，你才会观察她。如果你想知道有关疾病或者治疗方法的基本信息，你可以采访她。

叙事报道采访与传统新闻采访还是有区别的。例如，在报道初期，汤姆可能会问一些比较宽泛的问题，如关于山姆·莱特纳的状态、病史和预后情况。但是，通过采访来创作你从未听说过的故事则是另一种情形。

在我职业生涯的早期，我在《信息帝国》一文中研究《洛杉矶时报》

发展史时，认识到采访的挑战性。不少关键人物还健在，我对他们进行了细致的采访。当时，我还是一名年轻记者，对人的健忘感到震惊。我采访的对象不是忘记了重大事件，就是只残留一些模糊的记忆。更糟糕的是，针对同一事件，他们竟能提供完全不同的版本。他们往往只记得自己的好，夸大自己的功绩，而忽视别人的贡献。人人都想争功夺利，没有人愿意承担失败的责任。

　　出现这个问题，我也有责任。创作一部成功的叙事作品，记者需要生动的细节和可信的证据。由于我初出茅庐，经验不足，所以，我提出的问题深度不够。从那以后，我开始总结教训，逐渐积累起一些经验。

　　首先，最好让采访对象清楚你的目标，尤其当你的采访对象是公众人物的时候。他们已经习惯于传统的媒体采访，说的往往是漂亮的套话。你要告诉他们，你写的不是标准报道，而是真实故事，所以，他们可以将自己的经历想象成电影中的场景片段，并描述每个场景中的细节。

　　尼曼叙事计划的前任主管马克·克雷默说："当场景并非我亲眼所见，而是必须来自采访中搜集的材料时，我会告诉采访对象：'这15分钟可不是普通的谈话，我想请你和我一起努力工作，就好像两个木匠一样，你提供部件，我来组装。'当我记录的时候，他们不再嘟嘟囔囔地抱怨，而是帮助我重构场景，和我共同创作故事。"

　　在回忆细节的时候，我们的记忆会一一涌现。因此，在关键事件发生时，你最好提醒采访对象提供那时那刻他们所处的位置和发生的事情。"办公室记录上写着那天早晨你在州议会大厦参加会议。当天下午，大学校长辞职了，那时你可能正开车回学校。你还记得什么时候第一次听到这个消息吗？是从车上的广播吗？那时你在哪里？开的是什么车？车是什么颜色？"

　　不论你是采访还是默默地观察，你都有必要和采访对象进行一次开诚布公的讨论，并向他解释采访规则。不论你是写书、拍摄纪录片、录播客节目还是撰写博客文章，传统的新闻采访规则都适用。可以把这些规则看成严格的契约，一旦你和采访对象达成协议，除非你们重新协商，否则一定要遵守这些规则。标准的基本规则有：

- 公开发表：你可以不受限制地使用双方交谈的准确记录。
- 有关背景：你能够使用背景信息来衍发故事，但是你不能说这些信息是采访对象提供的，就算你隐匿了采访对象的身份也不可以。如果你想发布这些信息，就必须采访其他人，并且注明信息来源。
- 不注明来源：你可以利用信息，但是双方同意隐匿信息来源。例如，如果你准备将引语来源写成"总统身边的信息提供者"，你的采访对象必须在这个描述上签字表示同意。
- 不得引用：你不能用这些信息，除非你能从另一个采访对象那里得到这些信息，并充分注明信息来源。

这些基本规则并不是一成不变的。双方可以协商，并做出大幅改动。可能采访对象不想让你描述他的房间或者在屋内拍照，或者不想回答令人不快的诸如离婚等私人问题。是否接受对方的条件取决于问题的重要性。你可能会认为同意了采访对象的请求，故事的真相就会遭到扭曲。但是，如果你接受了对方的条件，就得坚持下去，除非你们重新协商。

我发现，采访对象读到故事中不注明来源或者不得引用的信息后，他们往往会放宽要求。我把样稿打印出来给他们看。我说："在我看来，这些信息不会给你带来任何损失。你确实不想把它们放进故事中吗？"他们很有可能会心软。

政治家等采访对象已经习惯于接受公众监督，他们对常规采访准则非常熟悉，会要求你严格遵守这些准则。相反，叙事性非虚构作品中的采访对象往往缺乏经验，你要向他们解释清楚采访准则，并在恰当的时候提醒他们。最需要注意的是，如果采访对象没有提出异议，那么一切都是可以公开发表的，甚至包括私下的交谈。曾经有一名采访对象走进男厕所，站在我的旁边，开始和我讨论一些敏感的话题。虽然不情愿，可我还是问了："这个能公开发表吗？"我记得，他请求我忘记他刚才说的话，并立刻转移话题。

虽然和采访方法相比，录音机的使用、书面记录、采访的场合显得没有那么重要，但是当叙事记者谈到工作时，他们就会提到这些新闻采访的老话题。我觉得它们并不重要。在长期观察阶段，你不需要使用录音机，因为往往录了半天却收获甚微。当然，我们需要录音机来记录常规的采访或者信息量大的谈话。很久以前，我使用过磁带，我的经验是在录音的同时务必做好笔记。如今，数码录音设备十分好用，但我仍然主张用笔记来备份。我并不担心录音机会让采访者感到受约束，产生海森堡效应，进而改变他们的语言和行为。如果他们真的会改变，那么所有的叙事性播客节目就都不可信了。现代的录音设备工作声音很小，令人难以察觉，采访对象很容易就适应了，到最后，他们会忘记记者和录音设备的存在。

仍然有很多叙事作家在与采访对象交谈时尽量避免使用录音设备和笔记本。盖伊·塔利斯只会偶尔掏出笔记本记下有趣的寥寥数语，待采访对象离开房间后，他再掏出本子记上几笔。他通常会在一天的采访工作结束后整理并完善自己的笔记。泰德·康诺弗等作家也是如此。康诺弗在《新看守》的创作过程中，实际上干的是卧底工作。作为新新监狱里的一名监狱看守，他不能突然掏出个笔记本来。但幸运的是，监狱看守的前胸口袋都会装有小本子，用来记录违规行为等信息。因此，当康诺弗匆匆记下囚室里发生的事件时，没有人怀疑他。

如果你想录下电话采访的内容，务必告知采访对象你在录音。这是诚信问题。美国的一些州已经立法保护谈话双方的隐私，如果你不告知采访对象，你就违法了。这就是为什么苹果公司不允许在iPhone上安装电话录音的应用程序。有些录音应用程序可以绕过这个限制，使用安卓系统的设备则很容易实现电话录音。但是，有些州的法律规定，电话录音必须得到双方（或各方）的同意。

多数记者都赞同面对面的采访，因为效果最好，非正式的场合能够让采访对象放松下来。我一直避免和采访对象隔着桌子对坐，甚至在常规新闻采访时也不例外。理查德·本·克雷默不喜欢在客厅里采访，因为"人坐在客厅里往往都是正儿八经的"。他会问采访对象能否坐到厨房的餐桌前。这个主意不错。根据我的经验，啤酒的确能帮上大忙。

人物、场景、动作和主题

当作家们向我求教的时候,我总会花点时间去了解他们是怎样创作的。我询问他们是如何组织材料、寻找结构、撰写初稿的。最能反映问题的是他们的报道笔记本。如果他们还是新手,我很有可能看到的是一页页的直接引用。

满是引语的笔记本只能用于枯燥无味的传统新闻故事写作,对于叙事创作毫无用处。如果缺少塑造人物、创建场景、描述动作、发展主题需要的素材,你如何才能讲述一个真实的故事呢?叙事作家、特写作家的笔记本上常常写满了视觉细节、奇闻轶事、动作发展、味道等内容,最好还能记下自身的描写、问题、情感,或者观察到的心理活动。所有这些都能帮助完成叙事写作。

随着报道的展开,这些笔记的重点会越来越放在重要主题上。你沉浸在视角人物的世界里,看到发生的一切,并努力思考它们的含义。辛西娅·戈尼曾经说过,在创作初期,她会将所有看到、听到的内容都大致列出来,当发现事件主题的时候,她才会集中记录一些细节。①

人物推动故事的发展,叙事作家的笔记本里应该记满观察到的外貌特征、面部表情、行为举止、声音语调和描写人物的其他要素。当观察对话的时候,笔记尤其重要,因为肢体语言比言语更能表达主题。在标准采访中,经验丰富的记者会问采访对象一些自己并不关心的问题,当他们唠叨不休的时候,记者趁机匆匆记下他们的外貌特征、穿着和周围环境等细节。

记住,故事开始时,人物是有所求的,所以应该关注人物的动机。为了完成一部重要作品,乔恩·弗兰克林会进行一连几个小时的"心理采访"。开始时,他会询问人物童年时期的回忆,寻找其动机在基因和行

---

① 辛西娅·戈尼在获得美国报纸新闻编辑协会举办的写作大赛金奖后接受采访,在访谈中描述了她的报道方法。这次访谈的内容和戈尼的获奖故事收录在现代传媒协会的刊物 *Best Newspaper Writing*(1980)中。

为上的根源。然后,他会走进主人公的生活,聚焦他做出的关键决定。

大多数叙事报道并没有这么详细,但要写出一篇基本的故事,你需要在性格理论的指导下搜集素材。盖伊·塔利斯笔下的"坏消息先生"奥尔登·惠特曼为《纽约时报》撰写讣告,他处事冷静、有条不紊、就事论事、性情浪漫。因此,塔利斯将注意力集中在能够反映他性格的细节上,例如烟斗、领结和早茶。特雷西·基德尔挖掘保罗·法默尔的过去,解释为什么这位争强好胜、胸怀抱负的医生不会表现出普通美国人对财富和舒适生活的欲望。小时候,法默尔曾经生活在沼泽地里的旧船上,混乱的童年生活细节回答了这个问题。

细节构成理论。在理论的指导下,作者可以搜寻更多的细节。如果你想判断一个人是否有洁癖并且喜欢有序生活的话,你就请他让你看看他放袜子的抽屉。如果所有的袜子都卷起来,依照颜色一字排开,就说明你的判断是正确的。

主题和观察之间的循环反复,能够帮助作者选择视觉细节和动作线。杜鲁门·卡波蒂说过:"非虚构叙事作家必须具有《20/20》节目的眼光,也就是说他们必须像'文学摄影师'一样工作,同时还要对细节精挑细选。"①

人物的社会结构和动机彼此关联。通常情况下,我们都想得到朋友、同事或者小圈子里大家都重视的东西。我们探索人物动机的方法之一,就是注意其"身份标记"。汤姆·沃尔夫认为身份标记能够透露许多人物的隐情。笔下主人公开的是丰田普锐斯,还是悍马?车库的架子上放的是越野滑雪板,还是速降滑雪板?她喝的是波旁威士忌、苏格兰威士忌、葡萄酒,还是啤酒?

故事能够展现人物的真实性格,因此没有什么能比故事更好地揭示人物性格。还记得约翰·麦克菲笔下的野生生物学家卡罗尔吗?她把手伸进被水淹没一半的空树桩里,拉出一条名叫山姆的蛇。

一些与我共事过的记者总能搜集到出色的故事,他们就如同期望捕

---

① Plimpton, "The Story of a Nonfiction Novel."

捉到蓝鲸的渔夫一般，希望能收获一则揭露真相的小故事。我在俄勒冈州大学的老同事、《创造性采访》一书的作者肯·梅茨勒道出了其中的原因。他说："要想得到故事，你得先讲述故事。"

没错！当别人苦恼地告诉我们有关航班延误带来的麻烦时，我们也会诉说自己搭错航班、丢失行李之类同病相怜的故事。

为了得到故事，我会先说一则关于自己或者主人公的故事来做铺垫，然后再去询问更多的细节。"X是个洁癖狂。他给我看了装袜子的抽屉，袜子被卷得整整齐齐，还按颜色分类！我敢打赌，他的办公室也是一样。"

小心翼翼的挑选可以保证，哪怕是微小的细节或是单调的个人故事都能产生影响。"你真得相信细微事件的力量和重要性。"汤姆·弗伦奇说，"报社记者接受过训练，因此他们擅长报道重大事件。但是，入行时间长了，我发现一些不起眼的事情往往非常重要。我要学习多多关注这样的事情。"

如果读者知道你的要点明确，而不是毫无目的地报道景象、声音和个人历史事实，他们会格外注意你选择的细节。玛丽·罗奇说过："这就像蒂芙尼首饰店的橱窗，即使只有一件饰品，只要摆放得当，你也可以让它璀璨夺目。"①

至于寻找珠宝，布景的质量要比宝石的质量重要得多。在报道的过程中，布景能反映你的思考。你不停地问自己："这则故事意味着什么？她为什么要那样做？这则故事能为我们面临的挑战提供什么启示？"

只有不停地问下去，你才能坚持找下去，哪怕找到的东西可能不是你期待的。"准备要做出特定发现的科学家往往胜算不大。"乔恩·弗兰克林说，"但他肯定会有所发现……一名技巧娴熟的作家寻找真实短篇故事的过程也是如此。"

---

① 玛丽·罗奇的话出自俄勒冈大学新闻学院举办的学术研讨会"把非虚构文学的'非'放回去"。

识别故事

一旦你学会如何把这个世界分解成拥有共性的故事，你就会发现故事无处不在。如果找对冲突，就有可能得到一则好故事；如果选对主人公，就很有可能创作出引人入胜的、具有挑战性的故事。

肯·富森目光敏锐，他寻找的是有着平常欲望的人物。他说："我尝试着只去关注这个人的欲望。他能成功吗？他能赢得这场比赛吗？他能得奖吗？他发言的时候不会晕倒吧？"①

汤姆·霍尔曼同样关注人物的困境。一旦发现某个人面临挑战，他会不离左右，相信主人公最终必能解开难题。如果一名年轻的律师放弃高薪职位，甘愿在薪水不高的县检察官办公室工作，汤姆会跟踪报道他的一举一动，希望通过观察他人生境况的改变，深入了解人类的状况。当一位有发育性残疾的年轻人从母亲的房子里搬出来，住进自己的公寓时，汤姆会紧随其后，渴望知道这次冒险的结局。

并不是所有的困境都能得到解决，但是所有的结局都源于困境。因此，乔恩·弗兰克林建议从故事的结尾入手。他指出："多数报纸和新闻网站报道的是事件的解决，而忽略了事件的开始。"例如，有关交通事故的报道可能会掩盖那些救人者的英勇行为。

弗兰克林是两届普利策奖得主，他认为自己成功的秘诀就在于能够从故事元素的角度观察世界。"我知道什么是故事……也清楚什么不是故事。因此，我很容易发现好故事。"

经验丰富的非虚构故事作家能够意识到好故事比比皆是。一名妇女在荒野中迷路10天，仍然幸存下来；你意识到自己终于将生活创伤抛诸脑后；一名警官在追捕杀人犯；当婴儿死去，新生儿护士承受着精神压力；沉迷工作的科学家；筋疲力尽的四分卫……任何话题都可以写成一则不错的故事，只要你知道自己在寻找什么。

---

① 富森的话援引自：Stepp's "I'll Be Brief"。

第十一章　故事叙述

> 故事就像是雪花,看上去差不多,但是每一片都不一样。
>
> ——乔恩·弗兰克林

- ◆ 短篇故事叙述技巧
- ◆ 长篇故事叙述技巧

第十一章 故事叙述

像所有优秀的手工艺人一样，技艺精湛的非虚构作家也拥有自己的全套工具。早在一部叙述作品诞生之初，作家们就会冷静地看待自己的素材，并且自问一些基本的问题："我们在这里谈论的到底是一种什么样的故事叙述，我们又需要用什么样的工具来完成它？"

他们可选的工具有很多。

我们大多数人在谈到"故事"时，最先想到的就是"主人公—困境—解决困境"的故事叙述模式。但在这种基本模式中，仍有许多不同的类型。不同的类型，当然需要不同的写法。释义性叙述作品通常缺乏像主人公这样最基本的要素。而在叙事性散文中，叙述者就是主要人物。事件回顾完全是一种叙述重建，小品文则完全清晰可见。

所有这些形式都为非虚构作家提供了丰富的可能性，我们会按顺序逐一谈到它们。不过，首先，我们要谈论的是真实的故事，包括短篇故事和长篇故事。

短篇故事叙述技巧

"有钱人和我们不一样。"菲茨杰拉德猜测道。"对，"海明威答道，"他们更有钱。"

短篇故事的叙述和长篇故事的叙述不一样，前者的字数少。

这一点可能比你所想的更重要，因为一旦字数受到限制，你能讲述的故事类型也会受限。非虚构作品中短篇和长篇的区别，也就是虚构作品中短篇故事和长篇小说的区别。短篇的写作缺乏空间来探究人物的复杂性。因此，虚构作品的一项基本原则就是，长篇小说要探究人物，而短篇故事要探究事态。这对于非虚构作品的写作同样适用。

出于这一原因，短篇非虚构叙述作品主要关注动作。我在第一章中讲到的斯图亚特·汤姆林森的故事，即警察从一辆燃烧的汽车中解救了一名妇女，总共不超过800词，而且几乎所有文字都用来描写动作线，动作的开始就是警官目睹事故发生，从而制造出事态来。我们对受害者这一人物一无所知，她直到最后一段才开口说话。我们对目睹车祸的警官杰森·麦克高文也了解不多，只知道他逮捕了肇事者，并且奋力想要扑灭受害者车上不断窜出的火苗。

短篇非虚构叙述作品必然受限于一到两个场景。按照经验法则，我估算构造一个场景并且包含一条动作线，大概需要500词。相应地，斯图亚特那个有着近800词的汽车着火故事基本上就是一个场景，外加医院里一个简短的小插曲。一篇3 000词的杂志叙事文可能包括6个场景。一篇包含4个部分的报纸连载或重要的杂志封面故事则可能包括30个场景。一个播客节目每小时多时可以有10个左右的场景。一本完整的书则可以有几百个场景。

短篇故事叙述必须迅速发端，甚至不得不唐突结尾，叙事弧线会突然上升并迅速下落。我曾敦促作家们要尽力摆脱即时动作的障碍。斯图亚特以"一辆小货车呼啸而过……"开头，以描写医院里的幸存者简短地结束。

像这样陡峭的叙事弧线，可以包括所有关键的要素：阐述，上升动作，危机，高潮，问题的解决/结局。当然，短篇作品还可以包括一个主题，但是缺乏像篇幅更长、更具文学性的叙述作品那样的深度和精细度。斯图亚特故事里的系列动作除了告诉我们"关键动作挽救了生命"之外，几乎没有其他内容了。

还是那句话，每一个带来正面结果的真实生命片段，都讲述了关于成功生活的某些方面。我最偏爱的一种，就是一条真实的艰辛而漫长的发展线路，充满勇气与荣光地起起伏伏，在某个我永远也想不到的地方"砰"地突然爆发出来，证明伟大的叙述性故事就潜藏在我们身边。

大卫·斯特布勒是《俄勒冈报》的古典音乐评论人，他去观看了俄勒冈交响乐团周六晚上的表演，之后尽职尽责地写了一篇评论，对加拿

大钢琴家路易斯·洛蒂演奏的《拉赫玛尼诺夫第三钢琴协奏曲》（简称"拉三"）大加赞扬。那不是一场小规模的演出——"拉三"，因其暴风骤雨般的音符使得演奏难度大得出奇，被认为是所有经典曲目当中最难演奏的一支曲子。但是，洛蒂被安排了一连三天的演出，他接下来还有两场演出。

周日晚上，交响乐团的宣传代理人在演出前给大卫打电话，告诉他洛蒂的手受伤了，"今天晚上他不能演奏'拉三'了，而且周一晚上也不能演奏这支曲子"。

嗯，从故事的角度看，一颗彗星刚刚撞到了一颗行星，把它撞出了稳定的运行轨道。而刚刚才凭一篇叙事性作品斩获普利策奖的大卫，知道游戏开始了。他和他的编辑道格·佩里来到我的办公室，规划这一即将展开的故事。故事的叙事弧线还远未完成，但是我和道格都催促大卫无论如何先拟出个故事草稿来。你越早开始动笔写作，你的大脑就能越快地开始规划故事进程。

最初，大卫把焦点放在如何尽力挽救周日晚间的演出上。他第二天写出的草稿是这样开头的：

> 每一位管弦乐队经理都害怕接到的电话，在周日俄勒冈交响乐音乐会开场前90分钟响了起来。路易斯·洛蒂，原定当晚演出的著名钢琴独奏家，因为手部过于疼痛而无法在这天晚上演奏。
>
> 接下来发生的事情，就是与时间赛跑，赶在7点30分演出开始前挽救这场音乐会。

这场赛跑可以编成很好看的短篇戏剧故事，给有生活类栏目的杂志带来冲击力足够大的叙事特征。音乐大厅里帷幕拉开前的30分钟，乐团导演卡尔玛与乐团总裁还有艺术指导凑在一起说着什么。参加音乐会演出的乐师们也加入了他们的讨论。下面是大卫通过对评论家和主要参与者进行访谈而重新构建起来的场景：

> 乐师们开始提议备选方案，都是他们最近演奏过的曲目：《飞翔的荷兰人》序曲，卡农伴奏的《1812》序曲，贝多芬的《第五

协奏曲》。

必须得是剧院楼上的图书馆里存放着的曲谱,以便提供给有着百人规模的交响乐队演奏使用,而且曲子必须足够长,以便填满音乐会的后半部分。有人建议说让观众投票决定三四支曲子,但是这一主意没有下文。

当柴可夫斯基的《第四交响曲》被提出来时,人们点头了。乐师们经常演奏这一黑暗、狂暴的曲子,最近的一次演奏在5月份,当时只用了最短的彩排时间。意见达成一致,他们在脑海中演奏起各自的部分。

交响乐团图书管理员把乐谱搜集到一起,在演奏间歇分发给大家。之后,大厅里响起即兴演奏曲目,开始了震撼人心的"柴可夫斯基",并且赢得了观众的起立鼓掌。交响乐团总裁做好准备,亲自去应付那些因为换掉"拉三"而不满意的观众。一些人表达了失望情绪,但是没有人要求退票。

大卫、道格还有我各自审读大卫的草稿。它很短,大概900词。大卫把故事按照时间顺序列示出来("晚7:30上台"……"晚8点交响乐团办公室"……),以突出在解决周日晚上的演出危机过程当中的时间压力。大卫描述乐队成员为音乐会下半部分选择替代曲目献计献策,并成功即兴演奏,这段叙述非常精彩。但是,他以直接引述洛蒂的话结束,并且更新了他的最新情况,使得焦点一直保持在受伤的钢琴家身上,而且赋予故事一种标准的新闻报道风格,而非一种纪实性叙述文风格。

"这是我最不希望发生的事情,"他说,"我是那种什么事情都要扛过来的人。我考虑过演奏时漏过一些音符,但这可能会是一场灾难。很难抉择。剩下的时间不多了,你只能跟随你的直觉行事。"

洛蒂飞往位于加利福尼亚的奥克兰,他预约了周一的专家咨询。"我真的非常焦虑。我都不愿去想其他的音乐会。"

但是在第十一段,大概在草稿的中间部分,里面隐含的信息完全有潜力把故事发展得更具戏剧性。交响乐团的音乐指导查尔斯·卡尔默,非常渴望满足那些专门为聆听"拉三"而来到周日晚上音乐会的乐迷的要求。有些乐迷远道而来,他们渴望看到一位顶尖的音乐家是如何应对"拉三"这支钢琴曲中臭名昭著的"野兽"的。自从洛蒂决定取消演出,卡尔默就守在电话机旁,无助地拨打着电话,希望找到一位能够替代洛蒂的钢琴家来参加周一的演出,这也是三场巡演中的最后一场。

当我和道格从大卫那里慢慢探听到更多消息的时候,这个隐含信息的重要性显露了出来。报社十分幸运拥有大卫这样一位知识渊博的音乐评论人,他在钢琴演奏方面获得过三个学位。大卫自己也曾经尝试弹奏"拉三",但是从未能驾驭这支曲子。在谈论这支曲子的时候,他的个人经验赋予他特别的权威,他也特别明白卡尔默的着急和无奈。能够演奏"拉赫玛尼诺夫"的钢琴家屈指可数,而这些明星钢琴家通常都在一年以前甚至更早就被预约好了。周日的音乐会结束后,大卫继续和卡尔默以及交响乐团宣传人员保持联系,继续他的追踪,一直到周一早晨。大卫对于能否找到替代人感到怀疑。他随后收起思绪:"要是找到一个今天晚上能够演奏这支曲子的人就好了。"

卡尔默打起精神继续尝试。周一上午 10 点,他成功了。扬科夫·卡斯曼,一位俄罗斯钢琴家,曾在范·克莱本国际钢琴大赛上获得过银奖,现在在亚拉巴马大学任教。他知道"拉三"。他是可以请到的。从伯明翰飞往波特兰的飞机上还有一个座位。

这就产生了一个扣人心弦的戏剧故事,它拥有绝处逢生的故事所具备的要素。卡斯曼从没到过波特兰。他没有见过交响乐团导演卡洛斯·卡尔玛。他从未在没彩排的情况下演奏过"拉赫玛尼诺夫",而且他已经5 个月没有碰过这支曲子了。飞机将在飞行 8 小时后于周一晚上 7 点降落波特兰。幸运的话,他可以在帷幕拉开前的几分钟到达音乐会现场。

在周一早晨之前,我对"拉三"一无所知。但是,随着与大卫的交谈,我对它越来越感兴趣。如果一切都如设想的那样,一则精彩绝伦的好故事唾手可得,并且它将很容易占据周三发行的报纸上一块显著的位置。大卫还会做更多的报道以便再现寻找卡斯曼的故事,他会参加周一晚上的演出,他会在周二和道格还有我一起工作,把完整的叙述性故事写出来。

第一次故事讨论会结束后,大卫做了更多的报道,把整个故事重新写了一遍。他按照第一稿的方式开始,增加了打电话的细节,这个电话是乐团导演在音乐大厅附近的餐厅里打的。接着,故事以叙事的方式继续展开,叙述了用柴可夫斯基的《第四交响曲》取代"拉三"的混乱经过。他没有让故事达到高潮——距离音乐会的开始还有几个小时。但是,所有的环节都到位了:

> 周一早上,卡斯曼在明尼阿波利斯跳上一架飞机,他要到晚上7点才能到达,那时距离音乐会开始只剩下一个小时……卡尔默计划直接从机场把他接到音乐大厅,在那里,卡斯曼可以换上白色领带和假发,并且和卡尔玛简短地过一遍曲目。卡斯曼恐怕只能在演奏前几分钟才能摸到钢琴。

那天晚上,大卫缓步走进波特兰施尼泽音乐大厅,那是一幢意大利洛可可风格的建筑,可容纳2 800位观众。他在二层包厢的L排的一个座位上坐下来。大卫旁边坐着的是一个名叫亨利·韦尔奇的波特兰人,他本来在萨克拉门托进行一次商务旅行,在旅行当中专程飞回波特兰来欣赏周日晚上的音乐会。"拉三"是韦尔奇最喜欢的古典音乐曲目,在得知洛蒂受伤的消息后他感到非常遗憾。但当听说周一晚上将由另一位钢琴家来演奏,他便立马预定了音乐会的座位。

卡斯曼搭乘的飞机准时降落机场。卡尔默一路狂奔把他送到音乐大厅。卡斯曼走向钢琴,他只有7分钟的时间练习。接着,他凑向乐团导演卡洛斯·卡尔玛,过了一下拍子和过门。8点整,卡尔玛走上舞台,宣布即将演奏"拉三"。韦尔奇用力鼓掌。卡斯曼从帷幕后面走了出来。"简直难以置信,"大卫回忆道,"走出来一位矮小的俄罗斯家伙。他没有笑容。看上去,他好像一点儿都不想出现在这里。"

卡斯曼抬起手,开始演奏。太令人惊讶了,这个矮小的钢琴家,完全投入到整个暴风骤雨般的演奏中。

第二天早上,大卫、道格和我在办公室碰头,开了第二次讨论会。

我们把这则故事过了一遍，谈论了叙事弧线和情节点。大卫不知他是否需要用到为挽救周日晚上的演出而替换成柴可夫斯基的曲目这一素材。他问道，如果把焦点完全放到寻找周一晚上演奏"拉三"的钢琴独奏家身上，会不会更好？我们来回推敲了一番。我争论道，好的故事叙述应该包括上升和下降的张力，而柴可夫斯基这一插曲能够做到这一点。此外，由于周日晚上的听众很多都是专程来倾听"拉三"的热情乐迷，这一插曲有助于凸显周一晚上的演出，强调了这次演出有多么危急。再有，柴可夫斯基曲目的演出本身就提供了一些很好的细节效果——八名新加入交响乐团的乐师从来没有和波特兰交响乐团的同人们一起演奏过柴可夫斯基的曲目。

我们一边讨论，我一边在本子上粗略地画出叙事弧线。图11-1就是我们设想的写作方案。

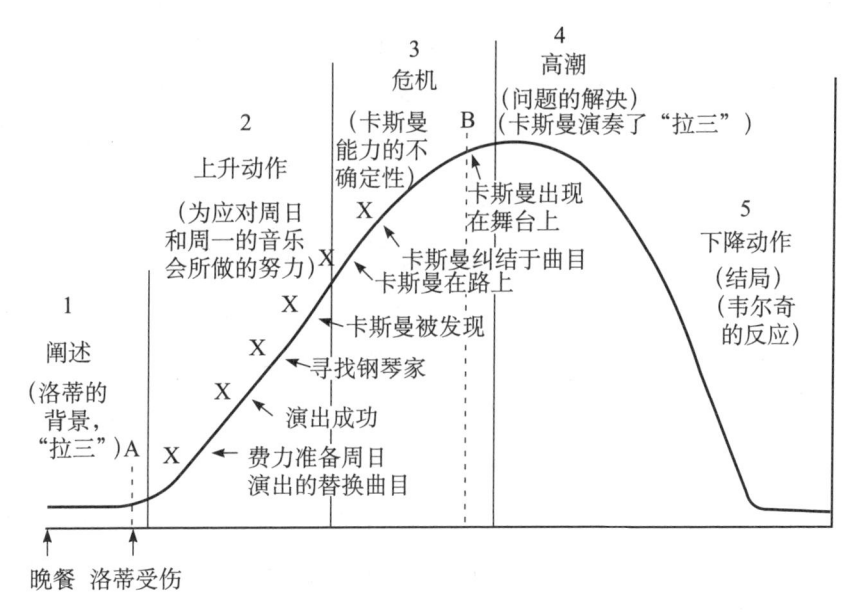

图 11-1 拯救"拉三"

我劝大卫再修改一下故事的开头，使这一场景更加丰满，从而捕捉到当交响乐团总裁威廉·赖伯格乍一听到他的钢琴家受伤了并且不能再演奏了的消息时，优雅的餐馆里顿时变得凝重的气氛。我建议，当那致命的电话铃声响起，大卫就应该控制住它的内容，以便增强戏剧性。我们结束了会议，大卫回去写作。当他带着第三稿回来的时候，他原来的开头已经变成下面的样子：

> 周日下午6点，威廉·赖伯格正坐在一家铺着亚麻桌布的名叫南方公园的餐厅里。这里距离阿琳·施尼泽音乐大厅一个街区之遥。俄勒冈交响乐团的总裁赖伯格，以及乐团国际乐师的职业管理人塞尔迪·克拉默，刚刚点了海鲜炖肉和摩洛哥鸡肉。这时，克拉默的电话响了起来。
>
> 突然间，没有一句解释，克拉默站起身来，离开餐厅。

新版本还介绍了亨利·韦尔奇，强调他为参加周日音乐会而打乱了商务旅行计划，以及当洛蒂取消演出，并且交响乐团用柴可夫斯基的《第四交响曲》取代了原有曲目时，他的抱怨和失望。补充报道的内容增加了细节，放大了对卡斯曼充满风险的演出的铺垫。它指出，卡斯曼还从未完全利用过他的范·克莱本奖项从事演出，来规划顶级的音乐会职业发展，因此俄勒冈的演出将是他的一个大好机会。此外，这个版本强调了交响乐团所下的赌注有多大：

> 听到卡斯曼说"好的"的几分钟内，俄勒冈交响乐团的通讯部给1万名交响乐团朋友发送了电子邮件，给所有持有周一演出门票的观众打了近千个电话，并且给5家电台、4家电视台、地方报纸以及剧院成员发送了新闻稿。

演出结束后，大卫抓住一个机会采访了卡斯曼，他获得了细节，使得钢琴家匆忙踏上横跨美国的旅程活灵活现地呈现出来。卡斯曼对着鸡肉和面饼狼吞虎咽，他上一顿饭是在10个小时以前吃的，当时他妻子正在慌乱地为他准备行李。在8小时的飞行旅程中，他试着在脑海中演奏"拉三"，但是他对这支曲子的记忆不多，只能失望地放弃这种尝试。

最重要的是，第三稿有一个结局，而这是大卫、道格和我都希望看到的：卡斯曼无视所有对他的期待，在整个狂风暴雨般的演奏过程当中，他始终充满着自信和激情。观众爱死他的演奏了。

道格和我一致同意，第三稿拥有一切吸引读者的元素。我们把这篇文章放到报纸第二天的新闻发行计划里。我很确信，在下午的新闻发布会上我就可以把它推销出去。剩下的就是最终的定稿，接着是编校和设计。

道格和大卫到我的办公室碰头。我坐在计算机旁，手就放在键盘上，他们拉了把椅子坐在我身后。按照我的习惯，我大声读出稿件，接着我们讨论可能做出的修改。文章的结构是坚实的。需要的就是对文字做进一步润色，好使戏剧性和高潮部分的效果最大化。

大卫仍然记得那些巧妙的点。"怕"是一个吓人的负面词，我说。它只有一个音节，辅音洪亮，而且具有丰富的情感内涵。我们必须找到一个办法，用它来结束第一句话。我们在推敲个别用词上花了些时间，然后有了这句话："周日下午6点，电话铃声响了起来，带来的消息让每一位交响乐团指挥听到都怕。"

于是，这句话出现在了稿子上。有点焦虑，有点紧张。我让大卫把他的权威性和声音加进来。作为一名故事叙述者，他此时的身份不仅仅是一名音乐评论人。他本人就是一位有成就的钢琴家。他了解"拉三"。他可以为像我这样对其一无所知的读者提供背景知识，让我们了解这件该死的事情有多么困难。

进行到终审，我们加入了关于"拉三"的更多背景知识，说清了它那恶魔般的坏名声。我们用"音乐界的食人魔"来形容它。大卫提到，它曾经让澳大利亚钢琴神童大卫·赫尔夫戈特发疯（他的经历为电影《闪亮的光彩》带来了灵感）。我们谈论了更多关于曲子演奏难度的话题，并且加上一句"这个世界上仅有几个人有足够宽大的手和足够坚强的神经来演奏它"。

我们又在如何更好地利用那个"拉三"狂热爱好者亨利·韦尔奇身上花了些工夫，特别是在结尾处。在第三稿中，韦尔奇只出现过一次，用来证明"拉三"都有哪些乐迷以及这些乐迷在得知周日演出被取消后的失望情绪。但是在第四稿中，韦尔奇成为一个连续出现的人物。我们用他对新演奏家的怀疑来凸显卡斯曼周一的演出，增强了故事的戏剧色彩：

晚8点，韦尔奇，2 354位听众中的一位，坐在包厢L排的一个位子上，紧皱眉头。下午上班的时候，他的朋友打电话告诉他，交响乐团找到了一位替代人选。韦尔奇是个挑剔的人。他从未听说过卡斯曼，但他知道拉赫玛尼诺夫。于是，他冲回家洗澡，换衣服。

更重要的是，韦尔奇以一个具体的行为为读者展现了乐曲结束时那令人振奋激动的画面，令故事结尾深刻、精彩，这种具象的力量释放了之前故事的张力。

卡尔玛举起指挥棒，管弦乐队进入了演奏状态。卡斯曼双眼盯住指挥，双手放到了琴键上。

之后发生的一切都无须解释。

从第一个音节开始，卡斯曼便畅游在乐曲中，以华丽的琴音弹奏出强有力的和弦，甚至时而还加入一些有趣的警示。在一些非常危急的转折的顶点，他漏掉了一些音节，但是没有打乱音乐的整体结构。最不同凡响的是，尽管曲目很难，但是他的演奏超越了音乐本身，而且有一种讲故事人沉浸在自己的故事中时的自然和自信。

乐曲终了，狂风骤雨般的和音迫使他从凳子上站起身来。韦尔奇猛地从椅子上弹起，开心地大喊出来。他周围的听众爆发出一片喝彩声。

我们把故事送到编辑桌上，故事的标题十分吸引眼球：《为拯救拉赫玛尼诺夫与时间赛跑》。设计人员把标题和乐团总裁与指挥在地铁报摊前的自拍照放在一起，把卡斯曼坐在钢琴前的照片放到翻页处。印刷机从半夜就开始工作，35万份报纸被连夜印刷出来，并送到各家门前、报刊亭，还有自动贩卖机里。①

周二，报社就收到了来自各界的反应。"你们今天早晨讲了一个多让人难以置信的故事啊！"一位订阅用户写道，"我完全被吸引住了。"另一位打电话来，说他跟随大卫逐渐推进的叙述挪动身体，最后都坐到了椅

---

① 你可以在 www.press.uchicago.edu/books/hart 读到大卫的完整故事。

子边上。还有其他读者，说这真是"一个紧张刺激的故事"，"写得棒极了"，"不同凡响"。赞贺之声也在报社内部不断发出，其中就包括我们的主编。

大卫呢，却用他自己的方式平静地笑纳了所有这些赞誉。他甚至比卡斯曼还更具备"讲故事人沉浸在自己的故事中时的自然和自信"。

长篇故事叙述技巧

大卫·斯特布勒那篇文章的定稿不到 1 200 词，这是一篇新闻报道或是两页杂志内文或一集播客的标准长度。它还可以被加工成广播或在线新闻，此外，它具备充分的多媒体可能性。因其篇幅短小，它可以把焦点完全集中在动作上，所以不论采用的是哪种媒介，人物或场景只需得到些许的关注。在大卫的新闻报道中，我们对扬科夫·卡斯曼知之甚少，只知道他足够勇敢，愿意飞过美国三分之二的领土，来对付一支具有魔鬼般恐怖难度的乐曲，而且是在没有练习的前提下。

当你拥有足够的空间来伸展手脚时，情况就会发生变化。当然了，动作仍然占据主导位置——我们这里谈论的是故事叙述，正是动作制造出叙事弧线。但是，扩大的篇幅使得讲述者能够加入生动的场景，从而把人物形象发展得更加丰满，特别是当这位讲述者具备像朱莉·沙利文那样的才能时。

朱莉的才能是天生的，她从小生活在爱尔兰移民纺纱工当中。她还记得，她的父亲和叔叔喜欢比赛讲吓人的故事。"我是听着人们讲故事比赛长大的。"她说。

她出生在比尤特，曾就读于蒙大拿大学新闻学院。在加入华盛顿斯波坎市的《发言人评论》之前，她在蒙大拿和阿拉斯加的报社工作过。她对叙事理论了解不多，但是她的直觉就是要用爱尔兰人的方式讲故事，有铺垫，有高潮，关注人物。"不用叙事，你根本就无法有效地写人，"她说，"要想知道一个人在他的生命中都发生了什么事情，除叙事之外，别无他法。"

除了对故事有特别的感觉，她还有自己独特的措辞方式，以及用直觉叙事时的抒情风格，这些都吸引了全国读者的关注。在斯波坎的时候，她的一篇描写人物的短篇作品获得了著名的美国社会报纸编辑奖。

她来到《俄勒冈报》后，马上投入到人口普查的报道。在调查过程中，她了解到，由于移民局工作的失职，很多移民遭到不公对待。后来，里奇·里德加入了她的调查，我也开始关注此事。编辑主管阿曼达·贝内特召集众人，组成一个包括朱莉、里奇以及报社最棒的调查记者在内的团队。团队的系列文章获得了2001年美国新闻界最高奖项——普利策公共服务金奖。

朱莉和调查团队成员的配合越来越好，他们开始关注俄勒冈中部沃姆斯普林斯的印第安人居留地。在一次探访后，团队得到一份关于居留地儿童及青年人口死亡率的可怕统计数据。团队进一步获取了大量的调查资料，这些真实的资料显示，沃姆斯普林斯的孩子们正在以远超美国其他地方的死亡率死去。但是，还需要像朱莉那样的人去挖掘故事人性化的一面，用一种叙事的方式让读者能够理解文章的意旨，以便说明造成这一人类灾难的原因。

朱莉与罗布·芬奇（曾两次获国家年度报纸摄影奖提名）搭档，在四个月里两个人一次次驶上高速公路，花两个小时在凶险的山路上艰难前行，多次前往沃姆斯普林斯。但是，沃姆斯普林斯这个部落社会一直对外部世界充满怀疑，将二人拒之门外。朱莉回想起一次次碰到的由敌意和冷漠构筑的铜墙铁壁，感叹道："太难了。"后来有人告诉他们，有一位老人生活在居留地一个偏僻的角落里，在经历了事故、自杀、谋杀等多重不幸后，他失去了七个孩子。朱莉和罗布前往位于辛姆纳绍的小村庄，找到切斯利·亚哈丁的房子，敲响了大门。门开了，老人看到他们，只说了一句"我不和白鬼子说话"，就把门摔上。朱莉是一个不得到故事不罢休的人，她再次敲响了大门。切斯利·亚哈丁再次开门，然后朱莉说："亚哈丁先生，我知道您的一些孩子死去了，我想和您谈谈这个事情。"

接下来，他们在这个秘密的居留地里的行程，可以让人惊讶得下巴都掉下来。切斯利·亚哈丁提供了通往法庭、学校、社会服务部门、监狱的各种通行证,其中最重要的,是通向他自己家庭的。他为朱莉提供了一切她所希望发现的东西,而且有中心人物,有叙事弧线,还有一扇向全世界打开的窗户,能让《俄勒冈报》随后做出题为"一个孩子们死去的地方"的系列报道。

当朱莉意识到她获得了长篇叙述报道的素材时,她的编辑把她领到我那里,我们因此建立起愉快的合作关系,并且我相信这种合作关系会一直延续到我退休。我们开始长时间地交谈,谈论她都发现了什么,试图把叙事理论的一般方法应用到亚哈丁家庭以及沃姆斯普林斯这些具体的对象上。故事带来了所有基础性问题,包括人物塑造、场景设置、结构、视角以及主题。

我们讨论的第一个话题就是视角。切斯利·亚哈丁对朱莉冲击很大,从很多方面讲,似乎他都是视角人物的理想选择。他出生的时候,居住在沃姆斯普林斯的印第安人还在按照传统的习惯生活,后来他被送入寄宿学校,这样就中断了他身上的民族文化,从而导致诸多问题,而这些问题逐渐都会影响到居留地。他是一名战士,在朝鲜战争期间是一名军队医生,并获得过勋章。他是一名尽职尽责的工薪阶层人士,虽然已经失去了那么多儿女,现在仍在竭尽全力抚养第三代子女。他会跳老式舞蹈,很多生活习惯还在沿用传统方式。他是一个"真正的印第安人",这是一个白人男孩见到切斯利时的评价。从我作为编辑的角度来看,关于切斯利能否成为视角人物的争论在于,朱莉真心喜欢她的主人公切斯利,而且这位老人肯定会以一个令人同情的形象出现在报道中。

但是,作为主人公,切斯利·亚哈丁身上有严重的缺点。一个好的主人公,首先应该是自己命运的主人。对于一个要提供有价值的人生经验教训的故事来说,主人公必须要有困境,他通过一段时期的上升动作来与之抗衡,然后最终通过自己的能动性把问题解决掉。但是,在这个故事中,切斯利更像是一个被动的受害者。他失去了孩子,他要费力抚养在院子里疯跑的孙儿孙女。在朱莉和罗布报道的故事中,他没有做任何要改变现状的事情。切斯利可能可以提供一条平坦的动作线、提供一种解释性叙述,但是能够形成一个真实故事的叙事弧线不属于他。那需要一个能够带来重大改变的强有力的人物。

朱莉到访后的那个周末,切斯利·亚哈丁开车前往波特兰看望他的女儿多萝西。多萝西在波特兰参加了针对酗酒人员的酒精治疗项目。"她很有趣,心胸宽广,慷慨好客,喜欢引经据典,"朱莉回忆道,"她还是一位疼爱子女的母亲,但同时是一名绝望的酗酒者。你会在被她逗得十分开心和想要杀死她之间纠结不已。"

换句话说,多萝西不是一个扁平人物。她具有朱莉所需要的用来塑造一个圆形人物的深度和复杂性。随后,朱莉立马意识到多萝西才是"一个孩子们死去的地方"系列报道所涉问题的缩影。只要多萝西能够抛下豪饮的恶习并与孩子们重聚,一切就能改变。

在同朱莉的交流中,我意识到她已经隐约获得了一个强大的主题,这个主题不仅能够确立她叙述的基点,而且将整个故事紧紧连在一起。她总结道,沃姆斯普林斯存在的问题是,那些想要把他们纳入更广泛的美国本土文化的努力使得原有的社会系统崩溃,但却没能用别的什么东西来替代。

19世纪,现居沃姆斯普林斯的部落被迫离开祖先的领土,包括哥伦比亚河上丰饶多产的渔场。他们迁移到高纬度的沙漠地带,也就是当前的居留地。这里集合了三个部落,他们有着各自的传统和价值观。20世纪上半叶,那时切斯利·亚哈丁已经成年,白人寄宿学校把像他那样的孩子从家里拽到学校,不让他们使用自己的母语,破坏了他们建立在由好几代人组成的家庭基础上的社会结构。切斯利那一代人从没有学过如何按照传统方式抚养子女,而这些传统方式的学习靠的是言传身教。在过去,根本就不需要什么纪律,因为孩子们没有那么多诱惑或可选的自由。由于不知道还有其他方式可选,他们就只模仿学习身边成年人富有责任感的行为举止。但是在当代世界,如果对于毒品、酒精以及当代文化下的各种其他诱惑没有纪律约束,孩子们就会胡作非为。

切斯利那七个死去的孩子就是这一现实灾难的例证,废人一样的幸存者多萝西也是如此。他们是哥伦比亚中部延续了千年的印第安文化链条当中断掉的一环。如果沃姆斯普林斯的部落能够不受破坏地延续下去，这一链条就有可能得到修复。

我们曾打算给朱莉的叙事文起的标题"断裂的链条"就表达了这一核心理念。我们选择的主人公也反映出这种理念。如果有人想要修复链条，那他们必须是多萝西以及她那一代人。切斯利那个年代的老年人已经从场景中离开了。只有下一代人当中幸存的——多萝西他们——才能拯救那些没有父母在身边的情形下长大的孩子。他们必须迈出这一步。

所以说，多萝西身上有突破点。多年来，她第一次清醒过来，而且有可能在波特兰的酒精治疗项目中得到治愈。如果是这样的话，她就有可能重新申请获得被法庭剥夺的孩子们的抚养权，这些孩子现在正和切斯利住在辛姆纳绍。如果她这样做了，那么她就通过自己的行动摆脱了自己的困境。这样，朱莉就获得了她需要的叙事弧线。

于是，我们默默祈祷，开始跟进多萝西。这样做是有风险的。如果多萝西翻车了，那么她将永远失去孩子，我们则将失去获得乔恩·弗兰克林所说的"结构性结尾"的机会。我们仍然可以写出一则悲剧故事、一个被困境打败的主人公。但是，又一则印第安原住民的悲剧故事能够教给人们什么呢？我们想要亚里士多德所称的喜剧——一则关于主人公战胜困境的故事。

所以，这应该是一则关于多萝西的故事。因此，它必须从多萝西开始。但是，从什么时候开始？很明显，上升动作从她去波特兰参加康复项目开始。在那之前发生了什么？什么样的痛苦经历最终让多萝西努力想要从酗酒和不负责任的泥沼中挣脱出来？朱莉回到了沃姆斯普林斯，开始挖掘多萝西的历史。她采访了在自己和罗布来到沃姆斯普林斯之前，在多萝西处于人生低谷期曾和她待在一起的部落成员。

最初，朱莉想在报道中重现多萝西的过去。她采访了了解多萝西在被迫参加酗酒治疗项目前的情况的目击者，还搜集了亚哈丁家族的背景资料。但是接下来，她的报道变得越来越具有观察性。朱莉和切斯利以及多萝西走得很近，她用心观察并做笔记。在这一系列的采访报道过程中，朱莉充分享受了她那爱尔兰人所独具的幸运。多萝西最终顺利完成了60天的酒精康复治疗项目，在导师的安排和帮助下，她搬进了过渡房，儿子塞西尔也被接到这里和她同住。多萝西开始像个母亲了，她照料着塞西尔，帮他适应在波特兰的新生活。

多萝西成功了，她赢得了另外两个年龄大些的孩子的监护权，这两个孩子一个12岁、一个14岁。她回到居留地，面对部落法庭，澄清了要逮捕她的六项指控。她参加了一个部落节日活动，那个晚上，她的灵魂在黑暗中挣扎，她只想再次喝酒。但是，当她撞见她年幼的女儿喝酒，她一下子看到了自己不堪的历史将在自己女儿身上重演。朱莉和罗布也在活动现场亲历观察，这个夜晚可以作为整条进展得十分美丽的叙事弧线的危机部分。

多萝西和她的女儿回到波特兰。孩子们在茁壮成长。法庭许可多萝西获得完整的法定监护权。多萝西多次回到居留地，去照顾父亲和她的长子。她已经重新获得了自己的位置，成为美国印第安人文化生活链条上的一环。

我要求朱莉准备一个主题陈述。这个步骤对她来说还是新鲜事，她也没能很好地做成一种我更希望看到的简洁明了的"主语—谓语—宾语"的格式。不过，她所拿出的东西确定无疑地抓住了能够指导她写作的关键要点：

主题：孩子生活中最重要的人就是他们的父母。在沃姆斯普林斯，有一代父母都不在其位。

接着，她写出下面的场景轮廓：

场景1：多萝西，一位有五个孩子的未婚妈妈，遭遇了人生低谷。

——她闯入部落酋长在辛姆纳绍的长屋家中的聚会上。

——她开车驶过她那被抛弃的家和孩子们。

她的父亲和医生把她带到安全的地方，去波特兰接受治疗。

场景2：酒精使得多萝西的孩子们成了孤儿。

——她的父亲切斯利·Q. 亚哈丁孤独地待在家中。

——她年幼的孩子们醉酒驾车，打架斗殴。

——祖父亚哈丁感到疲倦。

场景 3："我叫多萝西，我是一名酗酒者。"

——多萝西从酒精治疗项目 NARA 治愈获准离开，满怀坦诚和希望。

场景 4：重聚。

——儿子塞西尔与从酒精中清醒的多萝西重聚。

——基于以往的经验，祖父和男孩对她不信任。

场景 5：失足之后留下的东西。

——儿子塞西尔茁壮成长，他的兄弟姐妹则被监禁。

——祖父在去往监狱的途中不得不躲躲闪闪。

场景 6：迷失的一代出现的问题开始于前一代人。

——切斯利·亚哈丁被迫进入寄宿学校，丢掉了自己的母语。

——他躲避到朝鲜战场上，在美国军队的医疗部门工作。

——创伤后应激障碍（PTSD）和酒精摧毁了他的第一次婚姻。

场景 7：多萝西在稳固而清醒的第二次婚姻中出生。

——由于多萝西母亲在年轻时死于糖尿病，家就散了。

——四个兄弟和一个姐妹都突然死去。

场景 8：多萝西成为一个被放逐者。

——她生下一个有可卡因毒瘾的婴儿阿梅利奥。

——她的军医父亲和部落族人救了孩子。

——多萝西逃离了责任和法律的束缚。

场景 9：多萝西现在清醒了，回来做出弥补。

——她回到沃姆斯普林斯，冒着入狱的危险面对指控。

——她消除了指控记录。

——她重新获得对孩子们的临时监护权。

场景 10：返回居留地，她再次面对酗酒的威胁。

——年度聚会就是一场灾难。

——不光彩的事情使得父亲获得荣誉。

——多萝西逃走以便拯救自己。

场景 11：多萝西第一次真正开始做母亲。

——孩子们长大并发生了变化。

——阿梅利奥在沃姆斯普林斯的寄养中茁壮成长。

——多萝西获得了完全的法定抚养权。

场景 12：多萝西回来了。

——开始安全、清醒地生活，即使是在居留地。

故事梗概形成了一条完美的叙事弧线，朱莉和我把它画了下来，以便指导她的写作，如图 11-2 所示。

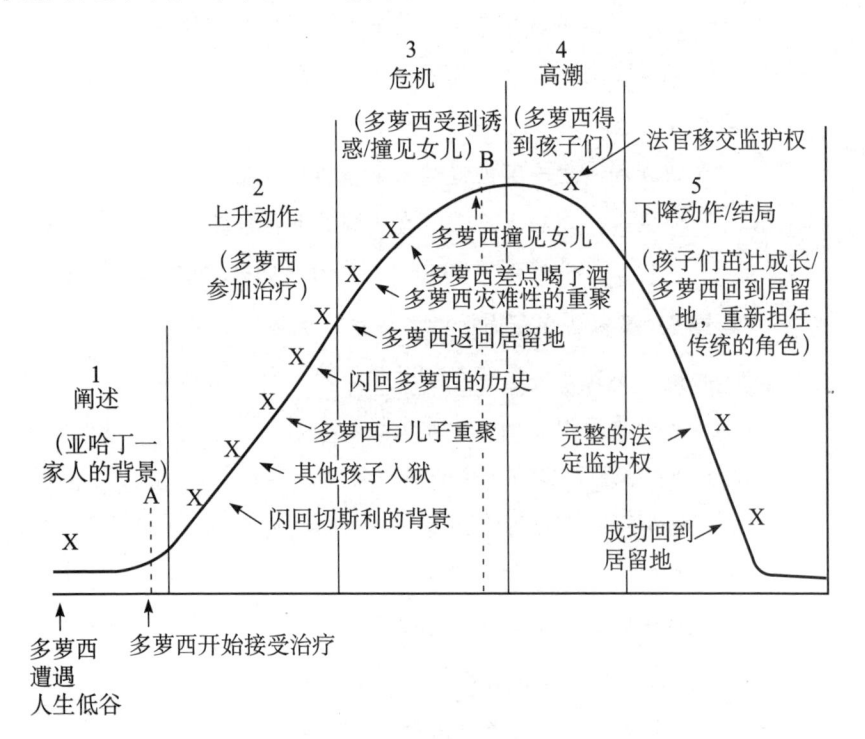

图 11-2 修复断裂的链条

图中标注：
1 阐述（亚哈丁一家人的背景）
2 上升动作（多萝西参加治疗）
3 危机（多萝西受到诱惑/撞见女儿）
4 高潮（多萝西得到孩子们）法官移交监护权
5 下降动作/结局（孩子们茁壮成长/多萝西回到居留地，重新担任传统的角色）

多萝西撞见女儿
多萝西差点喝了酒
多萝西灾难性的重聚
多萝西返回居留地
闪回多萝西的历史
多萝西与儿子重聚
其他孩子入狱
闪回切斯利的背景
完整的法定监护权
成功回到居留地

多萝西遭遇人生低谷
多萝西开始接受治疗

手中有了故事轮廓和叙事弧线，朱莉便开始动笔写作。罗布也从详细的预写作当中获益。有了对主题清晰的理解，以及对朱莉的场景轮廓和叙事弧线的熟稔于心，他可以在沃姆斯普林斯和波特兰拍摄的几百张照片中做出选择。最后，选出的 20 张照片完全浓缩了整个叙事过程的每个重要情节点——从多萝西在居留地与她的酒友的危机之夜到她与孩子们的团圆。

朱莉细心构建了第一个场景，重现了叙事弧线开始时的小插曲：

> 多萝西·亚哈丁看到位于辛姆纳绍的长屋里发出的亮光，她把汽车停在车位上，一瘸一拐地向着亮处走去。沃姆斯普林斯居留地小山丘褶皱的山脊上，鼠尾草反射出点点亮光，山脉一直延伸到黑暗的地平线。
>
> 她的双手在11月底的寒风中冻得冰冷。她记得自己麻木地推开房门，跌跌撞撞地走了进去。
>
> 部落酋长和他的家人正聚在一起吃晚餐，庆祝2002年的感恩节。他们抬起头来看到了她。

朱莉追踪采访过一位当晚在场的女士，她把多萝西带到自己家中，让她待在那里等待清醒。这位女士是一位社会工作者，为了记录当时的情形，她给多萝西拍了张照片，这为朱莉提供了她所需要的人物的原初状态，而这对于人物塑造相当重要。照片捕捉到多萝西跌跌撞撞走进房中的形象：

> 多萝西长长的黑发披散在憔悴的脸旁。她那肿起的左眼上有一块紫色的淤青，这被后来拍到的照片真实地捕捉到。她害羞地微笑着，张开嘴唇。她闻上去就像是一杯温热的啤酒。

所有故事的第一部分都需要背景阐述。随着动作线的展开，朱莉给出亚哈丁一家的背景情况，以便提供给读者了解困境所需要的信息。650词左右的插叙以切斯利·亚哈丁赶来接走多萝西（多萝西已经在这里从狂闹中平静下来），并把她送往波特兰去接受酒精治疗结束：

> 多萝西爬进父亲的车里，切斯利将车开上美国第26号公路。但是，他没有向北开往辛姆纳绍，而是驶向东南方向，目的地是马德拉斯的灰狗汽车站。他把手伸进口袋，将身上带的每一分钱都给了多萝西。

"去波特兰，多萝西。"他说，"治疗一下。除此之外，我什么也做不了。"

到这一点，已经画出足够长的动作线，留给叙事者离题的空间所剩无几。故事已经让读者上钩，朱莉也可以安心地开始写关于沃姆斯普林斯部落、居留地的历史以及亚哈丁家庭等丰富的背景故事。这给她提供了写出一个更加完整的主题陈述的机会，从而让读者觉得余下的所有内容都有意义：

美国各地的印第安人，有着大家庭共同养育孩子的传统。像多萝西这样的父母理应在这种集体责任中承担起关键角色。然而现在，在亚哈丁的家庭中，就像居留地上许许多多的其他家庭一样，孩子们的父母都不在其位。一条延续了500代的哥伦比亚中部印第安人的社会文化链条就这样断裂了。

朱莉在这一部分完成了中心思想的陈述，画出一条漂亮的动作线，并预示着接下来将要发生的戏剧冲突：

部落里的老奶奶们这样教导说：孩子是很珍贵的，是造物主的礼物。如果你对孩子漠不关心，那么造物主就会把他们带走。

叙事继续沿着与朱莉原来的故事梗概明显平行的线路进行。场景三以多萝西乘坐的长途汽车到达波特兰开始。她去斯基德路参加一个饮酒狂欢派对，将最后一瓶泰诺酒一饮而尽，她也几乎因此丧命。经过七天的解毒治疗，她活了过来，并开始了其他治疗项目。这些内容标在情节点A上——主人公遭遇了困境。这种境况逼得多萝西开始奋争，努力保持清醒，重新成为一位母亲，去重新系上部落文化那断裂的链条上自己卸下的一环。叙事弧线的第一部分阐述就到此结束。

所有好的故事在上升动作和危机阶段都是惊心动魄、跌宕起伏的。记得我们在"结构"一章讨论的上升动作和危机部分震荡的曲线吗？多萝西的故事的第二部就适合这种情形（见图11-3）。

曲线的第一次下坠发生在多萝西的两个孩子——12岁的切斯利和14

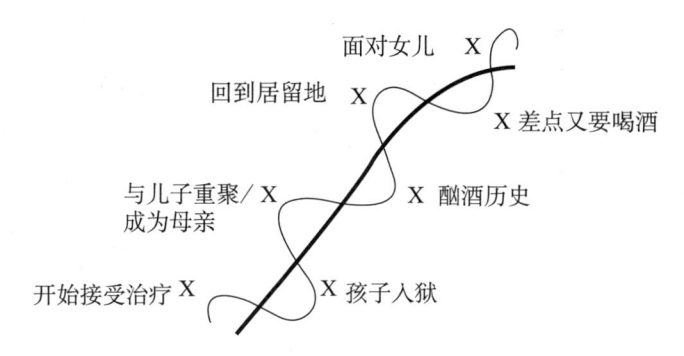

```
            面对女儿  X
    回到居留地 X
                      X 差点又要喝酒
与儿子重聚/ X
成为母亲       X 酗酒历史

开始接受治疗 X
              X 孩子入狱
```

图 11 - 3　多萝西·亚哈丁通往清醒状态的云霄飞车之旅

岁的桑尼——因为饮酒被捕并被送进居留地监狱。正如朱莉在整个叙述过程中一直做的那样，她设置这个场景的时候细节不多但相互平行。场景六以这样一句描写居留地景色的话开头：

> 春天给沃姆斯普林斯铺上一张绿油油的地毯，不放过任何一片人工绿地和枯萎的灌木丛。

接着，她的笔又指向监狱，运用少量的细节来描写孩子们被关在那样一个冰冷无情的环境中的情形：

> 他们两个有一次在监狱院子里碰面了，那是一片狭小的水泥地，周围是 15 英尺高的煤渣砖砌起来的高墙，墙上装有用铁丝网围成的六角形防护网。头顶上方，他们能够望到俄勒冈中部湛蓝的天空，但除此之外，别无其他。

但是，一个上升马上出现了。多萝西保持住了清醒，而且她最年幼的孩子塞西尔到波特兰和她团聚了。

> 多萝西身上开始发生一些变化。她开始参加父母课堂，找律师咨询，还参加了 12 步戒酒互助会。到 4 月底，她的实际行动为她赢得了在西区公寓的过渡房租住一套二楼公寓的资格，她至少可以在那里住上两年。

> 2003 年春天，塞西尔的人生当中第一次有了妈妈。妈妈参加学校组织的班级游戏；他走下校车的时候，妈妈会在街角处等他；妈

妈还会在劳埃德中心的溜冰场边看他玩耍。

这些充满希望的进展让人读起来呼吸畅快，于是朱莉进入她的第二段闪回阐述，即对于多萝西吸毒和酗酒人生的一段沮丧的历史回顾。

回放之后，朱莉回到主要动作线上，开始进入另一个上升阶段。按照罗伯特·麦基的说法，此时主人公的"价值取向"在积极的方向上出现重要的摆动。随着多萝西回到居留地，解决掉她的未决诉讼，并且获得对孩子们的临时监护权，上升动作即告一段落。

接着，故事进入危机阶段。多萝西和她的孩子们参加部落节日聚会，多萝西遭遇了灵魂的黑暗之夜：她和朋友开车去买酒，看着朋友喝酒，她几乎就要再次坠入自己酗酒的深渊。但是，她撞见12岁的女儿也在喝酒，仿佛看到自己不堪的历史回放。这就是故事理论家们所说的洞见之点，它让主人公重新理解世界，同时将故事推向高潮。

正如我们计划的那样，故事的高潮到来了。部落法官将孩子们的临时监护权授予多萝西，给予了她修复断裂链条的机会。故事进入下降动作阶段后，就要把遗留下来的松散线索做一个收尾。多萝西回到波特兰，过上了清醒的、负责任的新生活。法庭将全部法定监护权授予她。她拜访居留地，重新承担起照看子女这一她长久以来未能承担的职责：

> 多年以来，切斯利一直在履行多萝西的职责。部落中没有一个成员能够在有人顶替他的位置之前，获得最终的休息并去世转生到下一个生命中。
>
> 那个周末，多萝西和切斯利一起打扫房子。他们扫了地，洗了碗，为老人做饭，然后一起去看望切斯利最好的朋友，那是一个女孩，和年迈的祖母住在一处较远的地方。多萝西和切斯利也给那位女士做了饭。他们也打扫了她的房子，然后邀请切斯利的朋友一起回辛姆纳绍，一起度过了一个夜晚。
>
> 午夜时分，多萝西坐在她父亲的椅子里打盹。她身旁的电视机屏幕映衬出孩子们熟睡的脸庞，他们面带微笑，感到安全而美好。
>
> 他们的祖父早已在门后睡着。

至此，朱莉完成了她的叙事弧线。她写出了一个完整的故事，这个故事拥有深刻的主题、有力的场景结构、深度的人物描写，以及戏剧性的动作线。她还交出了一个重要的调查项目报告——朱莉的故事和罗布的照片占到系列报道开篇日特别栏目的几乎四分之三版面。朱莉和她的团队完成了一个有着充分事实和数据的令人瞩目的项目。其中，多萝西·亚哈丁的故事成为故事叙述中的典范，它使官方的调查报告变得有血有肉，充满人性。故事捕捉到经验，并赋予它意义。①

---

① 你可以在 www.press.uchicago.edu/books/hart 读到朱莉的完整故事。

第十二章　释义性叙事

要有勇气离题。

——约翰·麦克菲

第十二章 释义性叙事

里奇·里德走进我的办公室，一屁股坐下来，愁眉不展。这很不寻常。里奇总是一副阳光灿烂、镇定自若的样子，他为《俄勒冈报》处理国际业务，常常在全世界飞来飞去。面对雅加达的暴乱、穿越阿富汗深山时的惊险逃命、各个机场的航班延误，他都不会皱眉。

不仅如此，他还是一位聪明的记者。里奇曾经多年负责报纸的东京分部。他曾与曼谷的交通状况搏斗；他揭开过朝鲜首都平壤的神秘面纱；他对中国了如指掌，就像对附近的超市一样熟悉。

事实上，他刚刚去过泰国。当地的货币泰铢贬值，整个经济随之崩溃。里奇经过一家梅赛德斯经销商店时，看到汽车就停在停车场上，价格一再下调。泰国经济的泡沫破裂了，国内新兴的中产阶级已经从奢侈汽车市场上逃离出来。里奇感到眼下正在发生一件大事。

他回到《俄勒冈报》的新闻办公室时，危机的连锁反应已经席卷整个亚太地区。新加坡的货币也在急剧贬值。印度尼西亚出现了骚乱。即便是亚太地区的经济大国日本，也开始摇摇晃晃。和其他报纸一样，我们的报纸也在持续报道一些相关新闻，但是不够深入，就像是对遥远地方出现的困局和沉重后果隔靴搔痒的胡言乱语。

"你看，"我模糊记得里奇说道，"我们一直都在报道亚洲经济危机，但是我们的读者对那里发生的事情连最起码的了解都没有，不知道我们为什么要关注它。"他说，他有个主意，能够改善这一状况。

里奇曾把故事交给业务部门看，但却没能引起任何人的热情。一位高级编辑当时手上已有一个国际项目，他不确定是否还有必要再做一个。里奇的提议被拒绝了两次，但他没有放弃，做了最后一次努力，并且成功让人们改变了看法。得到许可之后，他便过来见我。

里奇解释道，他现在的想法是，我们可以追踪一些本地产品，从它们在俄勒冈这个太平洋西北部地区的原产地跟踪到它们在亚洲的目的地。此外，我们还可以谈到俄勒冈和环太平洋地区之间的贸易关系，解释像印度尼西亚那样的地方发生的事情是如何影响本地经济的，向读者展示万里之外的市场变化是如何扰乱西北部小城镇的日常生活的。

但是，选择什么产品呢？他考虑了几种，最后锁定一样很棒的产品，它被大量输往环太平洋国家，销售对象是规模日益庞大并受经济危机影响最大的中产阶级。我们所处的地区在该产品的生产上占据主导。它广为人知，技术含量低，没有威胁性，而且很好理解。如果说有什么东西能把太平洋西北部地区和亚洲经济危机联系起来的话，那就是麦当劳的冷冻炸薯条。

他提议跟着太平洋西北部地区的炸薯条到麦当劳在亚洲的连锁店，一路追踪下去，一边追踪，一边解释这一贸易体系是如何把环太平洋地区的经济联系起来的。

我很惊讶，他谈论的是一种经典的释义性叙事，正是我的文学偶像——《纽约客》记者约翰·麦克菲善用的写作方法。麦克菲通过释义性叙事，带领读者了解从地质学到阿拉斯加乃至篮球等各种话题。我向里奇解释了这些，他也洗耳恭听。他还没尝试过像麦克菲的"解释者"那样写作。

麦克菲既用这个方法为杂志撰稿，也用它来写书。书本中的释义性叙事技巧在科学以及医学写作中相对常见。G. 韦恩·米勒的《心脏之王》就是一部释义性叙事作品，讲述心脏外科手术的起源。迈克尔·波伦的《杂食者的两难困境》也是如此。纪录片导演也使用这种结构。释义性叙事技巧特别适用于像《超码的我》这样事件导向的纪录片或《前线追踪》和《新星》这样的广播节目。

我告诉里奇：为了用好释义性叙事技巧，你不能仅仅跟随一条线，你必须追踪一个人或者一个东西。释义性叙事作品需要贴近现实的具体特征。读者必须能够在一个特定的时间看到一个特定的地方。所以，如果你想要追踪炸薯条，那么你必须追踪一包真实的薯条。你必须到农场去追踪一个马铃薯——从食品加工厂，到上路运输，再到它变成薯条，最终在麦当劳的柜台上被卖掉。

我们那天谈了很多，但是这段关于追踪真实马铃薯的谈话，里奇至今都记得十分清楚。里奇毕竟是一名外国通讯记者,他经常写分析性故事,这些故事涵盖广泛的话题、重大的发展、总体的趋势,还包括可能会使整个环太平洋地区的数百万人卷入其中的沉重主题。现在却有一位古怪的编辑告诉他,应该用一粒沙子来反观世界。在这个案例中,就是要从一根薯条看到经济海啸。

我们第一次会面后一个小时,我和里奇又在电梯里碰到了,于是一起出去吃午餐。我们漫步走上通往波特兰州立大学学生宿舍的街道,在一家自助餐厅买了三明治,然后在一张露天桌子旁坐了下来。

我说:我有个主意。你想要描述一系列的动作,那么就需要仔细观察,贴近实际,捕捉特别的细节和动作发展的动态。通常情况下,你应该追踪一个人。但是没有人说你不能追踪一个没有生命的物体。它可以是一艘船、一支枪,或是一车煤。但是,它必须要移动,而且在移动中,它会不可避免地接触到一系列人物。这就能给故事线带来必要的人物特征。重要的是动作的发展,它产生结果,使叙事得以建立,它把你带到合适的位置上,让你能够解释与你的主题相关的不同方面的问题。

我们津津有味地嚼着三明治。校园里的大学生从我们身边经过。

在这个案例中,我告诉里奇:你要写的是炸薯条。这样做是有效的——薯条要经过长途运输,它所经之地是你想要去开发和探索的。但是,你不是在写一个叙事性故事,因为你没有在困境中挣扎的主人公。薯条的旅程仅仅是将诸多片段连缀在一起的主线,这样能够给整个叙事赋予外形轮廓。但这是一条平滑的叙事线,从 A 到 Z,而非一条把主角带到上升动作、高潮以及结局的弧线。鉴于读者紧跟那些惊心动魄的叙事线的阅读经历,他们也想用同样的心跳来跟随你的叙述。但是,你的叙述里没有戏剧性的张力,也没有讨喜的人物去奋力迎接重大挑战。所以,我们必须面对的事实是,读者是不会着急要看那一车薯条发生了什么的。必须用别的东西来吸引他们。

现代释义性叙事吸引人的地方,在于一种独特的结构要素。释义性作家的写作也要沿着一条动作线进行,就好比写一个叙事性故事,里面有主人公、有困境、有问题的解决。我们可以用一个麦克菲的故事作为例子，他的故事讲述了由工程师组成的队伍驾驶着一艘船沿着阿查法拉亚湾航行，调查路易斯安那州防洪工程。在叙述动作的中途，麦克菲会停下来，时不时地对话题做一些背景阐述。这些抽象的解释或阐述，可以让读者对叙事中的话题获得深刻的洞见，并明白其中的意义。这称作离题，它是使释义性叙事变得有效的关键所在。

麦克菲在他桌子上方贴的一句话非常著名，上面写着：

> 要有勇气离题。

———

两个结构性要素构成了一篇释义性叙事作品的两个任务。动作线勾勒出释义性叙事的整体外观，使叙事能在时间和空间上向前发展。通过发掘新地点、介绍新人物、创造温和的戏剧性张力，将读者吸引在叙事中，除非他们压根不想知道接下来会发生什么。

离题是为了提供实际的解释，它可以将动作线置于一个更大的背景之下。动作发生在抽象阶梯的低级，那里遵循的是情感原则。解释则发生在阶梯上意义占据主导的较高的层级。

在释义性叙事作品最简单的印刷格式中，通常会用一些符号把这些部分分开（它小心翼翼地将更加抽象的释义性离题和更加具体的动作场景分开）。在手稿中，用的是一条星线，三颗星号位于中部，其间相隔大约十个空格——

*   *   *

——这是标准的指示符号，通常称为"星线中断"。在出版工作中，新的一段话会使用一个大写的首字母、一个小标题或是在正中间的强调符号开头——

■

——很多形式都可以起到相同的作用。在音视频纪录片或释义性的播客中，一个场景的改变通常指示着一次离题。叙述者可以突然出现在画面或声音背景里，提示着将要开始一个说明性的离题。

不论离题要介绍的内容是什么，它都明显打断了正在向前发展的动作线，马克·克雷默称之为"行进的现在"。下面是一个经典的麦克菲式离题，摘自他那支工程师队伍奋力控制路易斯安那洪水的故事。麦克菲的《自然的控制》一书中提到，当载着麦克菲和他的部队的"密西西比号"快要撞上河口沙洲时，真的来了一个停顿：

> 然后，随着一阵从船体深处传来的震动，"密西西比号"被阿查法拉亚湾困住了。这艘载着美国工程师队伍的美国中部旗舰在此搁浅。

麦克菲借此机会便有了离题的勇气，他把我们撇在动作线这个有趣的情节点上，自己却跑去考察密西西比三角洲上的治洪历史：

> 1963年，也就是在联网以前，旧河道那里的防洪设施要等上10年才能证明它们的价值。20世纪五六十年代的密西西比流域是安全的，整整一代人都没有经历过灾难性的洪水。

成功离题的一个秘诀就是，要在正确的时机从动作线中跳离出来，从而保持戏剧性的张力。如果在某件事情悬而未决的时候，作家通过停顿来制造出紧张的悬念，那么读者通常会把心悬在那里，并看看叙述结束后会发生什么。或者，正如马克·克雷默所说的："在一个动作的中间，而不是在两个动作之间岔开，往往效果是最好的，因为这样我们会记得更清楚，而且回到这里的时候也会更加开心。"

麦克菲把我们撂在了沙洲上。《纽约客》的另一位撰稿人大卫·格恩，则把我们交给一位心神不宁的新西兰人，此人下定决心要逮到一只活的大王乌贼，并把它养起来。他的计划是什么？驾驶着一艘敞篷小船出海，钓一条年幼的大王乌贼，也就是这种海洋动物的幼年个体。格恩见到了这个新西兰人，加入了他的探险：

> 他用了数月时间，小心谨慎地选定我们的目的地，研究大王乌贼的迁徙方式，并且阅读了与洋流和海洋温度有关的书。他计划向南走，他以前在那里发现过大王乌贼的幼年个体。但是在最后一分钟，他改变了主意。"我们朝北走。"他说。我坐在他的卡车上，他

对我说："我应该警告你，我们这一路上可能会遇到旋风。"

敞篷小船遭遇旋风？嗯。猜猜看，我是不是要在这里停顿一下？这一状况带给人一种马克·克雷默所称的"高度情感价位"，这个说法听上去很学术。此外，克雷默补充道："情感价位越高，离题就可以走得越远。"

所以，当大卫·格恩向我讲述海洋怪兽的历史，并解释大王乌贼在其中扮演了多么重要的角色时，我会听任他讲下去：

>自打有水手出海以来，他们便带回来一些关于海洋怪兽的故事。《圣经》中提到过"海中的龙"。罗马的百科全书中"自然历史"一章讲到了一种巨大的"水螅"。

相反，在一个不太戏剧性的时刻做出停顿，插入的则是一个更短、启发性更小的离题。麦克菲曾写过有关码头和火车货运工的一系列故事。在其中一篇题为《一个人的舰队》的故事里，他跟随一位长途货运卡车司机穿越美国，车上满载着危险物品。旅程大多是平安无事的，只有偶尔遇到的陡峭山路以及一些不良司机使得动作线活跃起来。麦克菲的离题很短，他把这些离题编进动作线里，而不是放在段落之间打断动作线：

>我们开始一路颠簸着行驶在太平洋西北部地区。安斯沃斯说："我们这辆车重得很，费油，所以得睁大眼睛，看到哪里有加油站就得加油。"走这一趟，要想"有得赚"，就得跟超重打个擦边球。称重站里的人可以"让你不违规"——你就把车停在那儿，往下卸货，一直卸到不超重为止。
>
>"那些运粮食的司机，他们可能认识一些愿意买下货物的农民，但是我车上这种腐蚀性的东西谁会要啊。"安斯沃斯说道。他的车上有两个储油桶，一边一个，可以装下300加仑燃料，若"装满一肚子燃料"，每加仑7磅，总重是2 100磅。我们还没把它的肚子填满过。他总是在计算，确保数量精准。

聪明地盯紧动作并加以说明，可以使一部释义性叙事作品精致且引人注目。大师级作家会把那些从我们身边飘过甚至我们都不会看上一眼的话题写得异彩纷呈。我读过三篇约翰·麦克菲关于地理的文章，而此类话题之前从不可能吸引我熬夜阅读。然后呢？神啊，救救我吧，我竟然一口气就读完了那篇 8 000 词的关于蒿属植物的文章。

产生这种吸引力的很大一部分原因，在于作品潜在的结构、支撑住各个场景的框架、动作线，以及能够让读者看得到的人物。因为这种看不见的结构——不是写作中那些更加明显的要素——驱动并指导着叙事，所以乔恩·弗兰克林称其为"机器里的灵魂"。

不论是释义性叙事还是其他类型的叙事，所有有造诣的叙事作家都会在结构上花大力气。他们大多数人在开始写作之前，都会苦苦研究写作梗概。麦克菲说，写作梗概在他的写作流程中至关重要。"这样做往往还能减轻作家的负担。一旦你了解了结构，你就能够在每天的写作中都只关注一件事情。你会知道哪个地方需要怎么写。"

释义性叙事因为有通篇连续出现的动作场景和说明性离题，它的进展是平滑稳健的，因此它采取的是一种迈克尔·罗伯茨（《亚利桑那共和报》的写作指导）比喻的多层蛋糕结构。经我编辑的叙事文，我都会为其草拟一个结构图，如下所示：

一篇释义性叙事作品的梗概

开头场景叙述

离题 1

场景叙述 2

离题 2

场景叙述 3

离题 3

场景叙述 4

离题 4

场景叙述 5

> 离题 5
> 场景叙述 6
> 离题 6
> 结束场景叙述

里奇·里德下定决心要烤制一个巨大的蛋糕。跟随一车来自太平洋西北部农村的马铃薯前往亚洲，将需要一条很长的动作线。他还需要相当多的说明性离题，用来解释亚洲经济危机等复杂的问题。他需要做很多报道。

———

我们的午餐会议结束后，里奇就去给自己买了一包炸薯条。他知道，这笔生意对太平洋西北部地区十分重要——每年 20 亿美元的销售收入——包括太平洋沿岸地区的运输业务在内，它在该地区的出口额中占据重要份额。但是，除此之外，他一无所知。

他给位于博伊西的 J. R. 辛普洛特公司打了电话。如同你想象的那些爱达荷州大型的农业企业，辛普洛特公司是马铃薯种植业的巨头。实际上，从雅加达到迈阿密，再到莫斯科，那些麦当劳快餐的粉丝们大把塞进嘴里的炸薯条，很多都是这家企业生产的，它在同行业中居于领先地位。

打过第一个电话，里奇便好似发现了宝藏，这个电话给他带来一连串的好运，而且这样的好运气很可能会伴随他的整个叙述过程。辛普洛特公司人力资源部的负责人曾经当过记者，他很快便知道了里奇电话的来意。他给位于俄勒冈州赫米斯顿的大加工厂打了电话，为里奇和凯瑟琳·斯科特·奥斯勒安排了一次参观。他们二人钻进一辆公司的汽车，一路颠簸了五个小时，沿着哥伦比亚峡谷，前往这家巨大的圆形农场。

对于那些认为麦田怪圈是由小绿人制造出来的人来说，从空中看赫米斯顿，完全可以把它当作这种神秘存在的证据。但是，外星人和这里圆形并有圆心的农业现象毫无关系。附近宽广的大河给农场里那些巨型灌溉机提供能量，让它们可以永无休止地围绕着中心转圆圈，从而在田地上制造出许多有圆心的圆形茂盛作物区域，点缀在这片荒漠上。

辛普洛特加工厂建立在宽阔的哥伦比亚平原上，是一个从运作到气味都很罕见的高科技农业工厂。机器把堆成山的黄褐色马铃薯削去皮，然后丢进一排排的法式切割机中——法式炸薯条的名称即由此而来。切好的薯条被丢进植物油中炸制，这是对薯条的初级加工，炸薯条的油烟使整个工厂都弥漫着一股浓重的热油味。下一步是对薯条进行速冻，并将它们装进厚纸板箱中。每一个箱子都要贴上条形码。

里奇回忆道，整个场面看起来像是一场视觉上的盛宴，这一切对于叙事性场景描写来说堪称完美。他转向担任导游的经理助理，说他对于运往印度尼西亚的炸薯条特别感兴趣——那里是受亚洲金融危机冲击最厉害的国家。

好运气一直伴随着里奇。"好的，"辛普洛特公司的人说，"这一堆就是要运往那里的。"他补充道，语气十分确定，因为刚刚有一位穆斯林神职人员来检查并证明，这种作物已经转变成合乎标准的穆斯林食品，也就是对伊斯兰教徒来说是清洁的食品。这一证明使得穆斯林消费者能够确信这些炸薯条中不含动物脂肪。这些土豆的穆斯林消费者主要分布在印度尼西亚。

里奇看着凯瑟琳，凯瑟琳看着里奇。他们同时都意识到了什么。"这就是我们要找的马铃薯。"里奇回忆起当时自己所想的事情，"我们就处在这一时刻。现在，这里，就是叙述的一个部分！"

"那你又是从哪里得到这些马铃薯的？"里奇问道。

在某种程度上，任何一种叙事性作品的报道策略都可以成为释义性作品的报道策略。与典型的新闻记者不同，叙事作家必须在抽象阶梯的上下来回跳动，一方面是为了获得有关场景的细节信息，另一方面是为了获得更大的主题意义。为了探索抽象阶梯第一级的内容，他们要通过采访和观察，获取有启发意义的细节——一位穆斯林神职人员按照伊斯

兰教食品标准执行了一次检查。抽象阶梯向上一级，他们就要让具体的个例适用于更大范围——例如法式炸薯条，就是繁荣的太平洋沿岸贸易的一个缩影。

非虚构叙事作家比起普通新闻记者需要更多的细节，但他们不太愿意用采访、文献研究等传统方法去获知细节，他们更多的是依赖细致的观察。他们全身心地投入当下的话题，忘却过往。他们跟民族学学者一样，选择安静地观看和倾听，使用一种称为"墙上苍蝇"①的静默观察法，不放过任何一个可能会被忽略的细节。

释义性叙事为叙事性报道增加了另一个层面。它是从另外一个角度做出的离题，是记者好奇事件发展该何去何从而做出的偏离。辛西娅·戈尼说关键是要选对问题，"转换思路，让你周围所有东西都成为故事的素材"。"你必须不断地质问你的故事"，她解释道。要想找到一个好的"解释者"，你需要放下手头的东西静心想一想"它为什么重要？为什么在这里发生？为什么是现在？"②

她建议那些打算采用释义性报道的记者通过非常规的渠道来寻访素材。记者的采访对象可以是看门人、管理者，还有家政人员和医生。她建议要经常到互联网上的公告栏和聊天室去看看，读一些和写作话题相关的专业杂志，到事件发生现场的"后台"去溜达。此外，她还提供了一个问题的清单，可以起到"四两拨千斤"的效果：

- 他们是怎么**做**的？
- 他们从何而**来**？又**去**往何处？
- 那个人**是**谁？
- 事情是如何变得**一团糟**的？
- 如果换成他或她，又会**怎么样**？

---

① "墙上苍蝇"是一种观察方法、拍摄手法。观众和摄像机只是被动的观察者，他们静默地注视墙上的苍蝇，看它如何行动。这种方法被广泛运用于纪实文学、新闻暗访等。——译者注

② 辛西娅·戈尼 2006 年在《俄勒冈报》工作室工作时谈到了释义性叙事报道的问题。

第十二章 释义性叙事

经理助理带领里奇·里德和凯瑟琳·斯科特·奥斯勒来到一间地下室。一个女人弓着背站在电脑前。里奇重复了他关于马铃薯来源地的问题。他想知道，做成今天那批即将运往印度尼西亚的炸薯条的马铃薯，是谁种出来的？

现代科技让叙事作家的工作变得容易多了。每个炸薯条的包装箱外面都贴有条形码，从种植者到食用者的信息都可以通过条形码追索到。里奇意识到他的编辑所说的不可能的任务——追踪一批马铃薯——是完全可以实现的。

那个女人按下几个键。她说，今天的马铃薯分别来自一家大型农业企业、一个家庭供应商，还有一个哈特派农场。

"哈特派是谁？"里奇问道。

"幸运女神"再一次微笑了。哈特派是一个由再浸礼教徒组成的教派，与门诺教派类似，不过他们还是有明显的区别。哈特派运用现代科技经营一些国内最高效、最具盈利性的农场。虽然他们在田地里使用GPS系统来给那些先进的拖拉机导航，但是他们仍然穿着传统的服装，共同生活在一起。他们全身上下散发着新闻价值的光彩，必将成为系列报道的大卖点。

里奇潦草地记下哈特派农场经理的名字，拨通了电话。但是，电话那头经理有所保留的态度给里奇泼了一盆冷水。按理说，哈特派人十分好客，里奇希望采访农场的暗示已足够明显，但经理还是一副不明就里的样子，对里奇前往农场一事只字不提。不过，他倒是同意到摩西湖去喝杯咖啡，那里距离农场大概几分钟路程。但是，里奇从波特兰到那里去则要五个小时。里奇在心里咕哝：好吧，为了喝杯咖啡，这段路可够远的。

里奇是不会为五小时路程退缩的。优秀的记者总是会想方设法达到目的，里奇正是这样一位记者。摩西湖咖啡馆里，里奇随意地问这位农夫，他和他们教派的成员在冬天都做些什么。木工房？为什么要在木工房工作？好一个木工房！农夫赚到钱，购买一些机器设备，在木工房里制作家具。里奇心里暗喜，他一直都在做木工活。他马上抓住这个共同的兴趣点，和这位农夫谈论做木工活的工具、技巧和流程。赶在木工房的车床停止运转前，凯瑟琳和里奇已经跟随经理来到了农场，只是为了参观木工房。

他们就这样进入了哈特派的世界。里奇谈论着木材，口袋里一直装着一支笔。凯瑟琳的相机装在套子里。经理放松了，话题升温了。"说说吧，"里奇说道，"你说我们是不是还可以看下农场？"

农场之行开始前，一位哈特派妇女出现在谷仓门后，她头戴软帽，身穿传统的服装，当时光线很好，构图很美。凯瑟琳按捺住自己，生怕影响到今天此行的主题。没过多久，凯瑟琳来到农场餐厅，和哈特派的女人们坐在一起，感受女性视角中的哈特派世界。在餐厅另一边男人就座的地方，里奇和哈特派人聊着木工活、农场还有国际贸易。"一旦你和谁吃了一顿饭，"随后里奇说，"只要不是表现得太傻，那么你就算成功了。"

很快里奇就接到了前往农场的邀请，他靠着一张能说会道的嘴，已然坐进联合收割机的驾驶室。接下来的几个小时里，司机在一个相对隔绝的空间里，又面对一个刨根问底的记者，难免放松警惕，滔滔不绝地说出哥伦比亚盆地上圆形马铃薯农场的一切，而这些正是里奇所需要的信息。里奇在与哈特派农民交流的过程中发现，这些聪明的农商人士十分清楚他们与亚洲经济之间的关联，知道万里之外的金融危机将给他们带来的危险。由此，里奇的脑海中构想了一幅可用作开头的画面：

> 法式炸薯条之旅开始之前，身着长裙的健壮的哈特派妇女，切好用作种子的马铃薯，她们身后是一台有着鹅翅膀一样双翼的现代农业机器。妇女们按传统翻转软帽，轻轻拭去机器上的尘土。

里奇和凯瑟琳要开始解释一个几乎影响了半个地球的复杂现象。他

们把目标放在追踪一条跨越了整个太平洋的动作线上。我和里奇很早就意识到，这篇文章可以当作一份跨国报纸的系列报道，词数恐怕得上万。

大多数释义性叙事文章并不需要炸薯条这种传奇作品的篇幅，但它们还是需要有一定的长度。"场景—离题—场景"这一结构，不能被压缩成仅仅在一个特定的点上一带而过。据我估计，印刷成文的场景需要大概 500 词，这相当于报纸上的 12 个栏寸。离题的长度可以是任意的，但是平均而言，应该和包含动作的场景篇幅相当。如果作者只是把离题编入叙事当中，而不是打破叙事单独成段，那么离题与动作之间的比重应该是相当的——有一句离题，就要有一段动作。当然，这是一个极其粗略的估算，但是在写作初期考虑故事的结构时这是十分必要的。

每一个故事都要有开头、中间和结尾。做一个多层蛋糕，意味着你需要在开头和中间之间有一次离题，然后在中间和结尾之间又有一次离题。在我看来，这对于一个真正的释义性叙事作品已经是最低的要求了。我把这种形式称作"3＋2"式解释者——一种包括由两个离题分割开来的三个叙述场景的结构，概括如下：

> **"3＋2"式解释者**
>
> 叙述 1：引入主要人物并提出释义性问题。
> 离题 1：提供必要的背景和总体情况。
> 叙述 2：经由动作线的主干跟随主要人物前进。
> 离题 2：完成解释。
> 叙述 3：把动作线带到一个逻辑终点。

我想说，掌握上面的写作结构并不劳烦动大脑手术，但是《俄勒冈报》就用这种"3＋2"的模式报道过一种新的儿科大脑手术。你完全可以用"3＋2"模式去应对所有话题。《俄勒冈报》的特写记者史蒂夫·比文就用这种模式报道了很多特别的话题，而且效果都不错。

史蒂夫还在当巡警的时候，就用"3＋2"模式发掘了一个故事。在这个题为《步话机大佬》的故事里，有一个古怪的家伙通过步话机不分昼夜地收听警察和火警的对话。

我难以想象有人愿意主动去听步话机。我也干过巡警的工作，被分配的任务就是监听桌上的步话机。步话机自动从一个频道跳到另一个频道，间或传来小事故或犯罪的报道，那嗡嗡声和各种串音，我听上一会儿就头昏脑涨。那些步话机的狂热粉丝们当然跟我的感觉不同了。他们成立了爱好者协会，开设博客，还办起了全国发行的杂志。当他们从步话机里听到哪里发生了火灾或刑事案件时，他们会迅速冲到现场，和消防员或警察在那里碰头，他们都是老熟人了。

史蒂夫·比文用"3＋2"模式来安排他的叙事弧线。史蒂夫找到一位合适的线人——78岁的步话机爱好者协会头头乔·麦卡锡，他们约见的地点竟然是在火灾现场。（惊讶吧?!）火势很凶猛，已有一人遇难，救火现场惊心动魄。乔在火灾现场的表现足以让史蒂夫完成第二个叙事部分。后来，史蒂夫到乔的家里去采访，乔生活里的背景音乐永远是步话机传出的各种声音。

史蒂夫的故事是这样开头的：

> 波特兰市东南区有一处房子着火了。浓烟从二楼的窗户蹿出来。有人被困在里面。正坐在电视机前的乔·麦卡锡立马关掉了法医节目……一把抓起餐桌上嚷嚷个不停的步话机。

接下来，史蒂夫开始用经典的"3＋2"式结构展开叙事：

步话机大佬的提纲梗概

叙述 1：乔在家中听到步话机报道火灾。

离题 1：介绍无线电步话机和步话机圈里的大佬级人物。

叙述 2：乔在火灾现场参与紧张救援。

离题 2：步话机爱好者的心理分析，本地几位狂热粉丝的例子。

叙述 3：乔回到家，继续听他的步话机，热切地谈论这一爱好。

第十二章 释义性叙事

和辛普洛特加工厂一样，哈特派农场的收益也非常好。里奇·里德直接锁定农场里的6号田圈，因为这里种植的马铃薯正是运往印度尼西亚的那批薯条的原料。加工厂的画面已经有了，到现在他已经稳妥地得到了故事最开始的两个叙述场景。接下来要做的，就是一路追踪那些速冻炸薯条，直到它们进入某个亚洲人的胃里。

炸薯条正在赫米斯顿的一间仓库里进行冷冻。里奇前脚回到波特兰，还没坐稳，电话铃声便响起。辛普洛特的人力资源专员在电话里说："我们的炸薯条要出发了。"

里奇马上又驱车五小时来到赫米斯顿。在加工厂外，他认识了司机兰迪·休森，看着仓库工人把20吨冷冻炸薯条装到牵引挂车的车厢里。里奇爬进驾驶室，同兰迪一道向西行驶，他们要把113 000份哈特派炸薯条运往塔科马港口。

里奇的运气真是不错。司机休森是一名越战老兵，曾在一艘美国战舰上朝越南北方发射过火箭弹。这一经历让里奇很自然地进入离题部分，他说起亚洲东南部的历史、金融危机所造成的像战争一样的经济破坏，以及太平洋沿岸国家的贸易体制。持续移动的动作线为释义性片段增光添彩。例如，在对印度尼西亚的政治局势做出概括后，里奇立马将笔锋转向轰轰前行的货车："休森调低挡位，与发动机的转速完美配合，他甚至都没有去碰离合器，左手一打方向，驶上一条主要的岔路。"

里奇和休森将车驶入港口，一辆吊车抓起装着速冻薯条的货箱，把它高高吊起，然后放入一艘即将驶往日本横滨的丹麦货轮。里奇走上甲板，与德国船长交谈起来。他在这里遇到一对得克萨斯夫妇，他们已经预订了船上的位子。夫妻二人答应会将旅途的细节告诉里奇。他们真的带给里奇不少惊喜——货船在途经皮吉特海峡时遇到了虎鲸，在南中国海看到一只大海龟——这些都令叙述生动精彩。

这趟炸薯条之旅中,兰迪·休森只不过是与读者相遇的众多丰富多彩的人物中的一个。他和许多出现在释义性叙事作品中的人物一样,是一个小角色,绝不是主要人物。换句话说,他只是通往终点的一环——把炸薯条送往港口——而非此行的终点。人物当然会在释义性叙事作品中起到关键作用。有趣的人物帮助作家在叙事中抓住读者。而在大多数释义性作品中出现的走动的、说话的各种人物,是作者随手拿来探讨话题的工具。通过这些人物的话语和动作,人物为主题做出了解释。

在塑造人物的过程中,作者通常只强调人物最重要的品质特征和一些个人历史的片段。电视纪录片在刻画人物时,可以借助画外音和字幕评论充当背景介绍。

连载播客节目《连续剧》中,核心人物阿德南·赛义德是一个人物谜题。弄清楚他究竟是谁,就能知道他到底有没有犯罪。叙述者莎拉·柯尼格娓娓道来,慢慢追问,一点一点揭开赛义德的性格面纱,这就是推动叙事向前的戏剧张力的关键来源。

在报纸和杂志故事中,静止的照片能让关键人物鲜活起来,文字则介绍重要的背景信息。凯瑟琳·斯科特·奥斯勒为里奇·里德法式炸薯条故事里的所有关键人物拍了照。里奇把兰迪·休森简略地描述成"一个瘦高结实的男人,留着一头灰色卷发和整齐的褐色胡须",还提到兰迪的越战经历,观察到他的驾驶技巧。更重要的是,休森为里奇叙述的重要话题做出了颇有见地的评论。他提到有一次遇到 J. R. 辛普洛特的经历。J. R. 辛普洛特是辛普洛特马铃薯帝国的国王,正是他和雷·克罗克一起研发了麦当劳主食之一——速冻炸薯条。休森还发表了对美国州际高速公路的看法,认为高速公路系统以更廉价、更坚实的经济力量为美国保持竞争力做出了贡献。到了港口,卸下货物,休森便从故事中消失了。

有些释义性叙事作品需要更加成熟的人物。史蒂夫·比文用"3+2"模式描述卢·吉尔伯特这位"世界上最伟大的推销员"时,就把焦点只放到卢身上。这位老人的人格和作风占据了叙事主题的中心位置,作家通过这位推销员来说明零售推销业在这几十年来的变化发展。史蒂夫为塑造卢这一人物形象花费了大量的时间和篇幅,为了使这个人物能跃然纸上,他几乎用到了所有标准的文学手段。在文章的开头,他先对人物进行外貌描写。(卢已经"78岁,戴着助听器,秃顶,体形看上去就像只保龄球"。)描写卢身上穿的衣服和其他私人物品(汤姆·沃尔夫称它们为"身份标记"),是为了告诉读者卢的社会阶层、收入状况和社会地位等方面信息。对一位推销员来说,这些背景信息非常重要,因此史蒂夫忠实地记录下卢的说话风格和特有的习惯,它们都是塑造人物行之有效的手段。此外,史蒂夫还奉送了一段关于卢的个人历史的离题,里面详细揭示了到底是什么激发了卢卓越的推销技巧。你应该还记得特雷西·基德尔,她用了整整一本书来挖掘保罗·法默尔这个人物——一位具有人道主义精神的医生,他放弃国内的优越生活,到海地去救助当地最穷困的人。

里奇和凯瑟琳跟随炸薯条来到中国香港,装载薯条的货轮因为设备故障而在此停靠。他们跟随一名澳大利亚籍维修人员,巧妙地骗过警卫,进入一个警戒区域。在货船高高的桅杆上,里奇给维修人员撑伞,保护他在工作时不被当地的季风雨淋到。接着,里奇和凯瑟琳又找到了船长和船员。

与此同时,在印度尼西亚,经济危机正在摧毁这个国家年轻的中产阶级,他们是这个国家兴旺发达的驱动力,也是麦当劳炸薯条最主要的消费群体。国内即将面临大范围的暴乱活动,大街上已有示威者出现。

离开中国香港之前,里奇给赫米斯顿方面打了电话,核实炸薯条的运送计划。由于印度尼西亚爆发内乱,承运人已经改变航线,将哈特派的货物运往新加坡。按照原计划,里奇和凯瑟琳接下来将要飞往越南,他们在那里费了很大工夫拿到了一个关于耐克合同工厂的故事——这是亚太地区与美国之间的又一联系。然后,他们将前往中国一个偏远的农业产区，J. R. 辛普洛特正在那里考察马铃薯种植。那个地方的农民仍然在用马拉犁，并把收获的农作物储藏在地窖里。J. R. 辛普洛特希望以更低的成本供应亚洲的炸薯条市场。这样一来，美国像哈特派那样的高科技供应商势必面临严峻的挑战。

跟着这些小小的炸薯条，里奇搜集到越来越多关于全球化背景下太平洋沿岸国家以及其他地区经济一体化的例子。中国边远乡村里一个满身泥土的农民的一言一行，也会牵动万里之外的哥伦比亚盆地上一个坐在联合收割机驾驶室里吹空调的司机的神经。读者还会进一步发现，亚洲金融危机与《俄勒冈报》发行地人们的日常生活息息相关。

里奇和凯瑟琳又跟随炸薯条来到新加坡，来自 6 号田圈的马铃薯们终于要抵达它们的目的地。其中一部分货物在繁忙的乌节路被卸下。里奇和凯瑟琳检查了冷冻仓里的纸箱。没错，就是这个揭露秘密的条形码。这是他们的薯条。

恩沃一家点了一包薯条。"在侥幸避过经济危机和政治威胁，跨越半个地球之后，"里奇记录道，"薯条按照麦当劳的生产要求，经过七分钟的炸制，终于被摆上了柜台。"

炸薯条终于到达了目的地。恩沃家的几个欧亚混血儿开始享用它们。凯瑟琳连忙记录下这个画面。

释义性叙事作品的核心目标就是做出解释——这简直是废话！动作线是为解释事情如何发生发展而存在的，并能有效地实现叙述目的。在你描述动作的时候，一些故事要素会不可避免地出现。人物——你所引入的人物一路走下来，会面对他们必须要解决掉的问题。而场景——在任何一个完整的故事中都是关键的要素，在释义性叙事作品中也不例外。

当我们用"多层蛋糕法"去讲述一个有挑战性的话题时，这种叙事中就很难找到真实故事叙述所要求具备的所有要素。炸薯条就不是主人公。而且即便是关注主要人物的释义性叙事也往往围绕一群人物展开，而非仅仅跟随一个贯穿叙事线的人。

短篇的释义性叙事也许应该紧跟一个主要人物，但这个人通常不会在整个故事结构中一直出现。我们遇到了玩转步话机的怪人，遇到了世界上最伟大的推销员，但他们不是为叙事弧线而生，也不是视角人物或故事高潮的一部分，而只是为了分享一些简短的插曲，开启一扇探视他们世界的窗户。

真实的故事应该包含困境、变化、人物发展以及问题解决，你也可以用释义性叙事结构来讲述故事。没有人会反对你这样做。里奇·里德完成《炸薯条的联系》后的第一个大型项目就是这样做的。因为他要解释的是全球化的经济主题，并希望这个故事具有文学色彩，所以这样的尝试更具挑战性。

里奇认识高桥计一的时候，日本正像个经济巨人一样稳稳地站立在亚太地区。当时，日本在美国各地兴建工厂，俄勒冈州也在其中。高桥为一家大型日本公司 NEC 管理俄勒冈的一家工厂。通过交往，里奇发现高桥是一个很特别的人。他是一位艺术家的儿子，上学时参加过革命，具备日本男人身上少见的个性和坦诚。他在美国发展得很好，适应并喜欢美国式的生活方式。但是，他那不受束缚的个性与日本传统文化之间的冲突，给他造成了很明显的紧张与不适。里奇多年来一直致力于研究日本文化，他对高桥的兴趣越来越浓。

慢慢地，日本经济开始出现步履蹒跚的迹象。高桥关闭了俄勒冈工厂，回到日本，被迫与 NEC 公司内部僵化的等级制度做斗争。不仅如此，他还在挽救日本国内一家经营失败的公司的战斗中吃了败仗。后来，他负责 NEC 的外包业务，并与像中国大陆、韩国以及中国台湾这些不断成长的经济力量竞争。里奇一直和高桥保持着联系，关注在太平洋沿岸国家和地区经济重新洗牌的过程中，这位主管人员的职业生涯会发生什么样的变化。我和里奇每周在咖啡馆碰一次头，讨论高桥的故事。经过几个月的讨论后，我们终于看到一个规模宏大的故事逐渐成形。

后来便有了这篇《和世界赛跑》的文章，分三期连载了高桥的故事，探讨了更深层次的经济问题。故事第一个片段的开头是高桥来到美国，负责管理俄勒冈工厂。里奇马上为这个事件加入了解释性的背景：

在接下来的十年中，高桥将与美国及日本制造业的大量消失、海外分包以及中国的崛起做斗争。最终，这些失业的人将会在日本和美国释放出强大的政治力量。

故事对人物的深度挖掘也在这十年中展开。高桥因为家庭背景、学生时代的经历，以及在美国长期生活的影响，与日本传统价值观的联系较为薄弱。当他周遭的世界发生变化时，他遭受的是一种信仰上的文化危机。看到 NEC 工厂关闭和那么多同事失业，高桥对公司的忠诚度在减退——这本应是他们一生的职业啊。正如里奇所说："忠诚感正在丧失，这在 30 年前是不可想象的。"连载的最后一期里，高桥以一个新的形象出现，他更像是一个欧洲人或美国人。他不再玩命地加班，他花时间陪伴家人、打高尔夫、品尝美食。他在 NEC 的职业生涯已然望得见终点。公司要缩减规模，高桥可能提前退休。传统的经济秩序已经消失，也就不再有传统的日本经理。

释义性叙事作品如能把故事讲得完整，可以吸引大众的强烈关注。理查德·普里斯顿的《炎热地带》打入了畅销书排行榜，这本书还被改编成电影，引发了一场对致命病毒的全民恐慌。普里斯顿曾经是约翰·麦克菲的学生，专业方向为科幻写作。普里斯顿的故事以非洲感染埃博拉病毒的个案开头，一共包括三个部分，这三个部分的视角不同，它们逐步推进，一直到疑似埃博拉病毒在弗吉尼亚州雷斯顿的短尾猴群中肆虐开来。埃博拉病毒比 COVID-19 更加致命，人类只要一感染大都不治而亡，因而这一事件具有极强的戏剧性。

与里奇·里德的写作方法不同，普里斯顿没有在整个故事弧线当中一直跟随某一个特定的人物。但是，埃博拉病毒的历史，军队生物学家如何应对类似于埃博拉的致命病毒，以及控制病毒在弗吉尼亚爆发的战斗，都为叙事弧线提供了若干弧度，它们可以带领读者完成一场神奇的阅读旅行——当代病毒学、线状病毒的自然历史、人类破坏地球生物系统的潜在灾难性后果。整个故事都笼罩在一种真实紧张的氛围中，叙述策略的运用大获成功。这个精彩的故事给读者上了一堂生物课，这是我们大多数人通过其他途径无从了解的。不幸的是，在2020年新冠病毒来袭时，我们的政策制定者们没能从这个故事里学到东西。

————

里奇和凯瑟琳追踪的小小薯条之旅还可能走到另一个站点——那些薯条原本要被送往的正在发生骚乱的城市。雅加达大街小巷的情形恰好可以生动地解释"亚洲经济危机"这个普通人难以理解的抽象概念，而这个概念是他们从一开始就要论述的。

他们目睹了暴徒在街上游荡，城市四处起火。一位库房经理正焦头烂额，他的职责是确保薯条被完好地冷冻起来，而仓库的制冷设备很快就要没有燃料了。绝望中，他想找一个司机，这个司机必须有勇气驾驶油罐车穿越附近着火的街区。经理最终挽救了这些薯条，但是就在那一天，有500人死在大街上，四处蔓延的动乱击垮了政府。

对于印度尼西亚人而言，这场危机的后果可谓十分惨痛。但是，对里奇和凯瑟琳而言，他们的炸薯条之旅一路上难以置信的好运气仍未消失。里奇获得了极好的动作场景，使得叙述变得十分有力，并且他找到了离题点，即炸薯条的主要销售对象是中产阶级，以及为什么中产阶级对亚洲经济复苏至关重要。凯瑟琳的相机里有十分震撼的照片，她拍到了街道上那些愤怒的印度尼西亚人。

"当像炸薯条这样平凡的小东西到达广阔的印度尼西亚群岛时，"里奇可能会这么写，"想一想遥远的美元、日元以及欧元会发生怎样的变动吧。当商人冒着生命危险去挽救一屋子马铃薯时，想一想全球经济力量是怎样轻易地击垮政府并摧毁或建立一个国家或地区吧。"

回到波特兰，凯瑟琳开始编辑图片，里奇也忙着搭建故事结构，完成了一个包括每一个叙述部分和离题的详细梗概。接着，里奇开始写作，最终的成品有1万多词，准备在报纸上做四天的连载，总共占到285个栏寸。为了使里奇的文章更具可读性，《俄勒冈报》的美术编辑为重要的动作和解释配了图。在一张世界地图上，从6号田圈标出的追踪路线横跨了整个太平洋。其他图片标注出炸薯条经过的其他地点。一条时间线紧紧跟随着马铃薯，另一条线勾画出爆发中的经济危机。凯瑟琳的照片构成了一座完整的人物之桥，桥的这头是在农场工作的哈特派女人，桥的那头是在新加坡大吃炸薯条的欧亚混血儿。①

这一系列报道引发了强烈的反响。"我通常都不读这一类文章，"一位女士写道，"因为它们太枯燥了。"但是，她承认，在无意中看到第二天报道之后，她便立马找到第一天的报纸。接下来的两天，她追着看完了后面的系列报道。

还有一些评论证实了释义性叙事的魅力所在，它能够把非专业人士带到某个话题，让他们产生兴趣，并获得全新认识。一个人来信写道，这个系列报道"让那些不了解商业的人也能明白所谈论的问题"。另一个人指出，"通常我不读商业故事"，接着他补充道，"但是这篇报道太吸引人了"。还有一个读者写信说："除了这篇报道，还没有什么能让我了解到亚洲经济危机波及的范围有多广。"

因为有读者如此热烈的反馈，这么多年来我一直是释义性叙事这一写作形式的真诚粉丝。动作真的可以解释过程。所以，我写下这一章，通过讲述里奇和凯瑟琳如何制作出《炸薯条的联系》一文的动作线，详细介绍释义性叙事作品的整个写作过程。换句话说，这是一篇讲述释义性叙事技巧的释义性叙事文章。

里奇的文章光芒四射，为他赢得了各种荣誉，比如在一届久负盛名的国家级商业写作比赛上获得一等奖。还有小道消息传出，《炸薯条的联系》一文将摘取普利策奖新闻报道类奖项的桂冠。

在普利策奖结果正式公布的那一天，《俄勒冈报》的员工聚集到每天召开新闻例会的地点，等待结果。大屏幕上，美联社每分钟更新一次即时信息，滚动播出每一奖项的获奖名单。释义性新闻类获奖人姓名出现在屏幕上。里奇·里德为《俄勒冈报》赢得了42年以来的第一个普利策奖。大家欢呼着。记者和编辑们相互拥抱。香槟酒从酒瓶中喷射而出。报社老总给员工开出了奖金支票。

---

① 你可以在 www.press.uchicago.edu/books/hart 读到完整的系列报道。

在接下来的一个月里，里奇和报社高级编辑一起来到纽约，参加颁奖仪式。在哥伦比亚大学洛氏图书馆的圆形大厅里，里奇面带微笑，从标着《俄勒冈报》的桌子旁边站起身来，随着一队人走上颁奖台，从校长手中接过证书和奖金。约翰·麦克菲也在那里，他因在释义性叙事创作上的开拓性成绩而荣获特殊的终身成就奖。上台时，他就跟在里奇后面。颁奖仪式结束后，我和里奇走向麦克菲的桌子。"谢谢你，"我们说，"我们从你那里偷来了整个写作计划，写出了《炸薯条的联系》。"麦克菲用他自己独有的方式腼腆地微笑。

那天晚上，报社老总带领所有员工到马戏团餐厅聚餐，之后又去了纽约最时尚的餐厅。电影明星和社会名流就坐在附近的桌旁聊天。香槟不断。精致的沙拉端上桌，昭示着这是一次顶级的用餐体验。接着，大厨托着亮闪闪的银质餐盘出现在大家面前。他向桌子欠了欠身，庄重地揭开盖子。他望着盘子里冒着热气、堆成小山的炸薯条，笑而不语。

第十三章　其他叙事技巧

一篇叙事作品就是一个有意义的年表。

——乔恩·弗兰克林

- 小品文
- 书挡叙事
- 个人随笔
- 专栏
- 第一人称叙事
- 纪录片
- 播客

从最基本的要求来看，一部叙事作品只需描写一系列的动作。它不需要有洞见之点、高潮或是困境。它可以是一篇观察，或是回忆的重构性报道；可以有一本书那么长，或者只有几行字。

所以，我有很多选择。故事叙述的过程中会面对多种可能性，比如你在写某个素材的时候，突然发现它不合适。你明明知道这是个好素材，有情感、有悬念，或者是小人物大事迹。但是，它缺少主人公，或者制造不出任何戏剧性张力；它只要一个动作就可以完成故事，连场景变化都不需要。

我在指导作家的过程中，不止一次发现有些人费力想把一个扁平的素材变成圆形的。这些沮丧的人通常都是写作游戏的新玩家，他们错把"叙事"当成了"故事"的同义语。素材在向他们招手，他们也知道这确实值得一写，但是怎么写？当他们正打算放弃满满的雄心壮志时，一个简单的建议向他们展示了之前想象不到的可能性。

前面几章中，我已经提到几种可能的选择。第六章讲到了"事件回顾"。命运不济的俄勒冈渔船"奇多号"的故事是一则叙事性故事，它取得素材的途径是重现海岸警卫队的记录和对幸存者的采访，而没有采用典型的沉浸式报道方法。和艾瑞克·拉森的《白城恶魔》一样，它是一部叙述详尽、让人仿佛身临其境的作品。

在新新闻主义发展的高潮期，盖伊·塔利斯的《坏消息先生》首次发表在《时尚先生》上，这证明了在已有的叙事类型中又增添了一种新的叙事类型。① 和其他叙事性作品的代表作一样，塔利斯在为读者描绘《纽约时报》的讣闻作家奥尔顿·怀特曼的画像时，让他们有机会看到一个处于动态中的人物，好像他就生活在你我身边。故事以怀特曼在纽约公寓的一个普通的早晨开始。他为自己泡了杯茶，开始读报。他看到报

---

① 《坏消息先生》收录在塔利斯的选集 *Fame and Obscurity* 中。

纸上有一条关于某名人患病的新闻，想到该名人可能不久后就需要一篇讣告。他坐火车到市区，走进他的新闻办公室，准备写点东西。这是一条简单扼要的动作线，但是通过它，塔利斯以释义性叙事的方式做了离题，以便讨论讣告这一写作形式。

但是，掌握了故事叙述技巧、释义性叙述技巧、事件回顾技巧以及叙述概括技巧，并不等于你就可以用一篇叙事文章来应付所有的情况。这么说吧，你在城里某个街道拐角处看到一件有趣的事。那好，也许你可以写成一篇独立的小品文，正好适合登载在报纸的旅游板块或专业杂志的封底上。或者可能昨天在你身上发生了什么事情，给你造成了情感上的强烈冲击，这也许能写成一篇1 000词的个人散文。

可能性并非无穷无尽，但它们比很多作家所猜想的要多得多。重要的是，你要保持开放的头脑。如果你有什么事情可以和朋友在喝啤酒的时候拿来解闷，那么你就有可能写出一篇叙事性作品，并找到一个发表它的地方。你所要做的不过是找到合适的写作形式。

小品文

小品文只含有一个单一的场景，它独立存在。因此，第六章介绍的场景构建的方法同样适用于小品文写作。

和所有的场景描写一样，小品文也有一条移动的动作线，但却没有故事叙述的完整弧线。小品文中没有困境、危机或问题的解决。它们甚至可能没有主人公，尽管小品文中经常会塑造出一个或两个视角人物。

小品文与普通场景描写的重要区别在于：由于小品文独立成篇，它必须致力于提供一个拥有深刻主题的生命片段，且要能揭示通向美好生活的重要秘密。

沃尔特·哈林顿曾是《华盛顿邮报》的专栏作家，他后来成为叙事性非虚构文学的写作导师。他称小品文为"新闻报道中的日本三行诗"，这个称谓捕捉到了小品文的特征，即源于真实生活的内容、有限的篇幅、激发人们了解更多真相的能力。正是基于同样的原因,记者和编辑们还把小品文称为"音诗"。不管你怎么称呼它们,小品文在报纸、杂志甚至电视等媒介中都有天然的市场。美国哥伦比亚广播公司的查尔斯·库拉尔特就是小品文写作的大师。它们也是使用第一人称的网络媒体(如博客和个人网站)理想的写作形式。

人类所有的经历都可以用小品文来记述。《弗吉尼亚向导报》的厄尔·斯威夫特为读者讲述情人节,地点选在离婚法庭。在这里,很多夫妻都证明他们的感情出现了问题。安杰拉·潘克雷佐是我最喜欢的作家兼摄影师(对我来说是双重威胁),他和我合作撰写了一系列小品文,话题从每年春天和秋天重新设置钟塔的时间,到一位宗教狂热人士拖着一个巨大的十字架走在闹市街头,无所不包。我在《俄勒冈报》工作的那些年,凯蒂·马尔杜恩写过一篇小品文中的精品之作,内容是关于飞机场的。

伟大的小品文就像一颗颗宝石,点缀在极其普通的日常生活中,凯蒂正好拾到了属于她的那一颗。她发现自己被拦在登机口外,她要乘坐的航班被宣告无限期延误。我们都知道接下来会发生什么。牢骚满腹的乘客如坐针毡,越来越没有耐心,最后变得怒不可遏。脾气最大的那位开始与票务员争吵。面对这种超出任何一位旅客掌控力的局面,唯一明智的做法,就是尽量让自己在恼人的情境中快乐些。凯蒂看到有几位难兄难弟就是这么做的,她也得到了写出下面这篇小品文的机会:

> 在66号登机口,大家嘴里都在嘟嘟囔囔地抱怨着。接着传来吵闹声,不到几秒钟就变成夹杂着谩骂的大喊大叫。
>
> 一位飞行员告病休假。从旧金山飞往波士顿的航班将会晚点。非常晚,可能是三个小时以后,也可能是六个小时。
>
> 什么?
>
> 什么!
>
> 乘客们跺着脚,抱怨着,叹着气,然后接受了这一悲惨的命运。

用餐时间到了，去领免费的三明治，再买一杯7.59美元的啤酒。

嗯，大多数人都这样做了。

一位穿着蓝色夹克的中年男人却没有这样做。他带着一把吉他。今天早晨，他从波特兰搭乘航班来到这里，要在旧金山转机前往波士顿。

那位带着口琴的头发灰白的家伙也没有这样做。他用每个人都听得到的声音说，他本来可以选择搭乘早一些的航班，但是却选择了这趟……这趟恼人的、延误的航班……唉！

他们没有像别人那样做。他们就待在66号登机口旁，在那里，装吉他的箱子帮他们打开了话匣子。你想不到后来又出了一件事：吉他男和口琴男合奏了好几首歌曲。

《你欺骗的心》《福尔松监狱》《在甜蜜宝贝的怀中翻滚》，都是某个特定年纪的男人喜欢的歌。

他们取出各自的乐器，清了清嗓子。坐在不远处的第三个人对着蓝牙手机说："对，我在机场，这里有个演唱会。"口琴男对周围的人大声说："有什么要听的吗……还有，'闭嘴！'"

正当他为自己的玩笑哈哈大笑的时候，一位上年纪的妇人——白色的头发烫成大波浪——从64号登机口大声喊道："《大烟山上》！"

吉他男漫不经心地拨弄着琴弦，口琴男嘴里抱怨了一声。周围通常避免目光接触的陌生游客们，此时相互对视并露出微笑。

但是，一位干瘦的小姐，身穿紧身裤，足踩蛇皮鞋，手挎LV包，操着嚣张的纽约口音，用在场每一个人都听得到的音量喊道："他们不可怕吗？真可怕！"

"噢，天啊！噢，天啊！"

"真可怕！真可怕！"

"噢，天啊！"

"他们认为自己很棒？"

"他们自我感觉良好。"

"噢，天啊！真可怕！"

吉他男和口琴男，还有十多个甚至更多伴唱的乘客继续唱着《晚安艾琳》。歌曲终了，从64号登机口到66号登机口的乘客爆发出欢呼声和掌声。

而那位"紧身裤＋蛇皮鞋＋LV包＋纽约人"小姐，对每个人大声说："噢，天啊！"

在她周围，乘客们露出尴尬的表情。

她的声音简直能把奶酪磨碎。

这篇文章需要注意以下几点。它篇幅极短，只有400多词。但它的声音强而有力，作者用"什么？什么！"就表现出了人物当时的别扭心理。它是一个单一的场景，情节在一个单一的场所发生。严格说来，它不是一个故事，因为没有人发生改变，没有人有洞见之点，而且没有人解除掉某个困境。不，它只是生活的一个片段，解释了一些普遍的东西。但是，凯蒂的小品文在周日发行的旅游板块刊登出来，而且我敢用下次航班被取消来打赌，对很多读者来说，这篇小文无疑在厚厚的一叠报纸中显得特别出彩。它兴许还能使下次可能碰到类似情况的读者变得耐心一些。没有谁会想要成为那位紧身裤小姐吧？

书挡叙事

我右手边上的书架上立着几个大理石制的书挡，这是一个食品写作工作室送给我的礼物。它们个头很大，轻易就能支撑住书架上我收藏的那些硬皮的工具书。这为我提供了说明书挡叙事结构的恰当比喻……这么说吧，你在开头和结尾大张叙事，在每一个叙事部分用一前一后两段引人入胜的动作场景去支撑中间的释义性素材，就有力量去承载长且乏味的中间部分。

我曾经定期前往波因特学院（这是一所为半路出家的记者开设的学校）授课。一天上课的路上，我读到《坦帕湾时报》的一篇文章，至今令我印象深刻。文章讲述一种神秘的疾病正在折磨着塘鹅——圣彼得滨水区的标志性鸟类。记者在报道中加入了大量释义性信息——塘鹅的背景知识、专家访谈、统计数据、理论知识等。但是，记者选择了以一艘在坦帕湾捕鱼的渔船作为开头，当时船长正朝一群塘鹅晃动着一条青鱼作为饵料，塘鹅们上下扑腾，扭着，转着，随着饵料的每一个动作跳动。"我把它叫作塘鹅交响曲。"船长说道。

一旦作者用这种极具吸引力的叙事快速抓住了读者，他便开始转向较为平淡的说明文字。在费力地写完释义性内容后，他把结束的场景转回到渔船，由此完成了书挡叙事策略。

书挡技巧对于写作重大趋势、热点问题及政策故事等非常有用，极大地增强了叙事的可能性。试想一下，你可以以格伦迪太太发现地下室被水淹了开头，写一篇由缝纫工联合发起选举的文章，然后以格伦迪太太靠在沙发里哭泣结束。你可以以约翰·多伊这位癌症晚期患者为例，就医生支持下的自杀行为展开一场立法上的争论，思考为什么他的药箱里藏有巴比妥酸盐。如此等等。

最近我看到的一个最引人注目的例子，就是C.J.奇弗斯的故事，这是一篇发表在《纽约时报》头版上的让人难以抗拒的叙事作品。奇弗斯为我们报道了伊拉克战争最勇敢无畏、最前线的故事，文章以一位海军无线电报务员被射杀作为开头：

> 子弹穿过上等兵胡安·瓦尔德斯-卡斯蒂略的身体，当时他正和海军巡逻队朝一条满是污泥的城市马路移动。一声枪响，这位上等兵倒向一面墙壁，他试图站起来，但还是倒了下去。
>
> 他的队长杰西·E. 利奇军士面向子弹射出的方向，举起来福枪，抓住手榴弹引弦，迅速走到狙击手和满身是血的士兵之间。他向后倒退着，扫视前方，准备开火。

后面还有两段叙事，具体讲述他们如何努力拯救这位年轻海军士兵的生命，以及怎样面对眼前看不到的威胁。接下来的一段被称为"转折"，文章突然向抽象阶梯上层攀爬，以便展现文章开头背后的宏观世界：

发生在安巴尔省的这一继发事件，只用了几秒钟的时间，但却说明了伊拉克战争的威胁在扩大。军官和士兵们说，最近几个月来，起义者频繁动用狙击手且效果显著，扰乱了我们的军事行动，空气中充满着挫败感和静默的愤怒。

《纽约时报》对此给予了持续而深入的关注，随后便有满满四栏详尽的报道，包括起义者所采取的新战略，以及美国方面在应对时所作出的努力。奇弗斯报道了一次旨在阐明当前威胁的军事会议。他在报道中给出了遭狙击手伏击的伤亡统计数字，详细报道了针对横向铺开的狙击手所设计的田野战术。他写到狙击手瞄准无线电报务员，而无线电报务员正是联系步兵团和空军、炮兵团的关键人物。终于，奇弗斯在文章的最后四段回归了叙事：

在上等兵瓦尔德斯-卡斯蒂略中弹身亡之后，汗流浃背、满身是血的军士利奇带领他的队伍穿过了余下的火力线。等到士兵们再次进入这一火力区域，令人恼火的任务汇报开始了……

关于如何除掉眼前这个狙击手，根本就没什么可说的，士兵们根本不知道他藏在哪里。他们传递着香烟，在太阳底下抽起烟来，一肚子火气。

"下次我来背电台，"上等兵彼得·斯普拉格说道，"反正我没有孩子。"

个人随笔

第一位个人随笔大师，是 16 世纪的法国人米歇尔·德·蒙田。[①]蒙田为在文章中写到自己时所表现出的傲慢辩护，认为这种傲慢是正当的，因为写下的个人经历是为他人提供可资借鉴的经验教训。要想给别人留下经验，当然你必须首先重现你的个人经历，这样他人才可以分享。那

---

① 蒙田（Michel de Montaigne，1533—1592），法国文艺复兴后期、16 世纪人文主义思想家，以《尝试集》三卷留名后世。他的散文主要是哲学随笔，因其丰富的思想内涵而闻名于世，被誉为"思想的宝库"。——译者注

么，你就需要写一篇小记叙文。

菲利普·洛佩特称蒙田是"世界上最伟大的随笔作家"。蒙田的经典写法是，用自己生活中的一个片段作为文章的开头。例如，在《论一个畸形儿》一文的开头，蒙田记录说前一天他见到了一个畸形男孩儿。接着，他回忆起曾经遇到过的其他畸形人。但是，因为上帝是万物的决定者，蒙田继续论述道，在他的眼中，没有什么东西是畸形的。由此，"万物皆是自然"。他总结道：不相信这一点的人，是因为他忽略了万事万物那宏大的图景。①

在这里，我们看到了一种适应性最强、最有用的现代叙事形式。篇幅更短的——以千词为标准——个人随笔是"开头—结尾"式写作及杂志写作的主要形式，读者可以在五分钟内读完。从社区报纸到服务类杂志再到通俗杂志，它可以出现在任何地方。它经常占据杂志最后一页内文的"最后一句话"的位置，作为整个事件相关内容结束的标志。我就曾经把一篇这样的文章卖给一本全国发行的飞钓杂志。

个人随笔的内容可以千变万化，但其基本结构包含共同的要素。自蒙田以后，所有的个人随笔都包括一个故事、一个转折以及一个结论。个人随笔步步推进，换句话说，它们从个别的事物（一个畸形儿）开始，接着攀登抽象之梯（论述大自然所赋予的一切都是上帝计划的一部分），然后用一些放之四海而皆准的事实作为结论（无知让人以为一些少见的自然现象是不自然的）。

千词篇幅的标准是有实践基础的。这个长度再加上一张较大的图片或是图表，冠以标题，刚好可以填进一页杂志内文。你可以朝多个方向处理这1 000个词，但是我在写作中更喜欢一种简明直接的结构，并且向叙事性散文写作新手传授了这一结构。如图13-1所示。

当我因为以前经历过某些事情而产生情感冲击的时候，我也不知道究竟是为什么，我通常会选择写成个人散文。有一次，我走进树林深处，来到一个陌生人的金毛猎犬的墓碑前，站在那里泪流满面，回来后就写

---

① 《论一个畸形儿》收录在洛佩特的 *Art of the Personal Essay* 中。

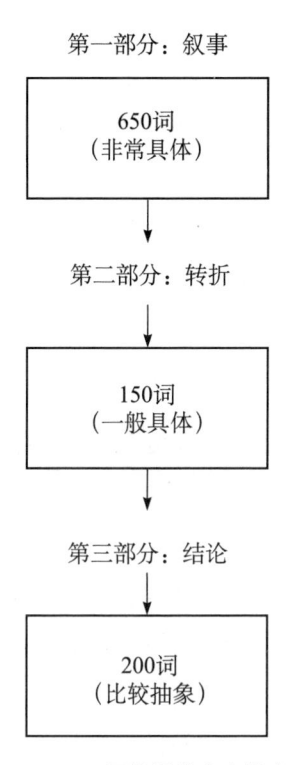

```
         第一部分：叙事
        ┌─────────────┐
        │   650 词    │
        │  （非常具体）│
        └─────────────┘
               ↓
         第二部分：转折
        ┌─────────────┐
        │   150 词    │
        │  （一般具体）│
        └─────────────┘
               ↓
         第三部分：结论
        ┌─────────────┐
        │   200 词    │
        │  （比较抽象）│
        └─────────────┘
```

图 13-1　1 000 词篇幅的个人散文结构图

下了那篇投给飞钓杂志的散文。我对自己的奇怪反应感到困惑——我并不是因为陌生人的狗而流泪——最终我决定写下这篇散文，是为了用这种方式来认识自己的情感。结果看来，和更多的人分享这一情感经历还是很值得的。

我严格按照 1 000 词的结构写作。加布丽埃勒·格拉泽是一位经验丰富但对散文写作比较陌生的人物作家，当她走进我在《俄勒冈报》的办公室，告诉我一项不同寻常的经历时，我便把这一写作结构推荐给了她。

她在经过附近一个零售区时，遇到一位身材肥胖的女士骑着一辆电单车突然摔倒在马路上。这就出现了一系列处于运动中的事件，使得加布丽埃勒做出一些不平常的举动，并让她思考这到底是怎么一回事。我说，第一步，就是把故事部分先写下来。加布丽埃勒是这样开头的：

"别打911，"这个女人一边呼哧呼哧地喘气，一边说，"别打911。"电单车撞到了路边凸起的路缘石上，女人瘫倒在西北23大街的排水沟旁，她身上的氧气管子在身旁晃悠着。很快，周围就聚集了一群人。我们是身体健全的人，我们当然能够把这个肥胖的女人扶起来。

但是，没有一个人知道该怎么下手。"我太胖了，"她说，"对不起。"电单车的扶手被她压在身下，顶着她的后背。我们没有办法移动它。

一个叫戴夫的高个子短发男人走上前来，冷静地把围观者组织起来。加布丽埃勒从旁边经过的一辆野马跑车上动员了两名男人过来帮忙，然后——按照戴夫的指挥——一群人把倒地的女人放回到电单车上。戴夫清理了她的伤口。她请求戴夫不要叫救护车，明摆着是担心花钱。他向她保证不会叫救护车，说一切都在掌控中，而且"我经历过许多比这还要糟糕的情况"。

两个路人护送这位女士去找她的医生。加布丽埃勒参与了救援行动并帮忙清理伤口，她觉得戴夫的举止很有军人作风，她一冲动，便邀请戴夫一起去喝点东西。戴夫在谈起自己的经历时轻描淡写，不过他暗示自己亲历过中东战争。加布丽埃勒描述的这一段插曲引发了质疑：

我的丈夫对军队里男人们的世界很是了解，他对戴夫所说的颇有疑问。我姐姐奇怪我干吗要带他去喝啤酒。听到我讲这个故事的人都奇怪我们为什么没有拨打911。

我问加布丽埃勒：你从以上这些总结出什么了？为什么你可以毫无戒心地和一个完美的陌生人坐到一起喝酒？这样一个事件到底揭示了什么样的人类状态？

我们就这些问题展开了讨论。渐渐地，主题明晰了。通过为什么大家都没有拨打911这一转折，她抓住了主题：

但是，我们不需要拨打911。我目睹戴夫给一群陌生人下达指令，其中还包括一个文身文到指尖的家伙。我看着他指挥从野马跑车上下来的两个家伙。我看着他安抚那个带着愧色的女人。

我给他买了杯啤酒，因为我想知道关于他的更多事情。一个刚刚从巴格达回家的人——假如他真的刚从巴格达回家——是如何应对一个有着完全不同规则的世界的？这是我们想到从战场返回家乡的老兵时想起的第一件事情。我们谈论着战争的代价、那些留给士兵的身体以及心理上的伤痕。

但是，眼前这个男人，让我相信他是一位亲历过许多战争的老兵，而他在现在的世界里应对自如。这引发了我的思考。我思考的不是把年轻人送到战场上会带来什么样的负面影响，而是戴夫在应对发生在西北23大街以及弗兰德斯的小型危机时的能力。

加布丽埃勒在文中总结道，把男人们送到一个危险的世界去，在那里，他们必须变得勇敢、果断和机智，这样做也许会支付一些社会成本，但是在对战争造成的其他后果的热烈讨论中，我们所获得的益处被忽略了。此外，作为一名俄勒冈本地人，加布丽埃勒认为她发现了这些益处都有哪些。她用160个词[①]把结论整齐地写了下来：

在那里，在23大街上，大多数旁观者都马上想到拨打911。当生活向我们临时提出挑战时，我们不是去着手直接应对；相反，我们求助于专家。我们把自己无法（或者不想）完成的任务转交给他人来做——甚至包括把一位受伤的可怜女人从她的电单车上拽起来这么一件简单的事情。

也许在这些人当中，有的刚从满怀敌意的世界中回来，除了创伤应激综合征，他们还把某些东西带回家来。那些东西曾经是我们都有的、一些根深蒂固的东西，是美国人的一部分。

"我没想太多，"戴夫说，"我就是这么做了。"

他一口喝光啤酒。他大笑，脖子上突出的血管清晰可见。

"我不得不时刻提醒自己，"他说，"你们所有人都只是些普通老

[①] 指英文，翻译为中文词数有出入。——编者注

百姓。"

加布丽埃勒的文章将刊登在下周末发行的报纸观点栏目上。我估计有成千上万人会读到这篇文章，不少人还会谈论起领导力、都市生活以及个人的责任。我很确信，加布丽埃勒的随笔给很多人提供了一次"跨界交流"机会。一篇个人随笔的终极回报，便是读者跟随作者从个别事件进入到一般现象，然后登上一架新的抽象之梯，再返回到他们自己的生活。也许有一些读者会联想到他们自己的从军经历怎样改变了他们在平民社会的生存之道。也许其他人会想到他们在某一刻放弃了自己的责任，转而投奔那些收费的专家。也许还有人下定决心，在未来生活中要主动采取行动。

如果你不喜欢我建议的短篇个人随笔结构，你还有很多其他的选择。你可以把叙事打碎，在其间插入你的结论。你可以把叙事篇幅最小化，然后扩充对主题的抽象讨论。或者你可以让叙事占据主导，而让那些普世的结论隐含在文学性的提示当中。这就是蒙田在美国的响应者——E. B. 怀特在他 2 800 词的杰作《林湖重游》中所使用的结构。

怀特的这篇随笔首先发表在《哈珀》杂志上，之后又被转载了好几次。文章把读者带到怀特儿时曾经度过了许多美好时光的湖边：

> 那年夏天，大概在 1904 年，父亲在缅因州的一个湖边租了一顶帐篷。他带着我们所有人到那里去度过 8 月。我们都得了由小猫传染的金钱癣，不得不从早到晚往胳膊和腿上涂抹庞德氏浸膏。父亲和衣睡在一只独木舟里。但是，除此之外，整个假期都过得很好，而且从那一年开始，我们便觉得缅因州的那个湖就是世界上最好的地方。之后，每年夏天的 8 月 1 日我们都来到这里，住上一个月。

后来，怀特带着他的儿子故地重游，这次旅行构成了大部分的叙事内容。对于怀特来说，这是一次怀旧且怪异的经历。他指出，湖泊已经发生了无力阻挡的变化（乡间小路上通常有由拉着马车的马匹行走所踏出的第三条凹槽，现在已经变成只有两条凹槽），他的儿子来到湖边一如他当年的样子（蜻蜓停落在男孩的钓竿上，和当年停落在怀特钓竿上的情形一样），以及一代人不可避免地被下一代人取代时的那种感觉：

> 我开始产生一种幻觉，觉得他就是我。而经由简单的角色转换，我变成了我的父亲。我们在那儿的整个期间，这种感觉一直持续着，不断出现。这并不是一种全新的感觉，但是在这个环境中，这感觉忽然变得强烈起来。我好像在过一种双重生活。在做某个动作的中间，在我拎起盛放鱼饵的箱子时，或是布置餐桌上的刀叉时，或者在我说什么的时候，突然间，我不是我自己，而成为了我的父亲——那个说话或做手势的人。这使我感到毛骨悚然。

叙事继续展开，父亲和儿子去钓鱼、探险、观察雷暴雨。怀特变得越来越不安，他感到随着儿子的生命绽放开来，自己的时光快要终结，这种感觉折磨着他。和个人散文的标准模板不同，叙事直接走向结尾段落，在这里，怀特先是描述他的儿子准备下湖游泳，然后以一个欧·亨利①式的绝妙结尾作结：

> 他从晾衣绳上取下被暴雨浸透的游泳裤，拧了几下。我感到疲倦，也不想进屋。我看着他，他那结实而又瘦小的身躯光溜溜的。看着他穿上那件小小的、湿淋淋的、冷冰冰的衣服，他的身体微微缩了一下。在他扣上松紧带的扣子时，突然间，一阵寒意从腹股沟传遍全身。

专栏

报纸、杂志以及网络专栏文章通常有大约 800 词。大多是思想片段，就近期发生的某些事件做出评论，里面会用到标准的报告写作方法，比如统计数据和直接引用。不过，800 词的篇幅为一些短小的叙事提供了足够的空间。此外，事实上，一些最成功的专栏作家，都是通过讲故事

---

① 欧·亨利（O. Henry，1862—1910），美国著名批判现实主义作家，世界三大短篇小说大师之一。他的作品构思新颖，语言诙谐，结局常常出人意料，《警察与赞美诗》《麦琪的礼物》《最后一片叶子》等使他获得了世界声誉。——译者注

的技巧而非靠拍桌子大骂来吸引忠实读者的。迈克·罗伊科是《芝加哥论坛报》的专栏作家，另外还为多家报纸写稿。多年以来，他都是美国最受欢迎的专栏作家之一。他在写作中经常采用讲故事的方式，并逐渐形成了自己的特色。

玛吉·博尔一直是我工作的报纸的专栏作家，她的文章没有写过虚构人物，写作时在很大程度上依靠叙事。她为生活风格栏目撰稿，写那些不能放到新闻类板块的日常事务。调查显示她的读者人数众多，这让许多写重大新闻的同事感到困惑，并且绞尽脑汁想弄明白写那些他们认为没有分量的主题是如何获得成功的。他们就是无法理解一则精彩的小故事也能拥有巨大的吸引力。我的叙事作品档案馆就收藏了这样一则小故事，正如玛吉所说，它是"一则故事，里面有两个叫凯瑟琳的女孩，还有两条蓝丝带，以及六片完美的巧克力碎片饼干"。

大约在45年前，凯瑟琳·卡雷拉上了一门由凯瑟琳·弗里茨·芬尼卡讲授的家政课。"当凯瑟琳·卡雷拉揉好了一块做派用的面团，或是敲开坚果做核桃巧克力饼干，或是往土豆泥里加奶油的时候，她的耳边响起的是凯瑟琳·弗里茨·芬尼卡的声音。"

作为课程的一部分，芬尼卡夫人成立了一个俱乐部，在里面指导学生烤些作品参加县里集市的竞赛。10岁的凯瑟琳·卡雷拉用一条果仁面包赢得了一条蓝丝带，这是她童年时代最精彩的经历。多年以后，她还经常想起那条蓝丝带。在她丈夫退休后，她又参加了一次县里集市的竞赛。

> 凯瑟琳决定做些核桃巧克力饼干、肉桂软曲奇、重油蛋糕、麦片葡萄干饼干，以及巧克力碎片饼干。
>
> 她看完一本烘焙手册，钻研了家传食谱。她通过朋友找到凯瑟琳·弗里茨·芬尼卡的电话号码，想听听她的建议。

叙事到这里，我们发现玛吉的故事采用的可说是一种十分纯粹的叙事方式。但是，有力的主题即将出现：一位有爱心的老师会一直为学生所喜爱，儿时的成功经历会对性格塑造产生深远影响，家政技巧以及锅碗瓢盆如何成为两代人之间的联系。

整整一个炎热的下午，凯瑟琳·卡雷拉一直在厨房里烤东西，然后把作品送到竞赛评委面前。她的丈夫也被她的热情感染，提交了一些自从退休后就开始种植的蔬菜。在评委做出评判后，他们来到集市，看看自己成绩如何。卡雷拉先生凭借他种植的青豆和小番茄获得了第二名和第三名的丝带。不过，卡雷拉夫人的成绩更棒：

"接着，我看到我的巧克力碎片饼干上放上了蓝丝带。我心里想道：'对！对！对！我做到了！我还是能做到的！'"

兴奋之余，凯瑟琳·卡雷拉给她年迈的导师打了电话。

"她就像个孩子一样，兴高采烈。"凯瑟琳·弗里茨·芬尼卡说道，"我告诉她：'我为你开心，孩子。'"

故事线已经织成，接下来玛吉便结束了叙事，让这一甜蜜的人生经验以个人随笔中典型的抽象结论方式呈现出来：

自那以来，老师凯瑟琳便开始回想起她教女孩子们上课的那些年。"直到多年以后，你才知道，你给那些孩子的脑袋里灌输进去的都是什么。"她说道，"凯瑟琳和我分享了她的想法，这让我很开心。告诉你吧，做这些事情真是值得。这让我觉得我在这个世界上做了些正确的事情。"

集市结束后，学生凯瑟琳拿到了她所获得的家政奖金：7.5 美元。安杰洛，她的银行家丈夫，说他们光材料费就花了 160 美元。"他说：'我们必须得和我们的会计谈谈，该怎么向国税局汇报这件事情。'"凯瑟琳闻言大笑起来。

但是，她确信无疑的是，这是一项很好的投资。"除了丝带以外，还有很多奖励。"凯瑟琳说道。安杰洛对他的青豆和小番茄产生了全新的自豪感。凯瑟琳儿时的教师凯瑟琳·弗里茨·芬尼卡了解到她向一个孩子灌输了对学习的兴趣以及成就感，而这将持续很长时间。我呢，则要对这位老师说："谢谢你。"

第一人称叙事

有人说，随笔是一种"散步时获得的想法"。就叙事性随笔而言，这一隐喻从文学性的角度看是正确的。随笔作家外出跑腿，发现了一个又一个的素材，他们探索议题，做调查研究，寻找有助于拓展思路的信息。他们的这些探索构成了杂志的支撑性内容，像《哈珀》杂志以及《纽约客》这样的严肃出版物，就采用了很多用第一人称写成的探讨问题的叙事性随笔。《大西洋月刊》的高级通讯记者詹姆斯·法洛斯经常在他供稿的杂志上发表这样的随笔。这种随笔可以很长，有的达到 15 000 词甚至更长。它们可以相当深入地谈论某个问题。詹姆斯·法洛斯发表在《大西洋月刊》上最著名的一篇文章，题为《第 51 个州》。为了搜集与即将爆发的伊拉克侵略行动相关的素材，他花费数月时间采访了几十位相关人士。在后来写出的文章中，随着法洛斯逐一列举出他的论据，他带领读者接触到一个又一个的新鲜素材——比如，美国肯定会击败萨达姆·侯赛因的部队，但是随后会使自己陷入战后困局，困在曾经处在萨达姆铁拳控制下的派系争斗当中。当然，这一预测不幸得到了精准的验证。

迈克尔·波伦既用这一叙事形式为杂志撰稿，又用它来写书。他认为，我们不但可以用叙事技巧来探索地点，还可以用它来探索某个系统。《杂食者的两难困境》是他所写的一本关于美国食品生产系统的畅销书。这本书就是很好的例证。该书的雏形是一些篇幅比较短小的杂志文章，其中包括一篇发表在《纽约时报》上的文章，题为《一个动物的地方》。

文章从叙述一条很小的动作线开始，波伦通过把两个相互冲突的想法放到一起而开始了他的追索：

> 我第一次翻开彼得·辛格的《动物解放》时，正在棕榈饭店吃饭，准备享用一块烤得五分熟的腰眼肉牛排。如果这份菜单听起来让人感到不和谐（而非消化不良）的话，那就对了。这在动物保护主义者看来可能十分荒唐，因为我所做的就相当于在 1852 年的南方

种植园里阅读《汤姆叔叔的小屋》。

从这一起点开始,波伦就进入了与动物权利有关的文学写作,同时对吃肉和美国食品生产系统给予特别的关注。他的第四段是"核心段落",该段对于这一问题缘何重要做出了《华尔街日报》式的概括:

> 这种动物的解放可说是人类道德进步过程中合乎逻辑的一个阶段,而这一倡导在1975年时就已经不再是一个边缘概念。哲学家、伦理道德专家、法学教授以及活跃分子们发起的相关运动不断增多,且影响力逐步扩大,这就证明我们这个时代在道义上所做的最大的努力,就是为了保护动物们的权利。

波伦承认,辛格的书"成功地把我拉入反对派的阵营"。而且,从这里开始,波伦带领读者走上一条以第一人称叙事的发现之旅。在下一段话当中,他提到了德国,在那里,国家通过了一项法案,赋予动物获得尊重和尊严的法定权利。一条接一条地,他直面辛格这位来自普林斯顿的哲学教授的论辩之词。他传达了其他动物保护主义活跃分子的观点,并逐一应对,类似詹姆斯·法洛斯带我们看到的一系列访谈。他把读者带到加工农场,在那里鸡和猪的生命都很短暂,其生存时间被残忍地限定在最大化食品产量的目标上。他承认动物也会感觉到疼痛,甚至有些动物还会思考。他承认人们残忍地杀害野生动物来制作皮草尤其没有必要。他发现得越多,似乎他要把自己的腰眼肉牛排推到一边并走向素食主义的可能性就越大。

接下来,为了做出对比,波伦把我们带到了波利菲斯农场:

> 但是,在你彻底抛弃肉制品之前,先听我描绘一个非常不同的动物农场。它没有代表性,但是它特别的存在将整个畜牧业的道德问题推到一个不同的视角下。波利菲斯农场占地550英亩,处在弗吉尼亚州遍布草地和森林的谢南多厄河谷旁。在这里,乔尔·萨拉丁和他的家人饲养了六种不同的食用动物——牛、猪、鸡、兔子、火鸡和绵羊——它们生活在错综复杂的共生环境之中,这种环境的设计能够让它们当中的每一种动物,用萨拉丁的话来说,都能"完

整地表现它们自己的生理特性"。

在波利菲斯农场,猪群在堆肥里肆意翻滚,心满意足的母牛在鸡群跑来享用牛蝇幼虫大餐之前啃食牧草,同时它们给草地施肥并除掉身上的寄生虫。所有一切都处在平衡之中。可以肯定的是,动物们在死后会被送走供人类食用,但与此同时,它们能够过完自己的一生,这让它们能够把自己的自然本能表现出来。而且,根据波伦的论据,让它们人道地死去,也让我们表现出自己的人道主义精神。

在最后,波伦调转话题,对素食主义者展开攻击。他论辩道,把动物当作食物是我们自己动物天性的一部分。此外,如果每个人都是素食主义者,则可能会有更多的动物——例如,田野上的老鼠和鸟类——被用来种植农作物的机器的车轱辘和刀刃给杀死。甚至于:

> 一种强烈的清教徒倾向在动物保护主义活跃分子当中十分普遍,这让他们不仅要忍受自己动物天性所带来的不适,还要忍受动物们的动物天性所带来的不适。不论这对于我们来说意味着什么,捕食动物都并不是一件关乎道德或政治的事情,它关乎人类与其他物种的共生共存。狼猎食鹿也很残忍,可是鹿群也要依靠它来维护自身的有序延续。没有猎食者在鹿群中捕猎,鹿群会变得过度庞大,吃光它们的草地,然后挨饿。

就这样,波伦带着我们在他的个人旅行中前进。有些是真实的场景——叙述开始时的餐馆以及被他当作一种新型畜牧业案例的农场。但是,大多是头脑中的思考,他在这里展开争论和反驳。他确实在散步的时候思考过这个观点——吃肉是罪恶的。在写完洋洋洒洒的 9 000 词之后,他发现这一观点有所欠缺,不过他有了新的理解。美国的畜牧业加工农场是罪恶的,但是这并不意味着吃肉也是罪恶的,我们还有第三条路可走,而这些叙事就可能成为启发他写出《杂食者的两难困境》一书的灵感。这部非凡的畅销作品把成千上万的读者成功带入了波伦的思考当中。

再说一次,打开大门的正是对叙事技巧的有效运用。

纪录片

谈论非虚构写作的书绝对不能漏掉纪录片。但是，我们这本书要谈得更深入。

为什么呢？

部分原因是因为我的这本《故事技巧》出自我的个人实战经验，它们都是来自写作、编辑和指导非虚构写作的一手知识。我在电影或影像方面毫无经验。电影制作的技术层面要求经年累月地学习、实践，方能深入理解。我不会假装自己具备这样的专业知识。

如果对纪录片的叙事结构感兴趣，可以读一读罗伯特·麦基的《故事》、克里斯托弗·沃格勒的《作家的旅程》、悉德·菲尔德的《剧本》。这三本书有丰富的故事理论，我在本书中多处引用和讨论。约翰·特鲁比的《故事解剖》也是一部在业界很有名气的著作（特鲁比的电影剧本代表作有《西雅图夜未眠》和《怪物史莱克》）。

肯·伯恩斯很早就在纪录片叙事领域证明了自己的天才特质，开发了一门关于纪录片的线上大师课。受邀讲课的嘉宾包括沃纳·赫尔佐格、罗恩·霍华德和安妮·莱博维茨。

《故事技巧》里提到的故事理论的基本原理与纪录片并非毫无关系。最近所有关于剧本创作的书都会讨论一个话题，那就是故事理论对剧本创作的重要性。对故事理论的重视是对神经科学研究领域大量研究结果的回应，研究认为大脑的故事机制对于我们看待世界的方式非常重要。

脑科学家的研究在深入，我们对故事叙述基本原则的认识也在逐步加深。我们认识到，无论是在非虚构还是虚构作品中，一些故事叙述的原则是共享共通的。正如我在第一章第一段写到我去听艾拉·格拉斯的演讲，我当场领悟到一个道理：格拉斯制作《美国生活》节目和我在杂志社编辑非虚构叙事作品，我们运用了相同的故事理论。我从新闻业的全职工作退休后，开始写自己的第一部小说，正好测试一下我悟到的原理是否正确。用新的形式写作着实让我痛苦了一阵子。好在我在写小说的朋友的帮助下最终完成了手稿，并找到了一位愿意给新手机会的出版商。我的《美妙的夏天》顺利出版，还获得了一些好评。它虽然不是一本畅销书，但对我来说，它再次充分证明了我的观点，那就是：无论在杂志故事、小说、电影、戏剧或是纪录片中，故事理论都是普遍适用的。

播客

"谁能知道人类的心里会潜藏怎样的邪恶？影子知道！"（播放疯狂的笑声和诡异的音乐。）一段开场白，使全国各地的孩子都集结在巨大的落地式收音机前瑟瑟发抖，汗毛随着真空管发出的声音根根竖立，但依然期待听到奥森·威尔斯以仿佛从幽深的空桶里发出的声音讲述激动人心的故事。

20世纪30年代末，几乎每个美国人都知道"影子"。几十年来，这个与犯罪行为斗智斗勇的戏剧性人物——每集结束前都要来一句"播种邪恶，只会收获邪恶！"——不断出现在各种低俗小说、漫画和故事片中。这个角色经久不衰的人气证明了广播剧在媒体黄金时代的影响力。

故事叙述几乎从一开始就在广播中找到了自己的存在感。广播公司探索如何让听众沉浸在一个极其亲密而充满想象的空间中，地方广播台在20世纪20年代早期就已经在试验广播短剧。一部以沉船为背景的法国广播剧原定于1924年播出，但是由于这部剧过于写实，法国政府担心听众会误以为是真实的SOS求救信号，所以禁止该剧播出（直到1937年才得以播出）。第二年，奥森·威尔斯的广播节目成功地骗倒一大群美国听众，他们对外星人正在入侵新泽西州深信不疑并惊慌失措。为了打消人们的疑虑，水星剧院制作了广播节目《世界大战》，此剧一出便确立了广播节目的优势地位。

轻松的娱乐节目，例如情节喜剧《骗子麦吉和莫莉》，在电视把它们赶出历史舞台之前已经热播了十多年。1928—1960年播出的《阿莫斯和安迪秀》拥有庞大的听众群（有些时候全网收听率高达50%），听众为这档创新的、靠麦克风取胜的节目所深深吸引，节目做到了让听者置身于一个真实可信的想象空间。但是，该节目由白人演员来演绎无知、易上当的黑人角色，继续散布种族主义的刻板印象，最终引发了广泛的谴责。（全国有色人种协进会谴责该节目是"对黑人的严重诽谤和对事实的歪曲"。）虽然后来在电视节目中加入了黑人演员，但也无法挽回这档节目的衰亡。

而今，新技术把音频戏剧从坟墓中拽了出来。播客将旧日广播的亲近感和参与感与互联网流媒体的点播便利性结合在一起。事实证明，播客是现代叙事性非虚构小说类写作技巧的极佳试验场。播客节目和长篇个人问题文章这类的形式具有相似性，所以我和那些播客新手们沟通起来舒服愉快。由于播客很新，不像纪录片那样走过了很长的发展历程，所以故事理论运用于播客的研究文章还不太多。

播客并非一种彻头彻尾的新媒体，它的长度非常灵活。与传统的广播节目不同，一个系列播客节目的单集时长可以是 5 分钟，或者是 50 个小时。主播用真实可感的声音向听众诉说，这种媒体形式具有天然的亲密感，因而非常适合采用第一人称叙事。这也大大增强了播客与主播之间的个人情感联系。

这种亲密感似乎是播客吸引人的核心原因。它充分利用了广播的核心特征之一来制造一种情绪。很多研究播客的人都会提到富兰克林·D. 罗斯福的《炉边谈话》，它所营造的温暖感和包容性被视为优秀音频节目的标杆。

西沃恩·麦克休写道："当主持人直接对着听众的耳朵说话，亲密感会增加。如果我们把亲密感的强度用 1～10 来表示，播客的亲密感可以达到 11。原因有两个：第一，人们在听节目的时候通常是一个人用耳机听；第二，收听播客节目是一个自由的选择，想听就听，不想听就不听。这就为亲密感的创造提供了完美的条件。"

我通常都是在开车的时候听播客，我的黑色拉布拉多坐在副驾驶位，和我一起在高速公路上飞驰。这也是一个亲密的空间，一个好的播客故事可以让路程减半。

基于以上我们讨论的所有原因，播客在过去 10 年中迅猛发展。一项针对苹果播客节目的调查发现，播客节目的数量惊人，竟有50万种。它们把所有码头都占据了，从传统的广播节目——大众传媒或汽车广播——到适合流媒体的各种难聊的话题，诸如养宠物鸟或秘鲁食物。就像专业领域的杂志，只要你能想到的话题，就肯定有一档播客在聊。

大部分的播客节目是用话题来架构节目。有一些播客节目是真正意义上的叙事，有场景搭建，有时候会从抽象阶梯的底层攀爬，叙事顺序可能会（也可能不会）显示出一条叙事弧线。在前文里，我提到过每周公共广播节目《美国生活》，它于1995年首次播出，节目的热播迅速确定了艾拉·格拉斯在美国故事叙述领域天选之人的地位。这档节目既忠实地遵循故事理论的基本原则，同时又采用了一种创新的非虚构形式。节目的前制作人莎拉·柯尼格推出了一款受众面更广的播客节目《连续剧》，节目一播出就成为经典爆款，收获了庞大的收听用户群体。到2018年底，它的下载量创下了3.4亿次的世界纪录，还获得了美国广播界的所有主要奖项。

《连续剧》第一季于2014年首播，一共有十多集。主播柯尼格以非正式的第一人称叙述带领听众一起探究1999年马里兰州高中生、美籍韩裔女孩Hae Min Lee被谋杀的事件，最后是Lee的同班同学阿德南·赛义德被逮捕并最终定罪。

莎拉·柯尼格的开场白为故事讲述定下了基调：

> 在过去的一年里，我每天工作的时间都在试图搞清楚1999年的某天，一个高中的孩子在放学后的一个小时里去了哪里。如果你和我一样重视细节，你会想知道1999年的某天，一个高中的孩子在放学后的21分钟里去了哪里。搜寻答案的过程有时会让我觉得不太体面，因为我不得不询问青少年的情感生活——在哪里？多久见一次？和谁？——还有关于他们在课堂上传递的纸条、他们的不良习惯、他们与父母的关系。我不是警探，也不是私家侦探。我甚至都不是报道刑事案件的记者。但是，今年的每一天，我都在试图找到那个17岁男孩的不在场证明。

背景音乐——这也是《美国生活》在视听节目中率先使用的一大要素——主要起到营造氛围情绪的作用，这跟电影里的配乐是一样的。柯尼格在节目中的个人反应在整个报道经历中是最重要的，它吸引听众们跟她一道去探索。语言是非正式的，像聊天一样。（她指称的说法是"高中的孩子"，而不是"高中生。"）柯尼格强调她并不具备调查案件的资格，这样一来就把自己摆在和听众一样的业余位置，于是柯尼格的所有探索和追问就变成了所有收听播客节目的听众参与其中的同享的经历。到 2020 年，《连续剧》已经播出了三季，第四季正在制作中。

西沃恩·麦克休称这种做法为"刻意的非正式"，再加上自嘲式的谦逊，这些当然在很大程度上都是刻意为之。辛西娅·戈尼是一位非常优秀的叙事性非虚构作家，我在本书多处引用她的观点。她决定要试试播客，但在尝试过程中发现，光是播客所需的技术性专业知识就是一头巨大的拦路虎，显然播客这种新媒体可不是随便玩玩的：

> 报道一个播客故事跟我之前习惯的报道方式完全不同：有很多问题。你要做好一个采访，不得不面对这些问题。在开工之前，你要检查那些按钮、滑动条，各种线路要插在对应位置。你要不停地看着计时器，同时要确保闹钟不会突然响了，或者当你的采访对象正在发表一段精彩评论的时候，路过的垃圾车不要发出刺耳的刹车声。还有节目录制中闪烁的红灯。天啊，闪烁的红灯！我现在都还会梦到它。

辛西娅·戈尼的第一个播客节目叫作《99％不可见》，由罗曼·马尔斯制作，部分资金来自"开启者"① 的众筹活动。2014 年，马尔斯创建了"广播邦"（Radiotopia），汇集了 24 个独立的播客节目，其中包括《真理》《陌生人》《万物理论》。"广播邦"节目每月总下载量超过 1 900 万次。

这个数字解释了为什么曾经登载高质量叙事性非虚构类作品的报纸

---

① Kickstarter，是一家通过网站为创意项目募资的美国公司，这家公司每季度可以筹集数十万美元。——译者注

已经大举转向播客。尼克尔·汉纳-琼斯主持了《纽约时报》系列播客节目《1619》。播客节目与《纽约时报》纪念美国奴隶制 400 周年的特刊同步发行。《洛杉矶时报》推出了大受欢迎的播客节目《肮脏的约翰》，这档系列播客节目采用故事叙述的形式，追踪报道了一段不幸的感情故事：一个卑鄙的男人引诱一名天真的室内设计师，后来引发了一连串致命的悬疑事件。《纽约时报》记者克里斯托弗·戈法德担任主播的播客节目《侦探特拉普》是一类关于真实犯罪的节目，非常适用于播客的形式。

除了美国的新闻报纸，其他国家和地区的新闻报纸也在尝试播客形式。澳大利亚的《时代》和《悉尼先驱晨报》联合制作了 10 集播客节目《乒苏的最后航行》，讲述了朝鲜船员向澳大利亚走私 150 公斤海洛因的故事。

一旦享有盛名的报纸开始涉足播客，那么大型的、享有盛名的奖项也会跟进。2015 年，《连续剧》获得了皮博迪奖。另一个衍生于《美国生活》并大受欢迎的《S 镇》也在 2018 年获皮博迪奖。2019 年，普利策奖委员会宣布了一个新设奖项，为表彰"服务于大众利益的音频新闻报道，它以启发性的调查报道和启示性的故事叙述为主要特征"。这个新奖项集合了所有的音频新闻形式，例如新闻广播、调查报道、音频纪录片。叙事性非虚构作品当然会在获奖者中占据突出的位置，就像特写写作等其他广泛的类别一样。

不用说，在叙事性非虚构的世界里，播客已经到来。

第十四章　道德准则

事情要么发生了，要么就没有发生。

——泰德·康诺弗

- ◆ 挑战
- ◆ 背弃信仰
- ◆ 回忆录的道德准则
- ◆ 推测
- ◆ 亮明身份
- ◆ 沉浸
- ◆ 背叛
- ◆ 想象的模式
- ◆ 故事结构与风格
- ◆ 技巧
- ◆ 心灵的道德习惯

我的基本原则非常简单：诚实报道，实事求是，开诚布公。即使偏离现实会让故事富有戏剧性、思路清晰、风格独特，我也绝不会捏造事实。

　　这说起来容易，做起来难。叙事的道德可以非黑即白，也可能呈现为微妙的灰色地带。我创作的所有叙事作品都会引发道德问题，其中一些问题相当棘手。

　　比如说，你决定跟踪报道两家电力巨头合并的新闻，其中一家电力公司就在你生活的城市里。两家公司的负责人同意接受采访，条件是在交易达成之前，你必须严守秘密。你已经面临着第一个道德问题了：当你发现读者的利益会因此受损时，你还能继续保持沉默吗？

　　如果你同意接受这个条件，前方的道路变得更加难以预测。公司的执行总裁在一个遥远的城市秘密洽谈，会议室里只有你在场。在报道中，你是表明自己在场，还是直接描写两位总裁针锋相对、讨价还价的激烈场面，来达到戏剧化的效果？

　　然后，你决定将动作和场景都写入动作线中，到目前为止你描写的都是电话交谈和会议洽谈。你写到一位总裁参观水力发电大坝上的涡轮机房，她经过轰鸣的发电机，和工作人员谈着水力发电。这是一个很棒的场景——场面宏大、喧闹、活跃，体现了这家公司的业务情况。老板见到了工作在第一线的发电工人。但是，提到这次参观会不会扭曲真实情况？

　　随着报道的展开，你发现自己越来越喜欢其中一家公司的总裁。她待人热情，讨人喜欢，也喜欢你。一天工作忙完之后，你俩坐在一起喝酒，她就像朋友一般和你聊起天来，并告诉你很多有趣的背景信息。你能在报道中使用这些背景信息吗？你会提醒她你可能使用你们聊天中的信息，给她一个机会声明这是不宜公开报道的内容吗？在文章中，你如何描写她呢？如果你的报道影响了她或公司的声誉，你是不是就背叛了朋友？

如果你让消息提供者对之前的对话进行解释，你会将这些解释混在先前的对话中吗？如果你问了她在做出重要决定时那一刻的想法，你会将这段无法核实的内心独白放入故事叙述中吗？如果有关这次会议，三名主管说法各不相同，你会采用谁的版本？如果交易失败了，你的消息提供者让你停止报道，这时候你会怎么做？

这只是一篇商业报道，其他类型的报道会涉及更加复杂的道德问题。例如，医生协助病人安乐死，收养不成功，或者知名公众人物与下属之间的不正当交往。

挑战

创作非虚构叙事作品就像在黑白电视机上观看远处的蝴蝶。现实就在那里，但是不尽如人意的记录模糊了轮廓、冲淡了色彩、缩窄了视野。沃尔特·哈林顿说过："当我们提笔开始写作的时候，才发现语言很难描述出复杂的世界。"

任何描述世界的尝试都会改变现实，而改变就意味着道德抉择。我参加了在圣路易斯举行的 2004 年全国作家研讨会，碰巧听见了沃尔特·哈林顿的主题发言，我在笔记本上一字不差地记下了他这句评论（见上一段）。我接受过记者训练，掌握了很好的速记方法，当我全神贯注的时候，我敢保证这个引语绝对准确。

但是，如果我错过了会议，只能通过采访其他的参会者来复述这句引语，我该怎么做呢？大厅里有几百个人，我可以利用登记表，找到每个人。但是，如果我要采访他们，我会发现一些人根本不记得这句话了，即使记得也记不太清楚，无法准确地将它复述出来。很少有人会在笔记中记下这句话，其中能记准确的人更是寥寥无几，他们甚至可能将这句话错记成"我们发现语言可以描述出复杂的世界"。

即使目击证词是可靠的，任何重构的叙事也只能做到接近真实事件。后现代主义艺术家甚至据此认为外在的现实世界并不存在。我并不赞成这个观点。非虚构叙事作品的重要使命就是帮助我们更好地应对这个充满挑战的世界。我们将世界描述得越准确，我们的故事就越有帮助。当然，我们不可能完全做到实事求是，在很多事情上我们也无法完全达成共识。但是，唯一合乎道德的做法就是尽可能准确地描述真实事件。

我们可以举着那台黑白摄像机靠近蝴蝶。我们也可以加上旁白，来描述蝴蝶的颜色。我们还可以模仿肯·伯恩斯的风格，请出专家来讲解蝴蝶的生活习性，并解释它的重要性。我们将摄像机对准不同的方向，展现出蝴蝶生活的环境和成长的过程。我们可以研究蝴蝶的历史，并预测它的未来。换句话说，我们的报道和写作可以做到诚实、深入。我们可以参照沃尔特·哈林顿的标准：

> 当我写到泉水的温度达到了 51 华氏度，我已经事先用温度计量过水温了。当我写到自己在白宫喝了歌瑞玛酒园珍藏的白葡萄酒、吃了熏制鲑鱼慕斯，我会在布什总统图书馆中核查白宫当天的记录。当我写到肯塔基州乡间的山脉高达七百、八百和九百英尺，我会在土壤保护地图上核对山脉的高度。当我写到自己小的时候，和父亲晚上一边开车、一边唱着《红河谷》，途经阿什兰路上的一处凹地，正好路过弗吉尔·格雷的房子，我还记得那个晚上和那首歌曲，但是我还是问了父亲，核实弗吉尔·格雷是否住过那间房子。然后，我驾车两个小时来到阿什兰路，确定经过弗吉尔·格雷的房子之后，路上真的有处凹地。

背弃信仰

1980 年，珍妮特·库克承认《吉米的世界》中的那个吸食海洛因成瘾的孩子纯粹是自己杜撰的，而这篇刊登在《华盛顿邮报》的作品曾为她赢得了普利策奖。库克黯然辞去了在报社的工作，而报社的编辑们倍感耻辱，退回了普利策奖。自此世风日下。1998 年，斯蒂芬·格拉斯被揭发捏造消息提供者，他为《新共和》杂志写了 27 篇故事，其中不少都是编造的。同年，《波士顿环球报》都市版专栏作家帕特里夏·史密斯承认自己编造人物和引语，并从报社辞职。《环球报》专栏作家迈克·巴尼克尔也引咎辞职，他被指控抄袭他人作品和编造专栏报道。2001年，为《纽约时报》撰稿的迈克尔·芬克尔东拼西凑捏造人物。2003年，《纽约时报》揭露杰森·布莱尔剽窃和捏造文章。2004年，《今日美国》的编辑发现其著名驻外记者杰克·凯利"捏造了至少8篇重要新闻报道，从与之竞争的报刊中抄袭了将近24条引语，向报社说谎，并密谋欺骗调查人员"①。

2011年，公众得知鲁伯特·默多克旗下的英国下流八卦小报《世界新闻报》长期监听私人手机通话，监听对象包括文化名流、皇室成员、一名被谋杀的女学生、阵亡士兵家属。监听丑闻导致小报关停，默多克集团的几位高管引咎辞职。2014年，《滚石》刊登了《校园性侵案》，这篇报道的信息来源不明，引发了强烈不满。最后，杂志撤回文章，发表致歉声明，庭外和解了这桩重大的诽谤诉讼案。2018年，《纽约时报》的编辑严厉训斥一位与政府消息人士有染的年轻记者，与她解除合作关系。

这些丑闻都发生在享有世界声誉的新闻媒体中，因此它们的破坏性极大。尽管《纽约时报》每天都对新闻报道进行校对和验证，它也无法做到一切实事求是。但是，非虚构故事应该尝试报道现实生活。正如沃尔特·哈林顿在圣路易斯所说的，"事实内容繁杂，但是意义重大"。

珍妮特·库克和迈克尔·芬克尔不是"东拼西凑的人物"，他们就是非虚构写作圈里的无赖。他们辩称不过是把真实的报道中的真实信息进行组合，由此创造的人物可以反映世界的真相。流行心理学畅销作家、《旅程》的作者盖尔·希伊曾经编造一个名叫"红裤子"的妓女，并把她描写成一个真实的人物。盖尔为自己辩护说她在文章中表明了这个妓女是虚构人物，但是在编辑的时候那一行被删去了。无论他们如何辩解，我都赞同约翰·麦克菲的观点："在我的世界里，合成的人物只能出现在虚构文学中。"②

---

① Blake Morrison, "Ex—USA TODAY Reporter Faked Major Stories,"发表在 usatoday.com，2004年3月19日。

② 麦克菲的话援引自：Sims, *The Literary Journalists*, 15。

回忆录的道德准则

在 1996 年出版的《天使的孩子》中,弗兰克·麦考特讲述了自己在贫困的爱尔兰家庭中的成长故事,这本书很快就成为畅销书,好评如潮,并最终赢得了普利策大奖。该书销量已经达到 500 万册,但是只有少数人提出质疑:麦考特回忆起他孩童时期的对话是如何做到一字不差的呢?麦考特的故事发生在爱尔兰的利默里克市,那里的市民们读完故事后感到愤愤不平,他们指出麦考特在描写这座城市的时候犯了很多错误。而此时,麦考特却名利双收,搬进了占地达 24 英亩的庄园。

没有人敢断言麦考特的回忆录纯属捏造,但是其中不少对话明显是编造的。他并没有运用沃尔特·哈林顿的标准来保证回忆细节的准确性。但是,麦考特还是赢得了普利策非虚构作品奖。他有资格获得这一奖项吗?

在麦考特获奖这件事上,不少新闻界的同人们提出了异议,而那些教授和写作创造性非虚构作品的作家们却无法理解他们反对的原因。在回忆录的写作中,这种道德上的分歧尤其明显。

新闻文本对信息的准确性有着明确的规定:引用要准确,名字要拼对,哪怕是最微小的细节也要保证准确无误。

创造性非虚构作品的准确标准弹性很大。但是在《真实写作:创意写作的艺术和技巧》中,桑德拉·珀尔、米米·施瓦茨与我、乔恩·弗兰克林和沃尔特·哈林顿的观点是一致的,他们提出创造性非虚构作品应该:

> 忠于事实,如实地描写现实世界,或者凭借记忆和想象向读者展现这个丰富多彩的世界。如果你为了写出更好的故事,而去篡改或者编造事实,这就是虚构作品。但是,如果你运用事实来讲述自己的经历故事,这就是创造性非虚构作品。

珀尔和施瓦茨以爱丽丝·沃克的作品为例,分析回忆录写作。在这段文章中,爱丽丝直接引用了自己 12 岁时的对话。此时,珀尔和施瓦茨

放宽了准确原则:

> 创造性非虚构作家与其他类型的作家不同,他们既要富有创造性又要忠于事实真相,创作起来如履薄冰。记者和学者们倾向于忠于事实真相,尽量回避含混不清的回忆和想象。而虚构文学作家们则忠于故事情节,乐意创造出有趣的世界。但是,创造性非虚构作家们致力于叙述真实的故事,他们必须尽力把握住道德和艺术的尺度:报道过多,他们就进入了学术或者新闻领域;而幻想过多,他们又进入了虚构文学的领域。

令人烦恼的是,珀尔和施瓦茨后来又提出一个中间立场。他们写道:"如果我们只坚持使用铁的事实,历史就像素描线条一般干枯乏味,我们必须给这些图画着色。"而"着色"就包括"运用想象来补充我们对细节的模糊记忆"。

考虑到人类记忆的奇异莫测,我认为这一妥协意味着允许编造故事,并称之为事实。珀尔和施瓦茨肯定会反驳称,"着色"只是获得"情感真相"的方式。

"情感真相"的说法经常出现在有关创造性非虚构作品准确性的讨论中。按照这个说法,你可能无法做到每个细节都实事求是,但是你可以抓住故事的真实意义。在非虚构文学界,这一观点很常见,但是也引发很多争议。珀尔和施瓦茨说道:"在创造性非虚构文学的会场中,情感真相和事实真相这两个术语总能引起激烈的争论。"

在 2003 年詹姆斯·弗雷出版了《岁月如沙》一书之后,这场争论达到了高潮。这本书充斥着陈词滥调,据说写的是弗雷本人与酗酒和毒瘾抗争的故事。2006 年,这本书得到了奥普拉·温弗瑞的支持,卖出了 300 万本。之后,一家名叫"确凿证据"的真相调查网站揭露该书实际是个骗局。

最初,弗雷的出版商双日出版社抛出了"情感真相"的说法。出版社发布的新闻稿中写道:"尽管最近有人指责这本书编造事实,但是对于众多读者而言,这本书给予了他们强烈的体验、深刻的启示和救赎的勇气。"弗雷本人也用同样的理由逃避指责,他告诉拉里·金,他"坚持认为这本书写的是自己的真实生活"。奥普拉辩护说,不论书中细节是真是假,这本书都是很有价值的。

但是,实际上《岁月如沙》这本书毫无真实性可言。弗雷最终承认这本书原来是部小说,先后遭到17家出版社的退稿。后来,双日出版社的南·塔利斯说,如果弗雷能将这部小说重写成回忆录,她就答应给他出书。弗雷和塔利斯已经触碰到了道德的底线,对他们来说,小说和回忆录的唯一区别就在于回忆录似乎更畅销一些。

"确凿证据"揭露了真相,轰动了全国上下。奥普拉感到了压力,她不再为这本书进行辩护。她再次邀请弗雷参加节目,不过在这次节目中,她毫不留情地批评他"背叛了成千上万的读者"。兰登书屋作为双日出版社的控股公司,答应为每一位蒙受欺骗的读者退还书款。

但是,同样可疑的回忆录还是不断涌现,挑战着道德的底线。玛格丽特·塞尔策创作的回忆录《爱与因果:有关希望和生存的回忆》赢得了《纽约时报》和《洛杉矶时报》的一致好评。这本书的作者署名为玛格丽特·琼斯,但结果证明这只是骗局的开始。我报的书评编辑杰夫·贝克指出,琼斯或者塞尔策女士是白人,而不是她声称的印第安人。她成长在加利福尼亚州谢尔曼-奥克斯富裕的郊区,而不是洛杉矶中南区的寄养家庭中。她虽然在俄勒冈大学学习人种学,但是并未从该校毕业。而且杰夫还指出她从来就没有加入过"血街黑帮",也没有"贩卖过毒品或者制作过高纯度可卡因"。

大卫·塞德里为回忆录辩护,他欣然承认自己写的很多内容都是虚构的。《纽约时报》的萨拉·莱尔对他进行采访后写道:

> 塞德里先生说为了达到故事效果,他会在对话中采用夸张手法,他将新书中的故事说成"似乎是真实的"。他也坚称在自己创作的这类文章中,现实这个概念既主观又灵活,因为人们对同一事件的记忆各不相同。他说:"你在回忆录中是读不到真相的。"

不仅仅是在回忆录中读不到真相,美国电影也一直混淆事实和虚构的界限，没人会指望从好莱坞电影中获得真相，连奥利弗·斯通导演的《刺杀肯尼迪》和《埃斯科瓦尔》也扭曲了历史事件。现在流行的纪录片让观众相信报道是真实的，但报道却在事实问题上随随便便。鲁滨逊·德沃尔导演的《动物园》据说是部关于恋兽癖的纪录片，但是德沃尔承认这部电影并不是传统意义上的真实纪录片。他说道："我一直强调我们只是尝试反映事件的精神，而不是模仿《六十分钟》节目风格对该事件进行曝光。"他也是采用"情感真相"的观点来为自己的欺骗行为辩护。如果《动物园》描述的人物观看了这部电影，德沃尔承认："他们可能会说：'事实不是这样的。'我会问他们：'我是不是忠于你们的语言和精神？'"[1]

这种后现代主义现实观甚至影响了广播新闻。菲利普·杰拉德写了一篇文章，描写了他在搬家公司工作的经历，这家公司毁坏了一位女士的财物。她哭完后说道"不应该为财物哭泣"，并给了杰拉德一本威廉姆·斯泰隆的《苏菲的选择》。在故事中，杰拉德把这篇文章发给了《全面考虑》栏目的一位制作人。制作人很喜欢这篇文章，但觉得把《苏菲的选择》里面的大屠杀内容放进一则讲毁坏财物的故事有点过于沉重。"能不能，"她问，"是另一本书呢？"

另一本书！为什么我觉得这样很讨厌？是因为《全面考虑》是美国一档不错的新闻节目，所以他们应该保证对事实的基本尊重？也许。但当我冷静下来再考虑，我回到那个核心信念，即非虚构所呈现的任何内容都应该保证对事实的尊重。

同样让人不能忍受的是约翰·伯兰特的《善恶花园的午夜》占据《纽约时报》非虚构畅销书排行榜长达216个星期之久。但在被问到其中一些事实的时候，伯兰特承认："这不是实实在在的报道，因为很明显这是我编的。"[2]

就像这本书表现出来的，"非虚构"的标签也会贴在并不保证完全准

---

[1] 引用于 Levy, "Give It to Me Straight, Doc"。
[2] 由哈林顿在 "The Writer's Choice" 中援引。

确的书上。沃尔特·哈林顿说，一位著名的编辑曾经说他对精确度的吹毛求疵太过"记者气"，而他"现在不仅仅是位记者，还是位作者"。另一位告诉他，如果是为了叙述的需要，把一个人物经历某个事件的年纪从 40 岁改成 20 岁，也没问题。

这吓到了沃尔特，也吓到了我。毕竟我们都是记者出身。就像《广岛》的作者约翰·赫西曾经说的："记者证上的说明应该写：'以上内容绝非编造'。"

推测

一旦你开始报道，你会发现自己一天做了多少假设——有些正确，有些错误。新记者基本上都会从一系列尴尬错误中学到惨痛教训。当我担任《西北杂志》编辑的时候，我曾安排一位年轻的自由撰稿人去采访彩票赢家。他采访了一位刚刚得到一大笔钱的女士，问她：当她得到这消息后，她做的第一件事是什么？她告诉他，她带着全家去了汉堡王。写稿的时候，他做了些发挥，说她带着她家人去吃了汉堡王最有名的皇堡。

哇！这位女士是素食者，她去汉堡王是因为那儿的沙拉。她非常气愤地给我打电话，说那个作者毁了她的名声。最后，她总算消气了，而我感谢这位杂志缪斯没有控告我们诽谤。

我想，有些假设是有道理的，一位诚实的作者为了更好地叙述故事可以做这样的假设。理查德·普里斯顿在他写埃博拉病毒暴发的《炎热地带》里面就做了很多假设。但是，当普里斯顿在合理想象的基础上重新架构场景的时候，他在书中穿插使用一些提示词，让读者在情节转变中进入故事，这些词包括"大概""也许""可能"。

下午的时候，可能下雨了，就像埃尔贡山经常下雨那样。所以，莫奈和他的朋友可能会待在帐篷里，也许当雷雨敲打帆布的时候他们会做爱。天变黑了，雨渐渐停了，他们生火做饭。那是新年的头一天。也许他们喝着香槟，庆祝新年。

普里斯顿在撰写这篇报道的时候，莫奈已经死于一种疑似埃博拉的病毒，这个不幸事件严重限制了采访的可能。所以，只要普里斯顿希望写出完整的叙事，包括生动的场景描写，一些推测就不可避免。他重走莫奈走过的路线，用一些片段填补空白，比如喝香槟的情节。有道理。我在读《炎热地带》的时候，完全知道普里斯顿在做什么。

艾瑞克·拉森面临类似的挑战。在《白城恶魔》里描述事件的最初见证人都死了：芝加哥世界博览会已经过去了一个世纪，这次的凶手不是埃博拉病毒而是时间。

拉森更像一位传统历史学家，用脚注来证明他的资料来源。这种手法可以避免消息来源不明造成的混乱，比如"他可能觉得"或者"他在回忆录中谈到"。脚注有时出现在流行小说中，在20世纪90年代的道德丑闻之后连报纸都尝试过。《华尔街日报》在它对"9·11"恐怖袭击的重构中用了脚注，一些评论批评采用这种手法是小题大做。

尽管有脚注，拉森文中少量不明来源的信息仍很困扰我。我经常在陈述中停下来问：他怎么知道那些他描述的事情？有一次，他写一位女士走到一间楼上的房间。"天气很热，苍蝇停在窗框上。窗外，一辆火车轰隆隆开过交叉路口。"我想，你可以通过当天的气象记录查到那天的气温。你甚至可以查出火车通过交叉路口的频率。但是，我想知道，你怎么知道苍蝇停在窗框上，刚好那个时候还有火车轰隆隆经过？我不觉得这些是一个人会记录的细节，拉森的脚注也没解释。

拉森不是对这些不重视。他的作者手记表明了他的资料来源，包括法庭记录、回忆录、报纸文章（包括信件和电报等原始资料引用）。拉森对待调查这种不遗余力的认真劲儿着实令人佩服，可他还是不拘于手边的事实。拉森是这样描写连环杀手的夜间行动的：

> 晚上，一楼的商店都关门了，朱丽亚和佩尔以及楼里的其他租户都睡着了之后，他有时会下到地下室，仔细地锁好门，再点燃他的炉窑，惊叹于它不一般的热度。

在拉森的脚注里，他承认这是以事实为依据的推测，因为"大家都知道霍姆斯会在晚上踱步，表示他睡眠不好。精神病人需要刺激，炉窑可以成为不可抗拒的诱惑。欣赏以及点燃它的火焰可以强调他对力量和对楼上住户的控制意识"。嗯，这些都可能是真的。但我觉得延伸这些事实去创造一个具体的场景就有点过了。

作为一个编辑，我可能会建议拉森写："从我们对精神病人的了解，可以轻松想象出霍姆斯下到地下室，仔细地锁好门，再点燃他的炉窑，惊叹于它不一般的热度。"这样肯定更拗口，但是这让我感觉好些。

关于用多少推测来让单薄的故事线有血有肉，诚实的叙述作者对此有不同看法。但我的底线是，读者应该明确知道，作者是从哪里获知他宣称自己知道的东西的。不只是我。竞赛评委经常坚持这方面的透明度。普利策奖评委会最近拒绝了一件不错的、已经闯入了决赛的作品，因为作者说不清楚她的信息来源。2003年，美国新闻编辑协会在宣布年度写作奖获奖名单的时候，发布了一个关于不明来源消息的特殊声明，来强调对这方面问题的顾虑：

> 近年来，我们的评委很关心在故事中——尤其是叙事写作中——信息来源的缺失。幸运的是，我们发现最好的作者能够把消息来源融入自己的作品中。但我们不得不拒绝一些不错的作品，因为它们无法说明信息来源。

亮明身份

我可能对艾瑞克·拉森在《白城恶魔》中的细节描写颇有微词，但他在这部作品中使用的方法符合我对作品透明度的基本要求。读者可以清楚地看到作者在干什么，看出他对精确度、证据、公平持什么标准。我喜欢"作者按"，我编辑过的大多数叙事文章都会有类似这样的"作家的话"。以下是我为普利策奖获得者汤姆·霍尔曼写的"编者按"：

> 为了报道《面具后的男孩》，汤姆·霍尔曼花了数百小时，历经十多个月的时间，仔细查阅病历，阅读莱特纳家的书报杂志，甚至干脆待在莱特纳家里，陪山姆去上学，采访山姆的朋友，两次跟随

莱特纳家做长途旅行。他亲眼看到了事件发展的每一个重要环节，亲耳听到了每一段关键的对话。

所以，《面具后的男孩》没有多少需要重构的场景。作品中的每一个场景设置，都有对事件参与者的细致采访作为依据。每一个这样的场景都包含了参与者回忆的信息出处。

文中直接引用的对话都是霍尔曼亲耳听来的。

"作者按"给作家一个机会：可以对任何背离真相的叙事做出说明。劳伦·凯斯勒的《与玫瑰共舞》源于她在阿尔茨海默病疗养中心的护理经历。她在疗养中心看护病患，参加正常轮班。但劳伦不是一个普通的护工，她是俄勒冈大学叙事性非虚构文学课题的负责人，所以她的报道策略必须考虑到保护隐私。劳伦在"作者按"中就解释了她是如何处理这个问题的：

> 这是一部非虚构作品。虽然"枫树林"这个名字是虚构的，但这个地方却真实存在。这本书中的人物——枫树林的居民、他们的家人、疗养中心的看护和管理人员——都真实存在。为了隐私保护，我更改了一些人的姓名，但只在一个例子里我故意更换了所有的细节称谓。书中记录的事件和事故都真实发生过。那些我没亲历过的，我也通过对在场目击者的采访予以重构。书中记录的对话也都是真实的对话，我亲耳听到（有些还参与其中），当时就记在我的采访本上，或是稍后补录。

沉浸

一位做沉浸式报道的记者有点儿像受邀拜访私人住宅的宾客，他应该对主人家的规矩心照不宣。好的客人应该是彬彬有礼的，不带任何偏见。他服从主人的安排，尽量避免打破宅子里的日常秩序。他得好好表现，帮忙缓解因为陌生人来访带给宅子的紧张不安。

这一点上没有人能比里奇·里德表现得更好了，所以他能成为优秀的沉浸式报道记者，并荣获普利策奖。由于他名声在外，2004年印度洋海啸后，一支医疗救护队邀请他一同前往斯里兰卡。在那里，救护队看到了海啸横扫过的整个村庄，那里渔船尽毁，失去孩子的父母悲痛欲绝。一个忙得手足无措的救护队队员找到里奇，请他帮忙分拣药品。里奇却拒绝了他的请求。

里奇拒绝帮忙而招致的尴尬，就像宾客打破了与主人秘而不宣的约定时脸上泛起的潮红。但这也刚好说明了沉浸式报道常常会面对的奇怪的冲突。医疗救护队的任务是救助斯里兰卡的灾民，里奇的任务则是在一旁记录他们的工作而不加任何干预，这一点在启程前里奇就特别说明过了。

经验丰富的记者就他们到底应该在何等程度上置身事外争论不已。波因特学院新闻道德研究专家鲍伯·史提尔参观完我的新闻编辑室后，召集一批记者、编辑还有摄影师一起来讨论这个问题。一位女记者说："有时候，我们对自己说'不要卷入'，故意与被采访对象拉开距离。"她还补充说："但是这样会妨碍我们进一步获取深层的真相。"真相就是以这样的方式被扭曲了。其他一些参会者说，他们会毫不犹豫地帮助分拣药品，因为那是在灾区呀。一位编辑说："我们想用自己的方式行事，不愿意被别人牵着鼻子走。"他把矛头指向里奇·里德："如果在那时你需要医疗帮助呢？你会让别人在路边看着你等死吗？"

听完大家的讨论，史提尔认真思考了沉浸式报道的道德准则。"每个人承担的职责不同，"他说，"新闻记者的职责很特殊、很重要。"他总结了新闻记者的四条道德准则：（1）说出真相；（2）独立思考；（3）最少伤害；（4）有责任心。

在用第一人称写作时也能坚持上述准则吗？当你成为叙事中的一分子时，发生在你身上的一切事情都是叙事合法的一部分。罗宾·科迪在《夏日的航行》中，用第一人称讲述了一叶独木舟沿哥伦比亚河顺流而下的故事。如果有需要他营救的溺水者，他当然毫不犹豫。而且，如果真有此事发生，那真是撞了大运——多妙的叙事机遇啊。

鲍伯·史提尔的律令"说出真相"，是不是就意味着作者要彻底暴露身份并和盘托出全部写作计划？为了写《新看守》，泰德·康诺弗变身卧底，真的到监狱里谋得监狱看守的差事。那一年里，他兢兢业业地在新新监狱工作，其他的看守（更不用说那些犯人）完全不知道他在为写一本书做着各种笔记。最近，康诺弗也做了类似的事情：他为了《哈珀杂志》的故事，又在一家肉类加工厂找到了工作。康诺弗为自己的"欺骗行为"辩护称，这是不得已的办法，因为他一开始是试图用传统手段上门采访，但都遭到拒绝。在他看来，这两个故事主题的重要性促使他不得不通过这种所谓欺骗的手段来获得故事。

尽管如此，欺骗也是有限度的。在出版写作指导书《沉浸：深度写作指南》后，康诺弗在卡蒂亚·萨夫丘克主持的尼曼故事板的问答中给出了他的几条限制原则：

> 不要主动说谎。不要编造一个虚假的背景故事来解释你为什么会做这项工作。我认为，在任何情况下，你都可以避免做出解释，不回答或者说你不想谈论这个问题。有些人说我骗人，说我不过是套上狱警制服或联邦肉类检查员的工作服。在某种程度上，他们也说对了。但我并不是假装在做这项工作——我可是真的在工作。
>
> 而你绝不能潜入互助治疗的小组，比如戒酒互助小组。你不能为了获得故事而开始一段亲密关系。你不应该做那些你认为不道德的、违反你本性的事，因为你不能因为是卧底就去做不道德的事。

其他叙事作家的做法不同。玛丽·罗奇曾经想过乔装成外科医生，好混进消费水平在每人次 500 美元的整容院，那里有死尸的脸部供作整容选择。最后，她决定还是以记者身份正大光明地采访，她所坚持的新闻道德尺度让我心生敬意。大多数情况下，我们反对匿名报道，除非这条新闻人人知晓。知道了真相，我们大多数人都不会去质疑它的合法性，包括那些死尸的脸。

背叛

1979 年，军医杰弗里·麦克唐纳被指控谋杀怀有身孕的妻子和两个女儿。这起案件引起了叙事新闻记者乔·麦金尼斯的写作兴趣，他写过一部非常受欢迎的作品《推销总统》。麦克唐纳和他的辩护律师当然希望从轻判决。麦金尼斯沉浸到这个故事中,他分析总结认为,麦克唐纳实际上是一个夹杂着内疚和病态的自恋狂,他是在极度扭曲的心理状态下杀死了家人。麦金尼斯给书命名为《致命幻觉》,在作品中强烈地谴责麦克唐纳的行为,言辞比法庭的审判更为激烈。麦克唐纳后来起诉麦金尼斯欺诈。这场官司悬而不决,麦金尼斯上交了 32.5 万美元以达成庭外和解。

故事还没完呢。1989 年,珍妮特·马尔科姆在《纽约客》上就麦克唐纳反咬一口的官司连续发表了两篇文章:"每一个不是太蠢或是太自大以至于搞不清状况的记者,都应该知道他所做的在道德上是无可挑剔的。""他"指谁?当然是乔·麦金尼斯。

马尔科姆后来在她的《记者与凶手》中更加清晰地表明观点:叙事新闻记者与信息提供者之间的关系就像是婚姻中的诱惑关系,很容易导致背叛。

主流新闻界一片喧哗。"我们不是这样的!"受伤的文人们大喊,"我们可是好人啊!"

嗯,也许吧。但事实上,新闻记者与信息提供者之间既本质又矛盾的复杂关系,在叙事性非虚构写作中通常被放大。我曾思考过这个问题,现在想来,马尔科姆的观点确实有道理。

对于叙事性写作的成品,作家和信息提供者有不同甚至相冲突的期待,这就成了一大难题。信息提供者是用一般的社会规范来与记者相处的,我们假定是同情与忠诚。但信息提供者之于记者,不过是通向叙事作品终点的手段或工具。"人们忘记了你是来工作的,"泰德·康诺弗说道,"他们把你当朋友了。"

所以,你该怎么做才能缓和这种冲突并阻止背叛的感觉?鲍伯·史提尔建议:在投入一个报道前,先要跟信息提供者解释清楚基本原则,明确描述你作为记者的身份角色,告诉对方你和他所期待的会有哪些不同。史提尔说:"我只认可在报道一开始就做出道德抉择。"

里奇·里德在着手对日本商人高桥计一做长篇报道之前,写下了他设想高桥不愿配合采访的种种可能的理由。高桥的回信打消了里奇的所有疑虑。双方都清楚对方的预期，所以配合默契，很好地完成了项目。高桥第二次来美国的时候，我跟他们两位共进了一顿特别愉快的晚餐。

还有一位跟我合作多次的记者英娜拉·维泽尼克斯，她也坚持人物报道之初要"直接先谈清楚"。"有好几回，"她说，"我说着说着，差点想劝他们别参与报道了。"

在一个长期项目进行的过程中，直接的谈话可能还要多来几次。敏锐的记者想让信息提供者跟着他的步调走。"我是这么想的……""我知道你想的是X，但是我会把她说的写成Y。""最终，故事是由我来写，所以我们还是得在有分歧的问题上达成一致。"

透明度难道就意味着你可以把未出版的草稿拿给信息提供者看？负责任的作家是不赞同这样的，部分原因在于"发稿预审查"是新闻编辑室里漫长的往复过程。给信息提供者看草稿这件事本身就是违反道德的，因为这意味着记者对信息提供者失去了掌控力，记者自己也丧失了独立性。玛丽·罗奇就是坚守这条规则的人。她写完文章后，会把其中直接引用的部分念给信息提供者听，表明她没有杜撰什么；如有必要，她还会跟信息提供者再次核实一些事实细节。但她绝不会让信息提供者读到整篇草稿。她解释说："如果他们有机会改变什么，他们就会这么做。"

关于这点，我不置可否。我通常会让信息提供者通读全篇或部分草稿，当然我是有附加条件的。我欢迎他们指出错误并加以修改，最后的文字依然是属于我的。如果你对整篇报道保持全程透明，那么你的草稿对他们也无惊喜可言。信息提供者的审读能确保你写的东西都是对的。我请大卫·斯特布勒喝咖啡，好让他帮我检查那篇《为拯救拉赫玛尼诺夫与时间赛跑》的文章（我在第十一章详细讨论的叙事作品）。我很高兴我这么做了，因为大卫揪出我一个错误——我把"拉赫玛尼诺夫"的名字拼错了。

想象的模式

在大脑研究中最早与故事叙述伦理相关的研究成果让人有些毛骨悚

然。1944年，弗里茨·海德和玛丽安·齐美尔主持了一项实验，他们为被实验对象播放各种形状的物体在屏幕上移动的影像。伊丽莎白·赫尔穆特·马古利斯在报道中写道，实验参与者"试图把这些形状看作独立于指令、具有自主性且相互之间发生关联的有生命物体。为了让这些明显抽象的几何形状及其运动合理化，人们从中看到了故事"。

从这个实验的结果到丽莎·克伦提出的观点并非一种大跨越——"你的大脑不喜欢任何看起来随机的东西，它会竭尽全力地赋予其内在秩序——无论这种秩序是否真的存在"。

这种现象非常普遍，甚至有一种专门的说法。克伦指出："'空想性错视'是指，即便是在没有任何真实图形存在的情况下，人们仍会试图看出形状。例如，看到月亮上有个人，马铃薯皮的斑驳像是圣母玛利亚，或者一朵云像恐龙。"

其他评论家认为人性的弱点是阴谋论的温床，无论这个阴谋有多离谱，都有人相信，这是因为人类具有相同的大脑结构。现在政府高层正盛行着阴谋论，这就是模式认知错乱的悲哀。

阴谋论也出现在叙事性非虚构作品中，我在朋友和熟人的作品中就读到过。希望在一派混沌和纠结的现实中寻找到故事，这就是一种典型的对固定模式的探索。这样下去，不幸的结局可能是：整个故事的叙述是建立在一个站不住脚、混乱颠倒的逻辑基础上。"说这起谋杀案就是随机犯罪，这不合情理。所以，这背后一定有阴谋，有深层的腐败问题，那些人一定是在掩盖不可告人的秘密。"

是的……也许吧。不过，在缺乏确凿证据的情况下，也许并非如此。也许李·哈维·奥斯瓦尔德的确是在单独行动，尽管这似乎不太可能。也许你希望那个囚犯是清白的，可以把他的故事做成一期极具戏剧性的播客节目，但就是他犯了谋杀罪。也许你的大脑在告诉你图形与图形之间有某种特殊联系，而事实上那里真的只是图形在屏幕上随机移动。

负责任的非虚构作家知道什么时候给自己按下暂停键、退后一步、扪心自问："我们手上到底拥有什么证据且能够被证实，从而导致我们得出如此结论，推导出到底发生了什么？"最重要的是，要保持一个开放的头脑，不要提出超出合理怀疑、无法证明的观点。你要考虑你自己的信誉，你所属机构和作为一个人的声誉。

故事结构与风格

老新闻编辑室里有个关于好故事的说法："写得好不用检查。"这个说法当然是开玩笑的，通常的情况还是记者一边叹气、一边复查故事。但是，开玩笑的说法也有真理的成分。一个好故事就是一种诱惑。当我们开始追求它时，我们往往不顾一切，忽略那些可能相互矛盾的地方，一方面可能是因为我们不想搞砸了，另一方面可能是因为我们想不到除此之外还有别的可能。劳伦·凯斯勒说过："追求故事的时候，最有道德的非虚构作家也会被不道德所吸引。"[①]

一个完整的故事需要一位主人公。不幸的遭遇赋予人物更强的责任感去解除困境。一个完整的故事还需要高潮。于是，阴暗面可以通过一件小事折射出超过它本身能承载的重大意义。一个完整的故事需要解决问题。所以，这场诱惑必须把残局收拾干净，而且必须比现实人生更彻底、更决绝。

詹姆斯·弗雷不幸落入了诱惑的陷阱。最开始，弗雷想写的是小说，后来变成了回忆录，但他就是不愿放手故事元素（这些元素在小说家那里是现成的，任由处置，而且还无须考虑它们的现实基础）。"我希望故事有潮涨潮落，"弗雷解释道，"希望它有戏剧化的弧线，能拥有那些伟大故事所必需的张力。"[②]

我也曾真切地感受过这种诱惑。当山姆·莱特纳的整容手术没能给他一张正常人的脸时，汤姆·霍尔曼和我难掩深深的失望，而且我还羞于承认，这种失望之情不仅仅是因山姆手术失败而起。手术失败宣告了我们叙事弧线的断裂：我们预想的困境是，山姆希望拥有一张普通人的

[①] 凯斯勒的话出自俄勒冈大学新闻学院举办的学术研讨会"把非虚构文学的'非'放回去"。

[②] Wyatt, "Frey Says Falsehoods Improved His Tale."

脸和山姆去高中报到注册那天感受到的异样眼光，使得山姆对同一性的渴望化为改变自己的迫切压力。山姆以一个故事绝对主人公的身份，做出决定：不论冒多大风险都要进行手术。这一切，汤姆都在现场见证了。故事理应沿着一条美丽的曲线来到上升动作，一直指向手术成功。

轻轻带过或闭口不提手术失败都不是明智之举。汤姆和我与詹姆斯·弗雷不同，我们完全是用新闻编辑室的文化来炮制这本书。而且，本·布林克在山姆手术后拍的照片已经说明了故事的结局。《周五夜晚的灯》的作者 H. G. 比辛格说过："如果你想让事情按你想的发展，你就是在糟蹋你拥有的事实。"

唯一合乎道德的解决办法是要么放弃一年来在这个故事上花费的心血，要么转而寻找新的叙事弧线。汤姆选择了后者。山姆去高中报到注册，管理员关切地告诉他可以不用排长队，直接注册，山姆微笑着谢绝，说"我排这里就很好"。汤姆立刻就找到了本篇故事的洞见之点。因为选择重新寻找叙事弧线，汤姆写出了一个更加真实的故事。山姆决定与现实妥协，继续前行，这是很多获得成功的成年人在应对现实挑战时应有的姿态。

如果你觉得九个栏寸还不够放你的故事和素材，那么作为一名真正有道德感的记者，应该直面事实，把作品赶快归到小说类别里去。曾写过非虚构故事《他杀》和《在角落》的《巴尔的摩太阳报》的警务记者大卫·西蒙，就做出了上述选择。他创作的《电线》，极其真实地描绘了巴尔的摩的犯罪、腐败和衰退。西蒙的决定是非虚构作家在道德抉择上的当机立断。你可以选择创作一部非虚构作品或制作一部纪录片，也可以写一部小说或拍一部剧情片。但是，你不能用非虚构文学的形式悄悄地装入依赖于想象的虚构内容，无论那样做有多大的诱惑。

技巧

在非虚构作品中，无论怎么小心谨慎，你还是会犯错误。本书中稍微有些不太肯定的地方，我都核查了一遍。但是，我能百分之百肯定的一点就是：错误还是难免。没有哪个人可以保证 10 万字的文字绝对准确。负责任的非虚构作品倒不是在于它的绝对准确性，而在于诚实。你努力提高叙事技巧，希望把一切都做到最好。你一查再查。你当然不想故意出错，无论大小。

魔鬼从不放弃向你进言，说撒一两个小谎也无伤大雅。劳伦·凯斯勒说过："我们都清楚在故事叙述中撒些小谎的诱惑，我们知道那儿有条大鱼，但等你找到合适的垂钓点，已经来不及了。"①

对直接引语哪怕一丁点儿的修改都会让我坐立不安。我在"声音和风格"一章的开头引用了诺曼·西姆斯的一句话。诺曼在《文学记者》中写道："声音将作者带进了我们的世界。"我把它用在第四章。我在想，如果在完全不影响原意的情况下稍微改动一两个词，会不会读起来更好一些？但是，即使是这点改变都会要了我的命。我还是不改了吧。后来，我翻来覆去一想，又动了心思要改。最后还是作罢。唉，我真是太傻了，总是纠结于这种如此细微的东西。

我可能是有点儿夸张。很多极有道德感的作家会对一些引语作细小改动，而且这种改动不会影响意思。受人尊敬的加拿大特写作家大卫·海斯欣然承认："我会略微修改那些对话，我一直都是这么做的。"说话中总有支支吾吾、磕磕巴巴、开头不顺的时候，它们对传递信息来说是无意义的，所以删掉它们可以为有效信息留出空间。海斯说他就希望别人把他说话时的无效信息统统删掉："要是，嗯，这不常发生，感谢上帝。但是，如果他没那么编辑就好了，你知道的，我就说一点，至少，我的意思是，如果他们没有修改我说的话，就按它们原来的样子，我会很不高兴，那会听上去很糟糕。我的意思是，在纸上。"②

删掉那些无意义的废话是一回事，引用有问题的对话又是另一回事。有道德感的非虚构作家显然能区分这一点。艾瑞克·拉森在《白城恶魔》的"作者按"中说："引号里的内容均来源于信件、回忆录或其他书面

---

① 凯斯勒的话出自俄勒冈大学新闻学院举办的学术研讨会"把非虚构文学的'非'放回去"。

② 大卫·海斯的这一观点援引自 WriterL（一个叙事性非虚构作家的讨论组）。

文件。"

你不能为了表达你的观点而去找一个让你称心如意的信息提供者，也不能故意忽视那些可能影响你主题的信息提供者，这种行为称为"角色分派"。你不能给别人留下这样的感觉，即你见证了你重构的东西。曾获普利策奖的《纽约时报》的特约记者瑞克·布拉格，杜撰了一个用第一人称写成的特写故事，却用"阿巴拉契科拉，佛罗里达报道"① 作新闻电头，这一丑闻正式结束了他的职业生涯。这篇文章到处是栩栩如生的描绘。牡蛎商人的小船在海面"漂荡"，"温柔地闯入一群白鹭鸶，它们飞身离开水面，轻盈的身姿如同掠过头顶的纸飞机"。而事实上，布拉格只在阿巴拉契科拉"停留"了一小会儿，只是为了确定写在新闻故事电头上的地点而已。他自己根本没有看到牡蛎商人的小船，那些内容来自一位特约记者的报道。布拉格并没有完全说谎，但他确实欺骗了读者。《纽约时报》令其停职两周，但读者的愤怒在不断升级，布拉格最终提交了辞呈。他的同事们对这种欺骗行为更加愤怒。"我们在这儿就是来报道事实的，"商业记者阿历克斯·贝伦森说，"至少我们多数人是这样做的。"②

心灵的道德习惯

尽管每一部叙事性非虚构作品都会面对这样或那样的道德问题，但绝没有两部作品会遇到一模一样的问题。我们的现实世界实在是太复杂、太微妙了，几条简单的道德准则无法用来约束捉摸不定的人性。实现新闻道德的路径是努力考量各方相冲突的利益，追问关键问题，考虑所有实际的可能。合乎道德的非虚构作品是我们不断追求的，我们永远在路上，永远到不了终点。

从一个故事还在酝酿之中起，这场道德旅行就已开始，首先需要考虑的就是这个故事的想法是否在道德层面具有可操作性。你能诚实地获

---

① "An Oyster and a Way of Life, Both at Risk," *New York Times*, June 15, 2002.
② 贝伦森的话援引自：Kurtz, "Rick Bragg Quits at *New York Times*"。

得重要信息吗？你能直接观察到的有多少，又有多少是需要重构的？如果你必须依靠重构，你有可能找到可靠的见证人和支持性证明材料吗？你带有偏见吗？你的主题是来源于报道，还是你强加于事实的？你是在描述世界本来的样子，还是在描述你希望世界成为的样子？

问题会一直贯穿在整个报道过程中。我是在使用不同的、具有代表性的信息来源，还是由我来对案子做出角色分配？我的信息提供者的消息是如何得到的？我是否通过书面记录复查过目击证词？我的信息提供者是否陷入了利益纠葛？我自己呢？

从写作到最后的编辑，这些问题都在不断被提出来。你能保证引号里的每一个字都是准确的吗？你的每一条概括总结都有证据支撑吗？或者你的观点能保证绝对正确吗？你或许不应该那么言之凿凿。你在作品中对消息来源是否一一标注了出处？时间顺序正确吗？是否在你开始推测时恰当出现？你确定她吃的是皇堡？

以上这些提问，可以被归结为一种"检察官编辑法"。地方检察官在面对刑事被告人时，总是习惯于质疑一切。我所在的报纸希望把这种方法运用于报道、写作和编辑全过程，使它成为作家和编辑的思维定式。

《俄勒冈报》在 2001 年获得普利策公共服务奖和普利策新闻特写奖后，《哥伦比亚新闻评论》（以下简称"CJR"）的一位编辑请我和阿曼达·贝内特为两篇获奖文章写点什么。后来，我们写出的文章主要关注所谓的检察官式写作，正是它让这两篇获奖文章时刻用很高的道德和报道标准来要求自己。我们把文章写成一部六幕剧，每一幕阐释一条报道和道德的标准，如"只引用一手素材""只报道亲眼所见"以及"选择能确证的故事"。

阿曼达带领的团队获得金奖的故事是关于美国移民局的调查。里奇·里德和朱莉·沙利文花了不止一年的时间报道本地移民局的虐待行为。调查记者金姆·克里斯滕森和布伦特·沃尔斯随后加入了里奇他们，他们把故事放到全国的大背景中，记录了体制内普遍存在的种族主义、无所作为和腐败现象。作为里奇的编辑，我参加了他所在报道团队的会议，有机会看到伟大的检察官编辑工作是如何进行的。

阿曼达在团队中扮演了检察官的角色。她召集团队在会议室开会，在白板上快速挥舞着魔笔，引导团队处于一种兴奋的节奏状态。他们希望证实什么？"腐败！"一名记者大声说。"秘密监狱！""工作失职！"不断有记者提出。"那么好，"阿曼达回应道，"为了证实这些，我们应该怎么做？"她把每一条建议写在白板上，散会后团队分头去全国各地搜集证据。

关于证据搜集，团队做出了明确的要求：凡是见报的每一条信息都应该来源于主要渠道，避免使用来自利益集团的材料；听取各个政治派系的观点；找到至少三个来自不同信息提供者和地区的事例以支持论点。

进入写作阶段后，阿曼达再次召集团队，她还是像检察官一样质疑每一个结论。她在 *CJR* 上描述了这个过程：

> "你只是捡起几个单独的事件，然后把它们串在一起。"贝内特像一个挑剔的评论家指责道。沃尔斯开始在各种数据上做记号，这些数据证明每一件事都有代表性。
>
> "你是想用小孩儿的故事来制造轰动效应吗？！"贝内特指着一篇关于儿童入狱的文章质问道。沙利文赶快补充了其他的事例才让这则故事免遭枪毙。
>
> "你被这些党派斗争利用了。"贝内特说。里德马上引用取自两个党派包括非党派渠道的证据来补充说明。

他们在忙着这个项目的时候，我正和汤姆·霍尔曼写作《面具后的男孩》。在那篇为 *CJR* 撰写的文章中，我描述了汤姆是如何重构山姆·莱特纳在医院里靠手写进行的对话，以及为了适应新的叙事弧线，我们是怎样彻底改变了故事的主题。我还描述了汤姆动笔写作的过程，他在一万七千词的手稿上用黄色荧光笔标出了所有亲耳听见、亲眼看见的内容，由此证明全文超过百分之八十的内容源于一手报道。我也展示了整个编辑过程所持的检察官态度：

> 汤姆的手稿中有一段，是描写其他病人在医院的候诊室盯着山姆看。"他们都在看山姆，似乎觉得无论因为什么原因来到医院，情

况也不会比有这张脸的男孩更糟糕。"

但是，哈特在审稿后提醒霍尔曼："要小心'似乎觉得'这个说法。我们可不想被谁指控我们会读心术。"

霍尔曼回去翻看了笔记，重写了这个场景："山姆坐下来，随手翻开一堆杂志。他看到对面坐着一个女人正盯着他看。她转过脸去。山姆看到她在跟旁边一个女人窃窃私语，说完她们俩一起转回脸来盯着自己。"

自从我在俄勒冈大学教授有关新闻伦理方面的课程，我对这个问题有了全新的认识。课堂上，学生们认真学习一系列新闻伦理的案例，在学期论文中写下自己理解的新闻伦理准则。后来，我到《俄勒冈报》工作后，创建了一个新闻伦理准则的数据库，收录包括各种报纸、广播、杂志、新闻机构等新闻媒体的案例。我试想一旦遇到了什么问题，我可以咨询我的数据库。但是，真遇到问题时，这个数据库完全帮不上忙。是你问的问题，而不是你给出的答案，决定了你在新闻道德上如何行事。

最近几年，我们看到好几个版本的问题清单。尽管大多数清单上的问题只是蜻蜓点水、浮于表面，不能帮你应对哪怕一篇叙事文章的道德问题，但我还是觉得多少有些用处。我比较偏爱波因特学院鲍伯·史提尔和奇普·斯坎伦列出的问题清单。①

给非虚构叙事作家提的问题

奇普·斯坎伦　鲍伯·史提尔　编

1. 我如何知道，我所呈现的，真的以如我所说的方式真实发生了？
2. 这是真的吗？是谁说的？
3. 我是否通过正当渠道获取了事实，并获得了正确的事实？

---

① 这个问题清单引自奇普·斯坎伦在波因特学院开设的专栏，网址：http://www.poynter.org/content/content_view.asp?id=9506。

> 4. 我的重构完整吗？它的来源是单一的，还是多渠道的？我是否用其他事件亲历者的回忆予以印证？
>
> 5. 我是否通过书面证明的渠道获得独立的证据，比如历史讲述或公共记录？如果我的信息提供者描述一个"乌云压顶的暴风雨之夜"，我是否会打电话给国家气象台获取当天的气象报告？
>
> 6. 我对自己的信息来源是否信心十足？我是不是被一个不可靠的信息提供者的错误回忆或花言巧语所愚弄？
>
> 7. 我的目的合法吗？我的目的是为读者揭示事实真相，还是用我的写作能力去迎合取悦大众？
>
> 8. 是否因为缺乏消息来源——故事重构的标志——而降低了可信度？重构是否需要一篇"编者按"来告诉读者故事从何而来，又是如何报道的？
>
> 9. 我是否愿意向我的编辑和读者毫无保留地解释我的创作方法？

关于讨论叙事性非虚构作品的道德问题的目的，我还有其他想法。作为一名年轻的新闻记者，提倡新闻道德是为了确保新闻来源准确、公正公平、赢得读者信任、避免诽谤诉讼。这些当然都是很重要的目的。但是，随着我的职业从新闻报道转向非虚构叙事，我发现了另外的准则和动机。

我从故事中所学到的一切都在强化我的一个信念，那就是对真相和正义的执着才能最大化地释放叙事的能量。叙事性非虚构文学的漫长历史告诉我，它在我们面对这个世界的时候发挥着基础而核心的作用。故事所发挥作用的方式就像人类大脑的组织原理，这个发现告诉我：我们是在"起因—结果"的叙事流中发现意义的。由于我对各种叙事形式的喜爱，我相信非虚构故事对作家来说是一件极具柔性的工具。非虚构故事也许缺乏完美的人物、显见的高潮、精确的洞见之点。但是，只要读者相信，它仍然可以打败那些最好的虚构故事。

汤姆·沃尔夫很早就指出，读者之所以对精巧的非虚构故事反响强烈，正是因为他们相信那是真实的故事。"一直以来，"他写道，"除了技巧，非虚构故事的优势是如此明显、如此本质，以至于几乎让人忘了这就是它的力量之源：读者知道所有的一切真的发生过。"

我们通过叙事性非虚构文学来理解我们身处的世界，看它通过描述我们的同胞是如何战胜我们都有可能面临的挑战，来揭示成功生活的制胜秘诀，这使我们感受到叙事作品的力量。作品的启示或洞见也许就是作家为读者带来的最有价值的贡献。为所有经历的苦难、挫折、动荡辩护的任务实际上是一种真诚努力的表现，它试图找到一种定义我们共同经历的方式。

最后，之所以追求有道德的报道或写作，最好的理由就是对真相的渴求。

参考文献

Aldama, Frederick Luis. "The Science of Storytelling: Perspectives from Cognitive Science, Neuroscience, and the Humanities." *Projections: The Journal of Movies and Mind* 9 (June 1, 2015).

Altmann, Jennifer Greenstein, "Assembling the Written Word: McPhee Reveals How the Pieces Go Together." *Princeton Weekly Bulletin*, April 7, 2007.

Aristotle. *The Poetics*. London and New York: Penguin, 1996.

Arrowsmith, Charles. "Daniel Mendelsohn: 'Ecstasy and Terror' Spans the Greeks to 'Game of Thrones.'" *Washington Post*, October 17, 2019. Reprinted in the *Oregonian*, December 15, 2019.

Baker, Jeff. "'Memoir' More about Lies and Consequences." *Oregonian*, March 5, 2008.

Banaszynski, Jacqui. "Listen Up!" *Nieman Storyboard*, December 8, 2019. https://niemanstoryboard.org/storyboard-category/digital-storytelling/.

Bates, Doug, Tom Hallman Jr., and Mark O'Keefe. "Return of the River." *Oregonian*, February 11, 1996.

Beaven, Stephen. "Lou Gilbert Says Lou Gilbert Is the Greatest Salesman Who Ever Lived." *Oregonian*, December 28, 2003.

Beaven, Stephen. *We Will Rise: A True Story of Tragedy and Resurrection in the American Heartland*. New York: Little A, 2020.

Bernton, Hal. "Distant Water." *Oregonian*, April 12–14, 1998.

Berry, Deborah Barfield, and Kelley Benham French. "1619: Searching for Answers: The Long Road Home." *USA Today*, August 21, 2019.

Binder, Doug. "Help from Above." *Oregonian*, February 14, 2002.

Bingham, Larry. "Nothing to Do but Climb." *Oregonian*, October 23, 2004.

Bissinger, H. G. *Friday Night Lights*. Cambridge, MA: Da Capo Press, 2000.

Blundell, Bill. *The Art and Craft of Feature Writing*. New York: New American Library, 1988.

Blundell, Bill. "The Life of the Cowboy: Drudgery and Danger." *Wall Street Journal*, June 10, 1981. Reprinted in American Society of Newspaper Editors, *Best Newspaper*

Writing 1982. St. Petersburg, FL: Modern Media Institute, 1982.

Boo, Katherine. *Behind the Beautiful Forevers: Life, Death and Hope in a Mumbai Undercity.* New York: Random House, 2012.

Bottomly, Therese. "News Is Vital, but Its Delivery Evolves." *Oregonian*, January 5, 2020.

Boule, Margie. "A Teacher's Long-Lasting Lessons Yield Blue-Ribbon Results." *Oregonian*, September 12, 2004.

Boulenger, Véronique, Olaf Hauk, and Friedemann Pulvermüller. "Grasping Ideas with the Motor System: Semantic Somatotopy in Idiom Comprehension." *Cerebral Cortex* 19 (August 2009): 1905–14.

Boyd, Brian. *On the Origin of Stories: Evolution, Cognition, and Fiction.* Cambridge, MA: Harvard University Press, 2009.

Boynton, Robert S. *The New New Journalism.* New York: Vintage Books, 2005.

Brink, C. O. *Horace on Poetry.* Cambridge: Cambridge University Press, 1971.

Burroway, Janet, with Elizabeth Stuckey-French and Ned Stuckey-French. *Writing Fiction: A Guide to Narrative Craft.* 10th edition. Chicago: University of Chicago Press, 2019.

Campbell, James. *The Final Frontiersman.* New York: Atria Books, 2004.

Carey, Benedict. "This Is Your Life (and How You Tell It)." *New York Times*, May 22, 2007.

Carroll, Joseph. "An Evolutionary Paradigm for Literary Study." *Style* 42, nos. 2–3 (Summer–Fall 2008): 103–35.

Cather, Willa. *O Pioneers!* New York: Vintage Classics, 1992. First published in 1913.

Cheney, Theodore A. Rees. *Writing Creative Nonfiction.* Cincinnati: Writer's Digest Books, 1987.

Chivers, C. J. "Sniper Attacks Adding to Peril of U.S. Troops." *New York Times*, November 4, 2006.

Clark, Roy Peter. *Murder Your Darlings.* New York: Little Brown, 2020.

Cody, Robin. "Cutting It Close." In *Another Way the River Has: Taut True Tales from the Northwest.* Corvallis: Oregon State University Press, 2010.

Cody, Robin. *Voyage of a Summer Sun.* New York: Alfred A. Knopf, 1995.

Cole, Michelle, and Katy Muldoon. "Swimming for Life in an Angry Sea." *Oregonian*, June 12, 2003.

Connors, Joanna. "Beyond Rape: A Survivor's Journey." *Cleveland Plain Dealer*, May 4, 2008.

Conover, Ted. *Coyotes: A Journey through the Secret World of America's Illegal Aliens.* New York: Vintage Books, 1987.

Conover, Ted. *Immersion: A Writer's Guide to Going Deep.* Chicago: University of Chicago Press, 2016.

Conover, Ted. *Newjack: Guarding Sing Sing.* New York: Random House, 2000.

Conover, Ted. *Rolling Nowhere: Riding the Rails with American's Hoboes.* New York: Viking, 1984.

Conover, Ted. *The Routes of Man: How Roads Are Changing the World and the Way We Live Today.* New York: Alfred A. Knopf, 2010.

Conover, Ted. *Whiteout: Lost in Aspen.* New York: Random House, 1991.

Cron, Lisa. *Wired for Story: The Writer's Guide to Using Brain Science to Hook Readers from the Very First Sentence.* Berkeley, CA: Ten Speed Press, 2012.
Curtis, Wayne. "In Twain's Wake." *Atlantic,* November 2007.
Dakota Spotlight. Podcast hosted by James Wolner. https://dakotaspotlight.com/.
D'Cruz, Kate, Jacinta Douglas, and Tanya Serry. "Narrative Storytelling as Both an Advocacy Tool and a Therapeutic Process: Perspectives of Adult Storytellers with Acquired Brain Injury." *Neuropsychological Rehabilitation,* March 1, 2019. https://www.tandfonline.com/doi/abs/10.1080/09602011.2019.1586733.
DeSilva, Bruce. "Endings." *Nieman Reports,* Spring 2002.
Didion, Joan. *Slouching towards Bethlehem.* New York: Farrar, Straus, Giroux, 1968.
D'Orso, Michael. *Eagle Blue.* New York: Bloomsbury, 2006.
Drake, Donald. "The Disease Detectives." *Philadelphia Inquirer,* January 9, 1983.
Dzikie, M., K. Oatley, S. Zoeterman, and J. B. Peterson, "On Being Moved by Art: How Reading Fiction Transforms the Self." *Creativity Research Journal* 21, no. 1 (2009): 24–29.
Egri, Lajos. *The Art of Dramatic Writing.* Boston: Writer, Inc., 1960.
Ellis, Barnes. "A Ride through Hell." *Oregonian,* July 14, 1991.
Engel, Susan. *The Stories Children Tell: Making Sense of the Narratives of Childhood.* New York: Freeman, 1995.
Ephron, Nora. *Wallflower at the Orgy.* New York: Viking, 1970.
Eustachewich, Lia. "NY Times Reassigns Reporter in Leak Scandal." *New York Post,* July 3, 2018.
Fallows, James. "The Fifty-First State." *Atlantic,* November 2002. Reprinted in *The American Idea: The Best of the Atlantic Monthly,* edited by Robert Vare. New York: Doubleday, 2007.
Feldman, Carole. "Youths' Writing Skills Fail to Impress." *Oregonian,* June 8, 1994.
Fink, Sheri. *Five Days at Memorial: Life and Death in a Storm-Ravaged Hospital.* New York: Crown Publishers, 2013.
Finkel, David. "The Wiz." *Washington Post Magazine,* June 13, 1993.
Fitzgerald, F. Scott. *The Great Gatsby.* Cambridge and New York: Cambridge University Press, 1971.
Foster, J. Todd, and Jonathan Brinkman. "The Green Wall." *Oregonian,* March 29, 1998.
Franklin, Jon. *Writing for Story.* New York: Mentor/New American Library, 1986.
French, Thomas. "Angels & Demons." *St. Petersburg Times,* October 26–November 9, 1997.
French, Thomas. "A Gown for Lindsay Rose." *St. Petersburg Times,* February 28, 2003.
French, Thomas. "Serial Narratives." *Nieman Reports,* Spring 2002.
French, Thomas. "South of Heaven." *St. Petersburg Times,* May 12–15, May 19–21, 1991.
Gardner, John. *The Art of Fiction: Notes on Craft for Young Writers.* New York: Alfred A. Knopf, 1984.
Gawande, Atul. *Being Mortal: Medicine and What Matters in the End.* New York: Metropolitan Books, 2014.

Gawande, Atul. *Complications: A Surgeon's Notes on an Imperfect Science*. London: Picador, 2002.
Gawande, Atul. "How Childbirth Went Industrial." *New Yorker*, October 9, 2006.
Gerard, Philip. *Creative Nonfiction: Researching and Crafting Stories of Real Life*. Long Grove, IL: Waveland Press, 1996.
Gersh, Debra. "Inverted Pyramid Turned Upside Down." *Editor & Publisher*, May 1, 1993.
Glaser, Gabrielle. "I Witness." *Oregonian*, May 13, 2007.
Goldsmith, Jack. "Jimmy Hoffa, My Stepfather, and Me." *Atlantic Monthly*, November 2019.
Gorney, Cynthia. "Chicken Soup Nation." *New Yorker*, October 6, 2003.
Gorney, Cynthia. "Mic Drop? A Veteran Longform Writer Trades Notebook for Headphones, Text for Sound." *Nieman Storyboard*, October 18, 2018. https://niemanstoryboard.org/stories/mic-drop-a-veteran-print-reporter-puts-down-her-notebook-and-puts-on-headphones/.
Gottschall, Jonathan. *The Storytelling Animal: How Stories Make Us Human*. Boston: Houghton Mifflin Harcourt, 2012.
Gould, Stephen Jay. "Jim Bowie's Letter & Bill Buckner's Legs." *Natural History*, May 2000.
Grann, David. *Killers of the Flower Moon: The Osage Murders and the Birth of the FBI*. New York: Doubleday, 2017.
Grann, David. *The Lost City of Z: A Tale of Deadly Obsession in the Amazon*. New York: Doubleday, 2009.
Grann, David. "The Squid Hunter." *New Yorker*, May 24, 2004.
Hall, Stephen S. "Journey to the Center of My Mind." *New York Times Magazine*, June 6, 1999.
Hallman, Tom, Jr. "The Boy behind the Mask." *Oregonian*, October 1–4, 2000.
Hallman, Tom, Jr. "Collision Course." *Northwest Magazine*, October 9, 1983.
Hallman, Tom, Jr. "The Education of Richard Miller." *Oregonian*, September 13, 1998.
Hallman, Tom, Jr. "Fighting for Life on Level Three." *Oregonian*, September 21–24, 2003.
Hallman, Tom, Jr. "A Life Lost . . . and Found." *Oregonian*, December 20, 1998.
Hammett, Dashiell. *Red Harvest*. New York: Alfred A. Knopf, 1929.
Harr, Jonathan. *A Civil Action*. New York: Vintage Books, 1995.
Harrington, Walt. *The Everlasting Stream: A True Story of Rabbits, Guns, Friendship, and Family*. Boston: Atlantic Monthly Press, 2007.
Harrington, Walt. *Intimate Journalism: The Art and Craft of Reporting Everyday Life*. Thousand Oaks, CA: Sage Publications, 1997.
Harrington, Walt. "The Journalistic Haiku." A paper presented to the Canadian Association of Journalists national convention, Vancouver, BC, May 7–9, 2004.
Harrington, Walt. "The Writer's Choice." *River Teeth*, Fall 2008/Spring 2009, 495–507.
Harrison, Jim. *Off to the Side*. New York: Atlantic Monthly Press, 2002.
Hart, Jack. *The Information Empire: A History of the Los Angeles Times and the Times Mirror Corporation*. Lanham, MD: University Press of America, 1981.

Hart, Jack. *Wordcraft: The Complete Guide to Clear, Powerful Writing.* Chicago: University of Chicago Press, 2021.

Hart, Jack, and Amanda Bennett. "A Tale of Two Tales: A Pulitzer Prize–Winning Play in Six Acts." *Columbia Journalism Review*, September/October 2001.

Harvey, Chris, "Tom Wolfe's Revenge." *American Journalism Review*, October 1994.

Hillenbrand, Laura. *Seabiscuit.* New York: Ballantine, 2001.

Hogan, Dave. "A Boy Seeks Help after Watching His Father Overdose on Heroin." *Oregonian*, May 3, 1990.

Hsu, Jeremy. "We Love a Good Yarn." *Scientific American*, August 2008.

Irizarry, Adrienne. "Why Is Storytelling So Compelling?" *Leviosia Communication: Storytelling* (blog). August 16, 2018. https://leviosacomm.com/2018/08/16/why-is-storytelling-so-compelling/.

Johnson, Rheta Grimsley. "A Good and Peaceful Reputation." *Memphis Commercial Appeal*, November 1, 1982. Reprinted in American Society of Newspaper Editors, *Best Newspaper Writing 1982.* St. Petersburg, FL: Modern Media Institute, 1983.

Junger, Sebastian. *The Perfect Storm.* New York: W. W. Norton, 1997.

Kaufman, Naomi. "Learning Not to Go to School." *Oregonian*, June 30, 1990.

Kessler, Lauren. *Dancing with Rose: Finding Life in the Land of Alzheimer's.* New York: Viking, 2007.

Kidder, Tracy. "Facts and the Nonfiction Writer." *Writer*, February 1994.

Kidder, Tracy. *Mountains beyond Mountains: The Quest of Dr. Paul Farmer.* New York: Random House, 2003.

Kidder, Tracy. "Small-Town Cop." *Atlantic Monthly*, April 1999.

Kidder, Tracy. *The Soul of a New Machine.* New York: Little Brown and Company, 1981.

Kidder, Tracy, and Richard Todd. *Good Prose: The Art of Nonfiction.* New York: Random House, 2013.

Kluger, Jeffrey. "How Telling Stories Makes Us Human." *Time*, December 5, 2017.

Krakauer, Jon. *Into the Wild.* New York: Anchor Books, 1996.

Kramer, Mark. "Narrative Journalism Comes of Age." *Nieman Reports*, Spring 2000.

Kramer, Mark, and Wendy Call. *Telling True Stories: A Nonfiction Writers' Guide from the Nieman Foundation at Harvard University.* New York: Plume, 2007.

Kurtz, Howard. "Rick Bragg Quits at New York Times." *Washington Post*, May 29, 2003.

Larabee, Mark. "Clinging to Life—and Whatever Floats." *Oregonian*, December 12, 2007.

LaRocque, Paula. *The Book on Writing: The Ultimate Guide to Writing Well.* Oak Park, IL: Marion Street Press, 2003.

Larson, Eric. *The Devil in the White City.* New York: Vintage Books, 2003.

Larson, Eric. *Isaac's Storm.* New York: Random House, 2000.

Leonard, Elmore. *Ten Rules of Writing.* New York: William Morrow, 2001.

Levine, Mark. "Killing Libby." *Men's Journal*, August 2001.

Levy, Shawn. "Give It to Me Straight, Doc." *Oregonian*, February 4, 2007.

Lopate, Phillip, ed. *The Art of the Personal Essay.* New York: Anchor Books, 1995.

Lukas, J. Anthony. *Common Ground.* New York: Vintage Books, 1986.

Lyall, Sarah. "What You Read Is What He Is, Sort Of." *New York Times*, June 8, 2008.

Macauley, Robie, and George Lanning. *Technique in Fiction: Second Edition*. New York: St. Martin's Press, 1987.

Maclean, Norman. *Young Men and Fire*. Chicago: University of Chicago Press, 1992.

Malcolm, Janet. *The Journalist and the Murderer*. New York: Vintage Books, 1990.

Margolis, Michael. "Humans Are Hard-Wired for Story." *Storied* (blog). May 8, 2013. https://www.getstoried.com/hard-wired-for-storytelling/.

Margulis, Elizabeth Hellmuth, et al. "What the Music Said: Narrative Listening across Cultures." *Nature Communications*, November 26, 2019. http://www.nature.com/articles/s41599-019-0363-1.

Martinez-Conde, Susana, et al. "The Storytelling Brain: How Neuroscience Stories Help Bridge the Gap between Research and Society." *Journal of Neuroscience* 39, no. 42 (October 16, 2019): 8285–90. https://doi.org/10.1523/JNEUROSCI.1180-19.2019.

McGinniss, Joe. *Fatal Vision*. New York: Penguin Putnam, 1983.

McHugh, Siobhan. "Subjectivity, Hugs and Craft: Podcasting as Extreme Narrative Journalism." *Nieman Storyboard*, October 8, 2019. https://niemanstoryboard.org/storyboard-category/digital-storytelling/.

McKee, Robert. *Story*. New York: ReganBooks, 1997.

McMaster University. "The Art of Storytelling: Researchers Explore Why We Relate to Characters." *ScienceDaily*, September 13, 2018.

McPhee, John. *Coming into the Country*. New York: Farrar, Straus, and Giroux, 1976.

McPhee, John. *Control of Nature*. New York: Farrar, Straus, and Giroux, 1982.

McPhee, John. *Draft No. 4: On the Writing Process*. New York: Farrar, Straus and Giroux, 2017.

McPhee, John. "A Fleet of One." *New Yorker*, February 17, 2003.

McPhee, John. *The Pine Barrens*. New York: Farrar, Straus, and Giroux, 1968.

McPhee, John. "Travels in Georgia." *New Yorker*, April 28, 1973. Reprinted in *The Literary Journalists*, ed. Norman Sims. New York: Ballantine, 1984.

Meinzer, Kristen. *So You Want to Start a Podcast: 7 Steps That Will Take You from Idea to Hit Show*. New York: HarperCollins, 2019.

Miller, G. Wayne. *King of Hearts*. New York: Times Books, 2000.

Monroe, Bill. "A Night on the River." *Oregonian*, September 14, 1994.

Morrison, Blake. "Ex–USA Today Reporter Faked Major Stories." usatoday.com, March 19, 2004.

Muldoon, Katy. "Guitar Guy, Harmonica Man Liven Up a Dreary Wait at Gate 66." *Oregonian*, July 16, 2006.

Murali, Geetha. "Books Can Rewire Our Brains and Connect Us All." *Hill*, September 1, 2018.

Murray, Don. *A Writer Teaches Writing*. Boston: Heinle, 2003.

Murray, Don. *Writing for Your Readers: Notes on the Writer's Craft from the Boston Globe*. Boston: Globe-Pequot, 1992.

Newman, Barry. "Fisherman." *Wall Street Journal*, June 1, 1983.

Nigam, Sanjay K. "The Storytelling Brain." *Science and Engineering Ethics* 18, no. 3 (September 2012): 567–71.
Oatley, Keith. "A Feeling for Fiction." *Greater Good Magazine*, September 1, 2005.
Orlean, Susan. *The Orchid Thief*. New York: Random House, 1998.
Pancrazio, Angela. "His Rolling Cross to Bear." *Oregonian*, March 5, 1997.
Pancrazio, Angela. "His Work in Time." *Oregonian*, October 28, 1996.
Parker, Ian. "The Real McKee." *New Yorker*, October 20, 2003.
Paterniti, Michael. "The Long Fall of One-Eleven Heavy." *Esquire*, July 2000.
Perl, Sondra, and Mimi Schwartz. *Writing True: The Art and Craft of Creative Nonfiction*. New York: Houghton Mifflin, 2006.
Pinker, Steven. *How the Mind Works*. New York: W. W. Norton, 2009.
Pinker, Steven. *The Language Instinct: How the Mind Creates Language*. New York: Morrow, 1994.
Pinker, Steven. "Toward a Consilient Study of Literature." *Philosophy and Literature* 31 (April 2007): 161–77.
Plimpton, George. *Paper Lion*. Guilford, CT: Lyons Press, 1965.
Plimpton, George. "The Story behind a Nonfiction Novel." *New York Times*, January 16, 1966.
Pollan, Michael. "An Animal's Place." *New York Times Magazine*, November 10, 2002.
Pollan, Michael. *The Omnivore's Dilemma: A Natural History of Four Meals*. New York: Penguin, 2006.
Preston, Richard. *The Hot Zone*. New York: Random House, 1994.
Price, Michael. "World's Oldest Hunting Scene Shows Half-Human, Half-Animal Figures—and a Sophisticated Imagination." ScienceMag.org, December 12, 2019. https://www.sciencemag.org/news/2019/12/world-s-oldest-hunting-scene-shows-half-human-half-animal-figures-and-sophisticated.
Radostitz, Rita. "On Being a Tour Guide." *Etude: New Voices in Literary Nonfiction* (online magazine), Autumn 2003.
Raver-Lampman, Greg. "Adrift." *Virginian-Pilot*, October 22–24, 1991.
Raver-Lampman, Greg. "Charlotte's Millions." *Virginian-Pilot*, August 11–17, 1997.
Rayfield, Donald. *Anton Chekhov: A Life*. New York: Henry Holt and Company, 1997.
Read, Rich. "The French Fry Connection." *Oregonian*, October 18–21, 1998.
Read, Rich. "Racing the World." *Oregonian*, March 7–9, 2004.
Roach, Mary. *Grunt: The Curious Science of Humans at War*. New York: W. W. Norton, 2016.
Roach, Mary. *Gulp: Adventures on the Alimentary Canal*. New York: W. W. Norton, 2013.
Roach, Mary. "Just Sharp Enough." *Sports Illustrated Women*, October 2001.
Roach, Mary. *Spook: Science Tackles the Afterlife*. New York: W. W. Norton, 2005.
Roach, Mary. *Stiff: The Curious Lives of Human Cadavers*. New York: W. W. Norton, 2003.
Roach, Mary. "White Dreams." A Wanderlust column for *Salon*, December 1, 1997.
Roberts, Michelle. "Law Man Races Time and Elements." *Oregonian*, December 10, 2006.
Rose, Joseph. "Thief Learns Lessons in Do's and Doughnuts." *Oregonian*, January 19, 2005.

Ruark, Robert. *The Honey Badger*. New York: McGraw-Hill, 1965.
Rubie, Peter. *The Elements of Storytelling*. Hoboken, NJ: John Wiley and Sons, 1996.
Rubie, Peter. *Telling the Story: How to Write and Sell Narrative Nonfiction*. New York: HarperCollins, 2003.
Rule, Ann. *Small Sacrifices*. New York: E. P. Dutton, 1987.
Savchuk, Katia. "5(ish) Questions: Ted Conover and *Immersion: A Writer's Guide to Going Deep*." *Nieman Storyboard*, February 7, 2017. https://niemanstoryboard.org/stories/5ish-questions-ted-conover-and-immersion-a-writers-guide-to-going-deep/.
Savchuk, Katia. "Singular Moments, Timeless Questions: Two-Time Pulitzer Winner Gene Weingarten Finds the Beating Heart at the Center of His New Book about One Ordinary, Extraordinary Day." *Nieman Storyboard*, October 22, 2019. https://niemanstoryboard.org/stories/singular-moments-timeless-questions/.
Schroeder, Peter. "The Neuroscience of Storytelling Will Make You Rethink the Way You Create." *The Startup* (blog). January 3, 2018. https://medium.com/swlh/the-neuroscience-of-storytelling-will-make-you-rethink-the-way-you-create-215fca43fc67.
"The Science of Storytelling: A Conversation with Jonathan Gottschall." *PBS Newshour's Science Thursday*. June 14, 2012.
Shadid, Anthony. "In a Moment, Lives Get Blown Apart." *New York Times*, March 27, 2003. Reprinted in American Society of Newspaper Editors, *Best Newspaper Writing*, 2004. St. Petersburg, FL: Poynter Institute, 2004.
Shontz, Lori. "From Basketball Stardom to Rosary Beads: Twenty-Five Years after a College Athlete Keeps a Promise to God, ESPN Follows Up with a Rare Story from Inside a Cloistered Convent." *Nieman Storyboard*, December 10, 2019. https://niemanstoryboard.org/stories/from-basketball-stardom-to-rosary-beads/.
Simon, David. *Homicide: A Year on the Killing Streets*. New York: Houghton Mifflin, 1992.
Simon, David. "Making the Story More than Just the Facts." *NewsInc*, July/August 1992.
Simon, David, and Edward Burns. *The Corner: A Year in the Life of an Inner-City Neighborhood*. New York: Broadway Books, 1997.
Sims, Norman, ed. *The Literary Journalists*. New York: Ballantine Books, 1984.
Sims, Patsy. *Literary Nonfiction: Learning by Example*. New York and Oxford: Oxford University Press, 2002.
Singer, Mark. "The Castaways." *New Yorker*, February 19 and 26, 2007.
Smith, Daniel, et al. "Cooperation and the Evolution of Hunter-Gatherer Storytelling." *Nature Communications*, December 5, 2017.
Stabler, David. "Lost in the Music." *Oregonian*, June 23–25, 2002.
Stein, Michelle. "Branded by Love." *Oregonian*, January 19, 1990.
Stepp, Carl Sessions. "I'll Be Brief." *American Journalism Review*, August/September 2005.
Strauss, Darin. "Notes on Narrative." Blog entry at Powellsbooks.com. July 11, 2008.
Swift, Earl. "The Dark Side of Valentine's Day." *Virginian-Pilot*, February 15, 2000.
Talese, Gay. *Fame and Obscurity*. New York: Laurel, 1981.
Talese, Gay. *Honor Thy Father*. New York: Ballantine Books, 1971.
Thompson, Hunter. *Hell's Angels*. New York: Random House, 1966.

Thompson, Hunter. "The Kentucky Derby Is Decadent and Depraved." *Scanlan's Monthly*, June 1970.
Tomlinson, Stuart. "John Lee Hooker." *Oregonian*, January 19, 1990.
Tomlinson, Stuart. "An Officer Reacts." *Oregonian*, October 13, 2004.
Tomlinson, Tommy. "A Beautiful Find." *Charlotte Observer*, November 16, 2003.
Volz, Jan. "Of Time and Tashina." *Redmond Spokesman*, October 1, 1997.
Voutilainen, Liisa, Pentti Henttonena, Mikko Kahria, Maari Kiviojab, Niklas Ravajacd, Mikko Samse, and Anssi Peräkyläa. "Affective Stance, Ambivalence, and Psychophysiological Responses during Conversational Storytelling." *Journal of Pragmatics* 68 (2014): 1–24.
Walker, Spike. "Tragedy in the Gulf of Alaska." *Northwest Magazine*, December 26, 1982.
Weinberg, Steve. "Tell It Long, Take Your Time, Go in Depth." *Columbia Journalism Review*, January/February 1998.
Weingarten, Gene. "The Beating Heart: A Tragic Crime. A Medical Breakthrough. A Last Chance at Life." *Washington Post Magazine*, September 30, 2019.
Weingarten, Gene. *One Day: The Extraordinary Story of an Ordinary 24 Hours in America*. New York: Blue Rider Press, 2019.
Weingarten, Gene. "The Peekaboo Paradox." *Washington Post Magazine*, January 22, 2006.
Weller, Debra. "Storytelling, the Cornerstone of Literacy." *California Kindergarten Association*, 2016. http://www.californiakindergartenassociation.org/wp-content/uploads/2009/01/Weller-Article1.pdf.
White, E. B. "Once More to the Lake." *Harper's*, August 1941.
Wilkerson, Isabel. *The Warmth of Other Suns: The Epic Story of America's Great Migration*. New York: Random House, 2010.
Wolfe, Tom, and E. W. Johnson, eds. *The New Journalism*. New York: Harper and Row, 1973.
Woods, Keith, ed. *Best Newspaper Writing 2004*. Chicago and St. Petersburg, FL: Bonus Books and Poynter Institute, 2004.
Wyatt, Edward. "Frey Says Falsehoods Improved His Tale." *New York Times*, February 2, 2006.
Zak, Paul J. "Why Your Brain Loves Good Storytelling." *Harvard Business Review*, October 28, 2014.

创意写作书系

这是一套广受读者喜爱的写作丛书,系统引进国外创意写作成果,推动本土化发展。它为读者提供了一把通往作家之路的钥匙,帮助读者克服写作障碍,学习写作技巧,规划写作生涯。从开始写,到写得更好,都可以使用这套书。

综合写作		
书名	作者	出版日期
成为作家	多萝西娅·布兰德	2011年1月
一年通往作家路——提高写作技巧的12堂课	苏珊·M.蒂贝尔吉安	2013年5月
创意写作大师课	于尔根·沃尔夫	2013年6月
渴望写作——创意写作的五把钥匙	格雷姆·哈珀	2022年6月
与逝者协商——布克奖得主玛格丽特·阿特伍德谈写作	玛格丽特·阿特伍德	2019年10月
心灵旷野——活出作家人生	纳塔莉·戈德堡	2018年2月
文学的世界	刁克利	2022年12月
从创意到畅销书——修改与自我编辑	詹姆斯·斯科特·贝尔	2016年1月
来稿恕难录用——为什么你总是被退稿	杰西卡·佩奇·莫雷尔	2018年1月
虚构写作		
小说写作教程——虚构文学速成全攻略	杰里·克里弗	2011年1月
开始写吧!——虚构文学创作	雪莉·艾利斯	2011年1月
冲突与悬念——小说创作的要素	詹姆斯·斯科特·贝尔	2014年6月
情节与人物——找到伟大小说的平衡点	杰夫·格尔克	2014年6月
人物与视角——小说创作的要素	奥森·斯科特·卡德	2019年3月
情节线——通过悬念、故事策略与结构吸引你的读者	简·K.克莱兰	2022年1月
经典人物原型45种——创造独特角色的神话模型(第三版)	维多利亚·林恩·施密特	2014年6月
经典情节20种(第二版)	罗纳德·B.托比亚斯	2015年4月
情节!情节!——通过人物、悬念与冲突赋予故事生命力	诺亚·卢克曼	2012年7月
如何创作炫人耳目的对话	詹姆斯·斯科特·贝尔	2016年11月
超级结构——解锁故事能量的钥匙	詹姆斯·斯科特·贝尔	2019年6月
故事工程——掌握成功写作的六大核心技能	拉里·布鲁克斯	2014年6月
故事力学——掌握故事创作的内在动力	拉里·布鲁克斯	2016年3月
畅销书写作技巧	德怀特·V.斯温	2013年1月
弗雷的小说写作坊——劲爆小说秘境游走	詹姆斯·N.弗雷	2015年7月
弗雷的小说写作坊——让劲爆小说飞起来	詹姆斯·N.弗雷	2015年7月
30天写小说	克里斯·巴蒂	2013年5月
从生活到小说(第二版)	罗宾·赫姆利	2018年1月
小说创作谈	大卫·姚斯	2016年11月
写小说的艺术	安德鲁·考恩	2015年10月
成为小说家	约翰·加德纳	2016年11月
小说的艺术	约翰·加德纳	2021年7月

非虚构写作		
开始写吧！——非虚构文学创作	雪莉·艾利斯	2011 年 1 月
写作法宝——非虚构写作指南	威廉·津瑟	2013 年 9 月
故事技巧——叙事性非虚构写作（第二版）	杰克·哈特	2023 年 3 月
自我与面具——回忆录写作的艺术	玛丽·卡尔	2017 年 10 月
写我人生诗	塞琪·科恩	2014 年 10 月
类型及影视写作		
金牌编剧——美剧编剧访谈录	克里斯蒂娜·卡拉斯	2022 年 1 月
开始写吧！——影视剧本创作	雪莉·艾利斯	2012 年 7 月
开始写吧！——科幻、奇幻、惊悚小说创作	劳丽·拉姆森	2016 年 1 月
开始写吧！——推理小说创作	劳丽·拉姆森	2016 年 7 月
弗雷的小说写作坊——悬疑小说创作指导	詹姆斯·N. 弗雷	2015 年 10 月
好剧本如何讲故事	罗伯·托宾	2015 年 3 月
经典电影如何讲故事	许道军	2021 年 5 月
童书写作指南	玛丽·科尔	2018 年 7 月
网络文学创作原理	王祥	2015 年 4 月
写作教学		
剑桥创意写作导论	大卫·莫利	2022 年 7 月
小说写作——叙事技巧指南（第十版）	珍妮特·伯罗薇	2021 年 6 月
你的写作教练（第二版）	于尔根·沃尔夫	2014 年 1 月
创意写作教学——实用方法 50 例	伊莱恩·沃尔克	2014 年 3 月
创意写作思维训练	丁伯慧	2022 年 6 月
故事工坊（修订版）	许道军	2022 年 1 月
大学创意写作·文学写作篇	葛红兵 许道军	2017 年 4 月
大学创意写作·应用写作篇	葛红兵 许道军	2017 年 10 月
小说创作技能拓展	陈鸣	2016 年 4 月
青少年写作		
会写作的大脑 1——梵高和面包车（修订版）	邦妮·纽鲍尔	2018 年 7 月
会写作的大脑 2——怪物大碰撞（修订版）	邦妮·纽鲍尔	2018 年 7 月
会写作的大脑 3——33 个我（修订版）	邦妮·纽鲍尔	2018 年 7 月
会写作的大脑 4——亲爱的日记（修订版）	邦妮·纽鲍尔	2018 年 7 月
奇妙的创意写作——让你的故事和诗飞起来	卡伦·本基	2019 年 3 月
写作大冒险——惊喜不断的创作之旅	凯伦·本克	2018 年 10 月
小作家手册——故事在身边	维多利亚·汉利	2019 年 2 月
写作魔法书——让故事飞起来	加尔·卡尔森·莱文	2014 年 6 月
写作魔法书——28 个创意写作练习，让你玩转写作（修订版）	白铅笔	2019 年 6 月
有个性的写作（人物篇＋景物篇）	丁丁老师	2022 年 10 月
成为小作家	李君	2020 年 12 月
北大附中创意写作课	李韧	2020 年 1 月
北大附中说理写作课	李亦辰	2019 年 12 月

创意写作课程平台

从入门到进阶多种选择，写作路上助你一臂之力

扫二维码随时了解课程信息

"创意写作课程平台"由中国人民大学出版社"创意写作书系"编辑团队精心打造，历经十余年积累，依托"创意写作书系"海量素材，邀请国内外优秀写作导师不断研发而成。这里既有丰富的资源分享和专业的写作指导，也有你写作路上的同伴，曾帮助上万名写作者提升写作技能，完成从选题到作品的进阶。

写作训练营，持续招募中

- **叶伟民故事写作营**

  高人气写作导师叶伟民的项目制写作训练营。导师直播课，直击写作难点痛点，解决根本问题。班主任 Office Hour，及时答疑解惑，阅读与写作有问必答。三级作业点评机制，导师、班主任、编辑针对性点评，帮助突破自身创作瓶颈。

- **开始写吧！——21 天疯狂写作营**

  依托"创意写作书系"海量练习技巧，聚焦习惯养成、人物塑造、情节设置等练习方向，21 天不间断写作打卡，班主任全程引导练习，更有特邀嘉宾做客直播间传授写作经验。

精品写作课，陆续更新中

- **小说写作四讲**

  精美视频＋英文原声＋中文字幕

  全美最受欢迎的高校写作教材《小说写作》作者珍妮特·伯罗薇亲授，原汁原味的美式写作课，涵盖场景、视角、结构、修改四大关键要素，搞定写作核心问题。

- **从零开始写故事**

  高人气写作导师叶伟民系统讲解故事写作的底层逻辑和通用方法，30 讲视频课程帮你提高写作技能，创作爆品故事。

精品写作课

作家的诞生——12位殿堂级作家的写作课

中国人民大学刁克利教授10余年研究成果倾力呈现,横跨2800年人类文学史,走近12位殿堂级写作大师,向经典作家学写作,人人都能成为作家。

荷马:作家第一课,如何处理作品里的时间?
但丁:游历于地狱、炼狱和天堂,如何构建文学的空间?
莎士比亚:如何从小镇少年成长为伟大的作家?
华兹华斯和弗罗斯特:自然与作家如何相互成就?
勃朗特姐妹:怎样利用有限的素材写作?
马克·吐温:作家如何守望故乡,如何珍藏童年,如何书写一个民族的性格和成长?
亨利·詹姆斯:写作与生活的距离,作家要在多大程度上妥协甚至牺牲个人生活?
菲兹杰拉德:作家与时代、与笔下人物之间的关系?
劳伦斯:享有身后名,又不断被诋毁、误解和利用,个人如何表达时代的伤痛?
毛姆:出版商的宠儿,却得不到批评家的肯定。选择经典还是畅销?

作家的诞生
——12位殿堂级作家的写作课

一个故事的诞生——22堂创意思维写作课

郝景芳和创意写作大师们的写作课,国内外知名作家、写作导师多年创意写作授课经验提炼而成,汇集各路写作大师的写作法宝。它将告诉你,如何从一个种子想法开始,完成一个真正的故事,并让读者沉浸其中,无法自拔。

郝景芳:故事是我们更好地去生活、去理解生活的必需。
故事诞生第一步:激发故事创意的头脑风暴练习。
故事诞生第二步:让你的故事立起来。
故事诞生第三步:用九个句子描述你的故事。
故事诞生第四步:屡试不爽的故事写作法宝。

图书在版编目（CIP）数据

故事技巧：叙事性非虚构写作/（美）杰克·哈特（Jack Hart）著；曾轶峰，叶青译. -- 2版. -- 北京：中国人民大学出版社，2023.3
（创意写作书系）
书名原文：Storycraft：The Complete Guide to Writing Narrative Nonfiction，2e
ISBN 978-7-300-31175-3

Ⅰ.①故… Ⅱ.①杰…②曾…③叶… Ⅲ.①叙事文学—文学创作研究 Ⅳ.①I04

中国版本图书馆CIP数据核字（2022）第203842号

创意写作书系

故事技巧（第二版）
叙事性非虚构写作
[美] 杰克·哈特 著
曾轶峰 叶青 译
Gushi Jiqiao

出版发行	中国人民大学出版社
社　址	北京中关村大街31号　邮政编码　100080
电　话	010-62511242（总编室）　010-62511770（质管部）
	010-82501766（邮购部）　010-62514148（门市部）
	010-62515195（发行公司）　010-62515275（盗版举报）
网　址	http://www.crup.com.cn
经　销	新华书店
印　刷	天津中印联印务有限公司
规　格	160mm×235mm　16开本　版　次　2012年7月第1版
	2023年3月第2版
印　张	20.75 插页1　印　次　2023年3月第1次印刷
字　数	269 000　定　价　59.00元

版权所有　侵权必究　印装差错　负责调换

Storycraft: The Complete Guide to Writing Narrative Nonfiction, 2e by Jack Hart

Licensed by The University of Chicago Press, Chicago, Illinois, U. S. A.

© 2011, 2021 by Jack Hart. All Rights Reserved.

Simplified Chinese translation copyright 2023 © CHINA RENMIN UNIVERSITY PRESS Co. , Ltd.